普通高等教育高职高专土建类"十二五"规划教材

建筑 3ds Max

主　编　陈永生　杨发崇
副主编　彭　玮　洪　青　徐　杰

内 容 提 要

本教材内容紧紧围绕实际工程设计案例，深入浅出地介绍了建筑效果图的制作过程。共分四篇：概述、3ds Max基础应用、建筑效果图制作实例、建筑漫游动画制作。本教材中的案例均按实际制作步骤进行讲解，读者可轻松掌握，本教材中主要讲解的应用软件为3ds Max、V-Ray、Photoshop，分别完成效果图制作过程中的建模、渲染和后期处理工作。本教材配套光盘提供了案例中所有的材质贴图、源文件素材以及常用模型和材质库。

本教材可作为高等院校本科、高职高专土建类建筑设计类、艺术设计类等专业教材使用，也可供相关从业人员参考。

图书在版编目（CIP）数据

建筑3ds Max / 陈永生，杨发崇主编. -- 北京 : 中国水利水电出版社，2011.9
普通高等教育高职高专土建类“十二五”规划教材
ISBN 978-7-5084-8642-0

Ⅰ. ①建… Ⅱ. ①陈… ②杨… Ⅲ. ①建筑设计－三维动画软件，3DS MAX－高等职业教育－教材 Ⅳ. ①TU201.4

中国版本图书馆CIP数据核字(2011)第184916号

书　　名	普通高等教育高职高专土建类“十二五”规划教材 建筑 3ds Max
作　　者	主编　陈永生　杨发崇　副主编　彭玮　洪青　徐杰
出版发行	中国水利水电出版社 （北京市海淀区玉渊潭南路1号D座　100038） 网址：www.waterpub.com.cn E-mail：sales@waterpub.com.cn 电话：（010）68367658（发行部）
经　　售	北京科水图书销售中心（零售） 电话：（010）88383994、63202643 全国各地新华书店和相关出版物销售网点
排　　版	北京时代澄宇科技有限公司
印　　刷	北京鑫丰华彩印有限公司
规　　格	210mm×285mm　16开本　12.25印张　298千字
版　　次	2011年9月第1版　2011年9月第1次印刷
印　　数	0001—3000册
定　　价	48.00元（附光盘1张）

普通高等教育高职高专土建类 “十二五”规划教材

参编院校及单位

深圳职业技术学院
四川建筑职业技术学院
河南建筑职业技术学院
湖南城建职业技术学院
内蒙古建筑职业技术学院
江西建设职业技术学院
徐州建筑职业技术学院
浙江同济科技职业学院
湖南交通工程职业技术学院
日照职业技术学院
泰州职业技术学院
金华职业技术学院
义乌工商学院
黄淮学院
浙江工业大学浙西分校
四川信息职业技术学院
四川省商贸学校
呼和浩特职业技术学院
内蒙古工业大学建筑学院
日照金宸设计院有限公司
日照城建设计院有限公司
江苏泰州设计院有限公司

本 册 编 委 会

主　编　陈永生　杨发崇
副主编　彭　玮　洪　青　徐　杰

FOREWORD

序

高等职业教育在“十二五”的关键时期，面临新的机遇和挑战，其教学改革必须动态跟进，才能体现职业教育“以服务为宗旨、以就业为导向”的本质特征，其教材建设也要顺应时代变化，根据市场对职业教育的要求，进一步贯彻“任务导向、项目教学”的教改精神，强化实践技能训练、突出现代高职特色。

鉴于此，从培养应用型技术人才的期许出发，中国水利水电出版社于2010年启动了“普通高等教育高职高专土建类‘十二五’规划教材”的编写工作。本套教材面向土建类、建筑类各专业，特别针对建筑设计技术、城市规划等专业优质教材少、系列教材缺的现状，组织优秀教师团队合力打造。在编写上，力求结合新知识、新技术、新工艺、新材料、新规范、新案例，在内容上，力求精简理论、结合就业、突出实践。

本套教材的一个重要组织思想，就是希望突破长久以来习惯以“大一统”设计教材的思维模式。编写体例模式有以章节为主体的传统教材，也有基于工作过程的“模块—课题”类教材，还有以“项目—任务”模式的“任务驱动型”教材。不管形式如何，编写目标均是结合课程特点、针对就业实际、突出职业技能，从而符合高职学生学习规律的精品教材。主要特点有以下几方面：

（1）以培养能力为主。根据高职学生所应具备的相关能力培养体系，构建职业能力训练模块，突出实训、实验内容，加强学生的实践能力与操作技能。

（2）引入校企结合的实践经验。由设计院或企业的工程技术人员参与教材的编写，将实际工作中所需的技能与知识引入教材，使最新的知识与最新的应用充实到教学过程中。

（3）多渠道完善。充分利用多媒体介质，完善传统纸质介质中所欠缺的表达方式和内容，将课件的基本功能有效体现，提高教师的教学效果；将光盘的容量充分发挥，满足学生有效应用的愿望。

本套丛书的出版对于“十二五”期间高职高专的教材建设是一次有益的探索，也是一次积累、沉淀、迸发的过程，其丛书的框架构建、编写模式还可进一步探讨。书中不妥之处，恳请广大读者和业内专家、教师批评指正，提出宝贵建议。

编委会

2011年4月

PREFACE

3ds Max软件是全球著名三维动画设计软件，使用它不仅可以制作各种三维动画、电影特效，还可以进行建筑设计和工业设计等。本教材首先讲解3ds Max的命令及各种操作工具的使用，以及基本技巧和方法等基础知识，然后通过案例详细讲解各类建筑效果图的制作流程。

本教材选用了典型的建筑效果图、室内效果图制作为教学案例，采用循序渐进的讲解方式，按步骤讲解操作流程，可以使读者很轻松地掌握3ds Max、V-Ray、Photoshop在建筑效果图设计中的应用，包括建模、赋予材质、设置灯光、渲染及后期处理等，能够为读者顺利地进入建筑效果图设计领域打下良好的基础。

本教材由深圳职业技术学院、湖南城建职业技术学院、湖南交通职业技术学院、四川建筑职业技术学院、义乌工商职业技术学院参与编写，陈永生、杨发崇担任主编，彭玮、洪青、徐杰担任副主编。其中，陈永生编写了第二篇、第三篇第14章，杨发崇编写了第一篇、第三篇第9章、第12章，彭玮编写了第三篇第10章，洪青编写了第三篇第11章，徐杰编写了第三篇第13章、第四篇。

本教材内容是编者多年的教学经验积累、是实际工程项目设计经验的积累，我们已经力争做到尽善尽美，但依然有可能存在疏漏和不足，欢迎广大读者和专家提出宝贵意见。

编者

2011年7月8日

CONTENTS

第三篇 建筑效果图制作实例

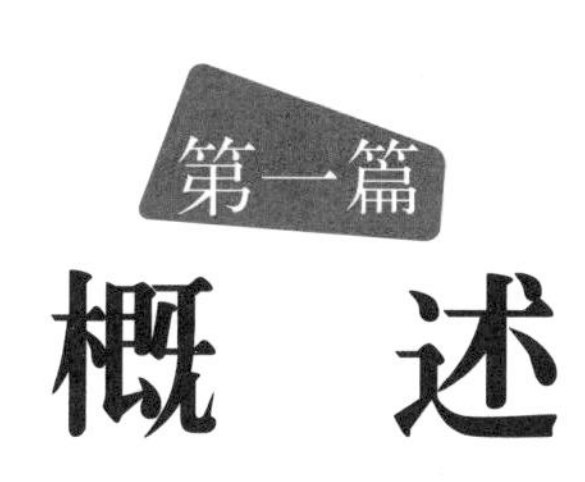

概　述

1 建筑设计与 3ds Max 数码表现

一个好的设计作品需要一个全方位，多元化的表现手段来表现，使之锦上添花。传统的手绘表达只是其中的一小部分，已不能满足人们的审美需求，而随计算机与 3ds Max 软件技术的不断普及与广泛应用，建筑设计必然会与 3ds Max 数码表现融为一体，双剑合璧。

1.1 建筑设计各重要阶段

设计师对建筑物各功能进行合理的布置，设计出适合该建筑类型的建筑造型。这个工作阶段，通常叫做初步方案阶段。

通过这一阶段的工作，建筑师可以同使用者和规划部门充分交换意见，最后使自己所设计的建筑物取得规划部门的同意，成为城市有机整体的组成部分。对于不太复杂的工程，这一阶段可以省略，把有关的工作并入初步设计阶段。

技术设计阶段是设计过程中的一个关键性阶段，也是整个设计构思基本成型的阶段。初步设计中首先要考虑建筑物内部各种使用功能的合理布置。 要根据不同的性质和用途合理安排，各得其所。这不仅出于功能上的考虑，同时也要从艺术效果的角度来设计。

当考虑上述布局时，另一个重要的问题是建筑物各部分相互间的交通联系。交通贵在便捷，要尽可能缩短交通路线的长度，这不仅为节省通道面积收到经济效益，而且可使房屋内部使用者来往方便，省时、省力。

由于人们在建筑物内是循着交通路线往来的，建筑的艺术形象又是循着交通路线逐一展现的，所以交通路线的巧妙设计还影响人们对建筑物的艺术观感。

与使用功能布局同时考虑的，还有不同大小、不同高低空间的合理安排问题。这不只为了节省面积、节省体积，也为了内部空间取得良好的艺术效果。考虑艺术效果，通常不但要与使用相结合，而且还应该和结构的合理性相统一。至于建筑物形式，常是上述许多内容安排的合乎逻辑的结果，虽然有它本身的美学法则，但应与建筑物内容形成一个有机的统一体。脱离内容的外形的美，是经不起时间考验的；而扎根于建筑物内在因素的外形美，即内在美、内在哲理的自然表露，才是经得起时间考验的美。

技术设计的内容包括整个建筑物和各个局部的具体做法，各部分确切的尺寸关系，内外装修的设计，结构方案的计算和具体内容，各种构造和用料的确定，各种设备系统的设计和计算，各技术工种之间各种矛盾的合理解决，设计预算的编制等。

这些工作都是在有关各技术工种共同商议之下进行的，并应相互认可。技术设计的着眼点，除体现初步设计的整体意图外，还要考虑施工的方便易行，以比较省事、省时、省钱的办法求取最好的使用效果和艺术效果。对于不太复杂的工程，技术设计阶段可以省略，把这个阶段的一部分工作纳入初步设计阶段，另一部分工作则留待施工图设计阶段进行。

施工图和详图主要是通过图纸，把设计者的意图和全部的设计结果表达出来，作为工人施工制作的依据。这个阶段是设计工作和施工工作的桥梁。施工图和详图不仅要解决各个细部的构造方式和具体做法，还要从艺术上处理细部与整体的相互关系。包括思路上、逻辑上的统一性，造型上、风格上、比例和尺度上的协调等，细部设计的水平常在很大程度上影响整个建筑的艺术水平。

对每一个具体建筑物来说，上述各种因素的组合和构成，又是各不相同的。如果设计者能够虚心体察客观实际，综合各种条件，善于利用其有利方面，避免其不利方面，那么所设计的每一个建筑物就不仅能取得最好的效果，而且会显示出各自的特色，每个地方也会形成各自特色的建筑风格，避免千篇一律。

当前，电子计算机的利用越来越广泛深入，电子计算机辅助建筑设计正在促使建筑设计这门科学技术开始向新的领域发展。建筑设计的“方法论”已成为一门新学科。这就是研究建筑设计中错综复杂的各种矛盾和问题的规律，研究它们之间的逻辑关系和程序关系，从而建立某种数学模式或图像模式，利用电子计算机，帮助设计者省时省力地正确解决极为复杂的问题，并替代人力，完成设计工作中繁重的计算工作和绘图工作。这个新的动向目前虽处于开始阶段，但它的发展必将为建筑设计工作开辟崭新的境界。

1.2　3ds Max 数码表现与建筑设计的关系

前者强调表现，了解一些基本的建筑常识即可，要求能熟练操作 CAD、3ds Max、Potoshop、Vary 等软件，主要是做后期的效果图；后者强调设计，要进行正规的建筑知识学习，掌握建筑有关的法律、法规，对于空间的利用布置要求熟练把握，要能熟练操作 CAD、天正等软件。

建筑表现就是人们常说的效果图，被专业人士称作效果图

所谓效果图就是在建筑、装饰施工之前，通过施工图纸，把施工后的实际效果用真实和直观的视图表现出来，让大家能够一目了然地看到施工后的实际效果。

如果稍加注意，就会发现：走在施工工地旁，经常会看到工地上树立的广告牌中画出了工程施工后的实际效果，其实那就是效果图。

效果图是一个比较笼统的说法。向下细分有建筑效果图、装修效果图、工业产品效果图等，这里重点来讲建筑效果图和装修效果图。笔者理解建筑效果图又可以分为以下几种类型。

（1）广告效果图：这种效果图表现方法是重点突出建筑周边的环境、绿化，对建筑本身的表现要求很少。再就是对这类效果图的色彩更加强调，特别在冷暖色对比、整个图片的色彩饱和度、明暗对比都相对更艺术化、理想化。向这类效果图多被一般建筑商看好也很能让普通老百姓接受，优点是视觉效果很好、容易吸引购房者，缺点是可信度低、往往开发商根本达不到效果图上的预期效果。

（2）照片效果图：这种表现方法重点在于整个建筑真实再现，通常这类效果图画面比较灰，对周边环境的真实性要求较严谨，尽可能追求照片效果。制作方法一般需要通过大

量真实数码图片进行合成。优点可信度高通过它基本能想象出整个建筑完工后的效果。缺点制作难度较大，视觉冲击力不是很好。但这类效果表现技法将在一两年内是一个绝对的发展方向，原因很简单人们渐渐不太相信那些看上去很完美的效果图图片了。

(3) 结构效果图：这类效果图表现技法主要针对的人群是接受过高等教育的知识人群和建筑师本人，它的重点在于努力将建筑的本身的美体现出来。

北京水晶石总经理卢正刚先生曾说过在做建筑漫游动画的表现手法呈现以下两种状况。

(1) 现实性的这一类主要追求是真实尽量贴近现实生活。

(2) 建筑性的这一类主要是用来体现建筑师在设计某一座建筑的创作—构想—设计—完成的过程，这种表现可以不需要蓝色的天、很宽的地、很多的人和车也不需要很多的环境花草，它就是展示建筑本身。

在静态效果图的表现中同样也是一个道理，重点就是体现这个建筑本身的美，所以天空、背景、树木等都可以不要。这类效果图主要用于投标。装修效果图相对就要简单多了，只需要按设计师提供的方案按一定的比例制作就行了，只是在打灯光的时候要注意空间的层次，因为室内空间不像室外空间那样宽阔，在打灯光的时候很容易让整个空间平淡没有变化；在装修效果图表现上还有一点就是画面整体尽量用暖色调。

2　建筑表现手段

2.1　传统表现手段

2.1.1　手绘草图

手绘草图是从事建筑、美术、园林、环艺、摄影、视觉传达等专业学习的学生一门重要的专业必修技能。在效果图的学习过程中，临摹是一个非常重要的内容与环节。它是衡量大学生手绘能力的重要指标。同时对大学生毕业、就业都具有很大的影响。虽然今天计算机大量普及，但手绘草图还是起到了非常重要的作用，在方案设计阶段。与其相对应的是计算机效果图，如图 2.1.1 所示是安藤忠雄绘制的草图。

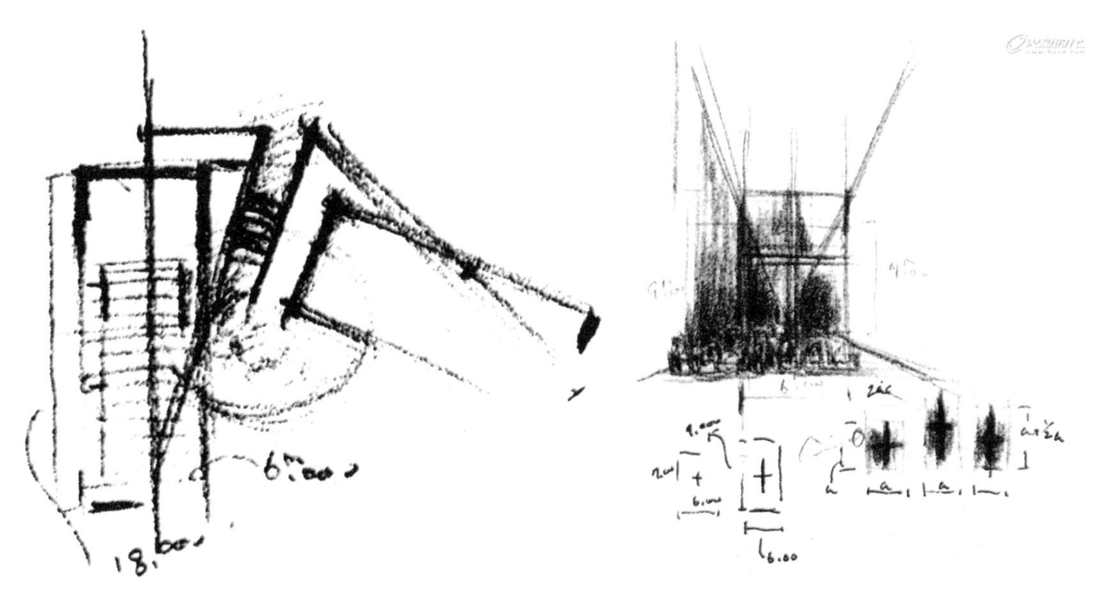

图 2.1.1　光之教堂手绘草图（安藤忠雄）

2.1.2　建筑模型

建筑及环境艺术模型介于平面图纸与实际立体空间之间，它把两者有机地联系在一起，是一种三维的立体模式，建筑模型有助于设计创作的推敲，可以直观地体现设计意图，弥补图纸在表现上的局限性，如图 2.1.2 所示。它既是设计师设计过程的一部分，同时也属于设计的一种表现形式，被广泛应用于城市建设、房地产开发、商品房销售、设计投标与招商合

图 2.1.2　流水别墅模型（美国建筑大师赖特作品）

作等方面。

2.2 数字化表现手段

计算机的不断普及与深入，市场对质与量的要求也跟随其变化，直至今天几乎所有的建筑设计院都已采用有计算机制图。可能更多的是让设计与表现分成了两个单位来完成，一方面是建筑设计师所在设计工作室完成，另一方面是建筑数码设计工作室来完成的建筑表现图与动画展示成果。

2.2.1 计算机渲染表现图

计算机渲染与手工绘制建筑表现图不同，计算机渲染表现首先以建立数字化建筑三维模型为基础，然后给三维模型赋予颜色纹理等材质属性，再设置一定的虚拟灯光产生照明效果，就可以使用虚拟的摄像机进行观察和成像。数字模型建立完成以后，在计算机中就可以类似在现实中一样对模型进行拍摄。如果像摄影那样以一定的位置、角度、构图、明暗等摄影艺术原则获取一幅精心制作的图像，这就是计算机绘制的渲染图，也就是我们通常说的效果图。与传统的水彩或水粉手工渲染相比，计算机渲染有很多优势：首先是计算机渲染更为准确逼真。计算机的渲染以精确的计算机模型为基础，使用科学的方法产生精确的透视和色彩效果，类似摄影接近客观表达。其次是便于修改调整。无论是修改建筑模型还是调整视角和照明效果，计算机渲染可以很快就产生一幅新的画面。如图 2.2.1 所示是一幅使用 3ds Max 软件所做的计算机渲染建筑表现图。

图 2.2.1 某高职学校生活区方案 3ds Max 表现作品

当然如果仅仅使用计算机渲染获取一幅效果图，特别是在建筑设计早期的初步构思阶段，与其手工徒手草图的简单快捷相比还是有些弱点：首先是对于硬件设备的依赖。手工徒手草图可以在特殊条件时仅用树枝画在略加平整的沙土地面上就能够表现和交流，而与之相比计算机设备再普及也还是十分昂贵，计算机操作技能再普及也还是难与徒手画线条技能相比。其次就是计算机渲染首先就需要建立三维模型，在计算机中建立三维模型并赋予材质灯光至今还不如手工勾勒线条方便，正是由于计算机工作的精确性使得建筑设计前期很多不需要精确定义的部分无法回避，而徒手草图则可以方便灵活，迅速绘出大致形体。近年已出现一些模拟建筑师绘制草图的软件，但也只是简化了一些建模的过程，还不能识别线条绘制的三维形体。如图 2.2.2 所示是使用 Sketcu Up 草图绘制软件制作的计算机建筑表现图。

图 2.2.2 某会所草图大师级表现作品

2.2.2 建筑动画

建筑动画是根据建筑设计图纸在专业的计算机上制作出虚拟的建筑环境，有地理位置、建筑物外观、建筑物内部装修、园林景观、配套设施、人物、动物、自然现象，如风、雨、雷鸣、日出日落、阴晴月缺等都是动态地存在于建筑环境中，可以以任意角度浏览。房地产动画应用最广的是房地产开发商对房产项目的广告宣传、工程投标、建设项目审批、环境介绍、古建筑保护、古建筑复原等。

2.2.3 虚拟现实

虚拟现实，也称虚拟实境或灵境，是一种可以创建和体验虚拟世界的计算机系统，它利用计算机技术生成一个逼真的、具有视、听、触等多种感知的虚拟环境，用户通过使用各种交互设备，同虚拟环境中的实体相互作用，使之产生身临其境感觉的交互式视景仿真和信息交流，是一种先进的数字化人机接口技术。与传统的模拟技术相比，其主要特征是：操作者能够真正进入一个由计算机生成的交互式三维虚拟环境中，与之产生互动，进行交流。通过参与者与仿真环境的相互作用，并借助人本身对所接触事物的感知和认知能力，帮助启发参与者的思维，以全方位地获取虚拟环境所蕴涵的各种空间信息和逻辑信息。沉浸／临场感和实时交互性是虚拟现实的实质性特征，对时空环境的现实构想（即启发思维，获取信息的过程）是虚拟现实的最终目的。自从虚拟现实技术诞生以来，它已经在军事模拟、先进制造、城市规划／地理信息系统、医学生物等领域中显示出巨大的经济、军事和社会效益，与网络、多媒体并称为21世纪最具应用前景的三大技术。

虚拟现实（Virtual Reality，简称VR；又译作灵境、幻真）是近年来出现的高新技术，也称灵境技术或人工环境。虚拟现实是利用计算机模拟产生一个三度空间的虚拟世界，提供使用者关于视觉、听觉、触觉等感官的模拟，让使用者如同身历其境一般，可以及时、没有限制地观察三度空间内的事物。VR是一项综合集成技术，涉及计算机图形学、人机交互技术、传感技术、人工智能等领域，它用计算机生成逼真的三维视觉、听觉、嗅觉等感觉，使人作为参与者通过适当装置，自然地对虚拟世界进行体验和交互作用。使用者进行位置移动时，计算机可以立即进行复杂的运算，将精确的3D世界影像传回产生临场感。该技术集成了计算机图形（CG）技术、计算机仿真技术、人工智能、传感技术、显示技术、网络并行处理等技术的最新发展成果，是一种由计算机技术辅助生成的高技术模拟系统。概括地说，虚拟现实是人们通过计算机对复杂数据进行可视化操作与交互的一种全新方式，与传统的人机界面以及流行的视窗操作相比，虚拟现实在技术思想上有了质的飞跃。

2.3 3ds Max 建筑表现发展趋势

在选择高校专业以及在决定学生毕业后的去向时，一些家长和考生认为“学建筑出来就是当小工”，不愿意报考，也不愿意选择建筑类的专业，其实，建筑表现等专业发展前景看好。

据某学院招办主任介绍，该校的建筑类专业就业很热门，毕业生大多去了工程技术岗位。他说，对于专科（高职）层次的学生来说，就业一般是从基层干起，做具体的技术工作。建筑类专业的毕业生主要就业去向是各类建筑公司，其中既有建工集团、新兴保信等国有企业，也有很多合资企业。建筑类专业毕业生可从事的岗位很多，如资料、安全、质量检测等。

建筑业、房地产业的持续高速发展，使建筑类专业毕业生成为高校应届求职大军中的宠儿。在大学毕业生总体就业压力比较大的情况下，建筑类专业毕业生仍然十分走俏，需求量在各类专业中名列前茅。有关调查结果显示，2006年社会对建筑类毕业生总需求为5万余人，其中研究生2600人左右，本科生30000余人，专科生14000人左右。在北京，建筑工程、道路与桥梁工程等专业已经成为紧缺专业。北京2008年奥运会也为建筑类毕业生提供了更多的就业空间、更好的就业机会和施展才华的舞台。根据北京人事局公布的2006年第二季度北京市人才市场供求信息，建筑类人才的供给与需求都进入了前20名，供需两旺。

专业特色：建筑类专业包括建筑工程技术、建筑设计技术、建筑工程管理、建筑设备工程技术、建筑装饰工程技术、建筑表现设计等专业。这些专业的共同特点是实用性强，如建筑装饰工程技术专业毕业生主要从事建筑及建筑装饰工程中的施工、概预算、投招标、监理等技术和管理工作，也可以从事装饰设计方面的初步工作。

从业方向：建筑类专业毕业生大多去往建筑企业、房地产公司等单位工作。从岗位来看，建筑类专业毕业生可从事建筑材料、采暖、工程预算、测量型等多方面的工作。据了解，建筑类专业毕业生近年来就业率稳步提升，平均就业率在 85% 以上，一些高校的就业率甚至超过 90%。

3 3ds Max 软件介绍

3.1 软件发展历史

3D 图像要算是图像家族的特殊成员，但是随着其应用的日益广泛，我们也需要对它有所了解。

三维动画软件创建了一个模拟的三维空间，设置有各种工具，用这些工具可以在这个软件平台上制作各种立体模型。然后设置好相应的材质并把材质赋予模型。无论材质的变化还是物体位置的变化或造型的变化都能被录制为动画。

3.1.1 3D 软件的发展

三维软件是利用计算机制作几何模型的软件。最先只能在专业图形工作站上使用，随着 PC 机的飞速发展和普及，三维动画软件也纷纷被移植到 PC 机上。在 DOS 时代，美国 Autodesk 公司的 3ds 三维动画软件几乎垄断了 PC 机三维动画的市场。1994 年 Microsoft 用 1.3 亿美元收购 Softimage 公司，1995 年推出基于 NT 平台的 Softimage3D3.0 版本，激荡了三维动画领域。迫于压力，为了维护 3ds 在三维动画领域的霸主地位，1996 年 Kinetix 公司推出 3ds 的 WindowsNT 版本 3ds Max1.0。这个版本在操作界面、组织结构和功能上都有质的飞跃，获得了巨大的成功。1998 年，Maya、Alias、Houdini 相继在 NT 平台上出现。同年，Autodesk 公司奋起迎击，推出偏重于建筑设计的 3ds MaxVIZ 版本，该版本实际是在 3ds Max 的基础上进行一些增减，增加一些与建筑有关的模块，删去一些动画功能。随着三维软件应用的迅速普及，小型三维软件也如雨后春笋般涌现出来。

3.1.2 3D 软件的分类

3D 动画软件可以按软件功能的复杂程度分为小型、中型、大型三类。

1. 小型软件

Poser：快速制作各种人体模型。通过拖动鼠标可以迅速改变人体的姿势，还可以生成简单的动画。

Rhino：三维造型软件，长于 NURBS 曲面造型，能以三维轮廓线建立模型。

Cool3D：专用于立体文字制作的软件，可提供很多背景图和动态，很容易上手。

LightScape：渲染专用软件，只能对输入的模型进行渲染，能进行材质灯光的设定，采用光能传递算法，是最好的渲染器。多用于室内外效果图的渲染。目前为 3.2 版本。

Bryce3D：长于自然景观如山、水、天空的建造，效果很好。

2. 中型软件

3ds Max：功能强大、开放性好，集建立模型、材质设置、摄影灯光、场景设计、动画制作、影片剪辑于一体。

LightWave 3D：功能强大、质感细腻、界面简洁明快、易学易用、渲染质感非常优秀。目前版本为5.6c。

3. 大型软件

SOFTIMAGE 3D：功能极其强大、长于卡通造型和角色动画，渲染效果极好，是电影制作不可缺少的工具，国内许多电视广告公司都使用它制作电视片头和广告。

MAYA：功能比SOFTIMAGE 3D更强大，但更难掌握。

HOUDINI：将平面图像处理、三维动画和视频合成有机结合起来。

三维动画软件呈现一片百花齐放、百家争鸣的繁荣景象，很多都是功能强大的精品。这使我们在琳琅满目的三维软件面前有充分的选择余地；但是在纷纷登场的三维软件面前又有些晕头转向。其实只要先学好一个软件就可以了，有了这个基础，再学其他三维动画软件就容易多了。选择3ds Max。理由有以下三点。

（1）有很多一流的三维动画软件对硬件的要求很高，如Sumatra，显示器分辨率必须达到1280×1024；Maya则要求内存至少有256MB。3ds Max对硬件的要求相对较低，多数三维动画迷都有能力配置。

（2）由于3ds的缘故，现在3ds Max的使用者也最多，教材和其他学习资料多如牛毛，有利于自学。

（3）3ds Max除渲染质感较差外，功能强大、插件众多，可以制作广播级的动画效果，对一般的广告、电视栏目、游戏的制作已完全可以胜任。

3.1.3 3D软件的应用

（1）机械制造：利用三维动画研究机械零配件的造型，模拟它们运行时的工作情况。

（2）建筑与装潢设计：以三维的形式展现建筑物和室内外装潢的效果。不仅快捷方便，还能完整预览建筑物的各个角度的效果，且透视十分精确。

（3）商业产品造型和包装设计：比如瓶子、盒子、玩具等的设计，可以对包装品的外观形态、色彩图案等进行设计。

（4）影视和商业广告：很多电视栏目的片头是用3ds Max制作的，更多的产品广告、房地产广告等都可以用3ds Max来制作。

（5）电脑游戏和娱乐：优美的动画画面和游戏程序同样重要。

（6）其他：生物化学中用于生物分子之间的结构组成的研究，军事科技中可用于飞行员的模拟飞行、导弹飞行的动态研究，在医学中可以形象地演示人体内部组织等，在此无法一一列举。

3.1.4 与其他软件配合使用

（1）和Photoshop的联合使用：用3ds Max制作完成后，整个场景仍然需要补充配景。特别是室外建筑效果图，如果没有树木、花草和人物作陪衬，只有一座大厦的模型孤零零地站立在那儿，这张效果图可能就没人要。加入人物花草在3ds Max中比较困难，增长渲染时间，这时用Photoshop就方便多了。图中的人就是后来在Photoshop中添加的。

（2）和其他多媒体软件配合使用：主要用在片头制作中，比如几个动画频繁交叉切换。这就要用到视频合成软件，如Premiere。这类软件可以把几段影片和动画以不同的方式剪接在一起，还可以加入各种出入场的特技和变形处理。

3.2 软件的主要功能及特点

3.2.1 3ds Max2010 主要功能

作为一个三维软件，3ds Max 是个集建模、材质、灯光、动画和各项扩展功能于一身的软件系统。

在建模方面，3ds Max 拥有大量多边形工具，通过历次改进，已经实现了低精度和高精度的模型制作。

在材质方面，3ds Max 使用材质编辑器，可以方便地模拟出任意复杂的材质，通过 UVW 坐标的控制能够精确地将纹理匹配到模型上，还可以制作出具有真实尺寸的建筑材质。

在灯光方面，3ds Max 使用了多种灯光模型，可以方便的模拟各种灯光效果。目前还支持光能传递功能，能够在场景里制作出逼真的光照效果。

在动画方面，3ds Max 中几乎所有的参数都可以制作为动画。除此之外，可以对来自不同 3ds Max 动画的动作进行混合、编辑和转场操作。可以将标准的运动捕捉格式直接导入给以设计的骨架。拥有角色开发工具、布料和头发模拟系统，以及动力学系统，可以制作出高质量的角色动画。

在渲染方面，3ds Max 近年来极力弥补了原来的不足，增加了一系列不同的渲染器。可以渲染出高质量的静态图片或动态图片序列。

在扩展功能方面，3ds Max 通过制作 Max Script 脚本，可以在工具中集中添加各种功能，从而扩展用户的 3ds Max 工具集，或是优化工作流程。同时，3ds Max 还拥有软件开发工具包（SDK），可以用编程的方法直接创建出高性能的定制工具。

以上是 3ds Max 拥有的各种强大功能，它同时也有很多区别于其他三维软件的特点，这些特点可以很快使初学者对 3ds Max 有个总体的感性认识。

3.2.2 3ds Max2010 主要特点

3ds Max 的首要特点是它的图形界面控制体系，它很好地继承了 Windows 的图形化的操作界面，在同一窗口内可以非常方便地访问对象的属性、材质、控制器、修改器、层级结构等，这点有别于早期的 3ds 及 Softimage 等软件，后期在操作时，需要在不同模块窗口之间频繁地切换。

作为建筑行业广泛采用的三维软件之一，3ds Max 的另一个特点就是它的参数化控制。在 3ds Max 里，所有网络模型及二维图形上的点都有一个空间坐标，坐标数值可以通过输入具体参数来控制。能够通过数值精确定位，这一点在建筑应用上尤为重要。除此之外，3ds Max 还可以和 Auto CAD 实现无缝连接，两种软件在交换文件时，可以做到尺寸和单位的高度统一。在如今 Auto CAD 已经成为建筑设计软件的事实标准，而 3ds Max 这一特性对于建筑应用的重要性就更加是不言而喻的了。

3ds Max 的在一个特点也是当时它刚刚推出时所极力推崇的功能——即时显示，即“所见即所得”。即使在配置相对较低的计算机上，对于对象所作的修改操作都可以在窗口中实时地看到结果，当然在配置更加高级的机器上，一些高级属性的修改如环境中的雾效，材质的反射及凹凸也可以实时地看到结果，同时也更加接近渲染后的最终效果。这一特性对于实际操作也是非常重要的，相对于很多交互性不是很强的三维软件来说，3ds Max 离得调整结果是实时显示的，也不需要每次都要渲染一下才能看得到，工作效率得到极大的提高。

3ds Max 的还有个特点是它几乎无穷尽的扩展性。可以说 3ds Max 能够发展到今天这样一个具有强大功能的软件，是和吸收众多第三方软件作为其内置程序分不开的。从早期的 3ds 4.0 开始，就出现了为它所写的特效外挂程序 IPAS 软件包，专门处理类似粒子系统，特殊变形效果，复杂模型生成等一系列难以在 3ds 中实现的功能。在 3ds Max 的历次版本进化的过程中，许多功能也是从无到有，由弱变强，在这个过程中外部插件的发展起着至关重要的作用。以渲染功能为例，早期 3ds Max 只有扫描线（Scanline）这一种渲染方式，要渲染出好的效果必须依靠多种光源的组合运用来模拟真实光线，如果进一步需要渲染出更加逼真的效果就只能依靠 Lightscape 等其他软件来实现，随着渲染外挂软件的不断发展，最终 3ds Max 在 6.0 版本中融合进了 Mental Ray 渲染器作为其内置扩展功能，使光能传递这一概念在 3ds Max 的渲染中得以巩固和发展，渲染效果不够理想这一弱点也终于得到了很好的解决。

3ds Max 是一个集多种特有的功能和特性于一体的软件体系，随着软件的改进，发展和更广泛的应用，它还将拥有更多更好的功能和特性，同时也必将变得更加庞大和复杂。在后面的学习中，我们将慢慢体会到徜徉在这个三维世界中的乐趣。

3.3 软件在建筑表现中的运用

在应用范围方面，广泛应用于广告、影视、工业设计、建筑设计、多媒体制作、游戏、辅助教学以及工程可视化等领域。拥有强大功能的 3ds Max 被广泛地应用于电视及娱乐业中，比如片头动画和视频游戏的制作，深深扎根于玩家心中的劳拉角色形象就是 3ds Max 的杰作。在影视特效方面也有一定的应用。而在国内发展的相对比较成熟的建筑效果图和建筑动画制作中，3ds Max 的使用率更是占据了绝对的优势。根据不同行业的应用特点对 3ds Max 的掌握程度也有不同的要求，建筑方面的应用相对来说要局限性大一些，它只要求单帧的渲染效果和环境效果，只涉及到比较简单的动画；片头动画和视频游戏应用中动画占的比例很大，特别是视频游戏对角色动画的要求要高一些；影视特效方面的应用则把 3ds Max 的功能发挥到了极致。

3.3.1 建筑静景效果图

建筑静景效果图的制作，对建筑设计效果图制作的过程及方法有了全面的认识和了解后将会更容易，其基本过程如下。

1. 三维建模

用 3ds Max，首先为主体建筑物和房间内的各种家具建模，亦可用做一些细化的小型物体的建模工作，如室内的一些小摆设、表面不规则的或不要求精确尺寸的物体，它们只需视觉上能达到和谐，这样可大大缩短建模时间。

2. 渲染输出

利用专业的效果图渲染软件 VR，进行材质和灯光的设定、渲染直至输出。

3. 对渲染结果做进一步加工

利用 Photoshop 等图形处理软件，对上面的渲染结果进行修饰。

（1）建筑场树木、车船等的添加。

（2）背景可在三维渲染时完成，但特别要求背景的透视效果应与景点缀物，如人物、建筑物的透视效果尽量一致，这样渲染过后的装饰效果图才更接近于真实。

（3）进一步强调整体气氛效果，如色彩、比例等。

3.3.2 建筑动画

建筑动画是指为表现建筑以及建筑相关活动所产生的动画影片。它通常利用计算机软件来表现设计师的意图，让观众体验建筑的空间感受。建筑动画一般根据建筑设计图纸在专业的计算机上制作出虚拟的建筑环境，有地理位置、建筑物外观、建筑物内部装修、园林景观、配套设施、人物、动物、自然现象，如风、雨、雷鸣、日出日落、阴晴月缺等都是动态地存在于建筑环境中，可以以任意角度浏览。房地产动画应用最广的是房地产开发商对房产项目的广告宣传、工程投标、建设项目审批、环境介绍、古建筑保护、古建筑复原等。

3ds Max基础应用

4 3ds Max2010 的基本操作

4.1 认识用户界面

训练目的：启动 3ds Max2010，熟悉用户界面

训练要点

☆ 启动 3ds Max2010 中文版

☆ 熟悉 3ds Max2010 界面的组成部分

操作步骤

（1）双击桌面上的按钮，启动 3ds Max2010 中文版。

（2）此时等待 5~10s，就可以看到 3ds Max9 中文版的界面了，如图 4.1.1 所示。

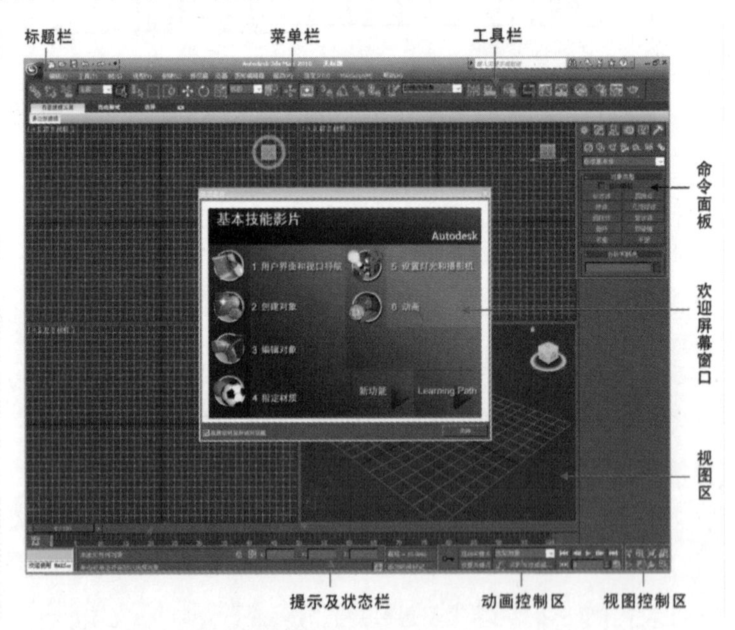

图 4.1.1 3ds Max2010 中文版界面

3ds Max2010 中文版整个界面可以分成为 8 部分：标题栏、菜单栏、工具栏、视图区、命令面板、视图控制区、提示及状态栏和动画控制区。中间的【欢迎屏幕】窗口，如果你的电脑上面安装了 Quick Time 播放器，就可以单击不同的按钮，来观看技能影片。如果将该窗口关闭，单击按钮即可。

下面对 3ds Max2010 工作界面的每一部分做简单的介绍。

【标题栏】：最顶部的一行，是系统的“标题栏”。位于标题栏最左边的是 3ds Max

2010 的程序图标，单击它可以打开一个图标菜单，双击它可以关闭当前的应用程序，紧随其左右侧的是文件名和软件名。在标题栏最右边的是 Windows 的 3 个基本控制按钮：最小化、最大化和关闭。

【菜单栏】：标题栏下面的一行是菜单栏。它与标准的 Windows 文件菜单模式及使用方法基本相同。菜单栏为用户提供了一个用于文件的管理、编辑、渲染及寻找帮助的用户接口。

【工具栏】：工具栏是把我们经常用的命令以工具按钮的形式放在不同的位置，是应用程序中最简单、最方便使用的工具。

【视图区】：系统默认的视图区模式分为 4 个视图：顶视图、前视图、左视图、透视图。这 4 个视图区是用户进行操作的主要工作区域，当然它还可以通过设定转换成为其他的视图区。视图区的转换设置可以通过在视图区上部的名称上单击鼠标右键，在弹出的菜单中的视图中即可选择。

【命令面板】：命令面板包括 6 大部分，分别为（创建）命令面板、（修改）命令面板、（层级）命令面板、（运动）命令面板、（显示）命令面板以及（工具）命令面板。

【视图控制区】：在屏幕右下角有 8 个图标按钮，它们是当前激活视图的控制工具，主要用于调整视图显示的大小和方位。它可以对视图进行缩放、局部放大、满屏显示、旋转以及平移等显示状态的调整。其中有些按钮会根据当前被激活视窗的不同而发生变化。

【提示及状态栏】：状态栏用于设定多种点模式，状态栏显示的是一些基本数据。状态栏主要用于在建模时，对造型空间位置的提示及说明。

【动画控制区】：动画控制区位于屏幕的下方，此区域的按钮主要用于制作动画时，进行动画的记录、动画帧的选择、动画的播放以及动画时间的控制。

4.2 设置个性化界面

训练目的：设置 3ds Max2010 个性化界面

训练要点

☆ 启动 3ds Max2010 中文版

☆ 掌握 3ds Max2010 个性化界面设置方法

操作步骤

（1）双击桌面上的按钮，启动 3ds Max2010 中文版。

（2）单击菜对话框中的【自定义】/【自定义 UI 与默认 UI 切换器】命令，在弹出的【加载自定义 UI 方案】对话框中，选择 3ds Max 安装路径下的 UI 文件夹，选择【ame-dark.ui】选项，单击 按钮，如图 4.2.1 所示。

（3）此时，3ds Max 系统即以【ame-light】系统界面显示，如图 4.2.2 所示。

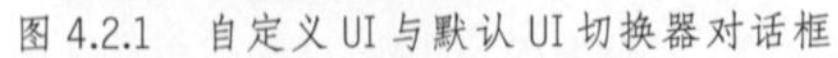

图 4.2.1　自定义 UI 与默认 UI 切换器对话框

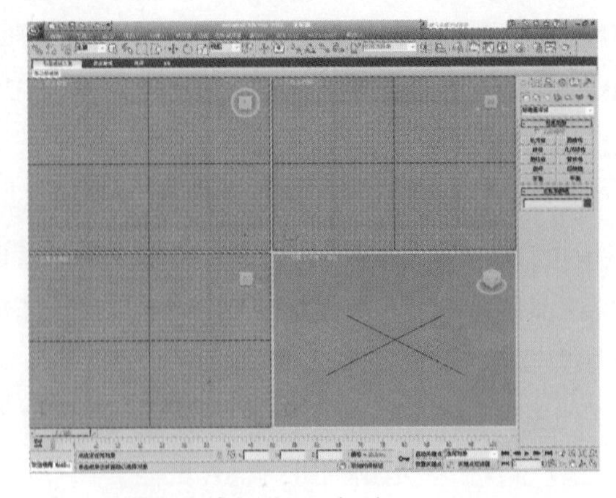

图 4.2.2　设置个性化界面后对话框

【技巧】读者如果不喜欢这个界面，可以重新切换，3ds Max 提供了 4 个界面，DefauitUI 是系统默认的用户界面。

4.3　设置界面颜色

训练目的：为视图区设置一个颜色

训练要点

☆ 启动 3ds Max2010 中文版

☆ 使用【自定义】菜单栏中的【自定义用户界面】改变颜色

操作步骤

（1）启动 3ds Max2010 中文版。

（2）单击菜单栏中的【自定义】/【自定义用户界面】命令，在弹出的【自定义用户界面】对话框中，选择【颜色】选项卡，在【元素】右侧的下拉列表中选择【视口】，在下面的窗口中选择【视口背景】，单击颜色右面的色块，此时弹出【颜色选择器】对话框，读者可以调整红、绿、蓝数值，调出需要的色彩，如图 4.3.1 所示。

在【自定义用户界面】对话框中单击【立即应用颜色】按钮，此时等待一会，视口背景的颜色就变成我们所设置的颜色了，如图 4.3.2 所示。

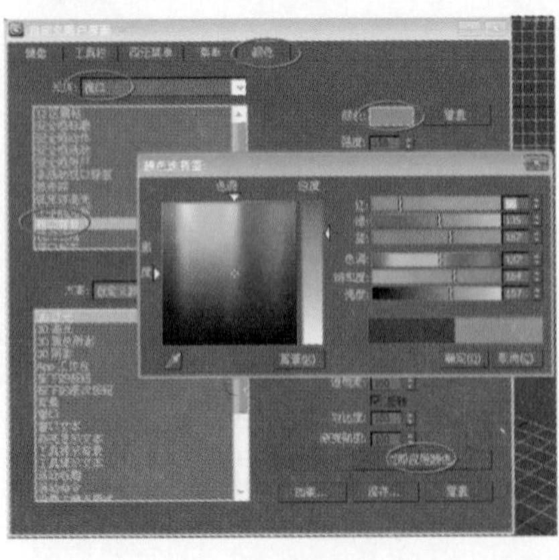

图 4.3.1　改变视图区颜色设置

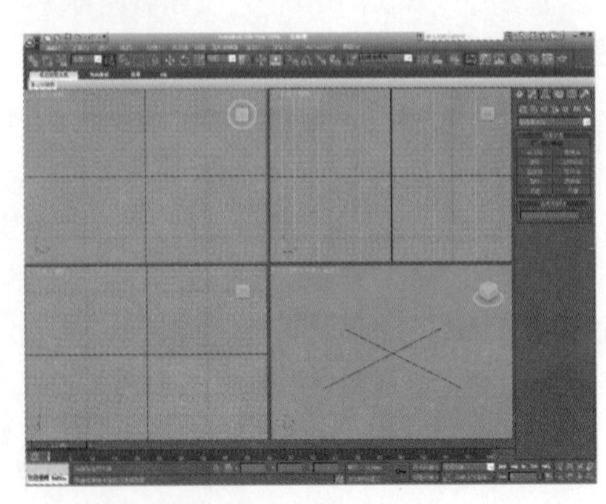

图 4.3.2　改变视图区颜色后效果

【技巧】在实际操作中，如果创建的物体需要的颜色与背景太相似了，不便于观察，这时就可以按以上方法改变背景颜色。

4.4 设置常用命令面板

训练目的：为了提高作图效率，需要将常用命令设置到方便点取的位置

训练要点

☆ 启动 3ds Max2010 中文版

☆ 使用【配置修改器集】设置一个命令面板

☆ 将设置好的命令面板保存起来

操作步骤

（1）启动 3ds Max2010 中文版。

（2）单击命令面板中的（修改）按钮，再单击（配置修改器集）按钮，在弹出的菜单中选择【显示按钮】命令，如图 4.4.1 所示。

此时在修改命令面板出现了一个默认的命令面板，如图 4.4.2 所示。

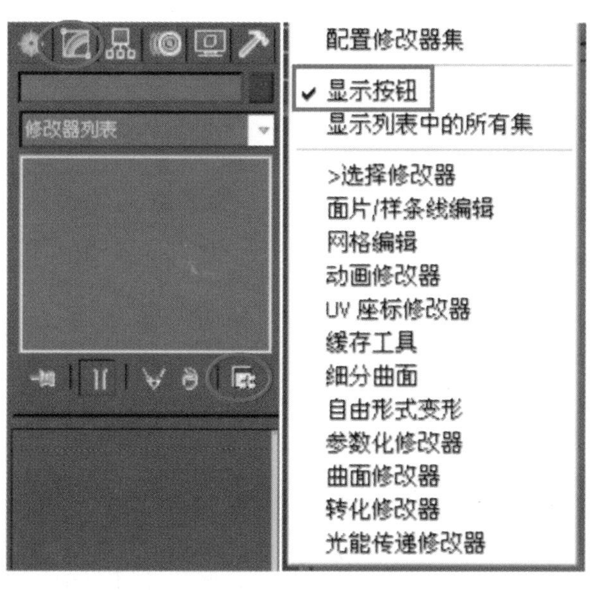

图 4.4.1 修改命令面板

图 4.4.2 命令面板

这个修改命令面板中提供的修改命令，是系统默认的一些命令，基本上是用不到的，下面我们来设置一下，将常用的修改命令设置为一个面板，例如【挤出】、【车削】、【倒角】、【弯曲】、【锥化】、【晶格】、【编辑网格】、【FFD 长方体】等。

（3）单击（配置修改集）按钮，在弹出的菜单栏中选择【配置修改器集】命令，此时弹出【配置修改器集】对话框，在【修改器】下面的窗口中选择所需要的命令。然后按住鼠标左键拖动到右面的按钮上，如图 4.4.3 所示。

（4）用同样的方法将所需要的命令拖过去，按钮的个数也可以设置，设置完成后可以将这个命令面板保存起来，如图 4.4.4 所示。

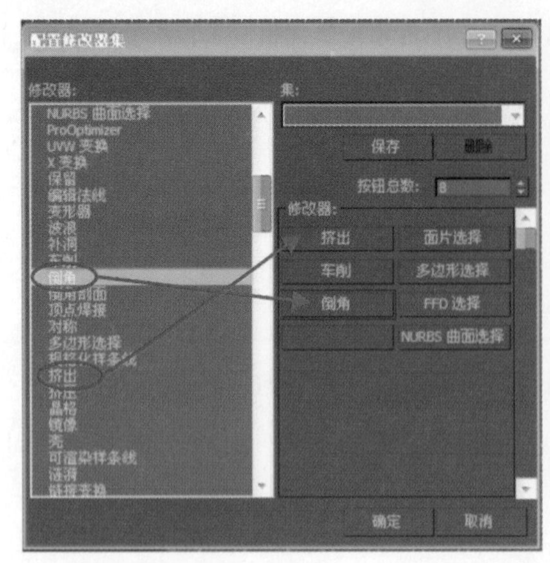

图 4.4.3　修改命令面板

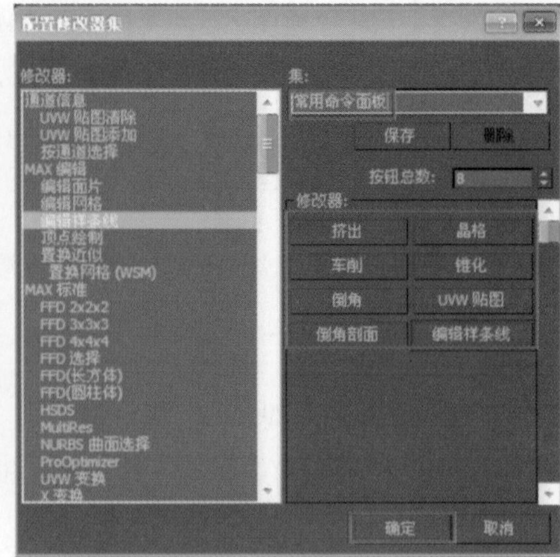

图 4.4.4　命令面板

【技巧】在实际操作中，设计师或绘图员一般都要设置一个自己常用的命令面板，这样会很直观，方便地找到所需要的修改命令，而不需要到【修改器列表】中寻找了。

4.5　设置快捷键

训练目的：设置常用快捷键是为了提高作图效率

> **训练要点**
> ☆ 启动 3ds Max2010 中文版
> ☆ 掌握 3ds Max2010 快捷键设置方法

操作步骤

（1）启动 3ds Max2010 中文版。

（2）单击菜单栏中的【自定义】/【自定义用户界面】命令，此时将弹出【自定义用户界面】对话框，以【导入文件】命令为例，在【键盘】选项卡下，将【导入文件】命令的快捷键设置为“向右箭头”键。

（3）在【自定义用户界面】对话框中的窗口中选择【导入文件】命令，在【热键】右侧的窗口中单击，在键盘中按一下“向右箭头”键，然后单击【指定】，如图 4.5.1 所示。按照上面的方法可以将其他

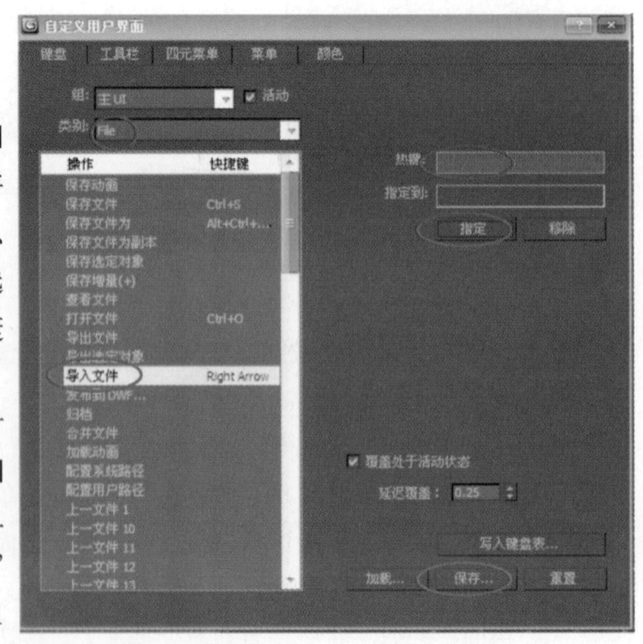

图 4.5.1　设置快捷键

的命令设置为你所习惯的快捷键。

4.6 单位设置

训练目的：通过单位设置操作将 3ds Max2010 中所用单位设置成建筑通用单位“毫米”。

训练要点

☆ 启动 3ds Max2010 中文版

☆ 使用【自定义】菜单栏中的【单位设置】来改变 3ds Max 中的单位

操作步骤

（1）启动 3ds Max2010 中文版。

（2）单击菜单栏中的【自定义】/【单位设置】命令，此时将弹出【单位设置】对话框。在【单位设置】对话框中点选【公制】选项，在下面的选择单位下拉列表中选择【毫米】选项，再单击【单位设置】对话框中的【系统单位设置】按钮，如图 4.6.1 左所示。

（3）此时将弹出【系统单位设置】对话框，在【系统单位比例】下方的下拉列表中选择【毫米】选项，单击“确定”按钮，如图 4.6.1 右所示。

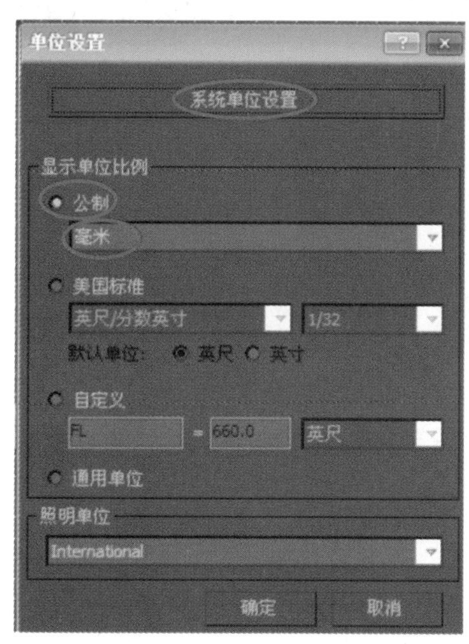

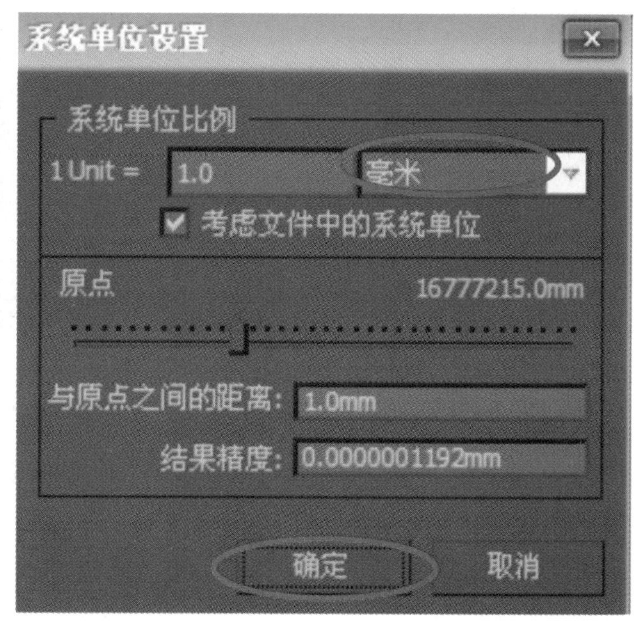

图 4.6.1 系统单位设置

（4）再返回【单位设置】对话框中。此时单位的设置已完成，在后面制作造型使用的单位全部是【毫米】。

4.7 对象成组、复制、对齐、阵列、捕捉操作

训练目的：熟悉对象成组、复制、对齐、阵列、捕捉的操作方法。

4.7.1 成组

训练要点

☆ 【打开】源文件素材

☆ 使用菜单栏中的【成组】命令将沙发的几部分合并成为一组

☆ 使用【保存】命令保存文件

图 4.7.1 成组后的沙发

操作步骤

(1) 启动 3ds Max2010 中文版。

(2) 单击菜单栏【文件】/【打开】命令，打开随书光盘中的“源文件”/“第二篇”/“成组 .max”文件，如图 4.7.2 所示。

(3) 按 Ctrl+A 键，选择沙发的所有造型，单击菜单【组】/【成组】命令，在弹出的【组】对话框中将名称命名为“单人沙发”，单击“确定”按钮，如图 4.7.3 所示。

图 4.7.2 打开的“成组 .max”文件

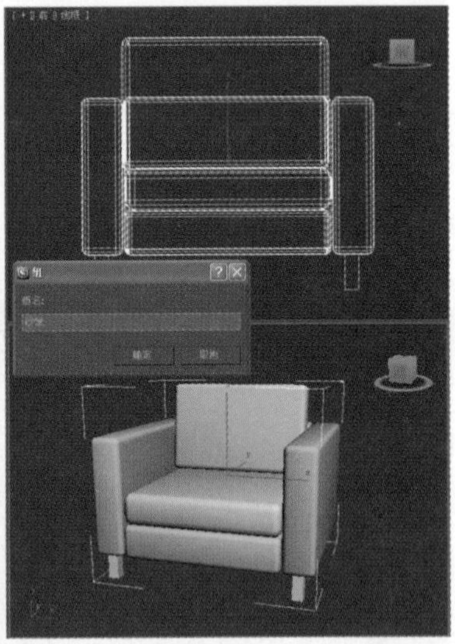

图 4.7.3 沙发成组

【技巧】一组物体成组以后，就是一体了，如果想修改某一个物体，可以单击菜单【组】/【成组】命令，此时就可以修改了，修改完成后再执行【组】/【关闭】命令，打开的物体又成为一组了。

4.7.2 复制

训练要点

☆【打开】源文件素材

☆ 使用工具栏中的移动进行复制

☆ 使用工具栏中的旋转进行复制

☆ 使用工具栏中的镜像进行复制

☆ 使用【另存为】命令进行保存

操作步骤

（1）启动 3ds Max2010 中文版。

（2）单击菜单栏【文件】/【打开】命令，打开随书光盘中的“源文件”/“第二篇”/“复制 .max”文件，如图 4.7.4 所示。

（3）单击工具栏中的 （选择并移动）按钮，选择需要复制的沙发，按住 Shift 键，在顶视图中按住鼠标左键并沿 X 轴拖动，移动至合适位置时松开鼠标左键，此时系统弹出一个【克隆选项】对话框，勾选【实例】，然后单击【确定】按钮，如图 4.7.5 所示。

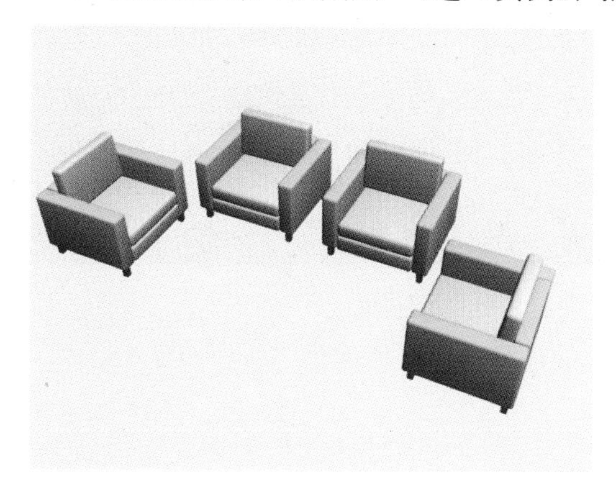

图 4.7.4 复制后的沙发

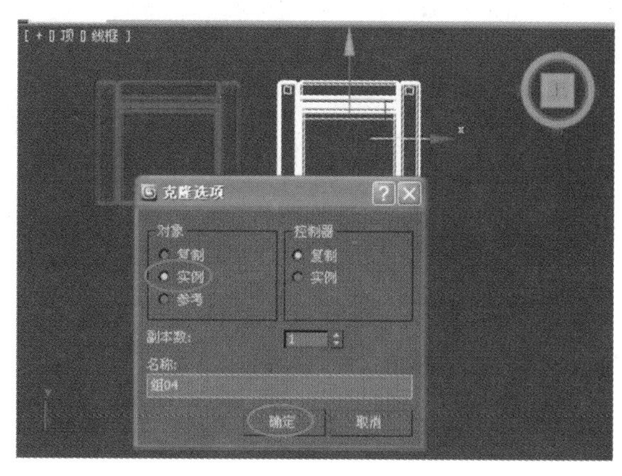

图 4.7.5 平移复制

【技巧】在复制的过程中，选择【实例】选项，可以复制出一个新的三维模型，如果修改其中的一个，其他的会跟随改变，当复制的造型完全一样时一定用此选项；如果造型不完全一样，需要进行修改时，应选择【复制】选项。

旋转复制的操作步骤。

（1）在顶视图中选择任意一个单人沙发，按一下 A 键，打开角度捕捉，默认状态下角度捕捉的度数是 5，单击工具栏中的 （选择并旋转）按钮，此时再按住 Shift 键，在顶视图沿 Z 轴（圆圈）旋转，效果如图 4.7.6 所示。

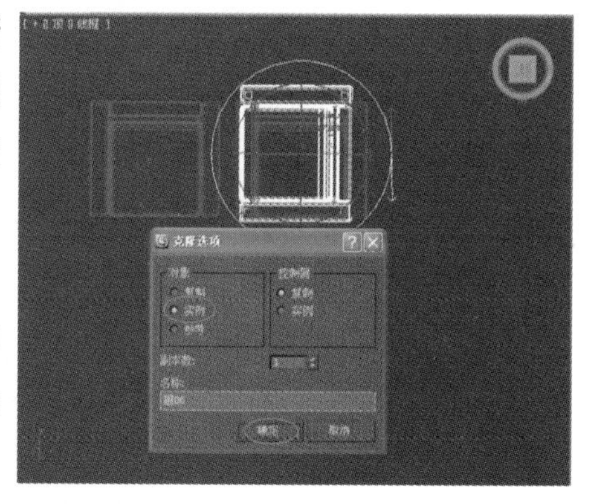

图 4.7.6 旋转复制

（2）用移动工具将旋转复制的单人沙发移动到一边，效果如图 4.7.7 所示。

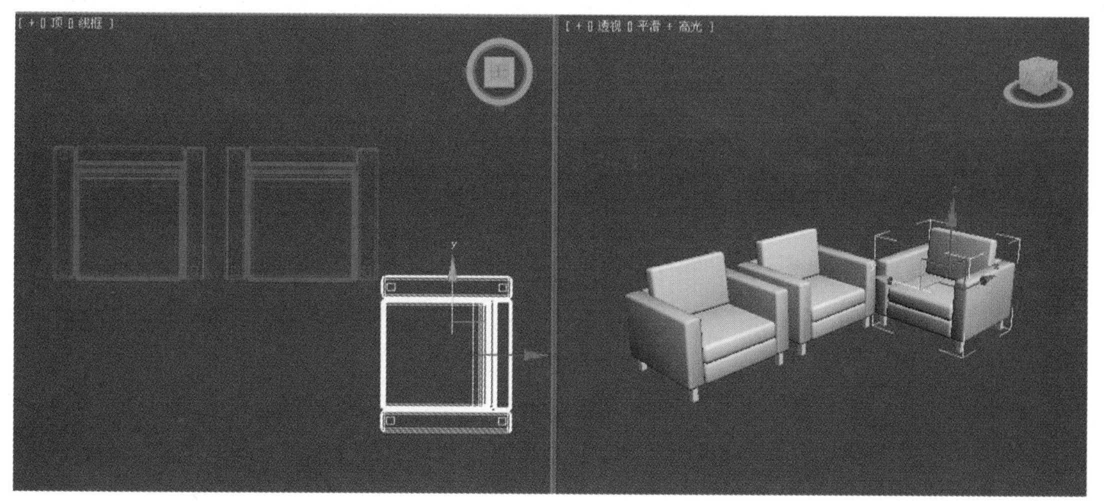

图 4.7.7 沙发移动后位置

(3) 单击工具栏中的 (镜像) 按钮，在弹出的【镜像：屏幕坐标】对话框中选择 X 轴，设置【偏移】为 -3000，单击【确定】按钮，如图 4.7.8 所示。

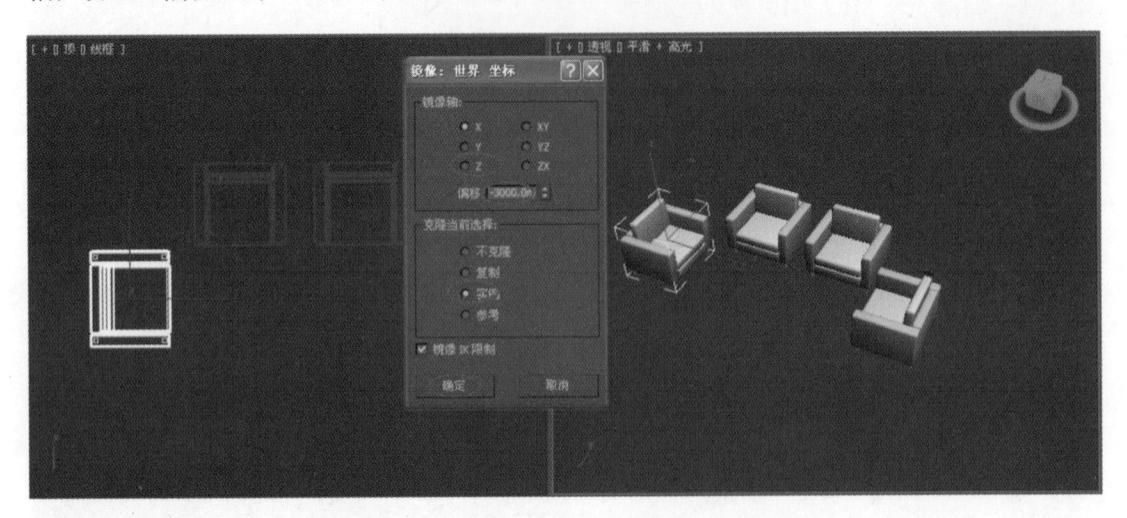

图 4.7.8　镜像复制

单击菜单【文件】/【另存为】命令。将当前的场景另命名存储为"成套沙发 .max"。

4.7.3　对齐

训练要点

☆【打开】源文件素材

☆ 使用【对齐】命令将物体对齐

☆ 使用【另存为】命令进行保存

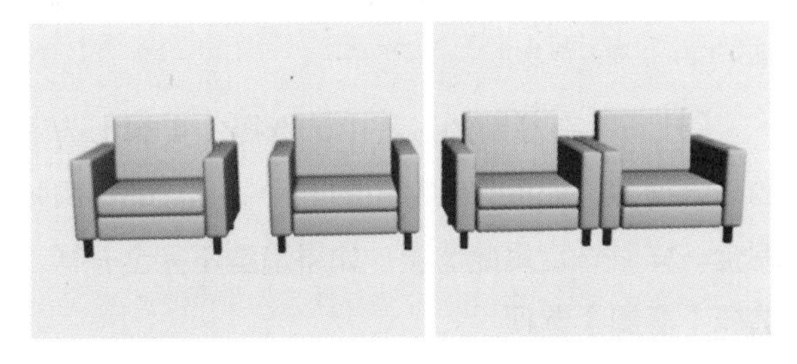

图 4.7.9　沙发对齐前后效果

操作步骤

(1) 启动 3ds Max2010 中文版。

(2) 单击菜单栏【文件】/【打开】命令，打开随书光盘中的"源文件"/"第二篇"/"对齐 .max"文件。

(3) 激活顶视图，按 Alt+W 键，将顶视图最大化显示。

(4) 选择其中一个单人沙发，单击工具栏中的 (对齐) 按钮 (快捷键是 Alt+A)，激活对齐命令，当变成对齐光标的时候单击"单人沙发"造型，在弹出的【对齐】对话框中设置参数，如图 4.7.10 所示。此时的两个沙发就沿 X 轴对齐了。

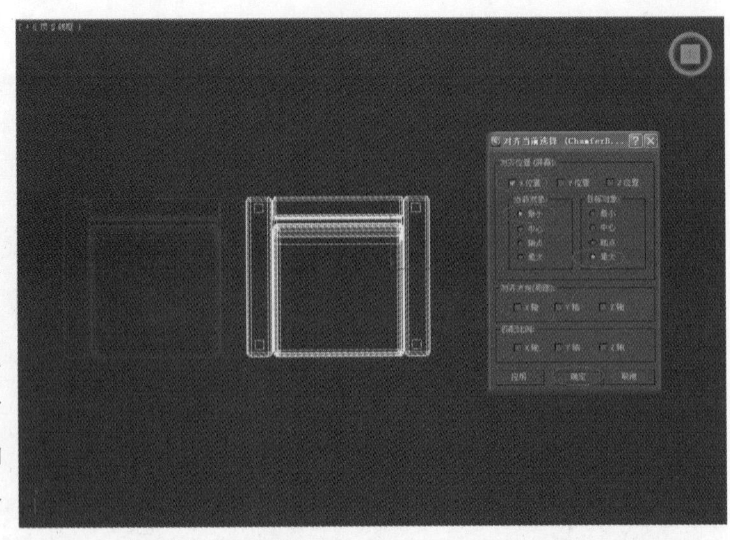

图 4.7.10　将两个单人沙发对齐

（5）单击菜单【文件】/【另存为】命令，将当前的场景另命名存储为“对齐A.max”。

4.7.4 阵列

训练要点

☆【打开】源文件素材

☆ 使用【阵列】命令生成一圈石凳

☆ 使用【另存为】命令进行保存

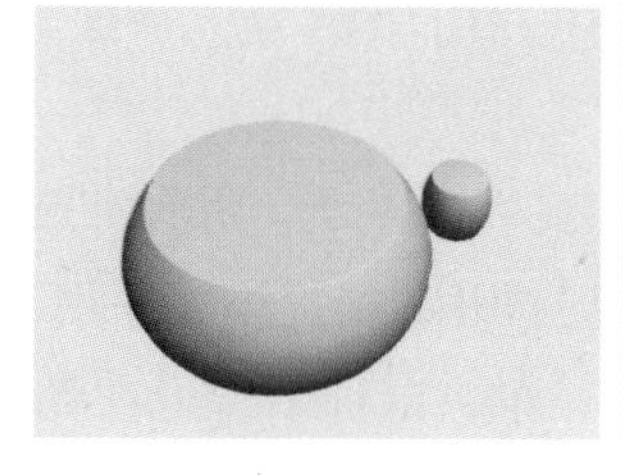
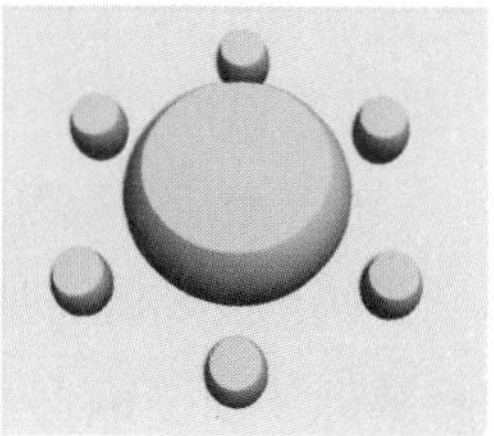

图 4.7.11　石凳阵列前后效果

操作步骤

（1）启动 3ds Max2010 中文版。

（2）单击菜单栏【文件】/【打开】命令，打开随书光盘中的“源文件”/“第二篇”/“阵列 .max”文件。

（3）激活顶视图，按 Alt+W 键，将顶视图最大化显示。

（4）选择餐椅造型，单击命令面板中的（层级）按钮，再单击 仅影响轴 按钮，在顶视图中将石凳的轴心移动到石桌的中间，如图 4.7.12 所示。

（5）单击（创建）命令，结束（层级）命令。

（6）鼠标放在工具栏的空白处，单击鼠标右键，在弹出的右键菜单中选择【附加】命令。

（7）此时【附加】工具栏就调出来了。确认石凳选择状态，单击（阵列）按钮，在弹出的【阵列】对话框中设置参数，如图 4.7.13 所示。

（8）阵列后命令完成，单击菜单【文件】/【另存为】命令，将当前的场景另命名存储为“阵列对象 A.max”。

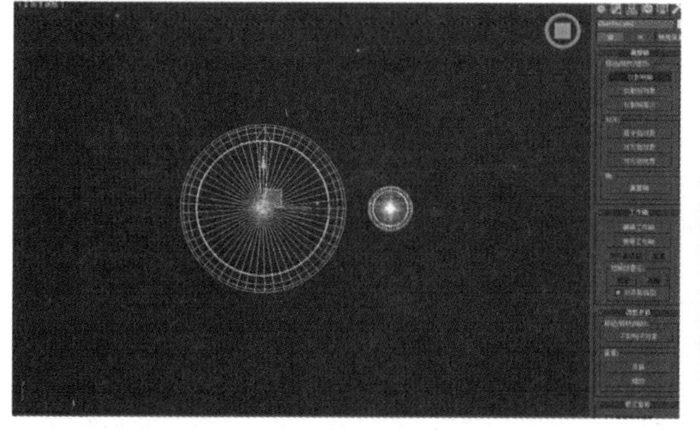

图 4.7.12　改变石凳的轴心

图 4.7.13　设置阵列参数

4.7.5 捕捉

训练要点

☆【打开】源文件素材

☆【捕捉】设置

☆ 使用【另存为】命令进行保存

操作步骤

（1）启动 3ds Max2010 中文版。

（2）单击菜单栏【文件】/【打开】命令，打开随书光盘中的“源文件”/“第二篇”/“捕捉 .max”文件（图 4.7.14）。

（3）激活前视图，按 Alt+W 键，将前视图最大化显示。

图 4.7.14　用捕捉复制窗框

（4）按 S 键将捕捉打开，捕捉模式采用 2.5 维捕捉，将鼠标放在按钮上方，单击鼠标右键，在弹出的【栅格和捕捉设置】对话框中设置【捕捉】及【选项】两个选项卡，如图 4.7.15 所示。

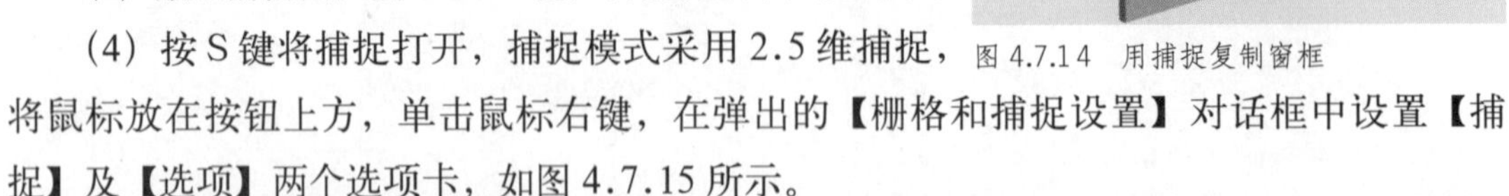

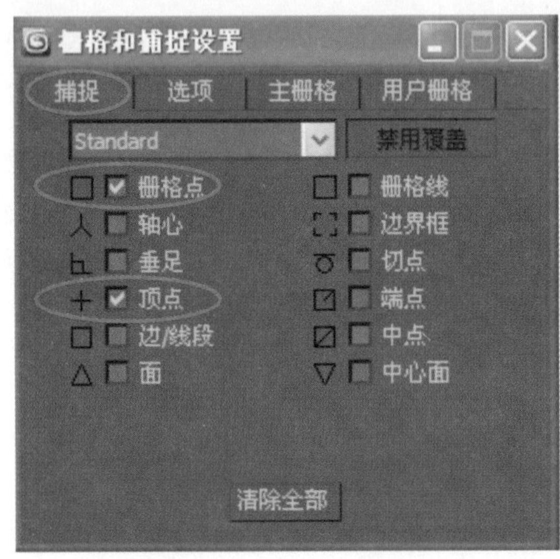

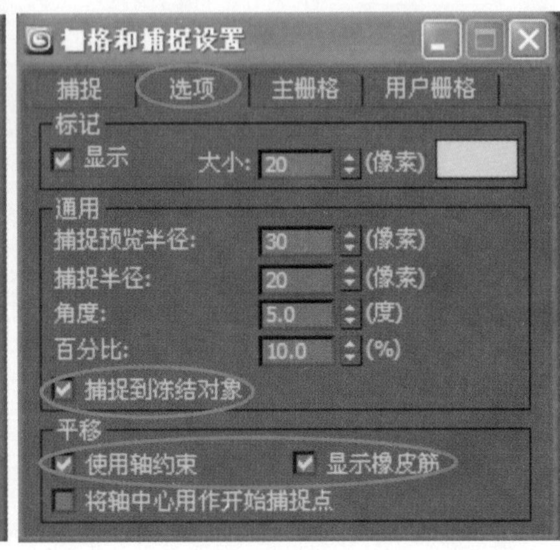

图 4.7.15　捕捉设置

（5）选择窗造型，单击工具栏中的（选择并移动）按钮，按住 Shift 键，将光标放在右下角出现蓝色的捕捉框的时候水平移动窗，放在另一个窗洞的位置，采用实例复制一个，效果如图 4.7.16 所示。

（6）选择两个窗，将鼠标放在任意一个角上，使用移动配合 Shift 键，出现捕捉框的时候往下移动鼠标，在弹出的窗口中设置参数，然后单击确定按钮，如图 4.7.17 所示。

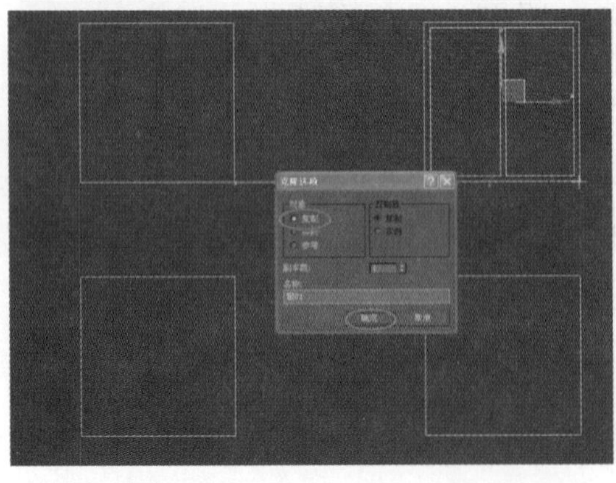

图 4.7.16　复制一个窗

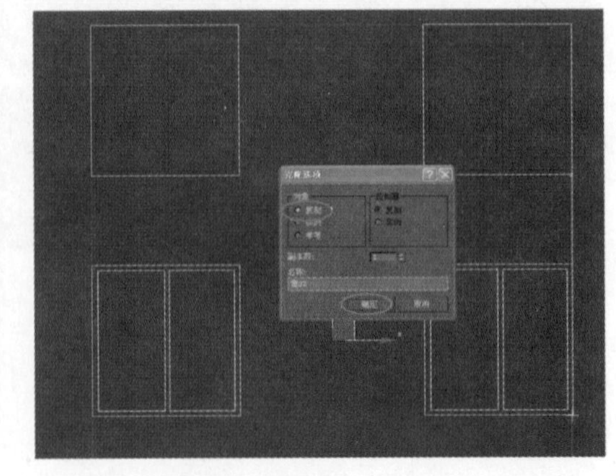

图 4.7.17　同时复制两个窗

（7）复制完成，单击菜单栏【文件】/【另存为】命令，将当前的场景另命名存储为“捕捉 A.max”文件。

5　基本体建模

5.1　茶几模型创建

实例

训练目的：本例通过制作一个简单的茶几造型来学习【长方体】的创建方法，以及参数的准确修改。茶几的模型如图 5.1.1 所示。

实例要点

☆ 创建【长方体】作为茶几面

☆ 创建【长方体】作为茶几腿

☆ 使用【实例】方式生成茶几下面层板

☆ 使用【保存】命令保存文件

图 5.1.1　茶几模型

操作步骤

（1）启动 3ds Max2010 中文版，将单位设置为毫米。

（2）单击 （创建）/ （几何体）/ 长方体 按钮，在顶视图中单击并拖动鼠标创建一个长方体，作为“茶几面”。

（3）单击 （修改）按钮进入修改面板，修改【长度】为 1000，【宽度】1000，【高度】为 60，再单击视图控制区的 （所有视图最大化显示）按钮，效果如图 5.1.2 所示。

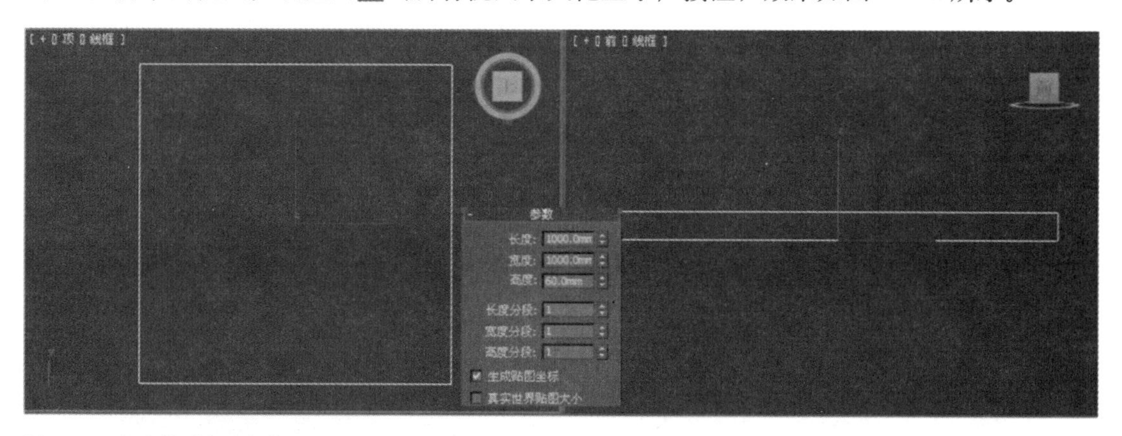

图 5.1.2　长方体形态及参数

【技巧】所有视图最大化显示快捷键为“Z”键，选中物体按“Z”键即完成操作。

（4）单击 （创建）/ （几何体）/ 长方体 按钮，在顶视图中拖动鼠标创建一个长方体，单击 （修改）进入修改面板，修改【长度】为 80，【宽度】80，【高度】

为 −480，作为“茶几腿”，如图 5.1.3 所示。

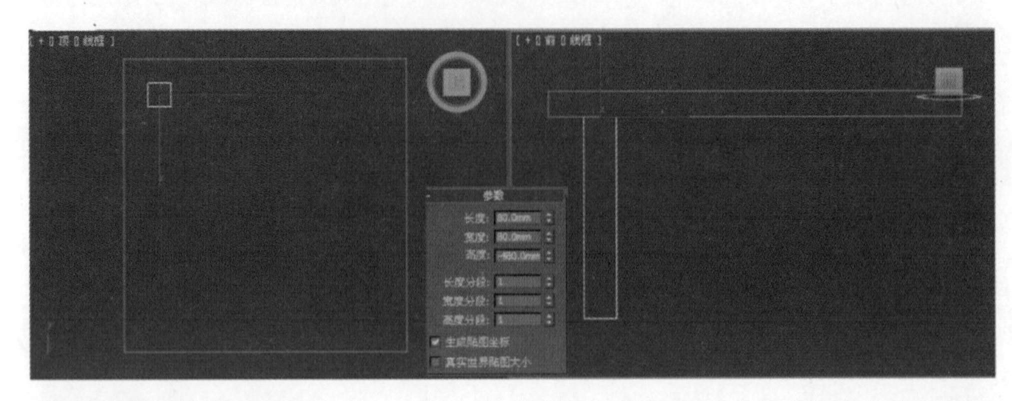

图 5.1.3 长方体参数及位置

【技巧】置分段一般是为了修改方便，如果在后面的修改编辑过程中用不到分段，那就可以将分段设置为 1 就行了，因为分段的段数越多面数就越多，占用系统资源就越大。

（5）激活顶视图，按 Alt+W 键，将顶视图最大化显示。

（6）选择长方体，单击工具栏中的 （选择并移动）按钮，按住 Shift 键，沿 x 轴拖动到合适位置松开鼠标，会弹出【克隆选项】对话框，点选【实例】，然后单击 确定 按钮，如图 5.1.4 所示。

（7）在顶视图同时选择两个长方体，沿 y 轴复制一组，位置如图 5.1.5 所示。

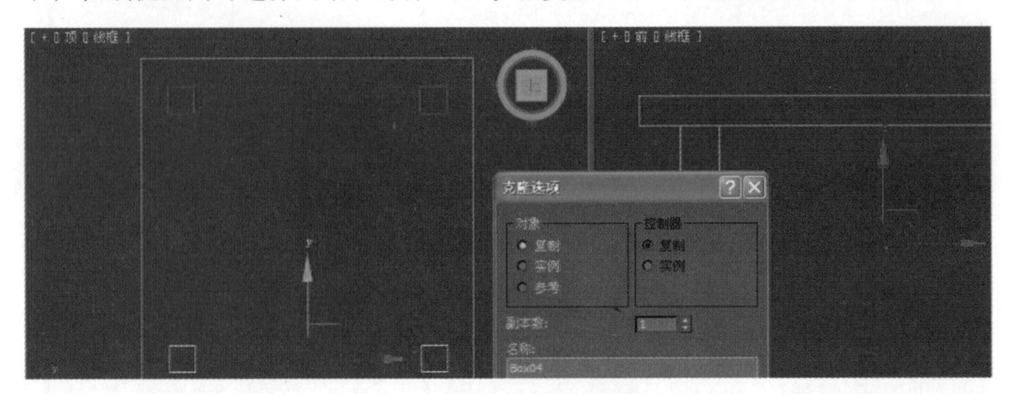

图 5.1.4 【克隆选项】对话框　　图 5.1.5 复制长方体位置

（8）选择创建长方体，在前视图中用【复制】的复制方式沿 y 轴向下复制一个长方体，作为“搁板”。单击 （修改）进入修改面板，修改【长度】值为 600，【宽度】为 1000，高度不变，生成最终模型，如图 5.1.6 所示。

图 5.1.6 生成最终模型

(9) 单击菜单栏中的【文件】/【保存】命令，将此造型保存为“茶几 .max”文件。

【小结】本例通过制作茶几造型，主要学习了【长方体】的创建及修改，在制作茶几的过程中主要掌握【复制】命令的使用，在物体完全相同的时候一定选择【实例】的复制方式；在需要修改的时候一定选择【复制】的复制方式。通过这个茶几的制作，对基本作图的思路有一个大体的了解。

拓展训练

运用【长方体】、【对齐】、【复制】等命令完成书桌模型，如图 5.1.7 所示。

台面尺寸：600 × 1200 × 15。

“桌腿”尺寸：700 × 60 × 60。

抽屉面尺寸：800 × 80。

其余尺寸请按比例自定。

图 5.1.7 书桌模型

5.2 台灯模型创建

实例

训练目的：本例通过制作一个现代的时尚地灯造型来学习【圆锥体】、【圆柱体】和【球体】的创建方法以及【半球】参数的调整。台灯的模型如图 5.2.1 所示。

实例要点

☆ 创建【圆锥体】、【圆柱】作为灯座和灯杆

☆ 创建【球体】调整【半球】作为灯罩

☆ 使用【镜像】及旋转复制得到台灯的完整灯罩

☆ 使用【保存】命令将文件保存起来

图 5.2.1 台灯模型

操作步骤

(1) 启动 3ds Max9 中文版，将单位设置为毫米。

(2) 单击 (创建) / (几何体) / 圆锥体 按钮，在顶视图种创建一个圆锥体，作为台灯的“灯座”，形态及参数如图 5.2.2 所示。

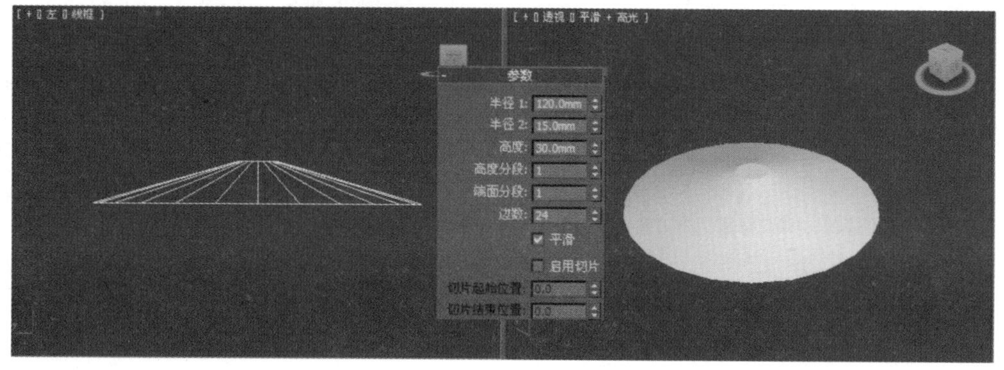

图 5.2.2 圆锥体参数设置

(3) 单击 (创建) / (几何体) / 圆柱体 按钮，在顶视图中单击并拖动鼠标创建一个圆柱体，作为地灯的"灯杆"，位置及参数如图 5.2.3 所示。

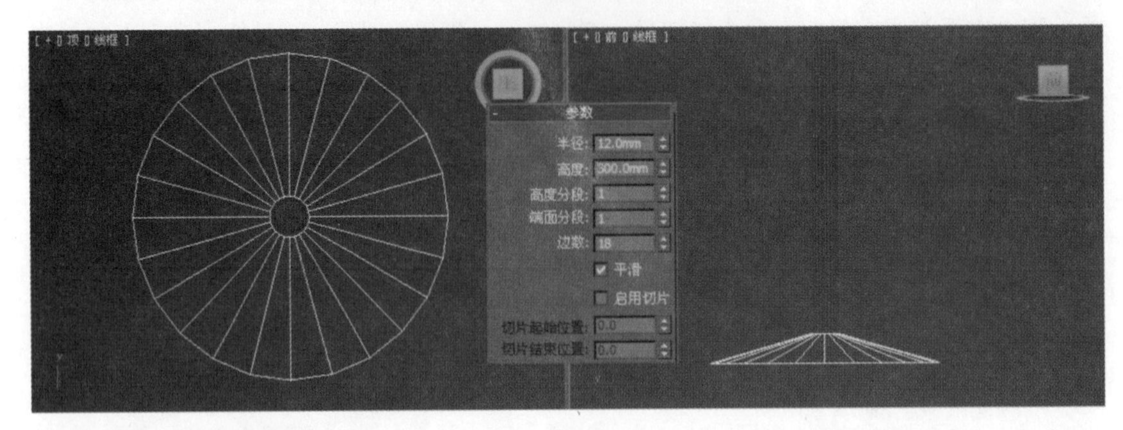

图 5.2.3　圆柱体参数设置

(4) 单击 (创建) / (几何体) / 球体 按钮，在左视图中单击并拖动鼠标创建一个球体，作为地灯的"灯罩"，位置及参数如图 5.2.4 所示。

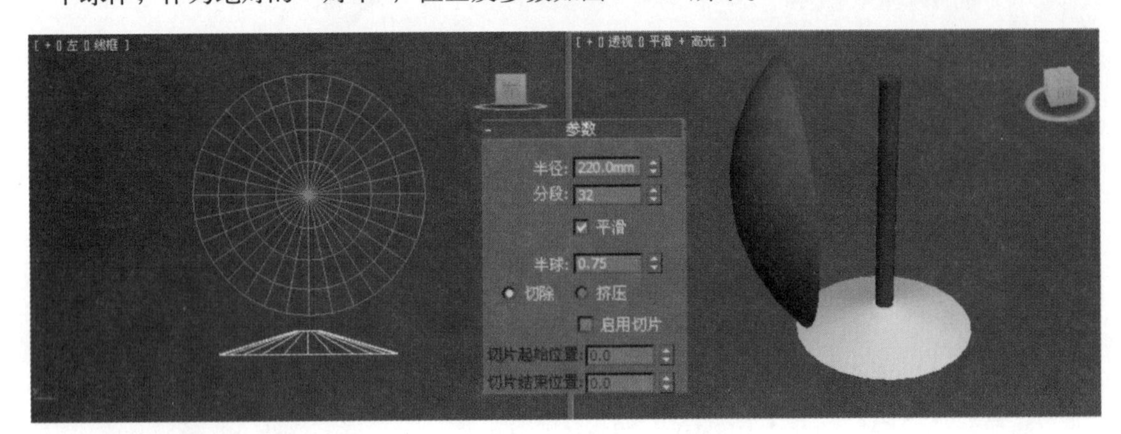

图 5.2.4　球体参数设置

(5) 单击工具栏中的 (角度捕捉) 按钮，打开角度捕捉，将鼠标光标放在该按钮的上方，单击鼠标右键，此时会弹出【栅格和捕捉设置】对话框，将【角度】设置为 45°，单击工具栏中的 {选择并旋转} 按钮，在前视图中旋转一次 (45°)，效果如图 5.2.5 所示。

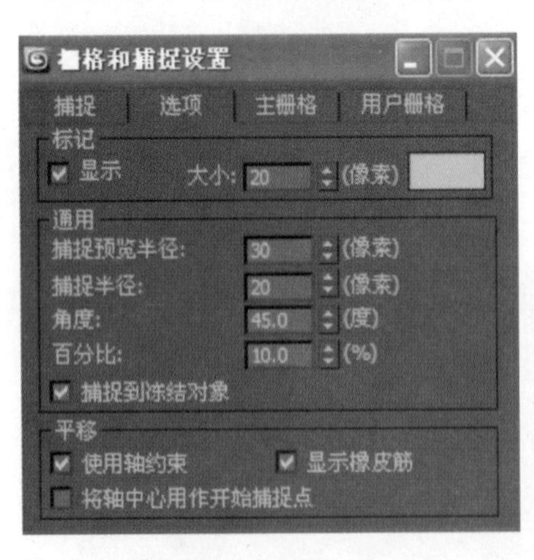

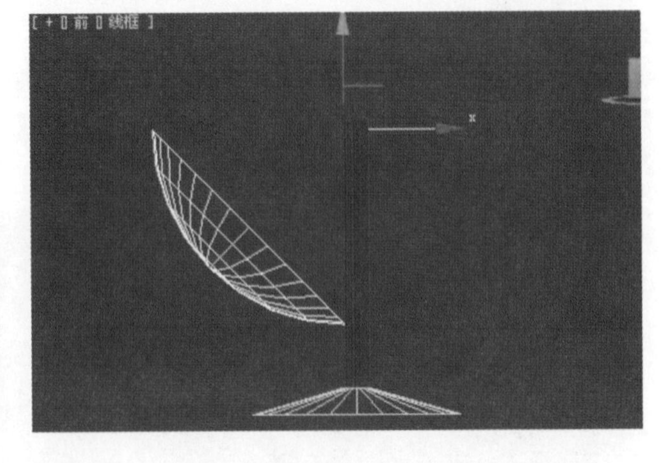

图 5.2.5　球体旋转参数设置

(6) 用工具栏中的 (镜像) 工具在前视图中沿 x 轴镜像复制一个，使用工具栏中的移动工具将镜像后的半球用捕捉模式将它移动到合适的位置，在前视图中同时选择两个半球体，再沿 y 轴镜像复制一组，用捕捉命令移动到合适的位置，如图 5.2.6 所示。

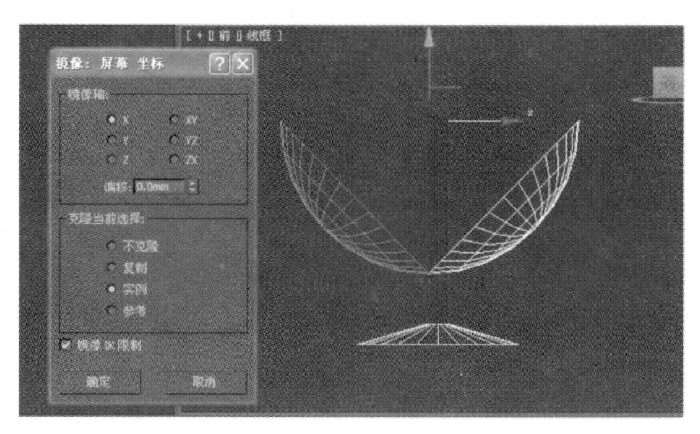

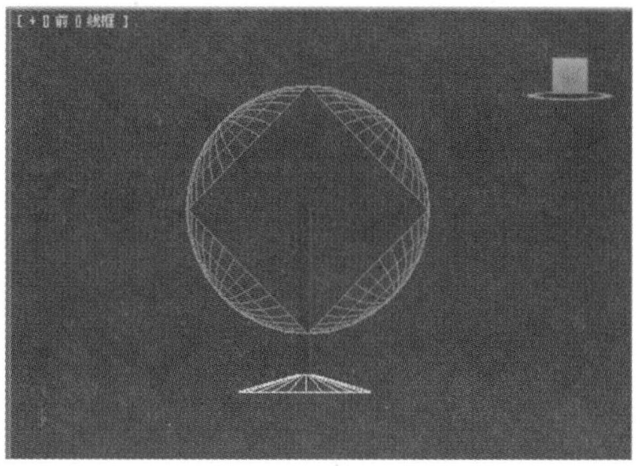

图 5.2.6　镜像、移动后模型

（7）在前视图中用旋转复制的方式复制一个，在顶视图中再旋转 90°，放在合适的位置，在顶视图中沿 y 轴镜像一个，将灯杆旋转复制三个，修改参数，作为地灯的灯架，位置如图 5.2.7 所示。

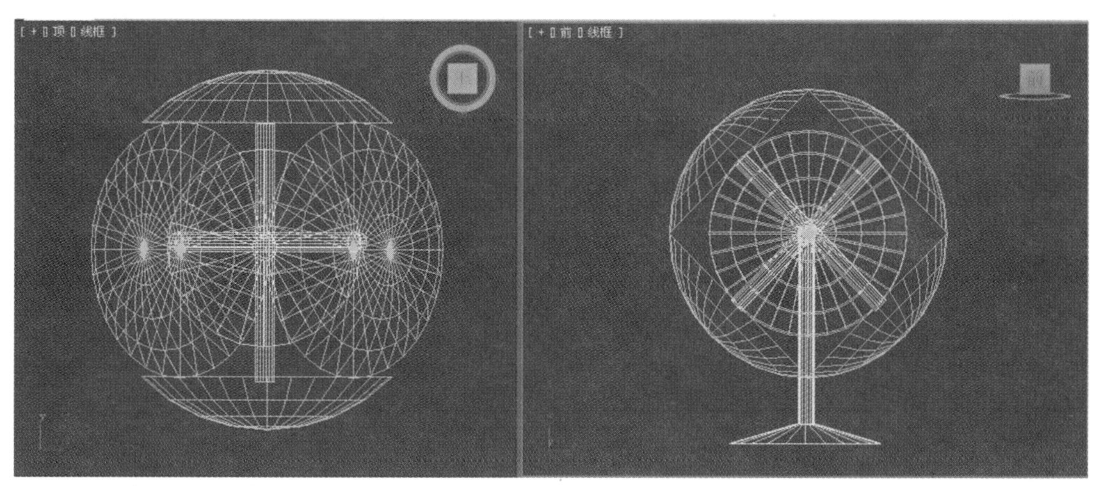

图 5.2.7　镜像、移动、调整后模型

（8）将文件进行保存，命名为“台灯模型 .max”。

拓展训练

运用所学命令完成地灯模型建立，如图 5.2.8 所示。

尺寸请按比例自定。

图 5.2.8　地灯模型

6　二维线形建模

实例

训练目的： 本例通过制作带有花饰的铁艺栏杆造型来学习线的绘制、修改及参数的调整。栏杆的最终模型如图 6.0.1 所示。

实例要点

☆ 绘制线形

☆ 使用【渲染】卷展栏下的参数让线行产生厚度

☆ 使用【保存】命令将文件存盘

图 6.0.1　铁艺模型

操作步骤

（1）启动 3ds Max2010 中文版，将单位设置为毫米。

（2）单击（创建）/（图形）/ 线 按钮，在前视图中单击鼠标左键，绘制一条直线，如图 6.0.2 所示。

（3）单击（修改）按钮进入修改面板，勾选【渲染】卷展栏下的【在渲染中启用】和【在视口中启用】选项，设置【厚度】为 10，如图 6.0.3 所示。

图 6.0.2　绘制直线

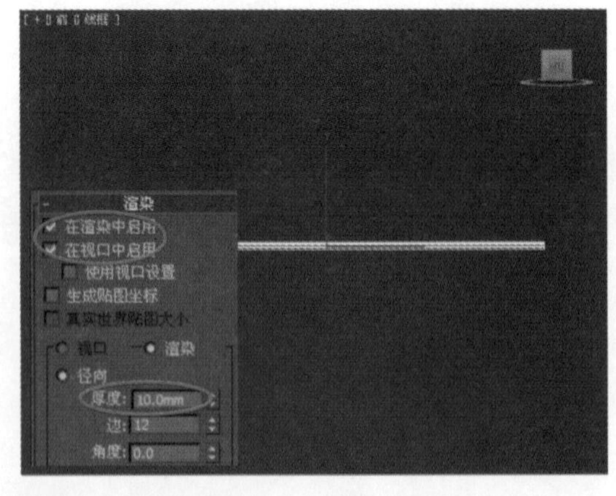

图 6.0.3　设置渲染参数

【技巧】在默认状态下，二维线形在渲染时是看不见的，必须勾选【渲染】卷展栏下的【在渲染中启用】选项，二维线形才可以在渲染时显示出来。调整【厚度】的数值大小可改变线形的粗细，勾选【在视口中启用】，可以在视图中直接观察到渲染时的粗细。

（4）在前视图中用移动复制的方法复制一个，如图 6.0.4 所示。

（5）在前视图中绘制立式的线形，设置【渲染】卷栏下的【厚度】为 4，形态如图 6.0.5 所示。

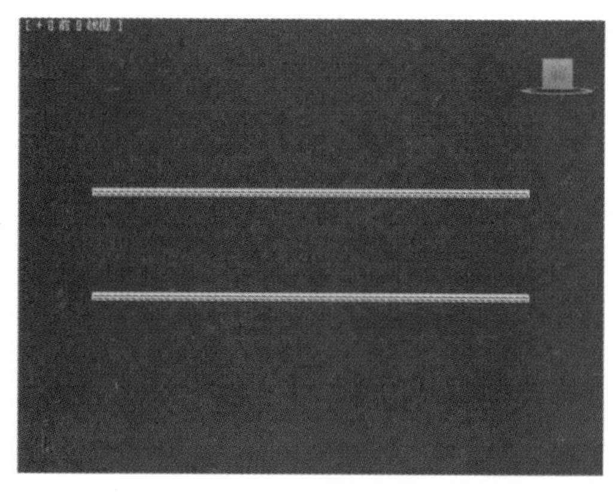

图 6.0.4　复制直线

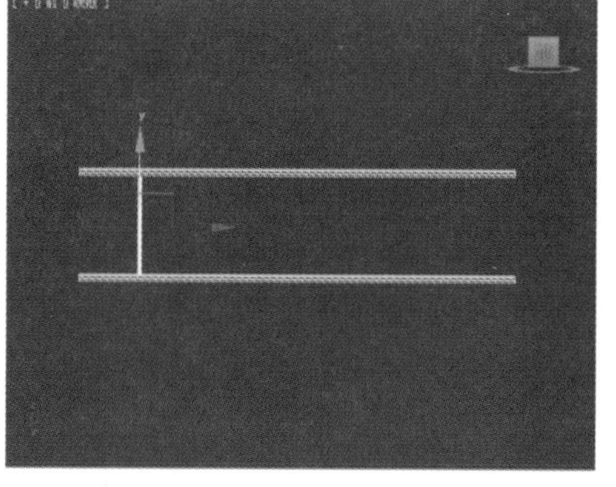

图 6.0.5　绘制立杆

【技巧】在绘制线形的时候，按住 Shift 键，可以绘制水平或垂直的直线。

（6）在前视图中用线命令绘制出铁艺的花饰，可以先以直线的形式进行绘制，根据构图的对称性，只需绘制 1/4 就可以了，如图 6.0.6 所示。

（7）按 1 键，进入▇（顶点）子物体层级，选中所有的顶点，单击鼠标右键，在弹出的右键菜单中选择【平滑】命令，将顶点的模式改为平滑，从而得到过度圆滑的线形，如图 6.0.7 所示。

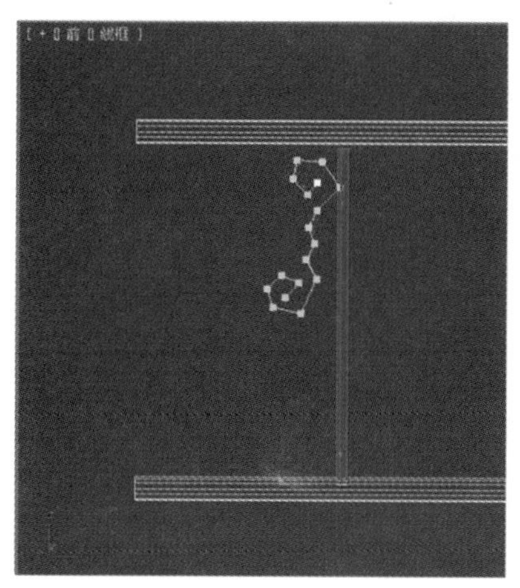

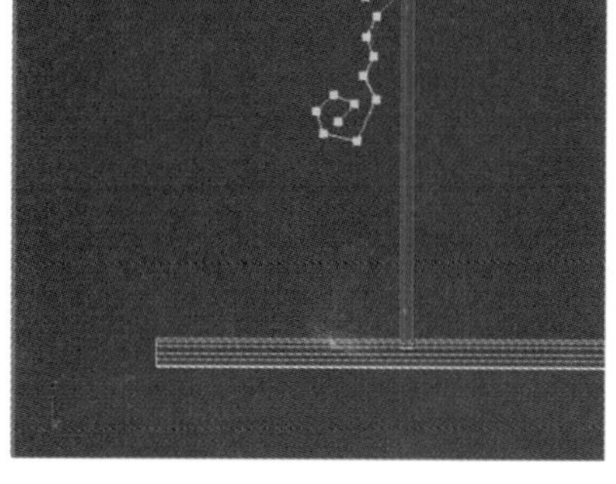

图 6.0.6　绘制花样

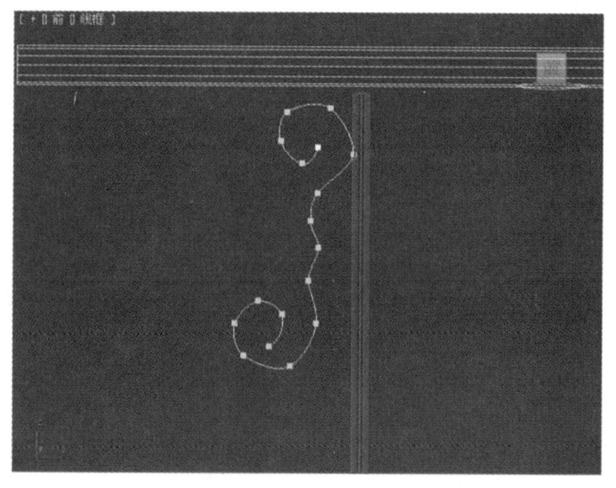

图 6.0.7　修改花样【平滑】

（8）如果有个别的顶点没有修改到位，也可以单独选中该顶点，右键选择【Bezier】模式，通过调整贝塞尔点的控制杆来修改曲线的造型，再经过【渲染】设置、【镜像】、【移动】调整后如图 6.0.8 所示。

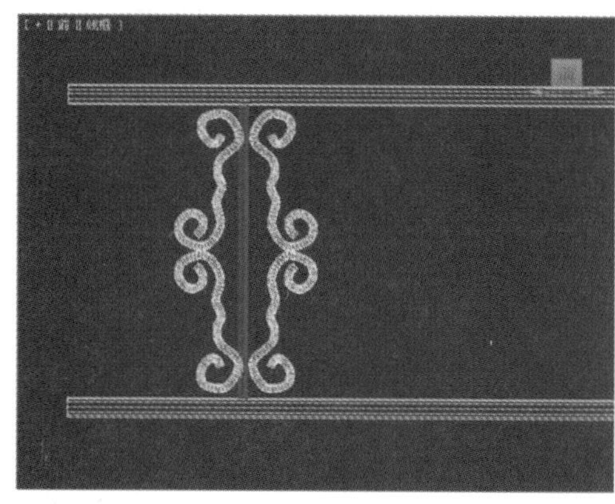

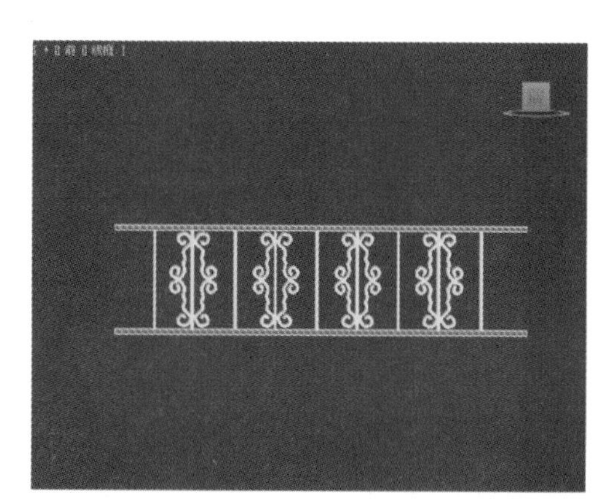

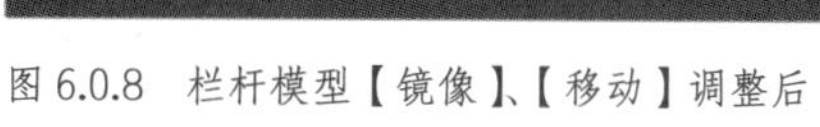

图 6.0.8　栏杆模型【镜像】、【移动】调整后

(9) 按 Ctrl+S 键，将制作的栏杆保存为“栏杆模型 .max”。

拓展训练

运用二维线形建模完成中式屏风模型，如图 6.0.9 所示。

屏风外围尺寸宽：800，高：2400。

其余尺寸请按比例自定。

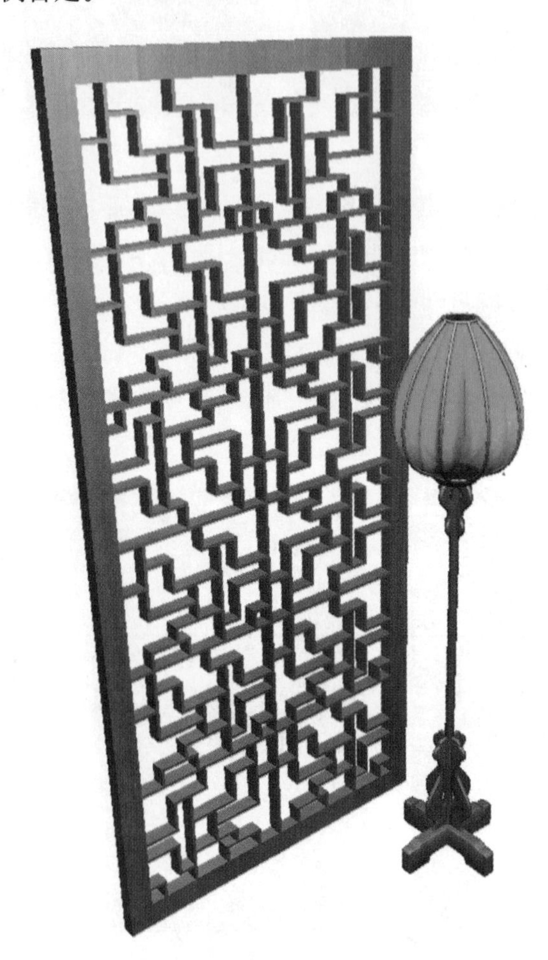

图 6.0.9　屏风模型

7 二维转三维建模

7.1 挤出——建筑墙体创建

实例

训练目的：本例通过导入 CAD 图纸，用【挤出】命令制作一套居室墙体，【挤出】命令是建筑效果图建模中最常用的命令之一。墙体的模型如图 7.1.1 所示。

实例要点

☆ 将 CAD 图纸【导入】到场景中的使用

☆ 使用【捕捉】名用【线】绘制墙体

☆ 使用【挤出】命令生成墙体

☆ 使用【保存】命令将文件存盘

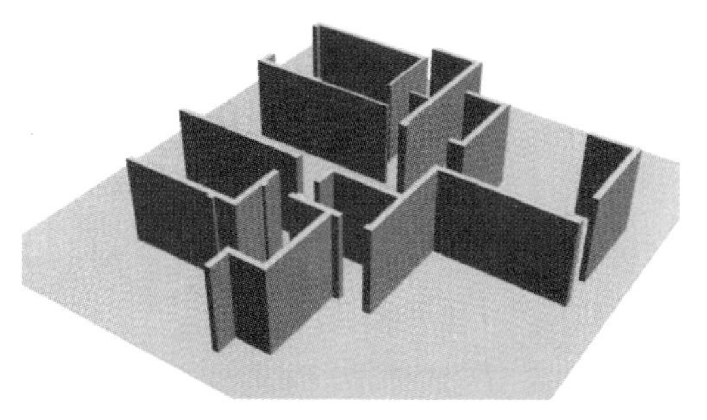

图 7.1.1 铁艺模型

操作步骤

（1）启动 3ds Max2010 中文版，将单位设置为毫米。

（2）单击菜单栏中的【文件】/【导入】命令，在弹出的【选择要导入的文件】对话框中，选择随书光盘/“源文件素材”/“第二篇”文件夹，选择文件类型为 AutoCAD（*.DWG，*.DXF）格式，在对话框中选择“住宅户型 .dwg”文件，然后单击 打开(O) 按钮，如图 7.1.2 所示。

（3）在弹出的【AutoCAD DWG/DXF 导入选项】对话框中单击 确定 按钮，如图 7.1.3 所示。

图 7.1.2 导入 CAD 图纸

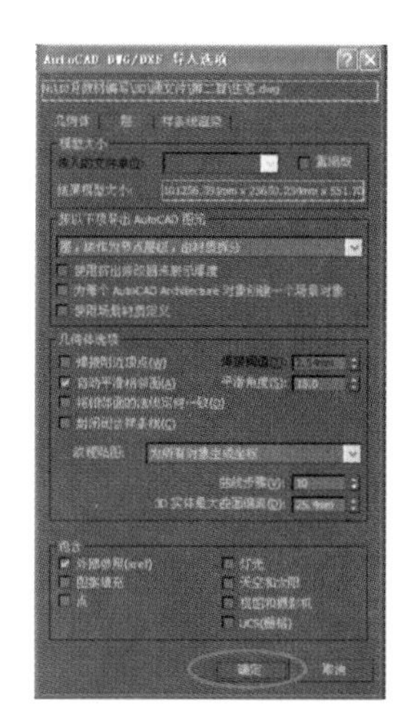

图 7.1.3 导入选项设置

（4）住宅的 AutoCAD 图纸就导入到 3ds Max 中，效果如图 7.1.4 所示。

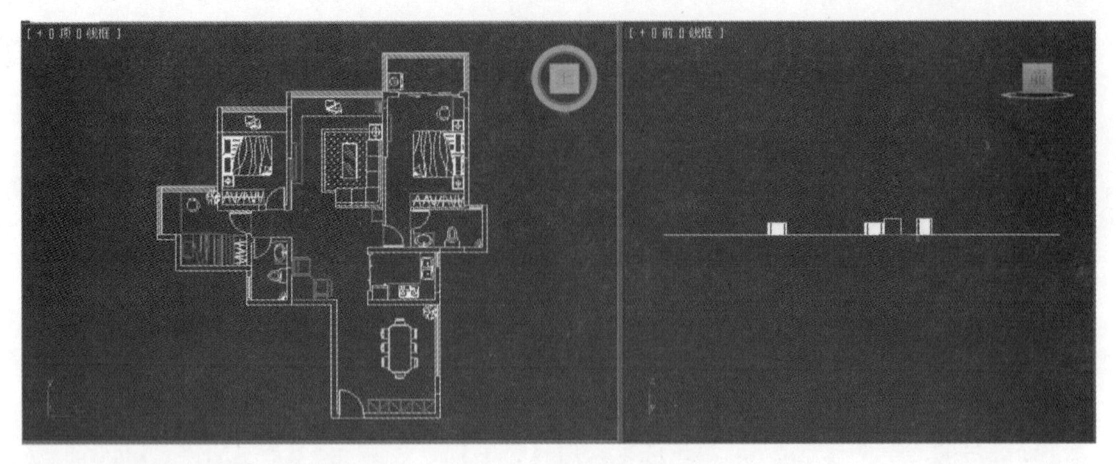

图 7.1.4　CAD 图形文件导入到 3ds Max 中

【技巧】导入 CAD 文件之前，可以先将平面图移动到原点（0,0）的位置，清除多余的线条，便于在 3ds Max 中控制建模位置，以提高建模速度。导入平面图的目的就是起到了一个参照的作用，为在建立模型的时候提供方便，更能清楚地理解这个户型的结构。

(5) 按 Ctrl+A 键，选择所有线形，为线形指定一个便于观察的颜色，如图 7.1.5 所示。

(6) 单击菜单栏的【组】/【成组】的命令，在弹出的【组】对话框中单击 确定 按钮，如图 7.1.6 所示。

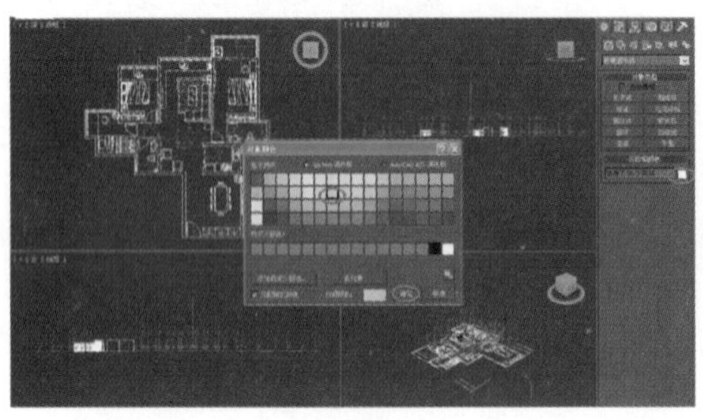

图 7.1.5　指定图线颜色

图 7.1.6　将图线成组

(7) 激活顶视图，按 Alt+W 键，将视图最大化显示。

(8) 按 S 键将捕捉打开，捕捉模式采用 2.5 维捕捉，将鼠标放在按钮上方，单击鼠标右键，在弹出的【栅格和捕捉设置】对话框中设置参数，如图 7.1.7 所示。

(9) 单击 (创建) / (图形) / 线 按钮，在顶视图中绘制墙体内部封闭线形，如图 7.1.8 所示。

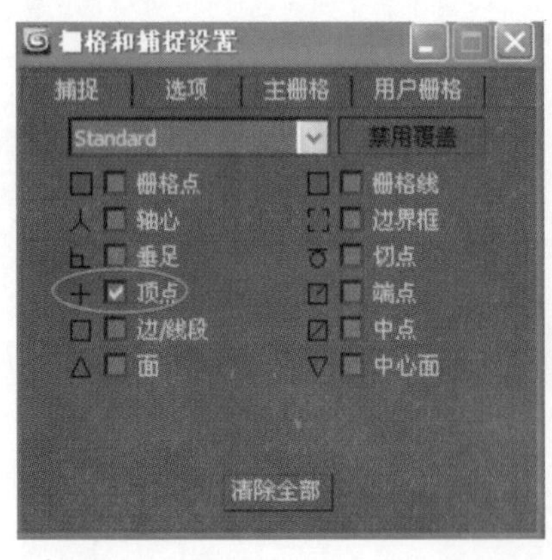

图 7.1.7　设置捕捉模式

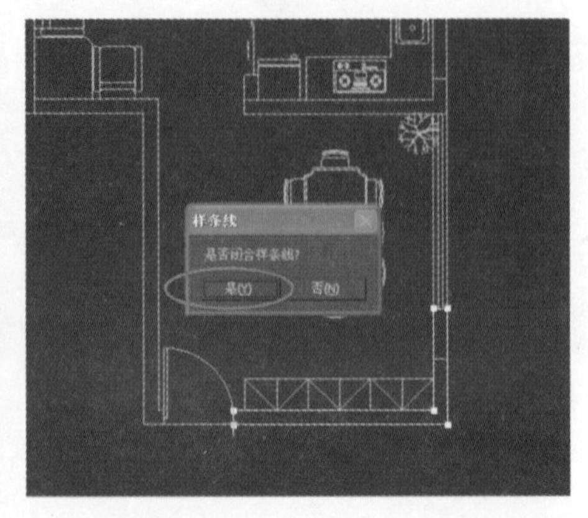

图 7.1.8　绘制封闭墙线

（10）在【对象类型】卷展栏中将前面的选择取消，这样接下来绘制的线形是一体的，如图 7.1.9 所示。

（11）用同样的方法将其他的墙体绘制出来，最终效果如图 7.1.10 所示。

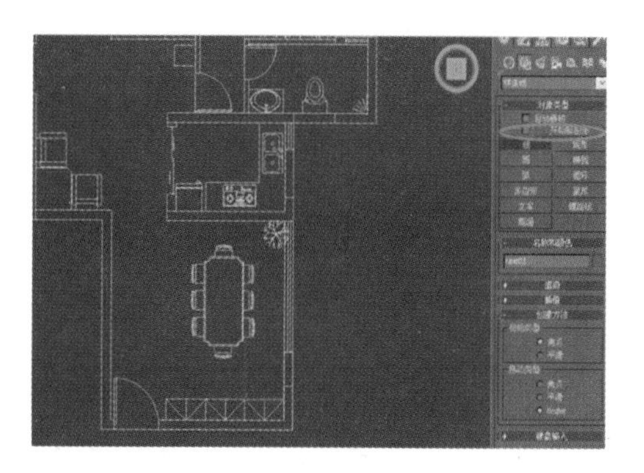

图 7.1.9　取消选项

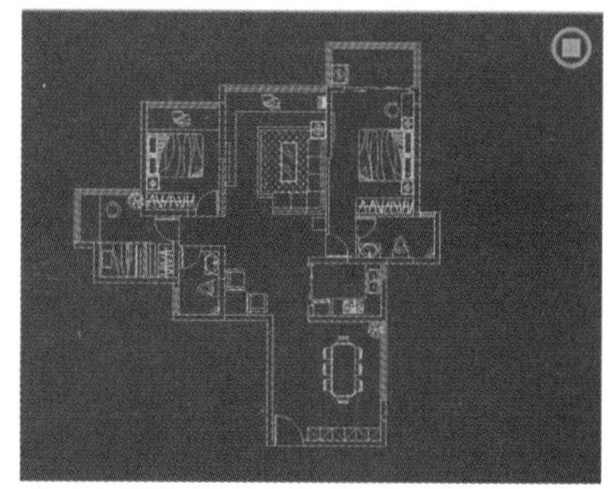

图 7.1.10　墙线绘制完毕

（12）单击（修改）按钮进入修改面板，为绘制的线形施加一个【挤出】命令，【数量】设置为 2800（即房间的层高为 2.8 米），如图 7.1.11 所示。

（13）将文件进行保存，命名为“住宅墙体 .max”。

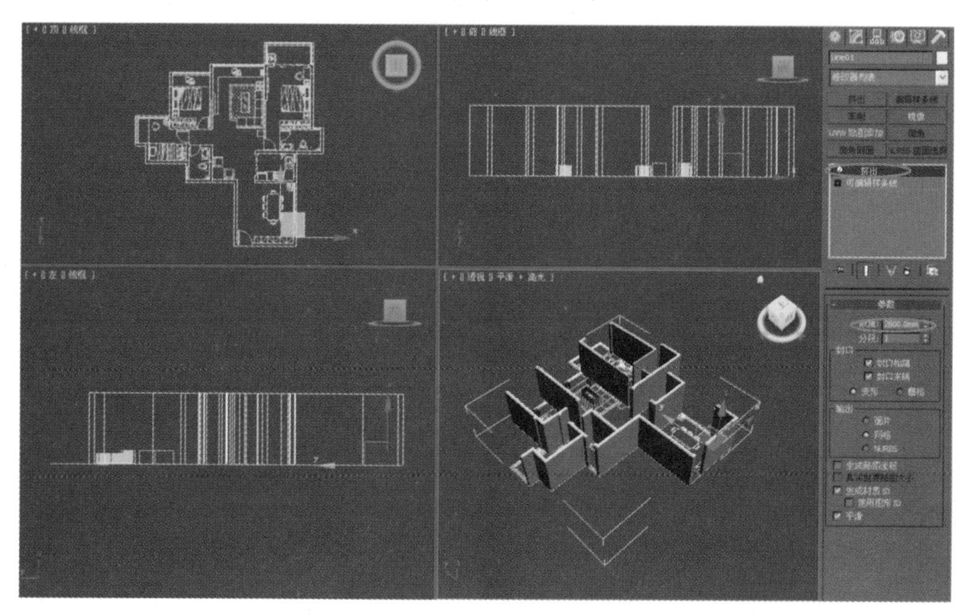

图 7.1.11　保存文件

拓展训练

运用二维转三维建模方法，完成建筑模型建立，如图 7.1.12 所示。

只需建立外墙及窗户，材质用不同颜色区分。

根据平面图的位置，尺寸按比例自定。

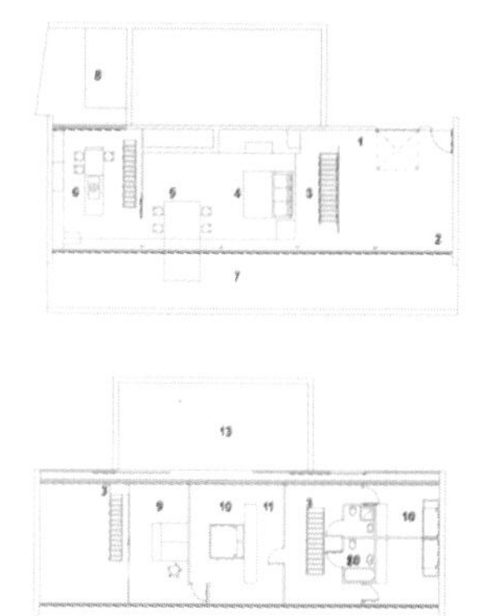

图 7.1.12　完成后的建筑模型

7.2 车削——室内天花模型创建

实例

训练目的：本例通过制作室内天花造型，来学习【车削】命令的使用与修改，室内天花的效果如图 7.2.1 所示。

实例要点

☆ 绘制天花的剖面线

☆ 使用【车削】进行修改

☆ 使用【保存】命令将文件存盘

图 7.2.1 天花造型

操作步骤

（1）启动 3ds Max2010 中文版，将单位设置为毫米。

（2）用线命令在前视图中绘制出异形天花的截面，高度为 80，长度为 200，形态如图 7.2.2 所示。

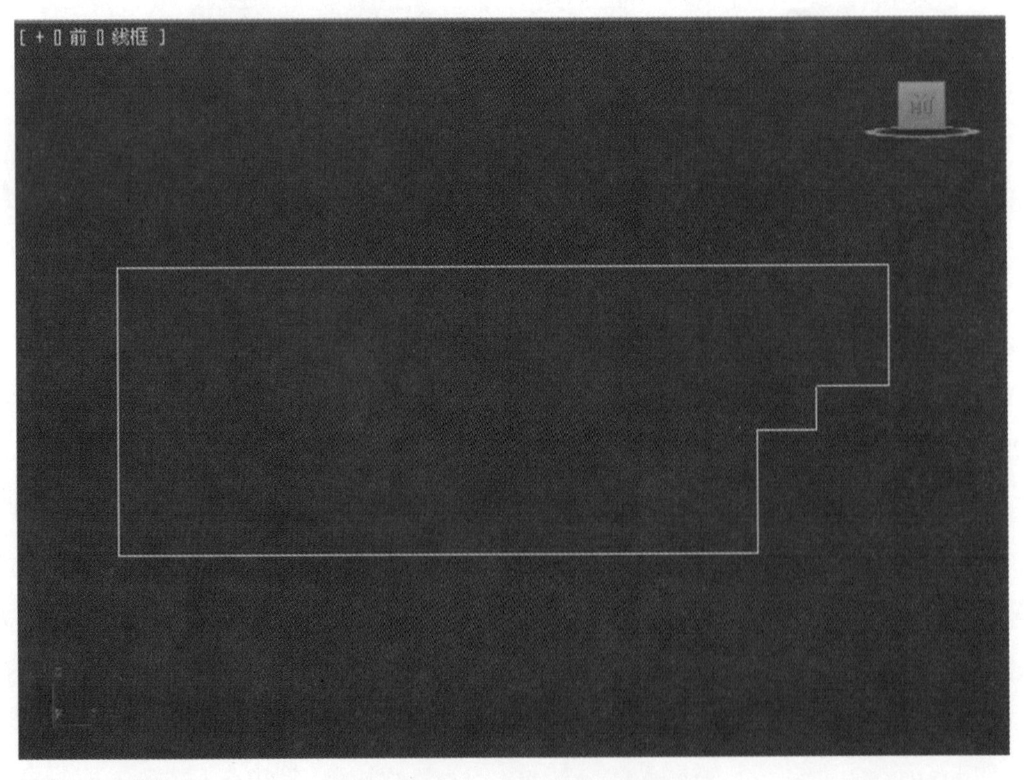

图 7.2.2 绘制截面

【技巧】在绘制有数值的线形的时候，可以先在视图中绘制一个【矩形】做参照，绘制完线形后将矩形删除，这样就不会出现比例失调的现象。

（3）确认绘制的线形处于选择状态，为它添加一个【车削】命令，将车削前面的点开，激活轴，在顶视图中沿 x 轴向右移动鼠标，调整出异形天花的形态及大小。然后分别设置【分段】为 41、6、4，模型如图 7.2.3 所示。

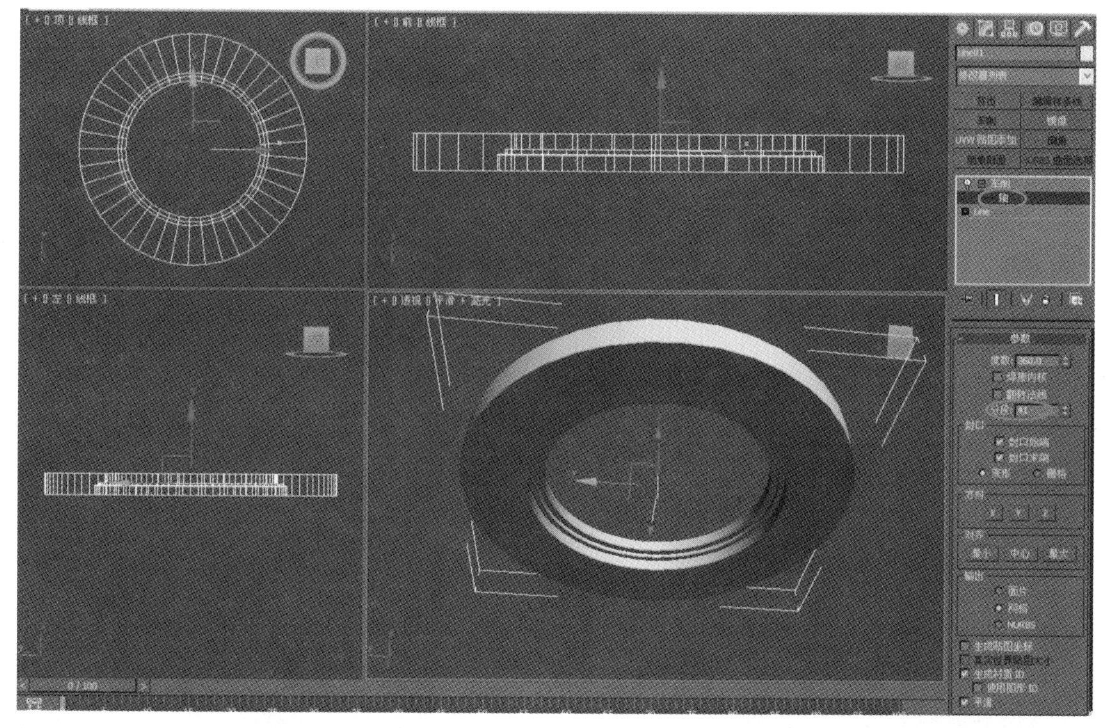

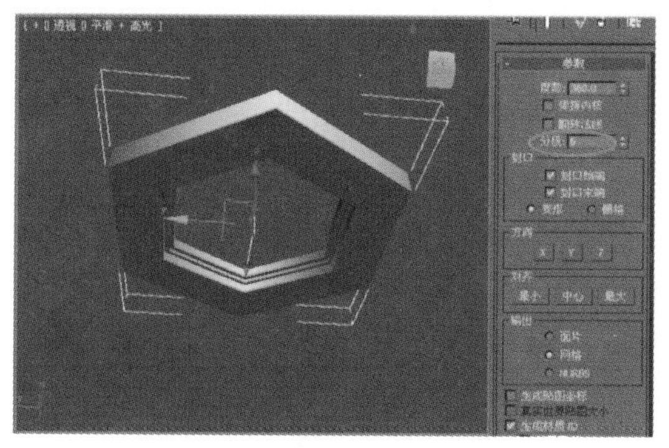

图 7.2.3　车削命令制作天花模型

（4）将文件进行保存，命名为“天花模型 .max”。

拓展训练

运用二维转三维建模方法，完成花瓶模型建立，如图 7.2.4 所示。

只需建立花瓶模型，材质用单一颜色替代。

尺寸、比例根据花瓶造型自定。

读者也可根据自己创意创建出不同的花瓶造型。

【技巧】如果感觉【车削】后的物体不是很理想，可以在修改面板中将 车削 打开，然后激活 轴 层级。用移动工具进行移动，调整至合适后关闭即可。

图 7.2.4　花瓶效果

7.3 倒角——中式木门

实例

训练目的：本例通过制作一个中式木门造型来学习【倒角】命令的使用，通过绘制矩形，再配合【挤出】命令，制作出木门的各个组合部分，完成整个木门的制作。木门的模型如图 7.3.1 所示。

实例要点

☆ 在前视图中绘制两个矩形

☆ 使用【编辑样条线】命令附加为一体

☆ 执行【倒角】命令制作出门的厚度及收边

☆ 使用【保存】命令将文件存盘

图 7.3.1 木门造型

操作步骤

(1) 启动 3ds Max2010 中文版，将单位设置为毫米。

(2) 在前视图中创建矩形 2000×800，单击右键转换为【可编辑样条线】，执行【轮廓】，设置参数 100，如图 7.3.2 所示。

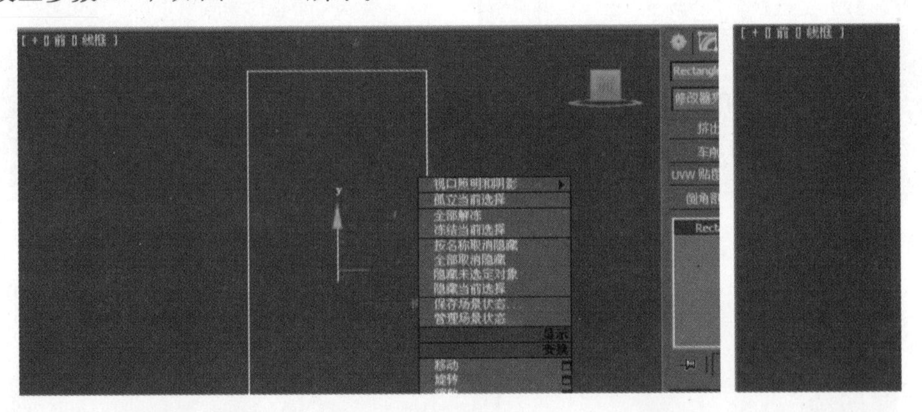

图 7.3.2 创建门扇轮廓

(3) 然后添加一个【倒角】命令，调整参数如图 7.3.3 所示。

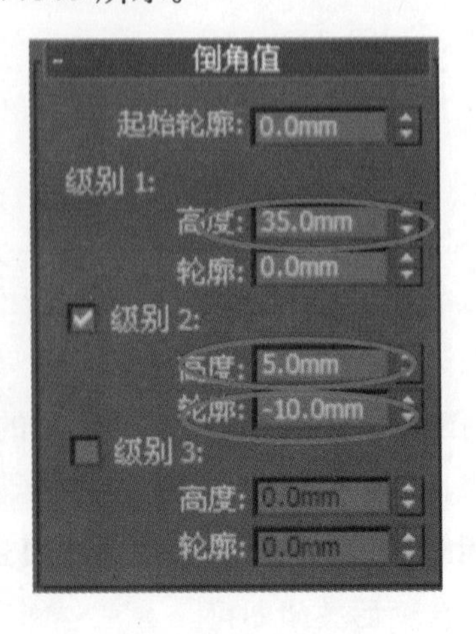

图 7.3.3 倒角参数设置

（4）在前视图中绘制矩形，执行【挤出】命令，设置挤出参数为 20，如图 7.3.4 所示。

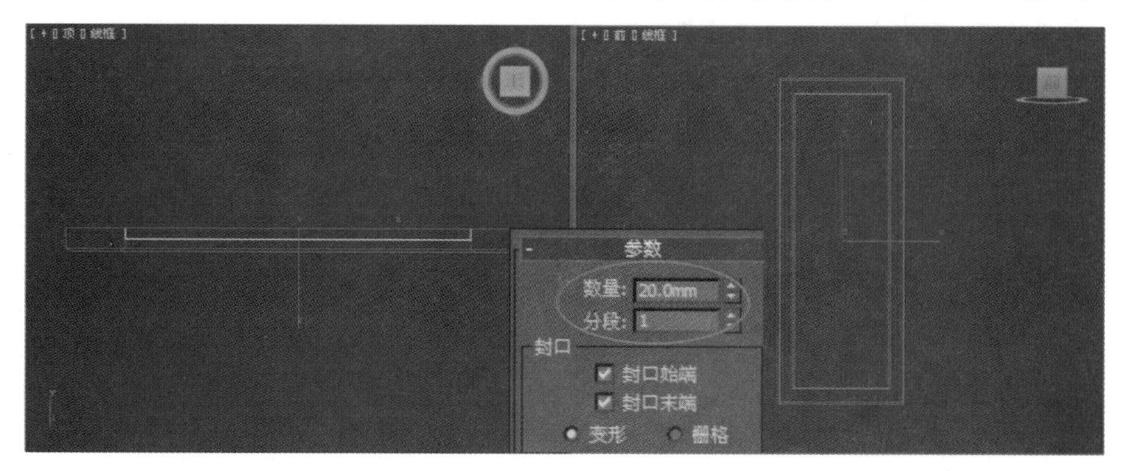

图 7.3.4　制作门板

（5）在前视图中绘制矩形，移动、复制后执行【倒角】命令，如图 7.3.5 所示。

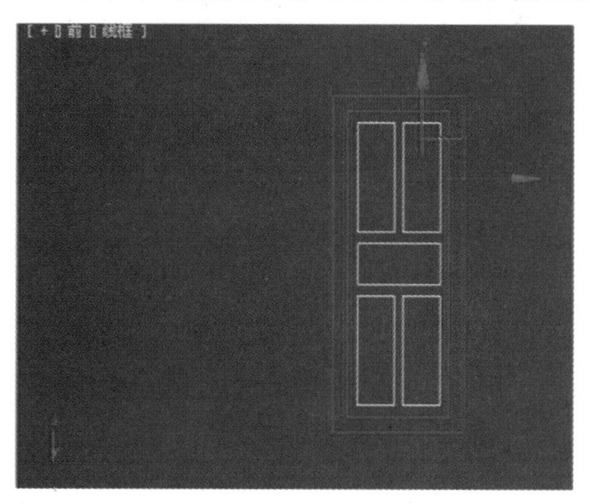

图 7.3.5　制作门扇凹凸造型

（6）激活透视图，按 Shift+Q 键，快速渲染透视图，效果如图 7.3.6 所示。

图 7.3.6　中式木门效果

（7）将文件进行保存，命名为“方格木门 .max”。

【技巧】我们使用【倒角】命令可以来制作一些带有倒角的物体，例如倒角字、家具的斜切状边缘等。总之，掌握熟练【倒角】参数的调整。会制作出现实生活中很逼真的造型。

拓展训练

倒角建模方法，完成立体字建立，如图 7.3.7 所示。

提示：通过【创建】—【图形】—【文本】创建文本转换为可编辑样条线后执行【倒角】命令。字体、大小、内容可自定。

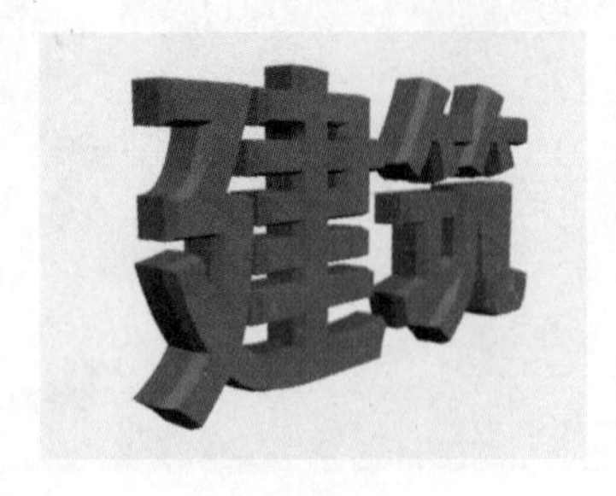

图 7.3.7　立体字建立

7.4　倒角剖面——接待台

实例

训练目的：本例通过制作接待台造型来学习使用【倒角剖面】命令制作前厅接待台的造型，完成后的模型效果如图 7.4.1 所示。

实例要点

☆ 在顶视图中创建矩形并进行修改后作为路径

☆ 在前视图中绘制线形为剖面线

☆ 使用【倒角剖面】命令生成接待台造型

☆ 使用【保存】命令进行存盘

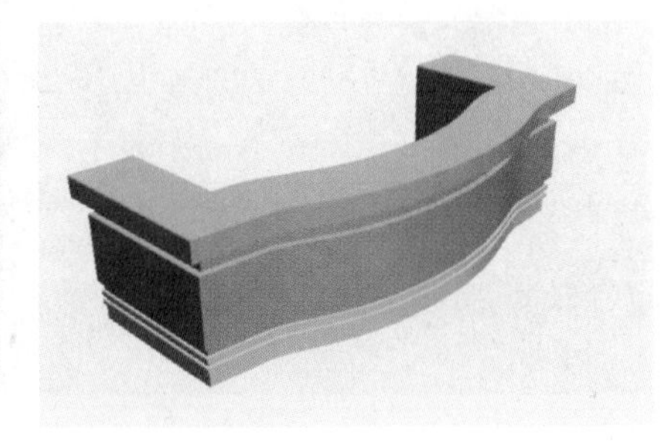

图 7.4.1　接待台造型

操作步骤

（1）启动 3ds Max2010 中文版，将单位设置为毫米。

（2）在顶视图中创建一个 800×2400 的矩形，作为“路径”，然后执行【编辑样条线】命令按 2 键，进入■（线段）子物体层级，将上面的线段删除。

（3）单击右键【细化】，为样条线增加节点，按 1 键，激活（顶点）子物体层级，调整下面两个顶点形态，如图 7.4.2 所示。

（4）单击右键选择 Bezier，调整节点，作为接待台最终路径，如图 7.4.3 所示。

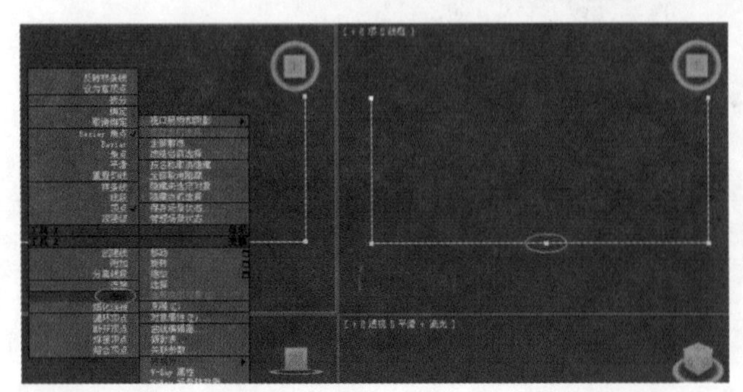

图 7.4.2　创建接待台路径

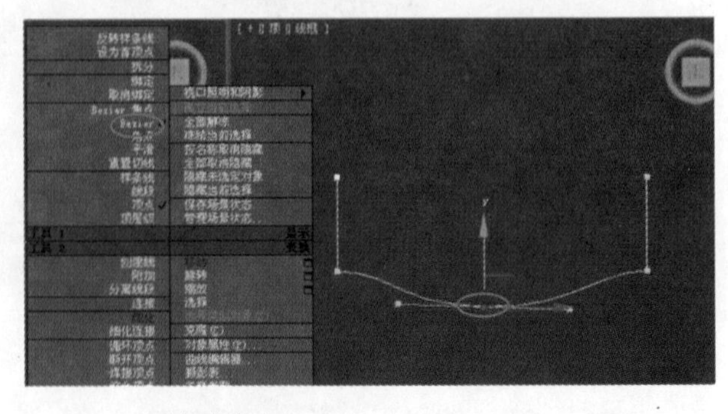

图 7.4.3　调整接待台路径

（5）在前视图中绘制一个封闭线形，作为接待台的“剖面线”，形态如图 7.4.4 所示。

（6）在顶视图中选择绘制的“路径”，在修改面板中执行【倒角剖面】命令，单击 拾取剖面 按钮，在前视图中单击绘制的“剖面线”，此时接待台形成，效果如图 7.4.5 所示。

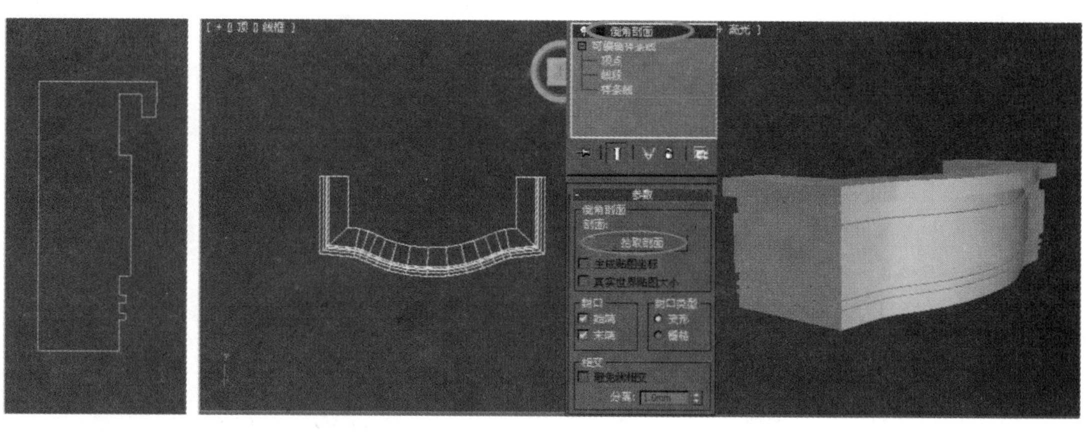

图 7.4.4 剖面线　　图 7.4.5 执行【倒角剖面】命令生成接待台模型

（7）选择模型，单击右键转换为“可编辑网络”，按“4”选择“多边形”，选取接待台台面部分，单击 分离 ，将台面分离成独立物体，选取后重新赋予颜色。如图 7.4.6 所示。

（8）将文件进行保存，命名为“接待台 .max”。

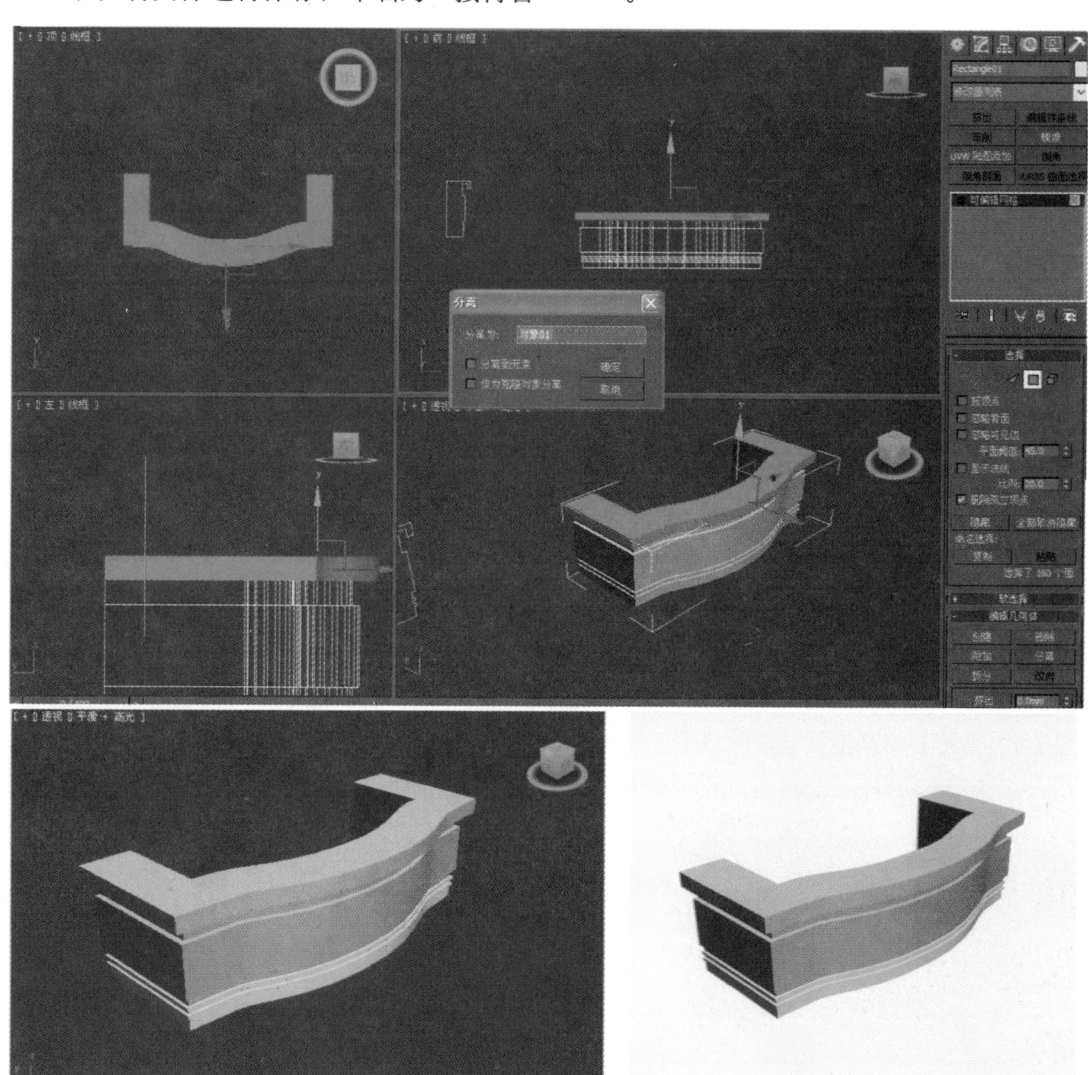

图 7.4.6 分离物体改变颜色

7.5 放样——窗帘

实例

训练目的：本例通过制作窗帘造型来学习【放样】命令的使用方法及参数的精确修改。窗帘的效果如7.5.1所示。

实例要点

☆ 在顶视图中绘制曲线作为截面

☆ 在前视图中创建一条直线作为路径

☆ 使用【放样】命令生成窗帘

☆ 调整【缩放】制作窗帘向一侧挽起的效果

☆ 使用【保存】命令进行存盘

图 7.5.1 窗帘造型

操作步骤

(1) 启动3ds Max 2010中文版，将单位设置为毫米。

(2) 根据窗帘的宽度及高度，在顶视图中绘制一条曲线，作为窗帘的放样截面线，在前视图中绘制一条直线，作为放样的路径，如图7.5.2所示。

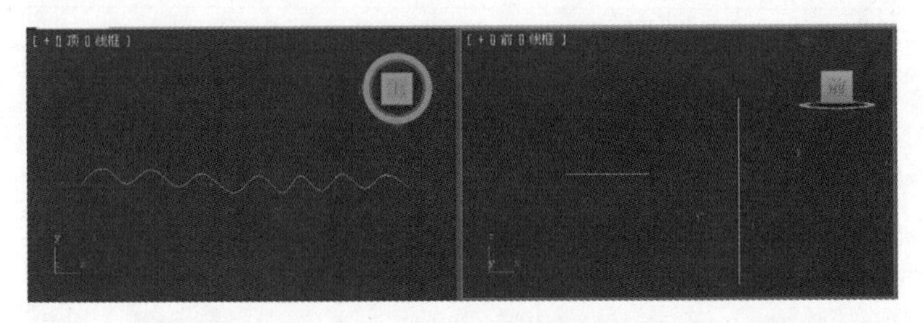

图 7.5.2 绘制截面线与路径

(3) 在前视图中选择绘制的直线，单击（创建）/（几何体）按钮，在[标准基本体]下拉列表中选择[复合对象]选项，单击[放样]按钮，再单击[获取图形]按钮，在顶视图中单击曲线，生成放样物体。

(4) 单击（修改）按钮，进入修改命令面板，将[蒙皮参数]卷展栏下的【图形步数】修改为1，再单击修改命令面板下端的[变形]卷展栏下的[缩放]按钮，弹出【缩放变形】对话框，在控制线上添加一个控制点，然后调整它的形态，如图7.5.3所示。

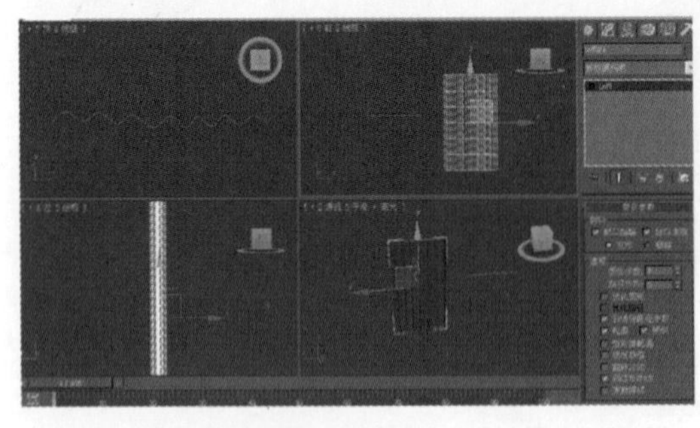

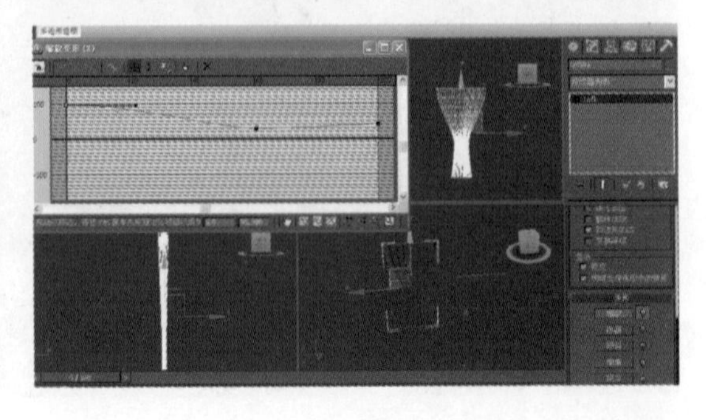

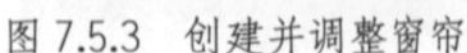

图 7.5.3 创建并调整窗帘

（5）窗帘的形态调整完成后将【缩放】关闭。在前视图中创建的窗帘，在修改器堆栈中选择放样下的【图形】子物体层级，再在视图中选择位于窗帘顶部的剖面曲线，然后单击【左】或【右】按钮，目的就是让路径偏离形体一端，这样就不对称了，其形态如图 7.5.4 所示。

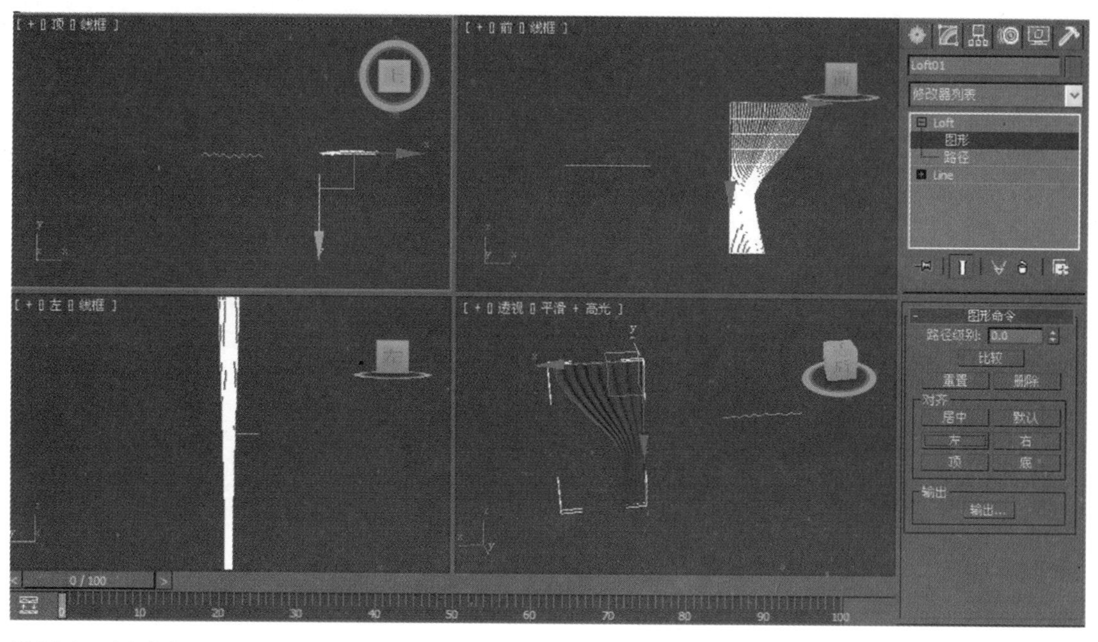

图 7.5.4　对齐窗帘

（6）关闭【图形】子物体层级，单击工具栏中的（镜像）按钮，此时弹出【镜像】对话框，选择 x 轴，【偏移】设置为 1000，在【克隆当前选择】选项组下选择【实例】，然后单击【确定】按钮，如图 7.5.5 所示。

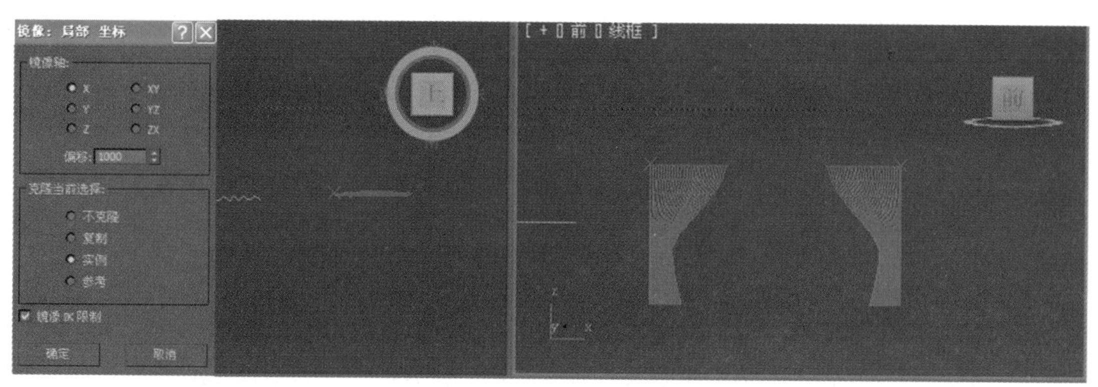

图 7.5.5　镜像复制窗帘

（7）将文件进行保存，命名“窗帘 .max”。

8 三维修改器建模

8.1 弯曲——弧形墙体创建

实例

训练目的：本例通过修改命令【弯曲】，创建一段弧形墙体。

实例要点

☆ 创建长方体

☆ 使用【弯曲】命令，调整参数

☆ 使用【保存】命令将文件存盘

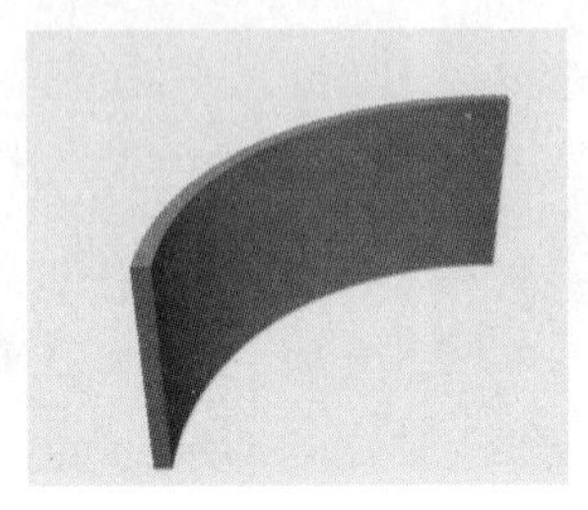

图 8.1.1 弧形墙体

操作步骤

（1）启动 3ds Max2010 中文版，将单位设置为毫米。

（2）在几何体创建命令面板中单击 长方体 ，在顶视图中创建长方体，设置参数如图 8.1.2 所示。

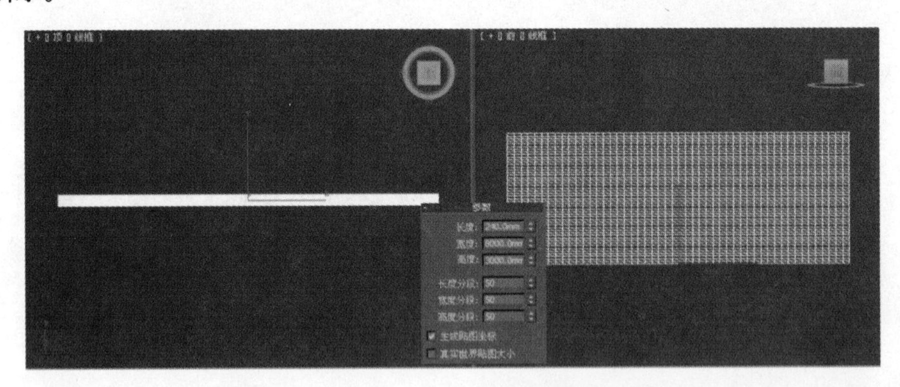

图 8.1.2 创建长方体设置参数

（3）选中所建长方体，单击按钮打开修改命令面板，在 修改器列表 下拉列表中选择【弯曲】命令，设置参数如图 8.1.3 所示。

（4）将文件进行保存，命名“弧形墙 .max”。

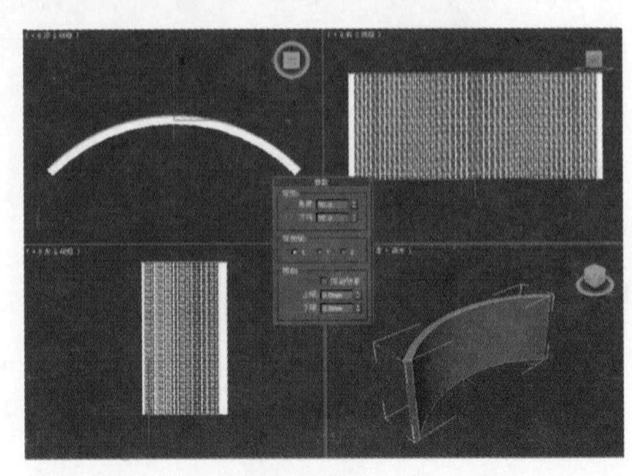

图 8.1.3 弯曲参数设置

8.2 噪波——山体

实例

训练目的：本例通过制作山体造型来学习【噪波】命令的使用，以及在使用过程中，我们所需要注意的事项，制作完成后山体的效果如图 8.2.1 所示。

> **实例要点**
>
> ☆ 创建【平面】物体
>
> ☆ 使用【噪波】命令，产生起伏山体效果
>
> ☆ 使用【保存】命令将文件存盘

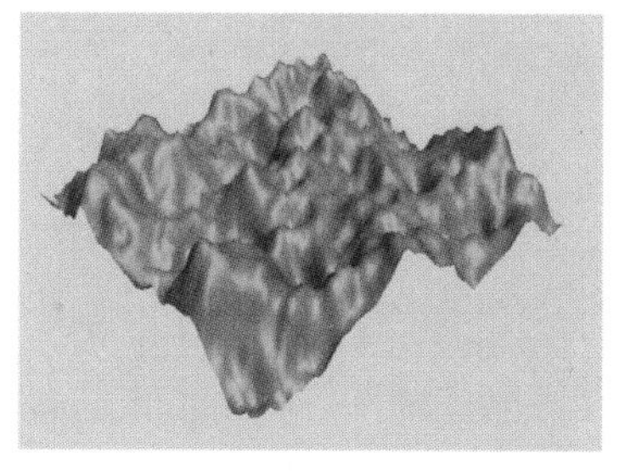
图 8.2.1　山体模型

操作步骤

（1）启动 3ds Max2010 中文版，将单位设置为毫米。

（2）在几何体创建命令面板中单击 平面 ，在顶视图中创建平面，设置参数如图 8.2.2 所示。

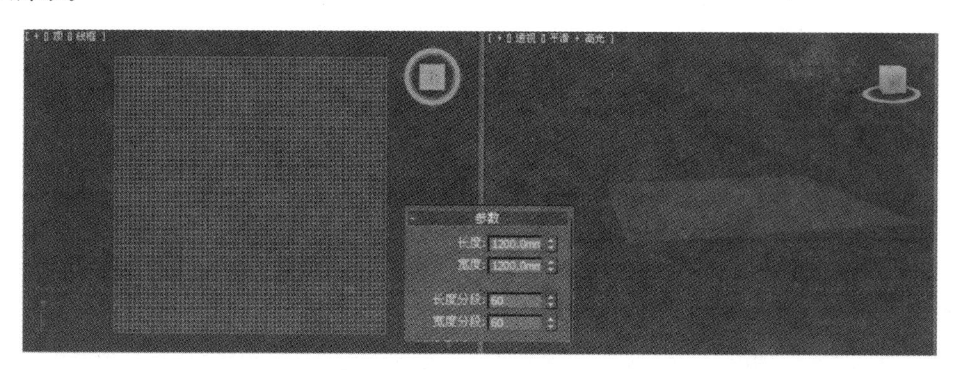

图 8.2.2　创建平面及参数

（3）在修改命令面板中选择【噪波】命令，【比例】设置为 300，勾选【分形】选项，设置【迭代次数】为 10，调整【强度】选项组下的 z 轴为 400。效果如图 8.2.3 所示。

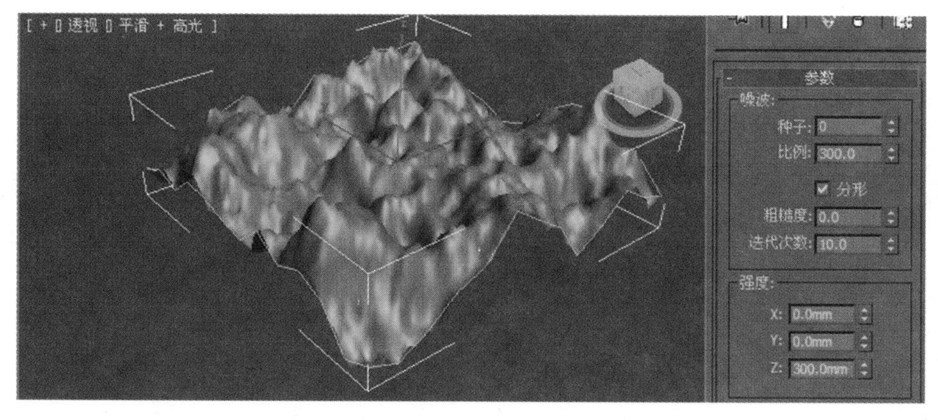

图 8.2.3　调整参数后山体效果

（4）将文件进行保存，命名为“山体 .max”。

【技巧】可调整参数得到不同的山体效果。

8.3　晶格——钢结构网架

实例

训练目的：例通过制作弧形钢结构的造型来继续学习【晶格】命令的使用，通过设置不同的参数，来制作出不同效果的造型。弧形钢结构的效果如图 8.3.1 所示。

实例要点

☆创建【长方体】并设置合理的参数

☆使用【晶格】命令成为钢结构

☆使用【锥化】命令变成弧形

☆使用【保存】命令将文件存盘

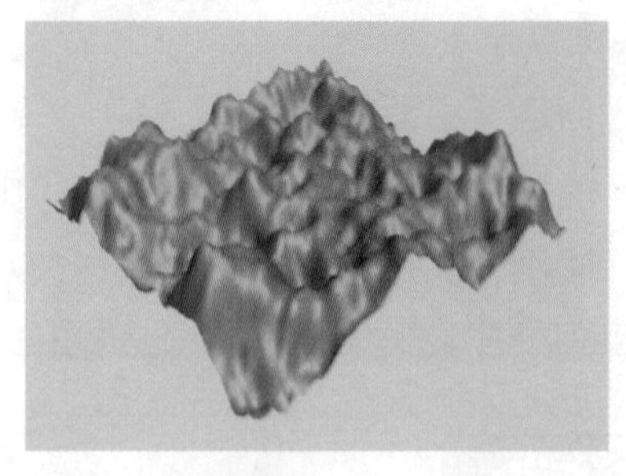

图 8.3.1　山体模型

操作步骤

（1）启动 3ds Max2010 中文版，将单位设置为毫米。

（2）单击（创建）/（几何体）/ 长方体 按钮，在顶视图中单击并拖动鼠标创建一个长方体，修改参数如图 8.3.2 所示。

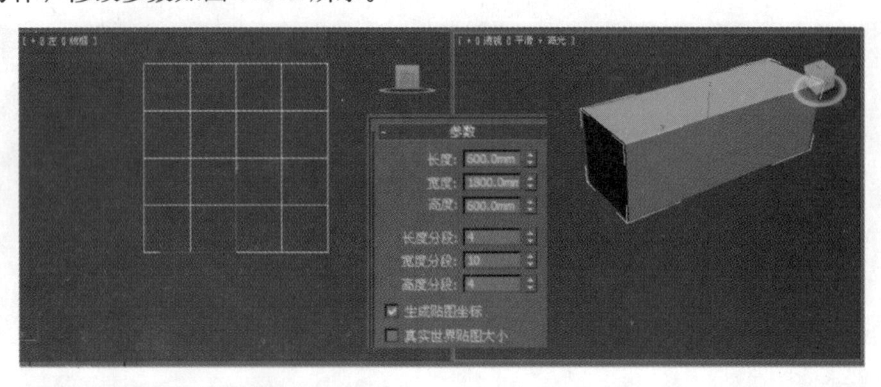

图 8.3.2　创建长方体并设置参数

（3）在修改命令面板中为长方体添加一个【晶格】修改命令，调整各项参数，如图 8.2.3 所示，此时长方体的效果如图 8.3.3 所示。

（4）在修改命令面板中执行【弯曲】命令，设置参数后其效果如图 8.3.4 所示。

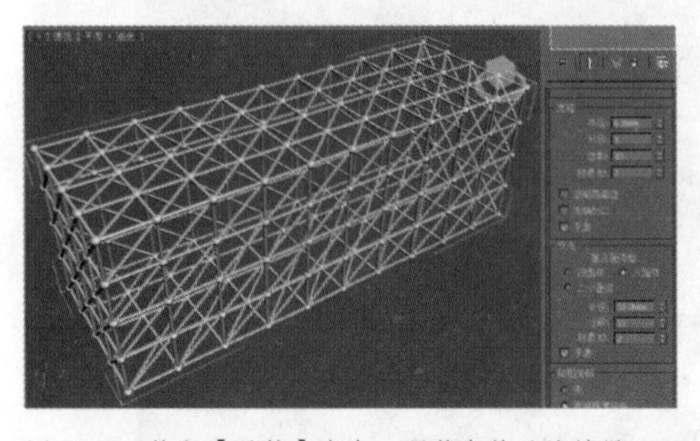

图 8.3.3　执行【晶格】命令，调整参数后的效果

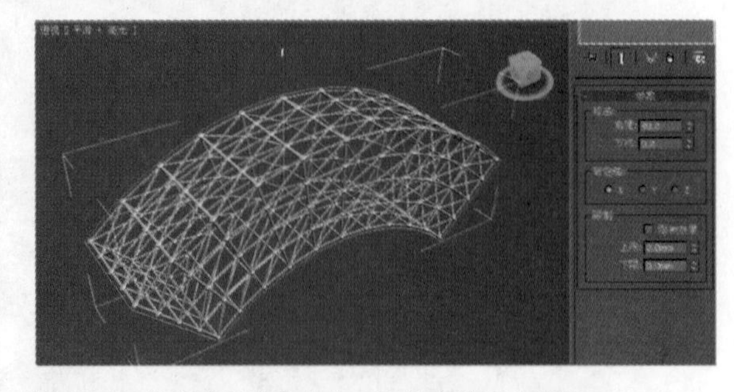

图 8.3.4　执行【弯曲】命令，调整参数后的效果

（5）将文件进行保存，命名为“钢结构网架 .max”。

【技巧】可调整参数得到不同的网架效果，三维修改器建模只列举以上案例，读者可通过该方法创建各种效果的模型。

建筑效果图制作实例

9 建筑 3ds Max 模型常用创建方法与步骤

9.1 纯建筑平面建模法

建筑建模的方法有很多，但进一步细化来说，主要是看提供的条件图内容而言。目前较为流行的一种打操作方式，在建筑方案设计阶段只做好了平面，就交给了效果图公司做效果图，当然也会附上参考图（基本造型、立面肌理、色调……）。这时候条件图不是很完整，只有平面条件，立面上的高度及一些细部尺寸就得用建筑设计专业知识来解决了，在该状况下进行建筑建模就是“纯建筑平面建模法”。

（1）处理 CAD 条件图如图 9.1.1 所示。

（2）导入 Max 如图 9.1.2 所示。

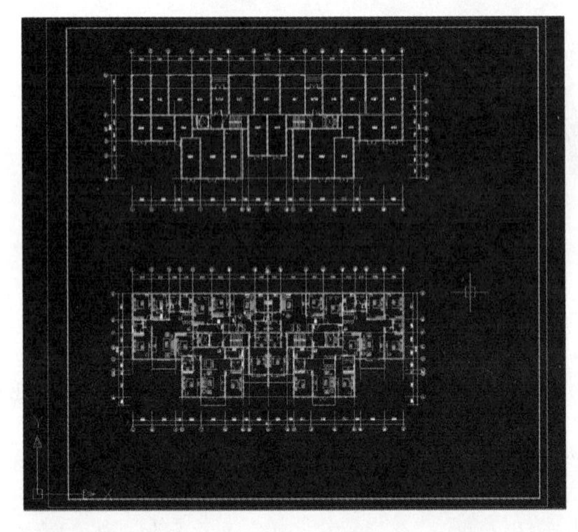

图 9.1.1 CAD 条件图

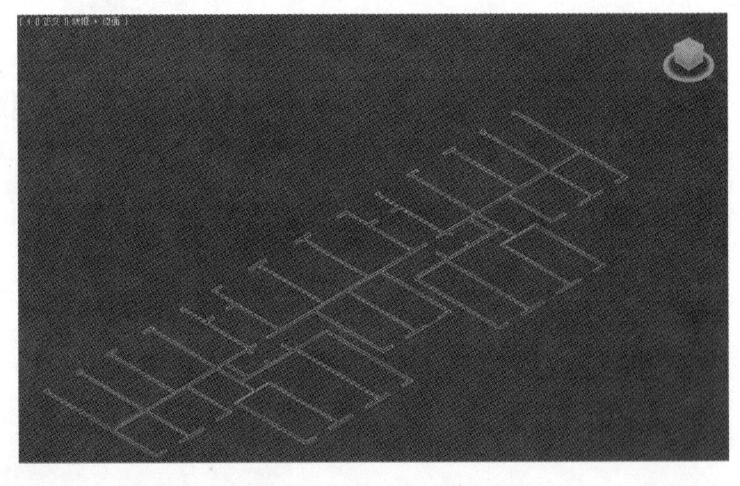

图 9.1.2 CAD 导入图

（3）建筑主体框架建制如图 9.1.3 所示。

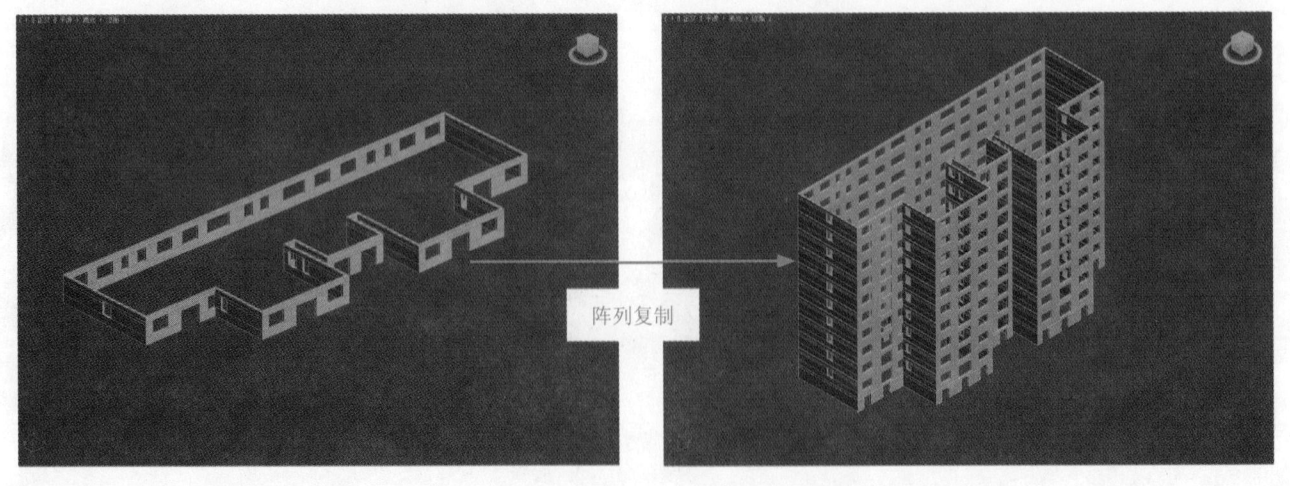

图 9.1.3 建筑主体框架

(4) 屋顶及楼板处理如图 9.1.4 所示。

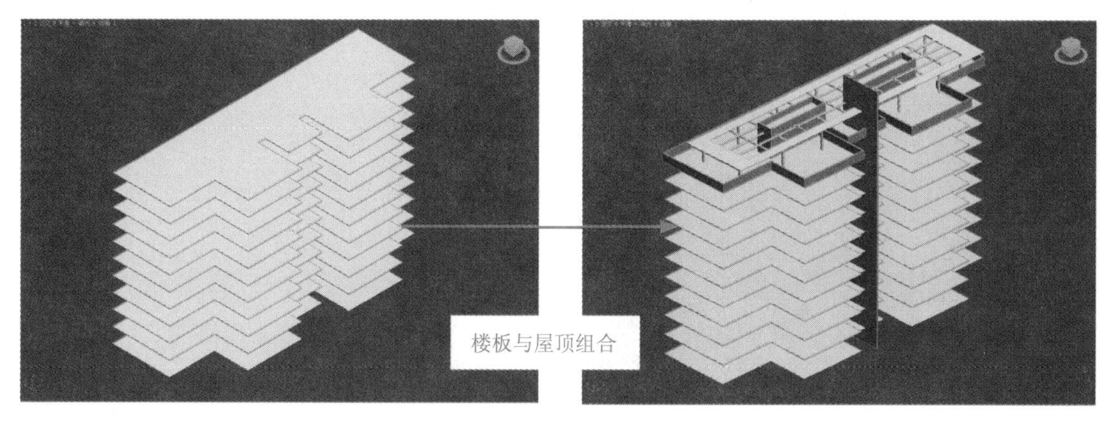

图 9.1.4 屋顶与楼板组合

(5) 门窗细部及整体如图 9.1.5 所示。

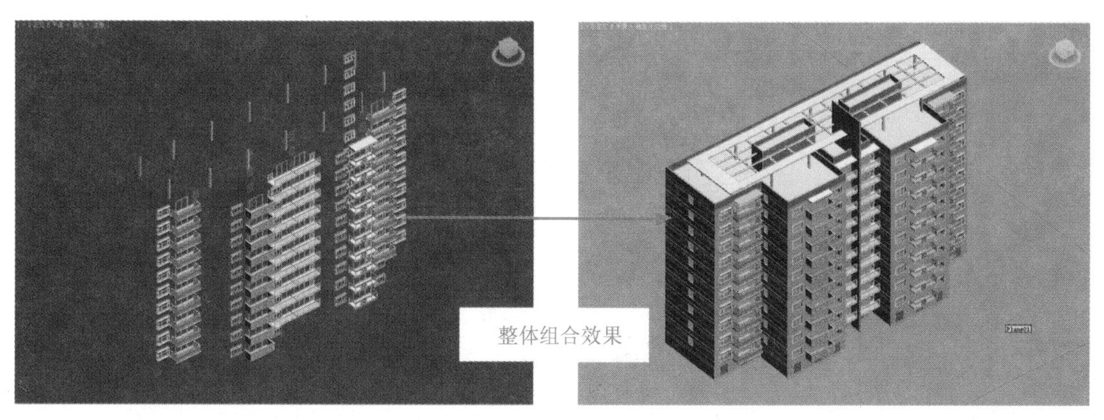

图 9.1.5 整体组合

9.2 平立面综合建模法

"平立面综合建模法"是建立纯平面建模方法之上的一种建模方法，这种建模方法的采纳应该是 CAD 条件图内容齐全（主要建筑的各层平面图、各向立面图、剖面图图、特别说明图、参考图等），将所有可用的条件图进行相应的处理与应用，在 3ds Max 中建模。该方法建模速度快、体现建筑师设计意图也就更为精准。

(1) 处理 CAD 条件图如图 9.2.1 所示。

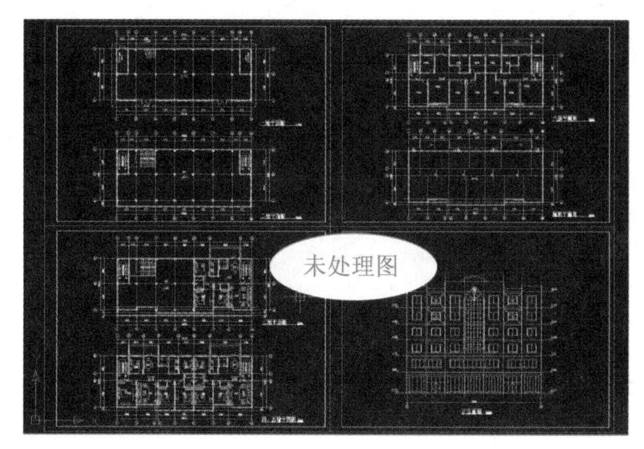

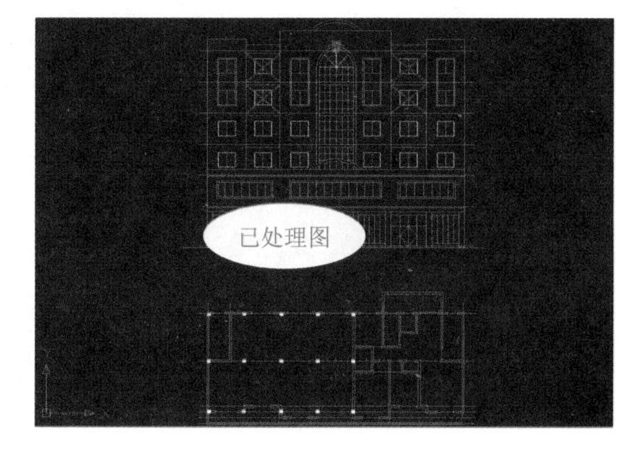

图 9.2.1 CAD 图处理与未处理对比

(2) 导入 3ds Max 如图 9.2.2 所示。

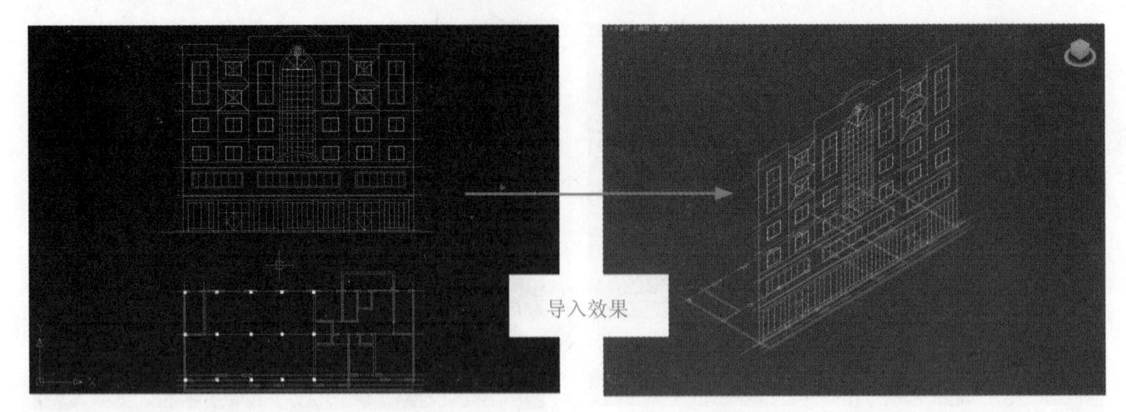

图 9.2.2　导入 MAX

(3) 建筑主体框架建制，如图 9.2.3 所示。

(4) 楼板及屋顶建制，如图 9.2.4 所示。

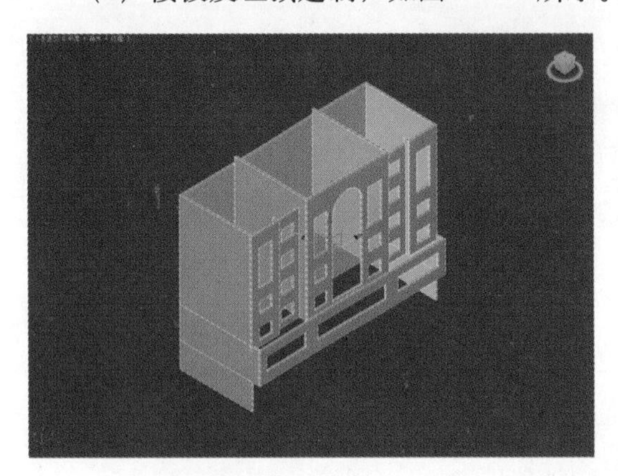

图 9.2.3　立面建模框架图

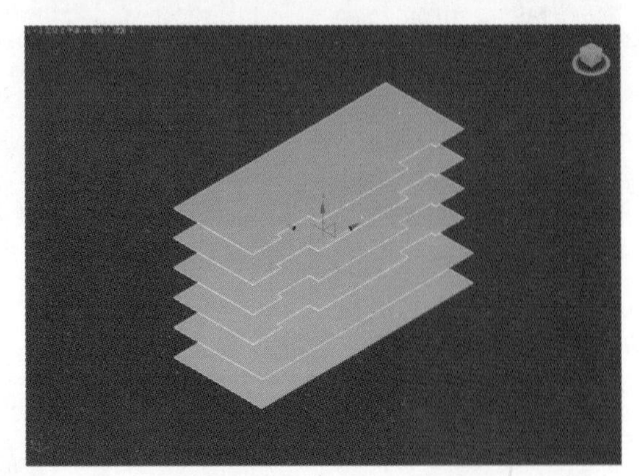

图 9.2.4　立面建模楼板

(5) 门窗及完整，如图 9.2.5 所示。

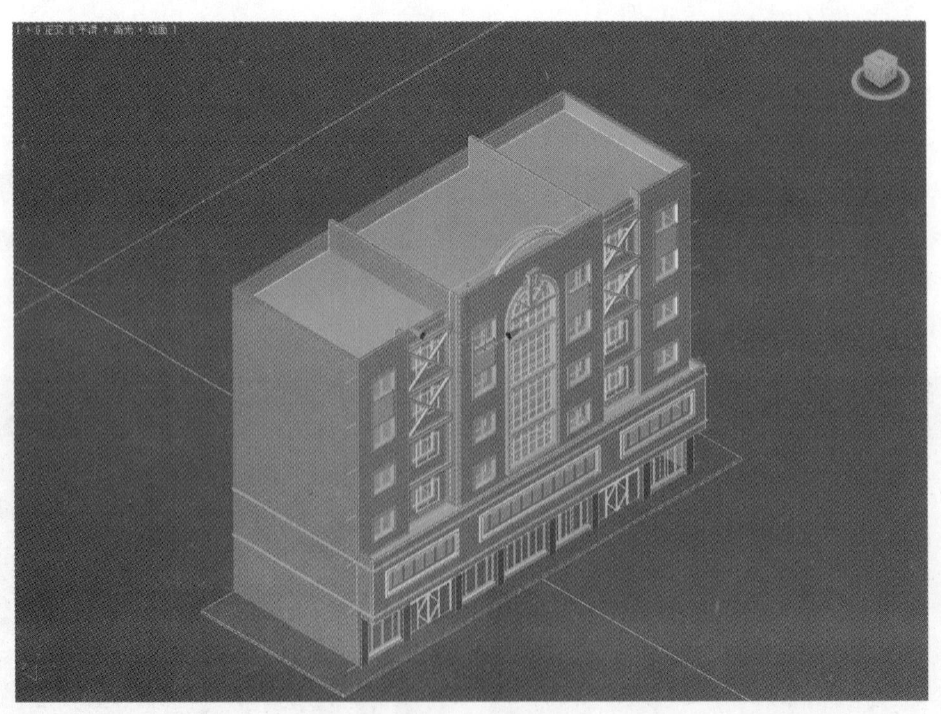

图 9.2.5　完成门窗及其他

9.3 建筑 3ds Max 建模基本步骤

建筑效果图制作，据经验总的制作流程步骤大致归纳如下。

（1）体会设计图纸，搞清设计意图。

（2）根据设计图纸进行建模工作。

（3）将建造的模型按照图纸的要求，在 3ds Max 场景中进行移动、旋转、缩放等等处理，并将这些所有的构架线整合成一块。

（4）为各部分构件赋予材质，要求整体材质有一个主基调色，尽量避免大面积对比色的情况出现，当然须符合建筑美术原理。

（5）设置摄像机，注重构图，须完整的体现建筑。

（6）添加并调整场景中的灯光，使整个场景中的物体能表现比较好的立体感和层次感。

（7）适当增加场景中的车辆、花卉、人物等配景，使整个场景显得更为生动逼真。

（8）渲染输出。输出图像的大小要根据图纸的大小而确定，一般制作效果图图像的分辨率不小于 120dpi（120 像素 / 英寸）。

（9）在 Photoshop 中进行后期处理润色。一般需要调整整个画面的基调色、亮度及反差，使画面表现出较好的色感和层次感；添加各种配景使画面更为生动活泼；进行适当的光影效果处理，使整个画面呈现出较好的艺术效果。

（10）进行打印输出。有条件时，最好进行覆膜、装裱等处理，使效果图更具艺术品位。

10　高层建筑效果图制作

实例

训练目的：本例通过制作高层建筑效果图学习建筑效果图的模型创建方法，材质、灯光的创建与调整，建筑三点式布光的设置及后期效果的处理方法。高层的最终效果图如图 10.0.1 所示。

实例要点

☆合理取舍 CAD 文件中的信息并且定义成各外部块

☆将 CAD 平面，立面导入 3ds Max，成组并进行对位

☆二维截面挤出成型

☆结合平面图，调整其进退关系

☆制作楼板、制作标准层并复制楼层

☆制作顶层及玻璃

☆材质调整

☆合理地设置摄像机和灯光

☆ Photoshop 后期处理

图 10.0.1　整理 CAD 图纸

10.1　整理 CAD 图纸

操作步骤

合理取舍 CAD 文件中的信息，整理建筑平面图及立面图并用 WBLOCK 命令，按指定的文件名和路径定义成外部块。

(1) 启动 CAD 中文版，合理取舍 CAD 文件中的信息，将原建筑平面图整理，如图 10.1.1 所示。

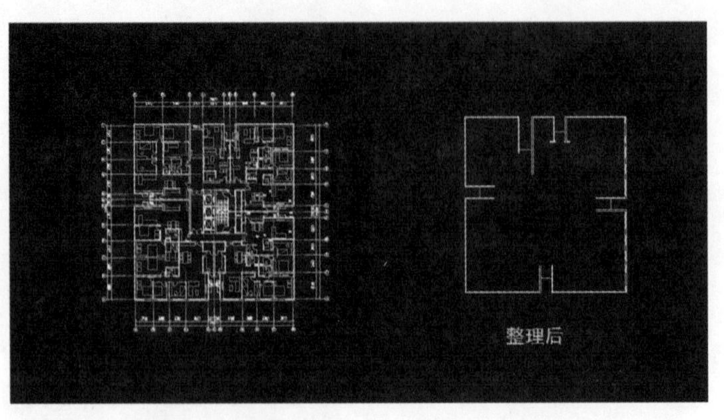

图 10.1.1　整理原建筑平面图

（2）在命令行中输入 W 命令，这个命令是将选择的一部分存储为一个单独的文件，如图 10.1.2 所示。

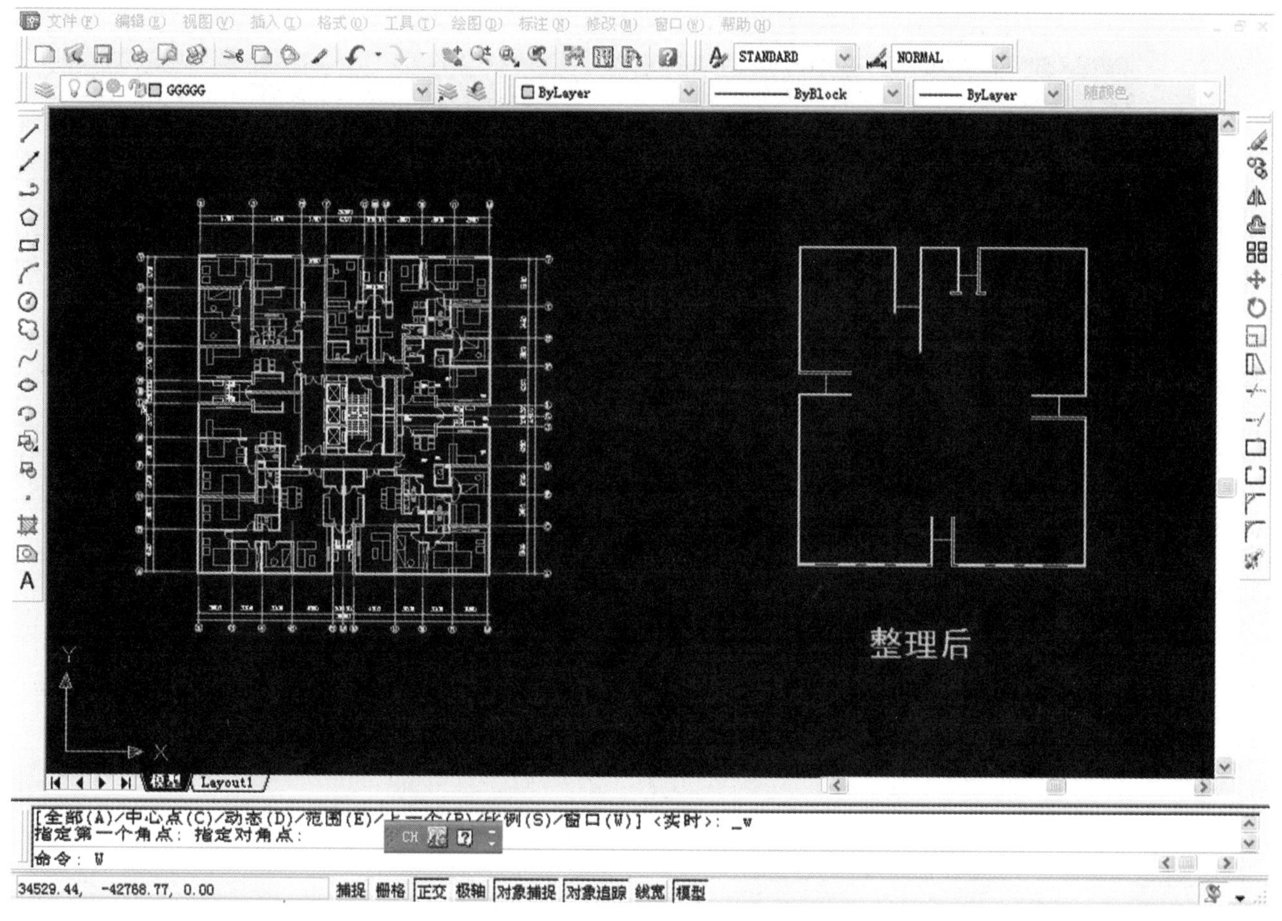

图 10.1.2 输入命令

（3）接着按回车键，会弹出【写块】对话框，如图 10.1.3 所示。设置文件名和路径，命名为自己可以辨别的名称，保存到指定的工作路径下，之后单击 确定 按钮。

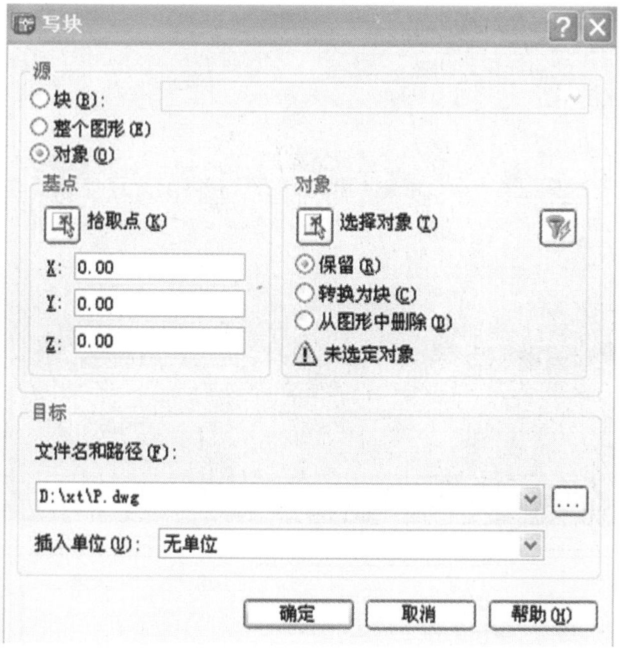

写块

源
块(B):
整个图形(E)
对象(O)
基点
拾取点(K)
X: 0.00
Y: 0.00
Z: 0.00
对象
选择对象(T)
保留(R)
转换为块(C)
从图形中删除(D)
未选定对象
目标
文件名和路径(F):
D:\xt\P.dwg
插入单位(U): 无单位
确定 取消 帮助(H)

图 10.1.3 设置文件名和路径

（4）在弹出的对话框中，单击确定按钮。如图 10.1.4 所示。

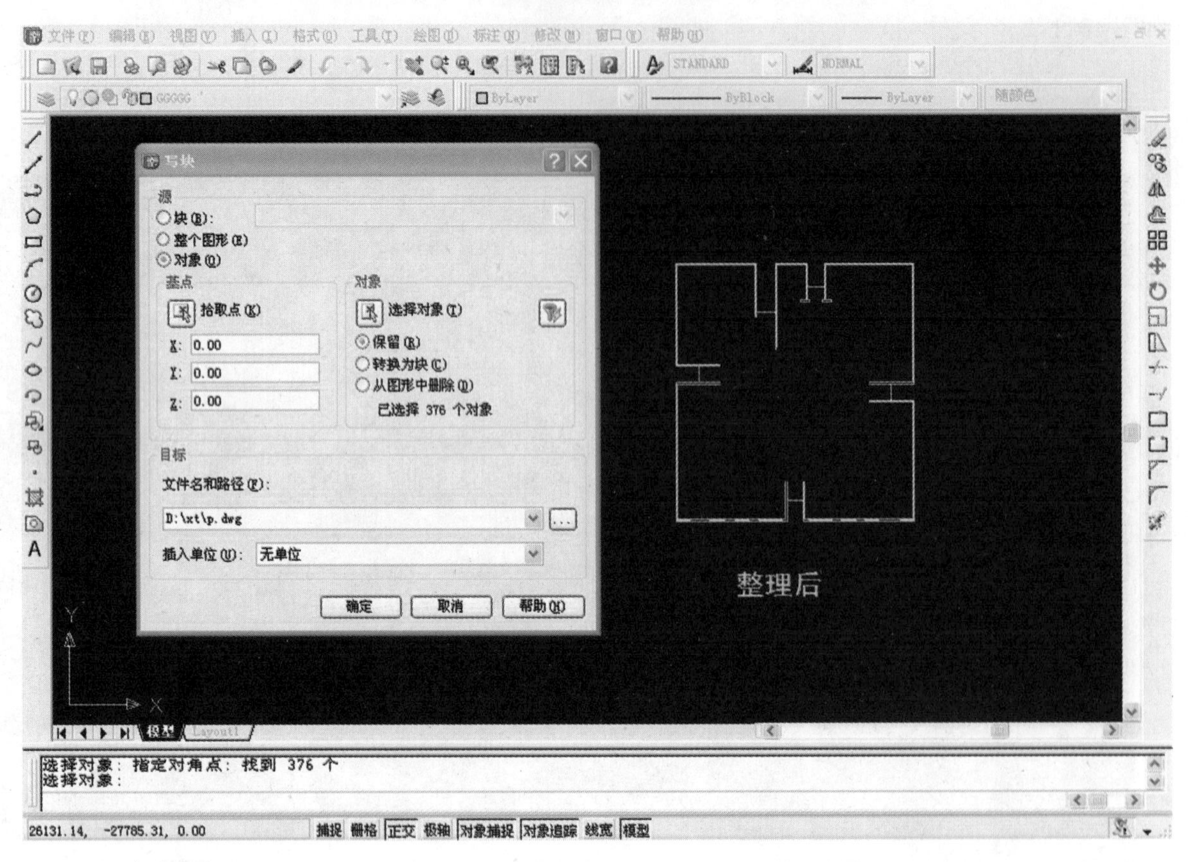

图 10.1.4　保存设置

（5）在视图中框选整理后的平面图，按右键。如图 10.1.5 所示。

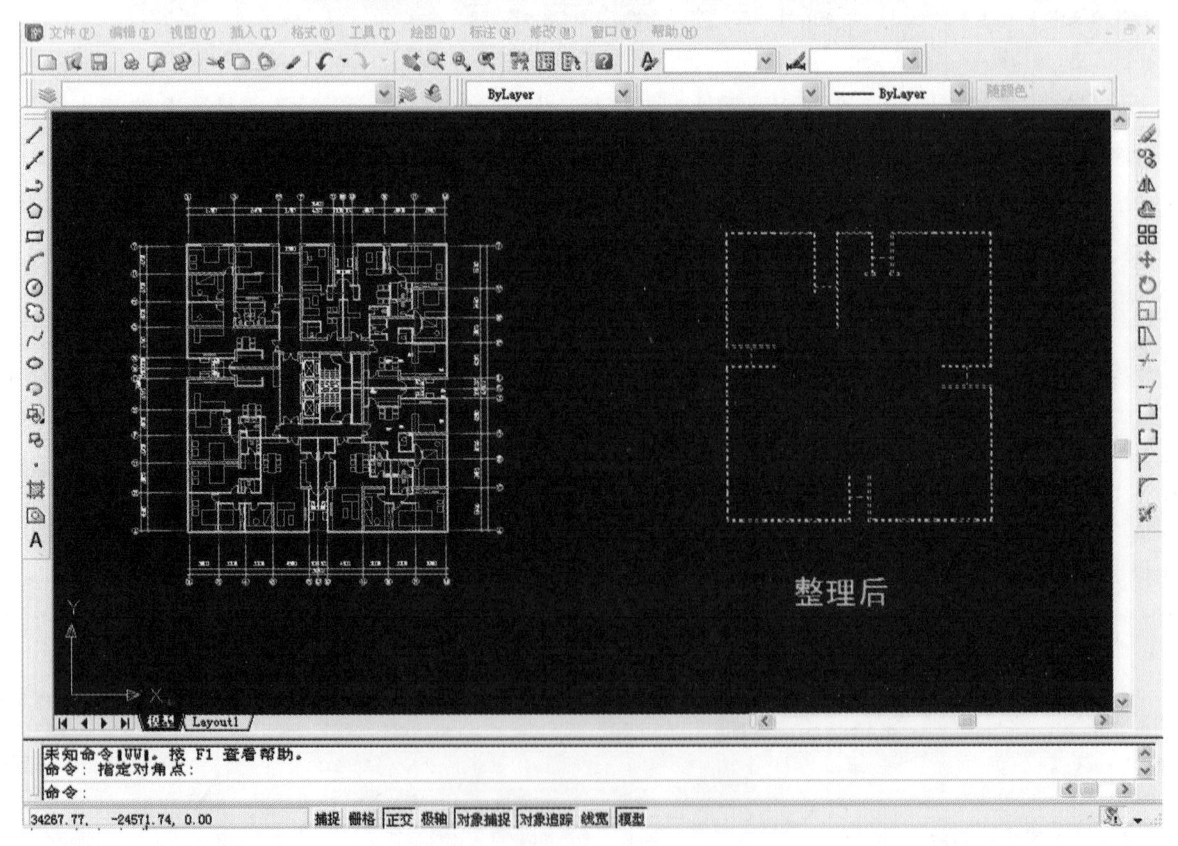

图 10.1.5　选择整理后平面图

（6）再次弹出【写块】对话框，单击确定按钮，如图 10.1.6 所示。到此整理后的平面图已定义成外部块。

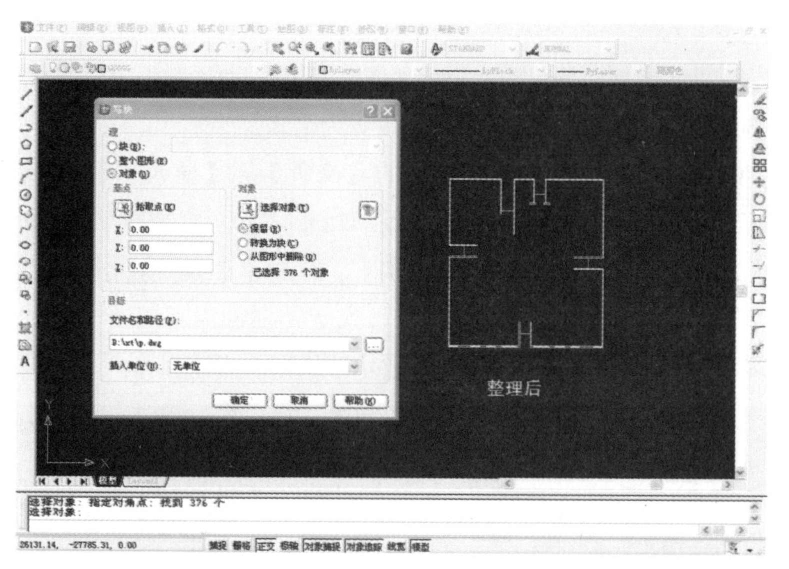

图 10.1.6　定义成外部块的平面图

（7）打开保存到指定的工作路径下生成的新块，如图 10.1.7 所示。

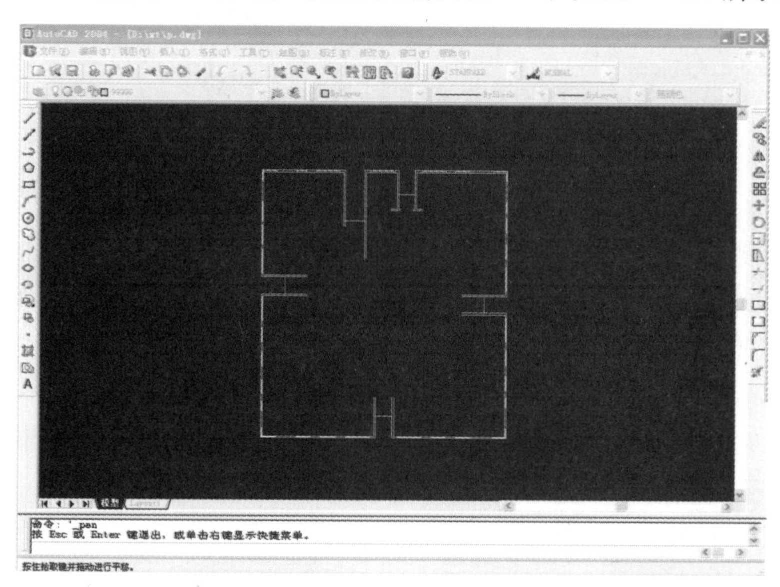

图 10.1.7　生成的新块

（8）按照以上方法，把各立面图中建模所需要的内容都定义成为外部块，如图 10.1.8 所示。图中的阿拉伯数字表示层数，各立面用英文命名。

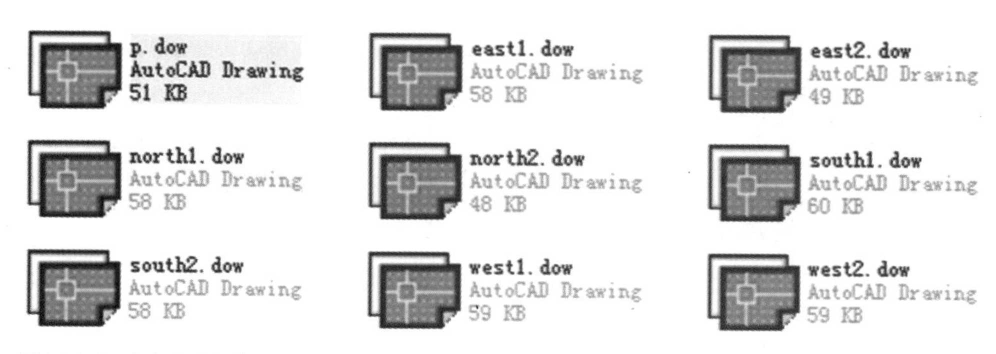

图 10.1.8　定义为外部块

10.2 导入、对齐图纸

将 AotoCAD 平面，立面导入 3ds Max，成组并进行对位。

(1) 启动 3ds Max2010 中文版，将单位设置为毫米。

(2) 导入 CAD 文件。单击菜单栏中的【文件】/【导入】，如图所示。此导入的 CAD 文件尺寸为 mm。导入文件到 3ds Max 时，一定要同 3ds Max 显示尺寸一致。导入时的属性选项全部选择默认即可，然后单击 确定 按钮，如图 10.2.1 所示。

(3) 在 3ds Max 里就得到了图 10.2.2 所示的线框图文件。

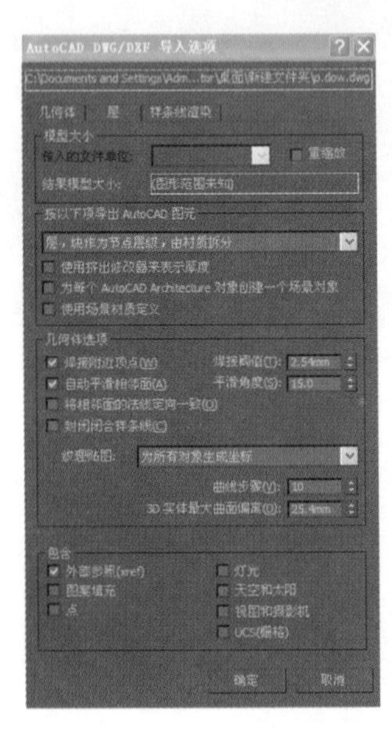

图 10.2.1 导入 CAD 文件

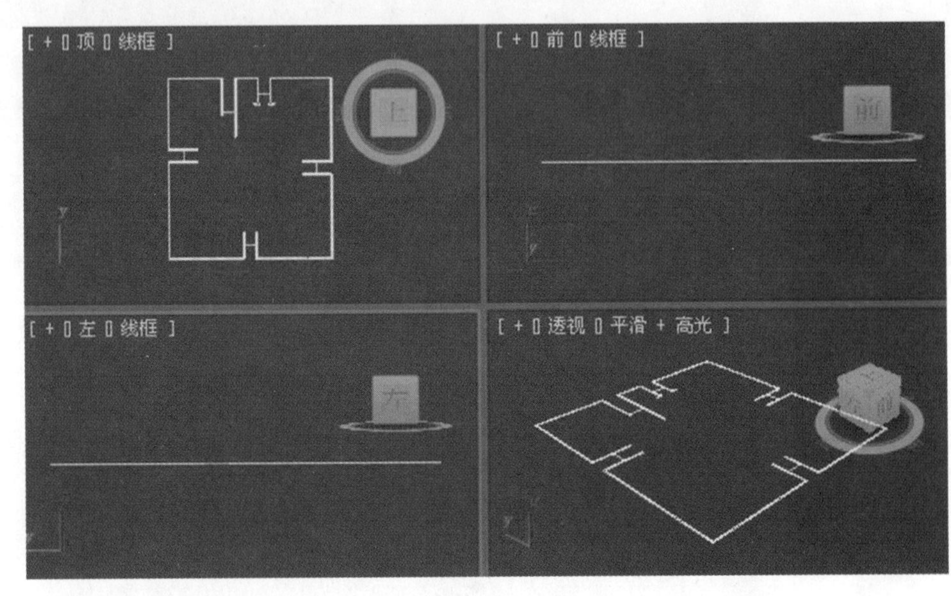

图 10.2.2 线框图文件

(4) 框选导入的平面图线框，单击下拉菜单中的【组】/【成组】命令，在弹出【组】对话框（组名）后输入"平面图"，如图 10.2.3 所示，再单击 确定 按钮。

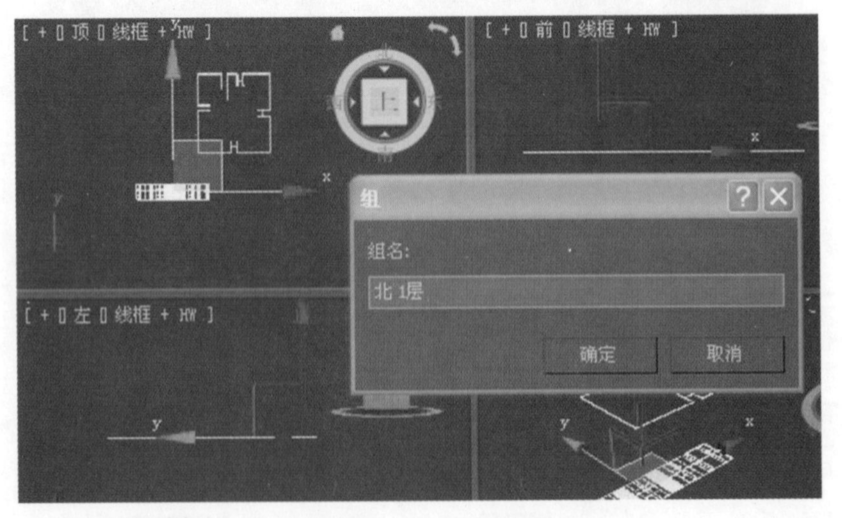

图 10.2.3 确定平面图

(5) 单击菜单栏中的【文件】/【导入】，把立面的新块 导入 3ds Max，如图 10.2.4 所示。

图 10.2.4　导入新块

(6) 导入时的属性选项全部选择默认即可，然后单击 确定 按钮，如图 10.2.5 所示。

(7) 导入 3ds Max 后如图 10.2.6 所示。

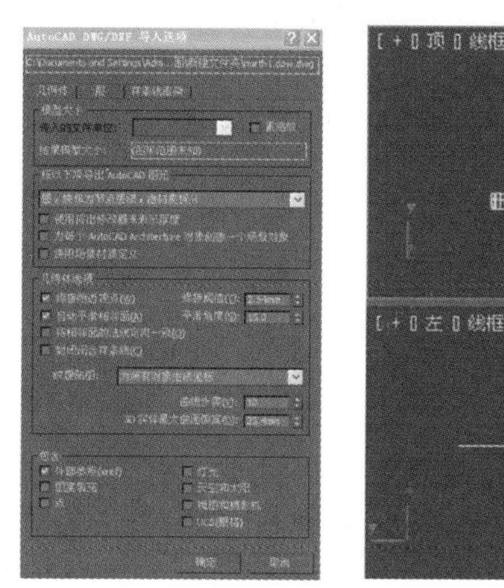

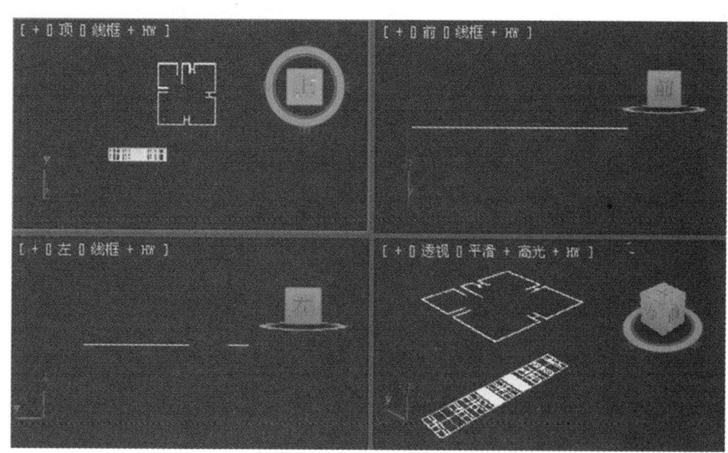

图 10.2.5　默认选项　　图 10.2.6　导入完成图

(8) 把导入的图形成组并且命名，再单击 确定 按钮。如图 10.2.7 所示。

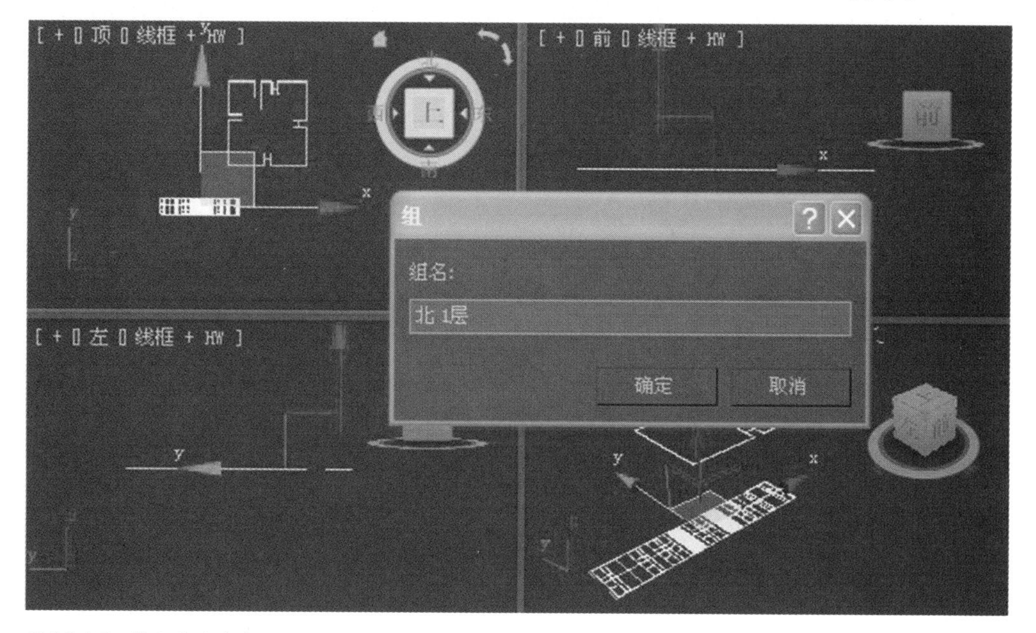

图 10.2.7　导入命名确定

(9) 在顶视图中选择成组的“北 1 层”，在标准工具栏中（旋转）命令按钮单击鼠标右键，弹出如图 10.2.8 所示的【旋转变换输入】对话框，在右侧的文本框中输入 x 轴旋转 90°，z 轴旋转 180°，然后回车。

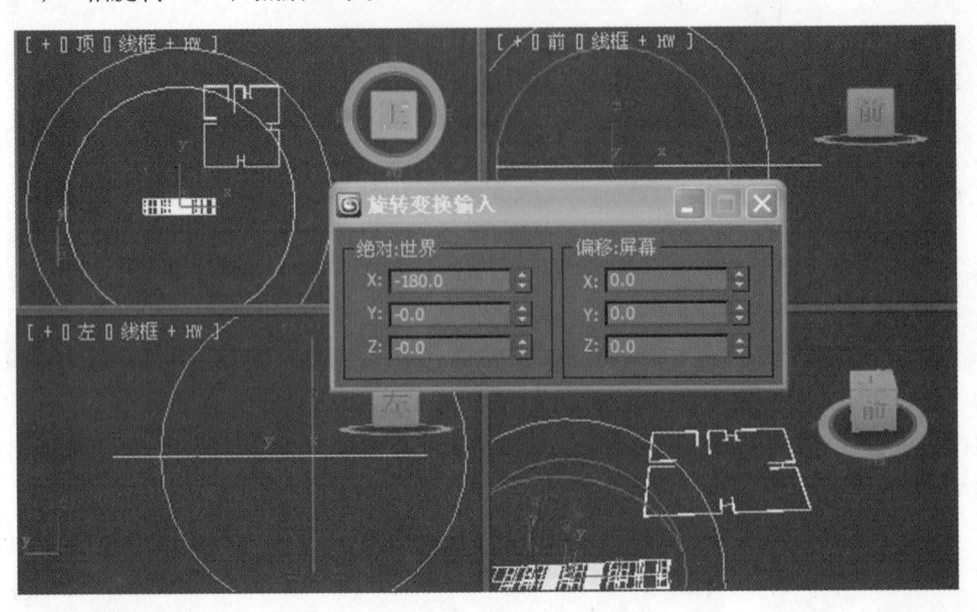

图 10.2.8 旋转变化输入

(10) 选择成组的北 1 层，单击标准工具栏中的命令按钮，应用对齐 A 轴在顶视图中选择成组的平面图，弹出【对齐选择对象】对话框，设值沿 A 轴位置和 B 轴位置，使北 1 层的“最大边”与平面图的“最大边”对齐，对话框设值如图 10.2.9（a）所示。再单击确定按钮。

(11) 同理在顶视图中设值沿 A 轴位置和 B 轴位置，使北 1 层的“最大边”与平面图的“最大边”对齐，对话框设值如图 10.2.9（b）所示。再单击确定按钮。

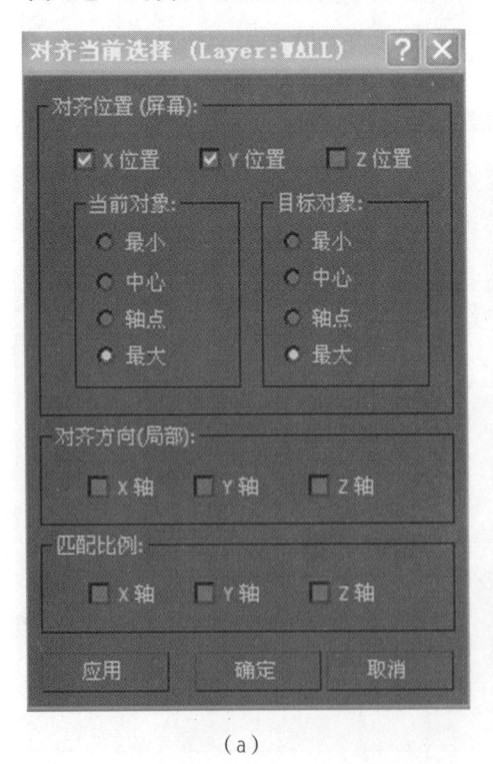

(a)

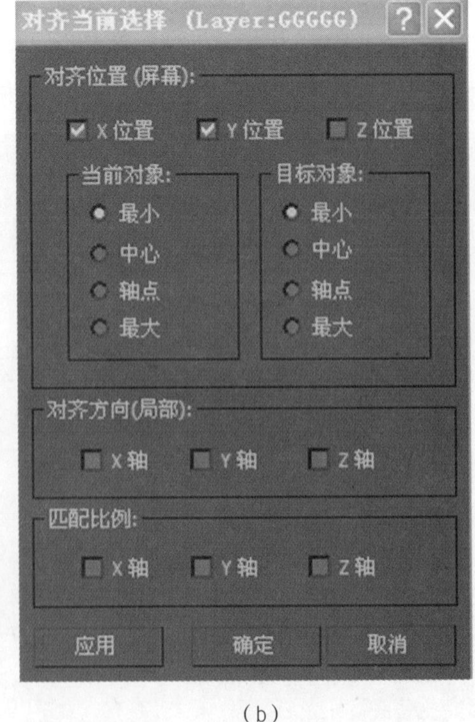

(b)

图 10.2.9 对话框设置

（12）注意立面图和平面图的位置关系，检查是否有出入，如图 10.2.10 所示。

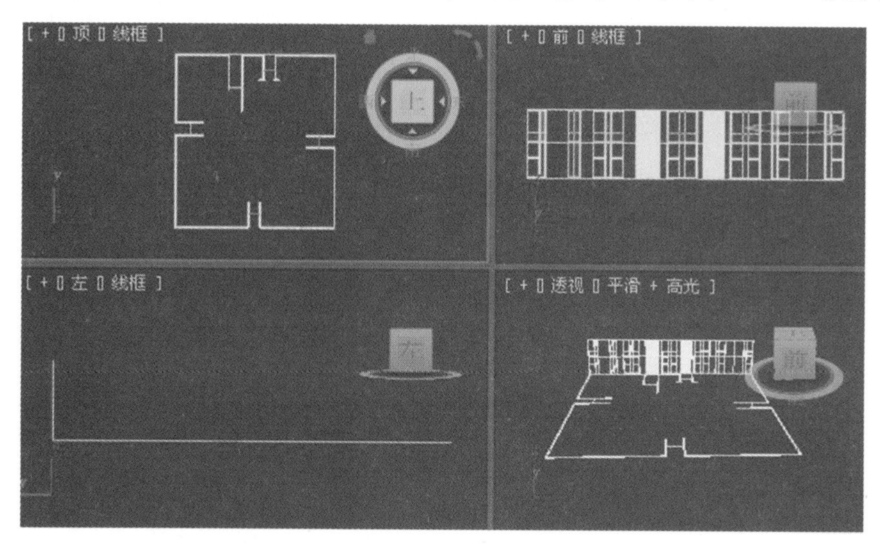

图 10.2.10　立面与平面位置关系图

（13）用同样的方法，把其他各立面图和平面图的位置准确对位，如图 10.2.11 和图 10.2.12 所示。它们将作为参考图在以后的建模中应用。

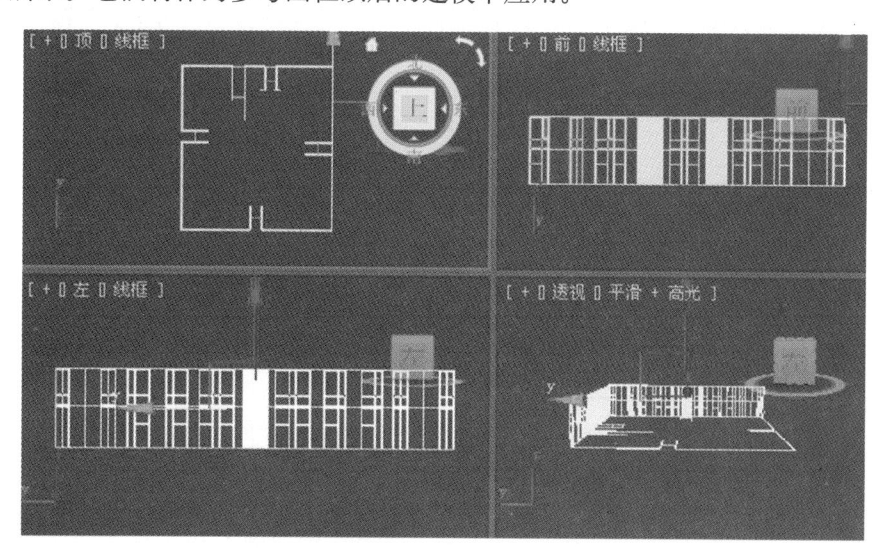

图 10.2.11　立面图和平面图的准确对位

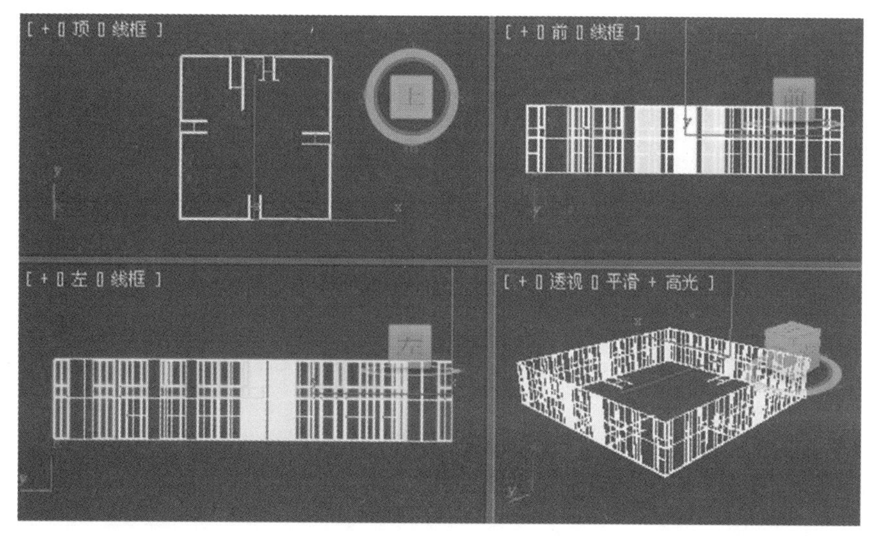

图 10.2.12　立面图和平面图的准确对位

10.3 创建墙体

（1）在图选择北 1 层参考图，利用 Alt+Q 快捷键，进入隔离模式。

（2）将鼠标拖动至工具栏中的按钮上，把捕捉换为捕捉方式，然后单击鼠标右键，弹出【栅格与捕捉设置】对话框。设置捕捉模式如图 10.3.1 所示。

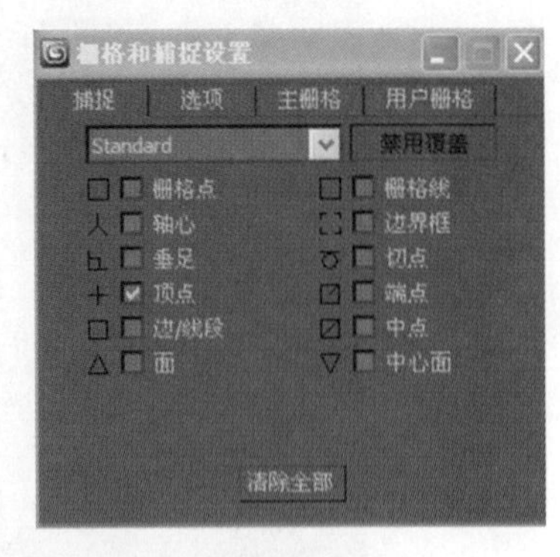

图 10.3.1　设置捕捉模式

（3）单击（创建）/（图形）/ 矩形 按钮，在前视图中把"北 1 层"立面参考图的墙体和轮廓描出，之后把"北 1 层"立面参考图选择抬高，检查描出的轮廓是否有疏漏，然后把"北 1 层"立面参考图隐藏。如图 10.3.2 所示。

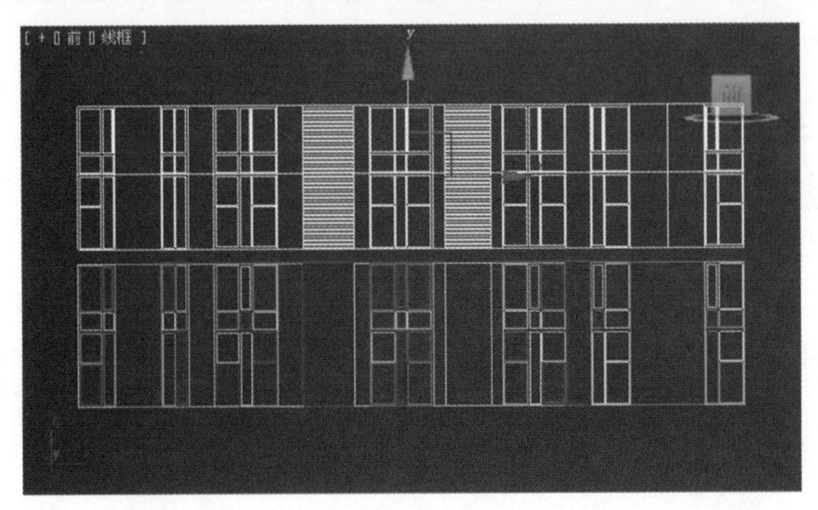

图 10.3.2　隐藏参考图

（4）在"落地窗"中任选一矩形，单击（修改）按钮进入修改面板。在【命令列表】下拉列表中选择（编辑样条线）命令。

（5）单击命令面板（几何图形）卷展栏中的 附加 命令按钮，将除了墙体之外的矩形全部附加在一起，然后单击鼠标右键，结束附加操作。其形态如图 10.3.3 所示。

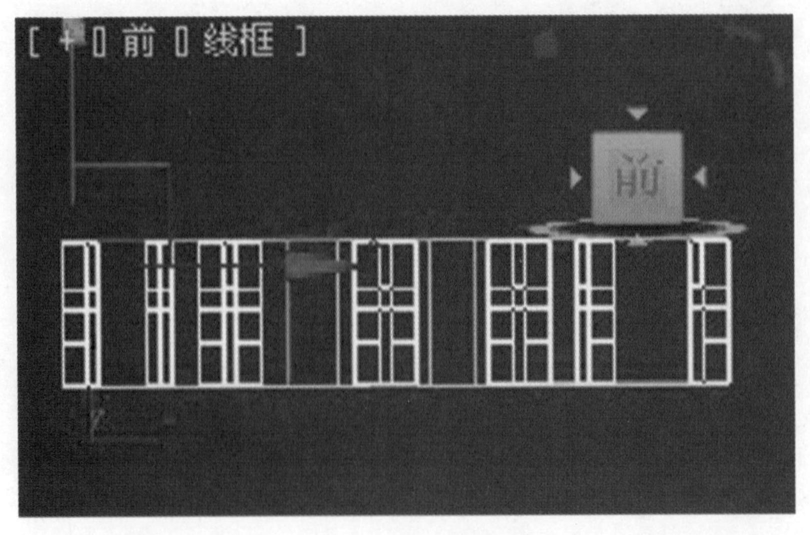

图 10.3.3　附加矩形

(6) 单击 (修改) 按钮进入修改命令面板，选择附加在一起了的落地窗图形，单击【修改命令列表】中的【挤出】命令。将【参数】卷展栏中的“数量”文本框的值设置为50，其形态如图 10.3.4 所示。

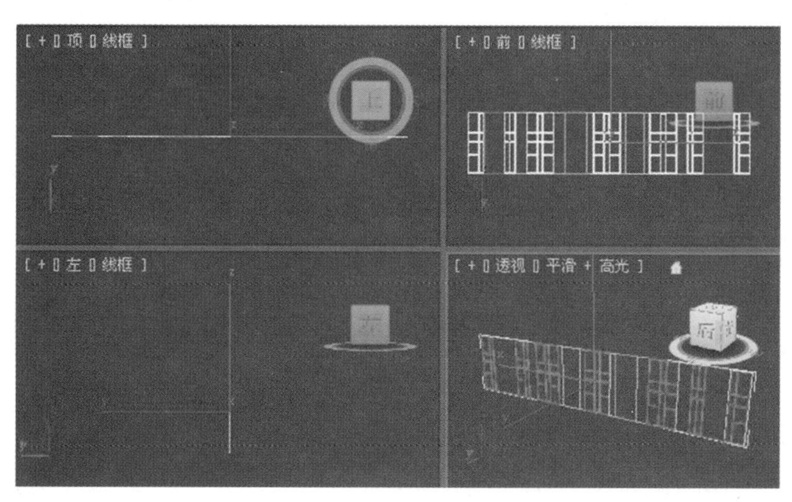

图 10.3.4 设置文本框

(7) 分别选择每一个作为墙体的矩形，在修改命令面板中单击【挤出】命令，将【参数】卷展栏中的“数量”文本框的值设置为 370，然后回车。其形态如图 10.3.5 所示。

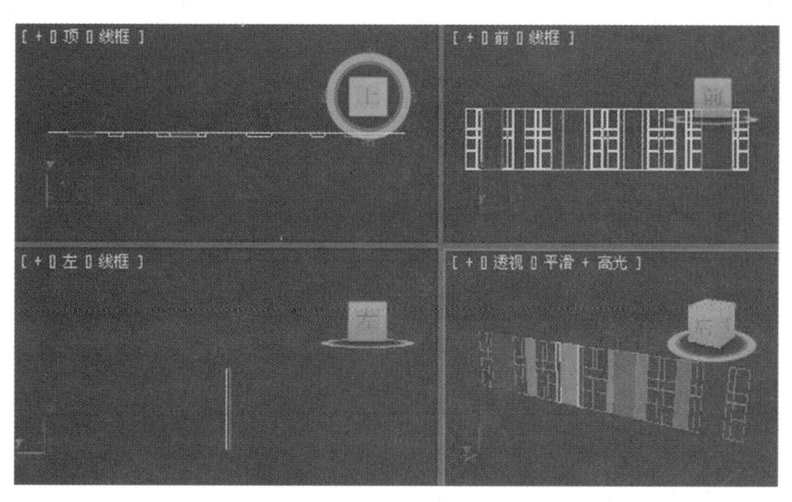

图 10.3.5 设置文本框

(8) 为一层墙体指定一个示例球，在视图中选择挤出后的各墙体，打开材质编辑器，任选一种颜色，命名为“一层墙体”，然后把墙体赋上指定的材质。

(9) 在材质编辑器对话框中选择一个新的示例球，任选一种颜色，命名为“塑钢”，然后把各窗框赋上指定的材质，如图 10.3.6 所示。

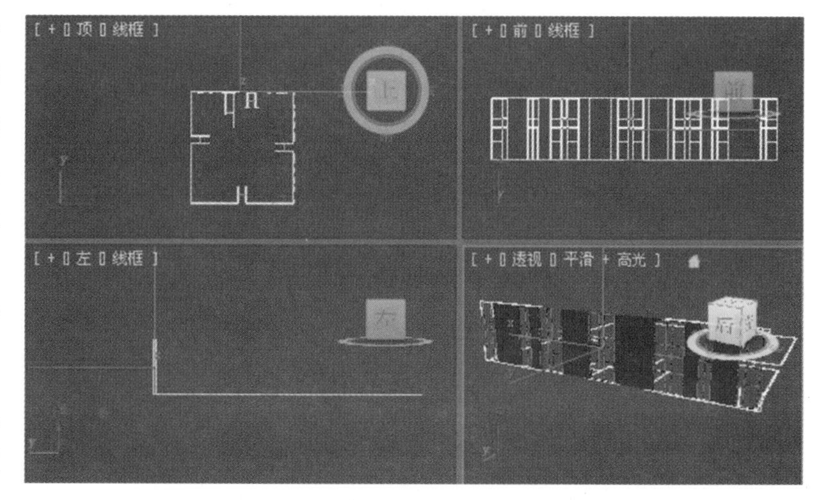

图 10.3.6 编辑墙体材质

10.4 结合平面图，调整其进退关系

（1）参考一层平面图的位置，移动其中两面墙体。它们所在的位置是入口处。如图10.4.1所示。

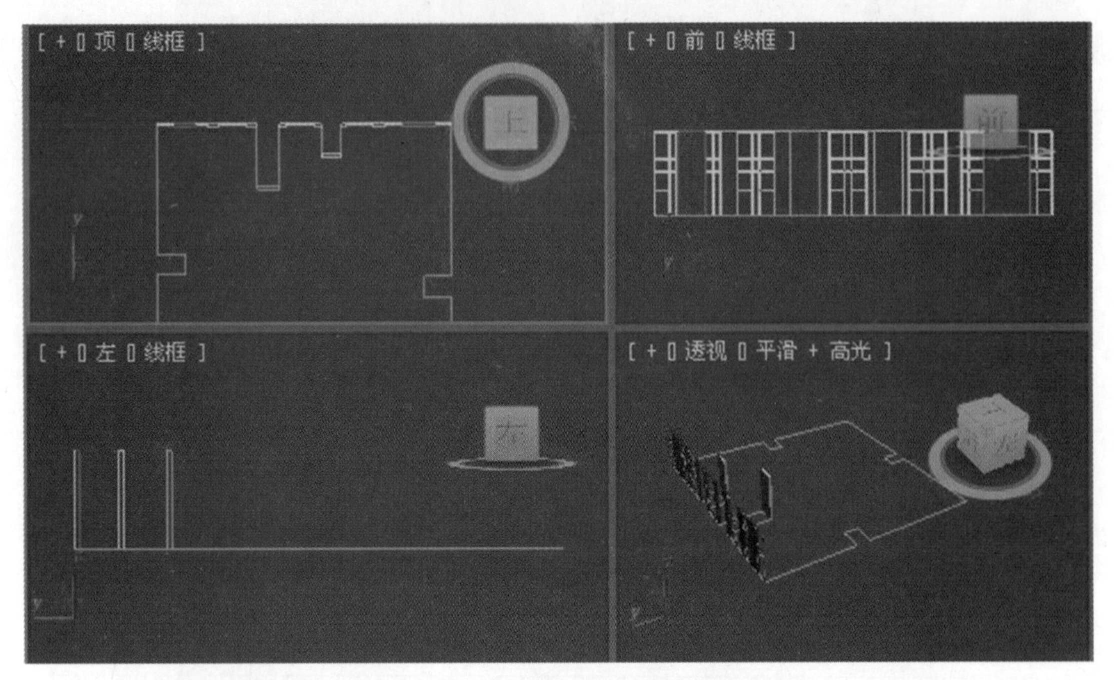

图10.4.1 “入口”指定材质

（2）在材质编辑器对话框中选择一个新的示例球，任选一种颜色，命名为“入口”，然后把它们赋上指定的材质。

（3）把捕捉换为捕捉方式。然后单击（创建）/（图形）/ 线 按钮，在顶视图按照图10.4.2所示位置描一条直线。

（4）单击（修改）按钮进入修改面板，激活【线】左侧的加号，展开其子对象，选择（样条线）选项，如图10.4.3所示。

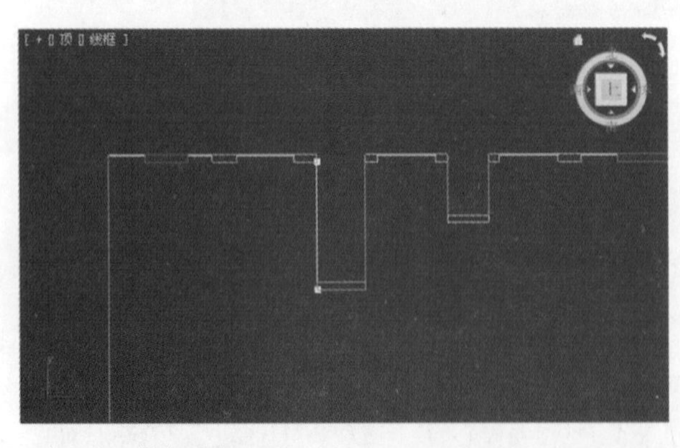

图10.4.2 创建图形

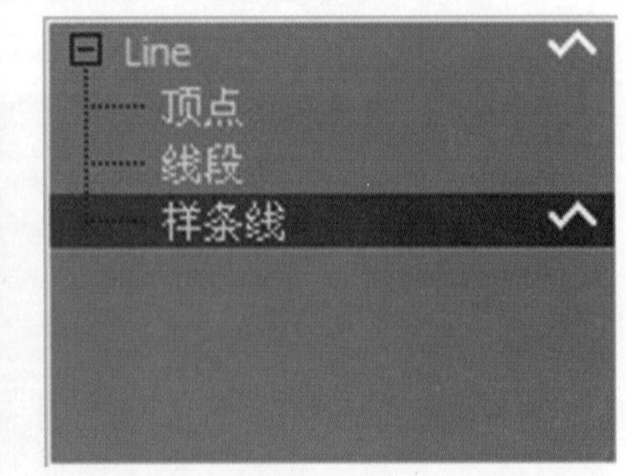

图10.4.3 修改面板

（5）在（样条线）层级下在【轮廓】后输入 −370，将其扩展为双线，如图10.4.4所示。

（6）在（修改命令面板）单击【挤出】命令。将【参数】卷展栏中的“数量”文本框的值设置为2550，之后按回车键。其形态如图10.4.5所示。

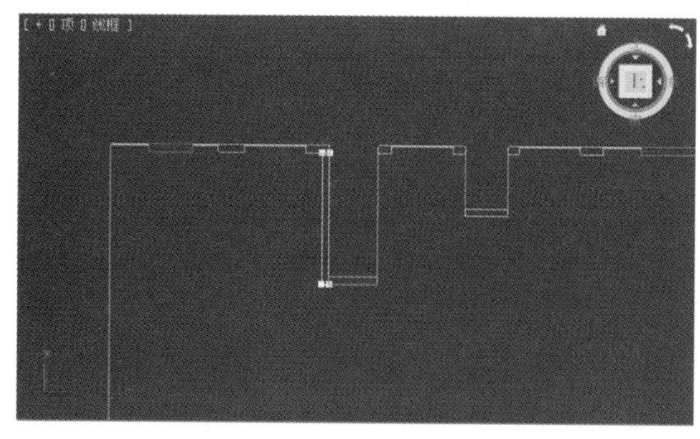

图 10.4.4　扩展双线

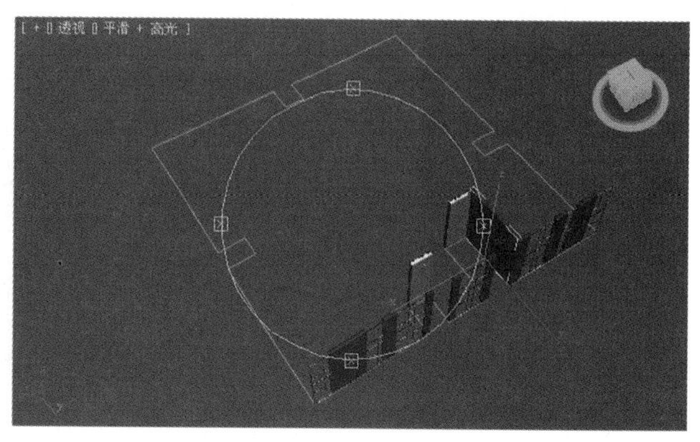

图 10.4.5　设置文本框

（7）按照这种方法，补上其他空缺的墙体，如图 10.4.6 所示。

（8）把其他三面按以上方法做出。如图 10.4.7 所示。

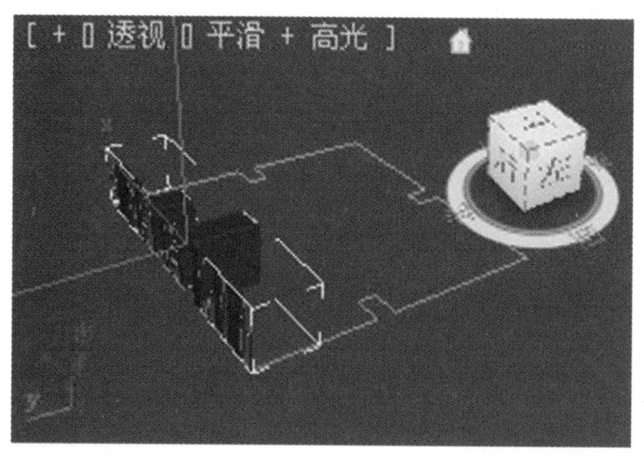

图 10.4.6　修补空缺墙体

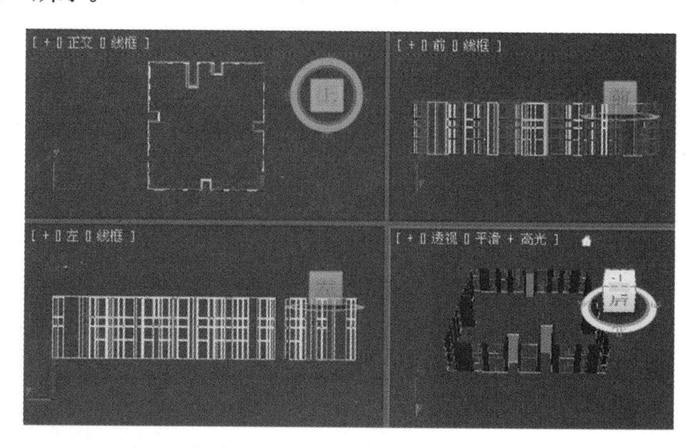

图 10.4.7　修补空缺墙体

10.5　制作楼板、制作标准层并复制楼层

（1）在视图中选择出平面图参考图之外的所有对象，单击【显示】按钮进入显示命令面板，单击隐藏卷展栏下的【隐藏】命令按钮，将它们隐藏起来。

（2）在【捕捉】按钮上单击鼠标右键，在弹出的【网格与捕捉设置】对话框中设置（顶点）捕捉方式。

（3）激活顶视图，单击创建按钮，再单击（图形）按钮进入创建二维图形命令面板。

（4）把捕捉换为捕捉方式。然后单击（创建）/（图形）/（线）按钮，在顶视图按照下图位置画线，描出其轮廓。如图 10.5.1 所示。

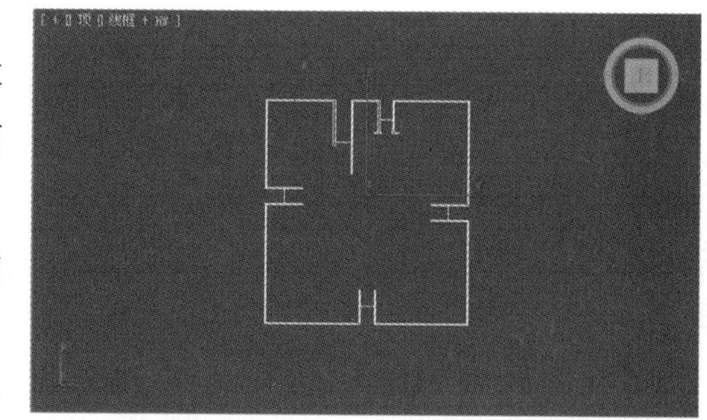

图 10.5.1　描出轮廓

（5）选择描出的轮廓线将平面图参考图隐藏，如图 10.5.2 所示。

（6）选择其轮廓线，单击（修改）按钮进入修改面板，激活【线】左侧的加号，展开其子对象，选择（样条线）选项，如图 10.5.3 所示。

（7）在（样条线）层级下在【轮廓】后输入 10，将其扩展为双线再选择外侧的轮廓线，按【Del】键删除。

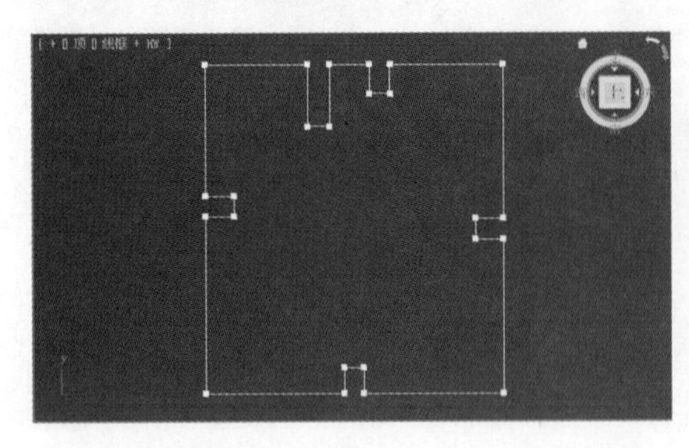

图 10.5.2　隐藏平面图参考图

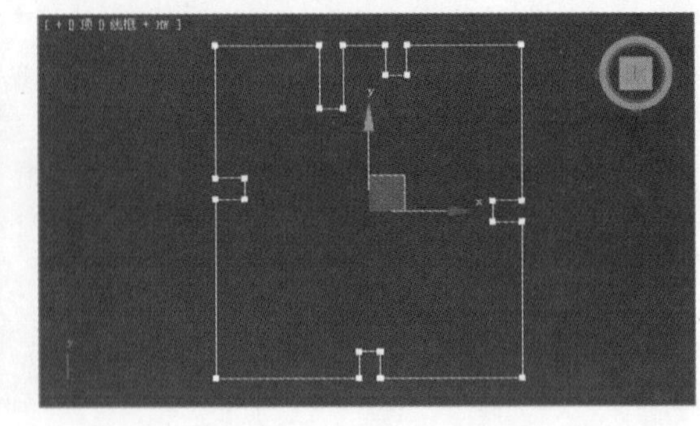

图 10.5.3　修改面板

(8) 在修改命令面板中单击【挤出】命令。将【参数】卷展栏中的“数量”文本框的值设置为 350，然后回车。其形态如图 10.5.4 所示。

(9) 然后打开材质编辑器，选择一个示例球，任选一种颜色，命名为“楼板”，选择楼板赋上指定的材质。

(10) 二层（标准层）的做法和一层一样。按照一层的制作方法把二层（标准层）做出。

(11) 打开材质编辑器，选择一个示例球，任选一种颜色，命名为“标准层墙体”选择二层各墙体赋上指定的材质。如图 10.5.5 所示。

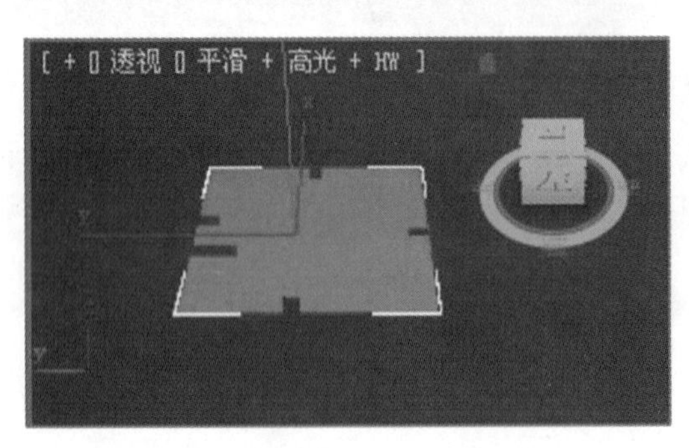

图 10.5.4　设置文本框

图 10.5.5　选择墙体材质

(12) 将楼板和二层的四面处于选择状态，使用 Group 命令进行群组，Group 的名称最好改为建立的层数，这样经过复制以后系统会在命名的名称后自动加一，可以通过名称列表访问需要访问的那一层。如图 10.5.6 和图 10.5.7 所示。

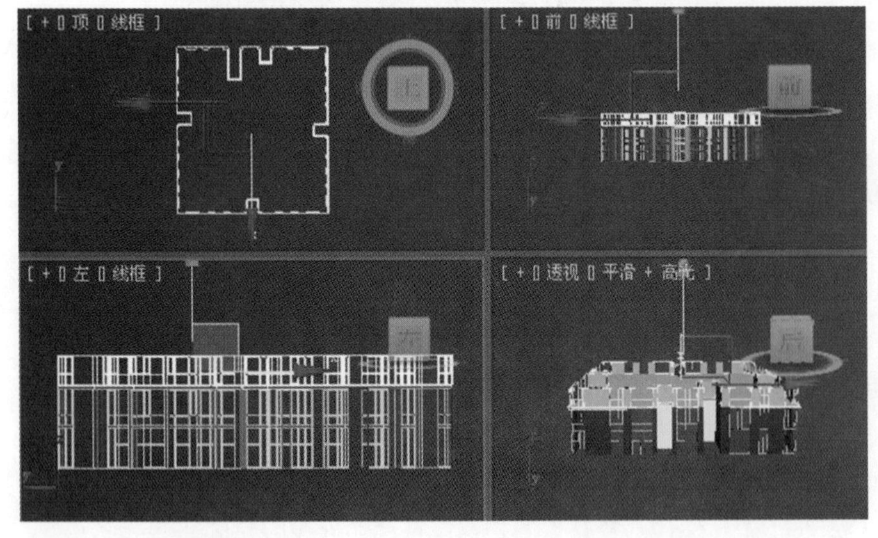

图 10.5.6　选择楼板和二层的四面

图 10.5.7　进行群组

（13）单击菜单栏中的【工具】/【阵列】命令，弹出【阵列】对话框。设置参数如图再单击确定按钮。如图 10.5.8 所示。

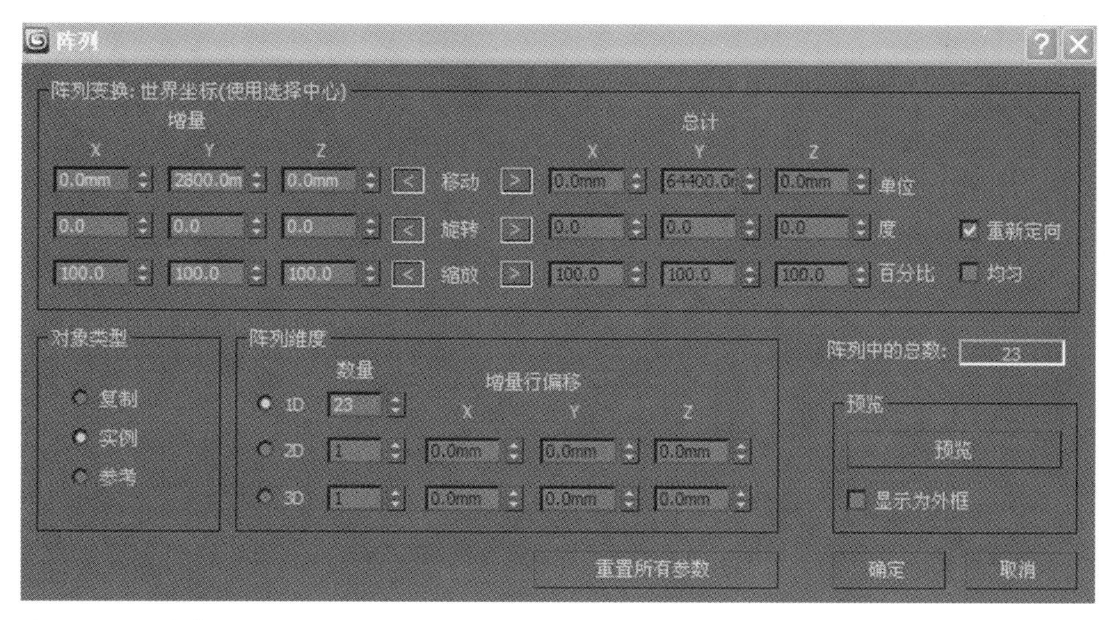

图 10.5.8 设置参数

（14）视图中效果如图 10.5.9 所示。

（15）选择最顶层进行解组，复制出墙板，并用【对齐】命令移动至楼顶，如图 10.5.10 和图 10.5.11 所示。

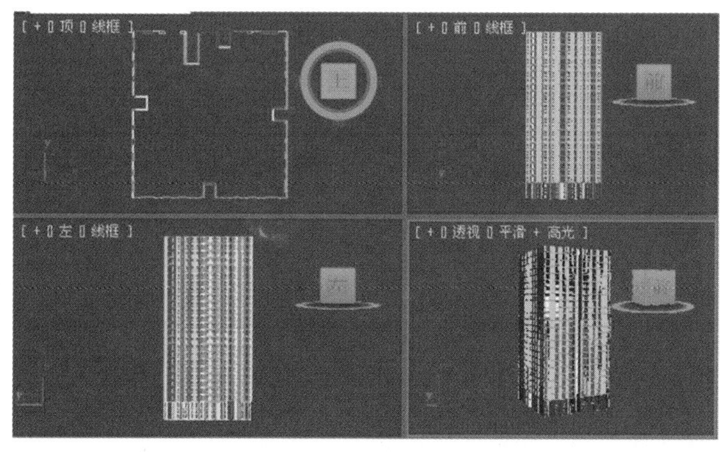

图 10.5.9 视图效果图

图 10.5.10 命令移动

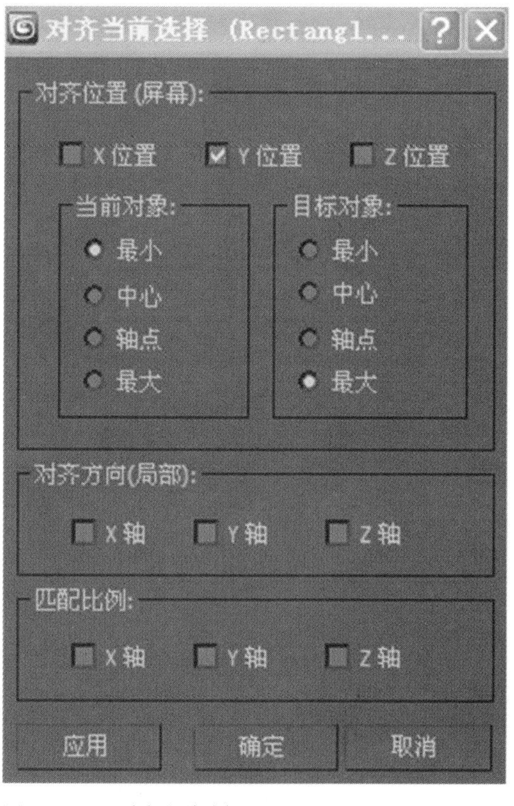

图 10.5.11 对齐当前选择

10.6 制作顶层及玻璃

（1）制作楼顶，选择顶层楼板，把捕捉换为捕捉方式。然后单击（创建）/（图形）/ 按钮，在顶视图描出其轮廓。

（2）选择其轮廓线，单击（修改）按钮进入修改面板，激活【线】左侧的加号，展开其子对象，选择（样条线）选项。

（3）单击（修改）按钮进入修改面板，激活【线】左侧的加号，展开其子对象，选择（样条线）选项。

（4）在（样条线）层级下在（轮廓）后输入370，将其扩展为双线，在修改命令面板中单击【挤出】命令。将【参数】卷展栏中的“数量”文本框的值设置为1800，然后回车。

（5）制作玻璃。选择平面参考图，将之外所有物体隐藏起来。

（6）激活顶视图，单击创建按钮，再单击（图形）按钮进入创建二维图形命令面板。

（7）把捕捉换为捕捉方式。然后单击（创建）/（图形）/（线）按钮，在顶视图画线，描出平面参考图的轮廓。命名为（玻璃）。

（8）选择其轮廓线，单击（修改）按钮进入修改面板，激活【线】左侧的加号，展开其子对象，选择（线段）选项。将多余的线段删除。

（9）选择轮廓线，在修改命令面板中进入【编辑样条线】的【样条线】级别，将其用【轮廓】命令扩成双线，厚度为10。

（10）在修改命令面板中单击【挤出】命令。将【参数】卷展栏中的“数量”文本框的值设置为70000，然后回车。其形态如图10.6.1所示。

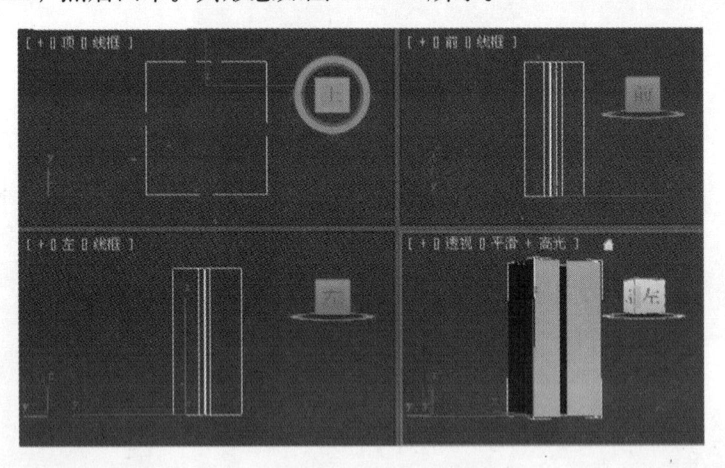

图10.6.1　设置文本框

10.7 材质调整

（1）在视图中选择玻璃，然后打开材质编辑器，选择命名为“一层墙体”的那个示例球，单击 Standard 按钮，弹出【材质/贴图浏览器】对话框，双击 建筑 按钮。在【用户定义】下选择【石材】。

（2）单击【物理性质】卷展栏下漫反射后面的贴图按钮，弹出【材质/贴图浏览器】对话框，选择【平铺】贴图类型。

（3）在【标准控制】卷展栏下的【预设类型】下的下拉菜单中选择【连续砌合】，这样可以取得连续完整的整体贴图。如图 10.7.1 所示。

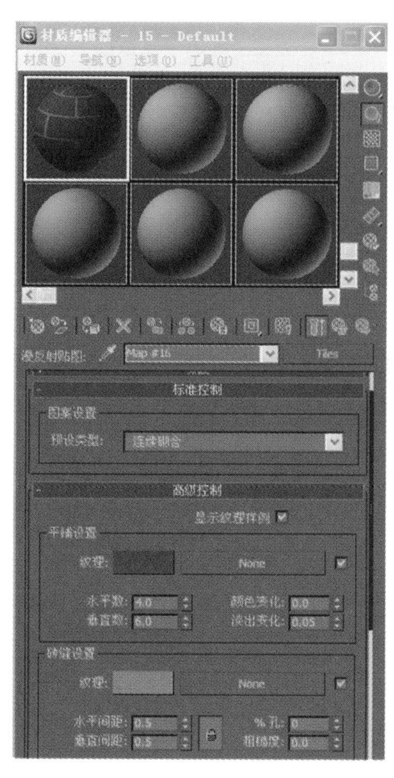

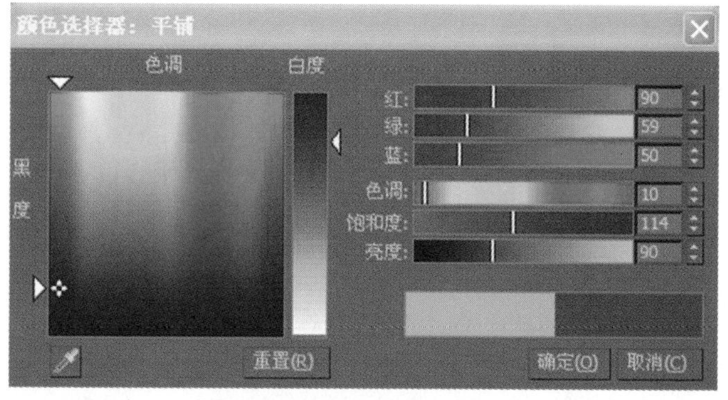

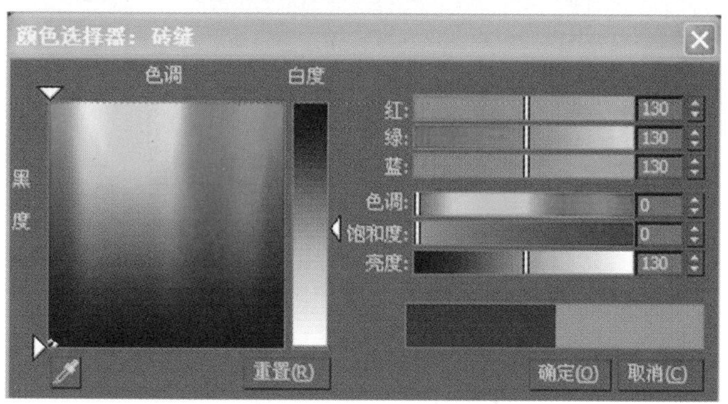

图 10.7.1　整体贴图

（4）为了显示出墙体凹凸效果，拖动漫反射贴图到【特殊效果】的【凹凸】。如图 10.7.2 所示。

（5）给每块墙体在【修改器列表】中施加【贴图缩放器】命令，参数如图 10.7.3 所示。每块墙体在比例的数值上都一样，但是在偏移值上做各自调整。效果如图 10.7.4 所示。

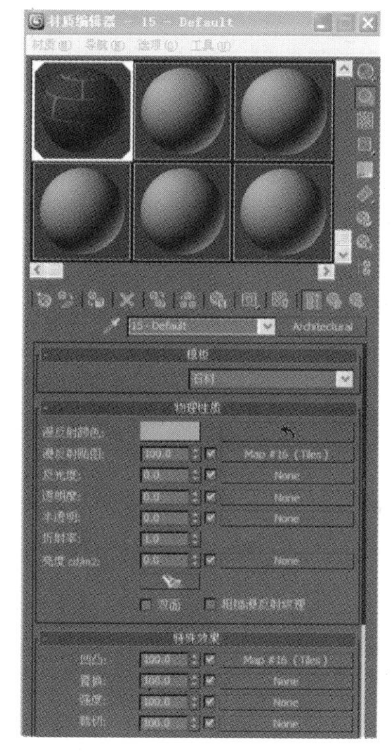

图 10.7.2　凹凸效果操作

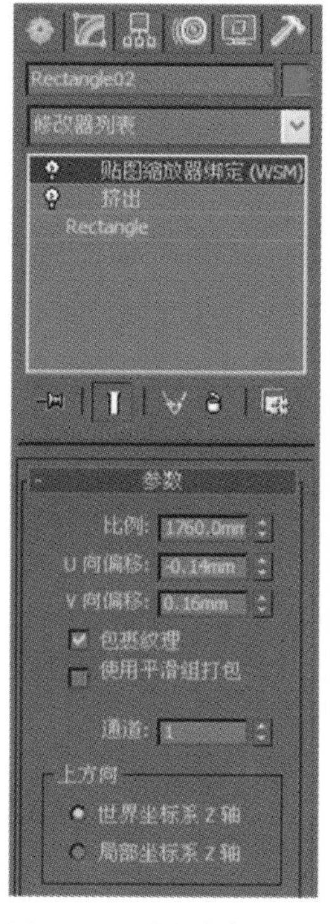

图 10.7.3　施加命令

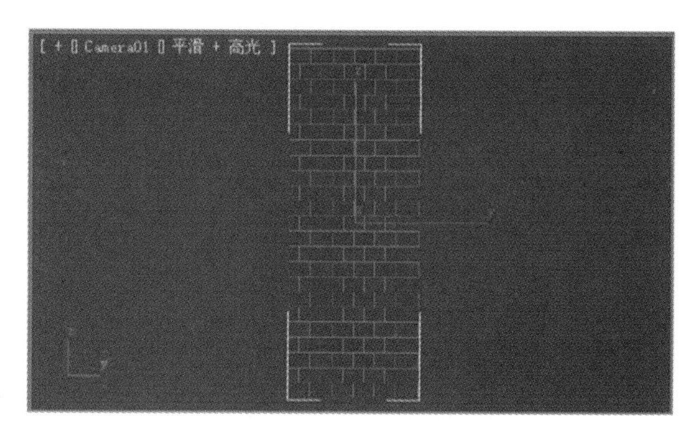

图 10.7.4　调整偏移值

(6) 制作玻璃材质。打开材质编辑器，选择命名为“玻璃”的示例球，锁定环境光和漫反射，设置如图 10.7.5 所示。

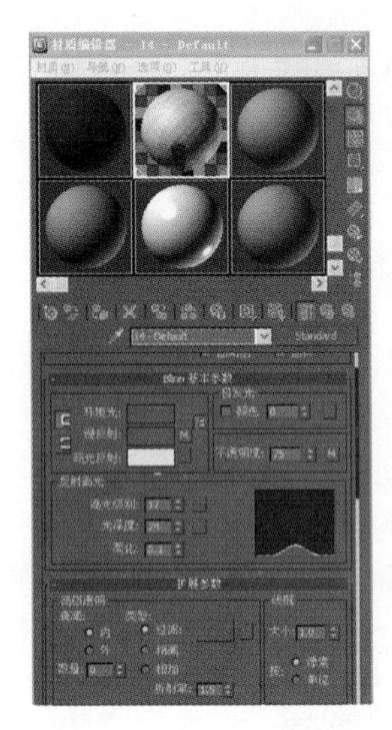

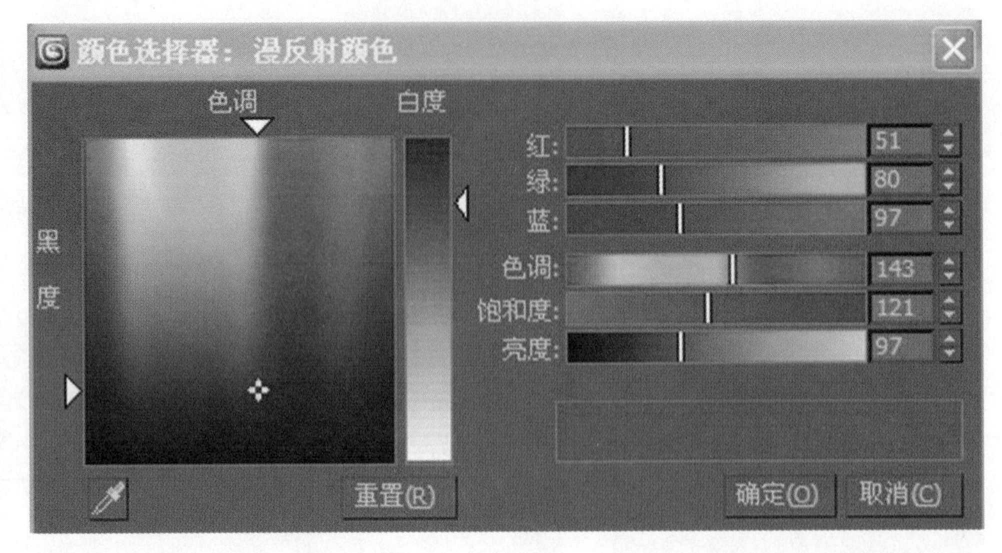

图 10.7.5　设置材质编辑器

(7) 在贴图卷展栏中如图 10.7.6 所示设置。从本书配套光盘中选择“002.jpg”文件和“Sky0000.jpg”文件。

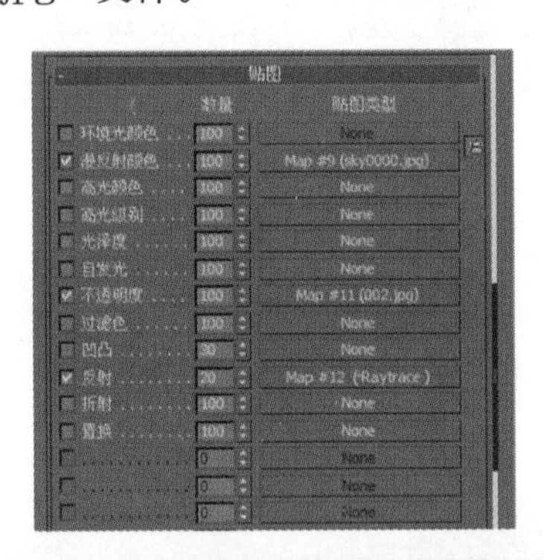

002.jpg

Sky0000.jpg

图 10.7.6　文件设置

1) 二层墙体的材质为粉色涂料，打开材质编辑器，选择命名为“标准层”的示例球，在【Map】卷展栏中，单击【漫反射】后的 None 按钮，再选择（位图）贴图方式，从本书配套光盘中选择“粉色涂料 .jpg”文件。

2) 单击（返回到上一级）按钮，单击【凹凸】后的 None 按钮，选择（噪波）贴图方式设置【坐标】卷展栏中 X、Y、Z 轴方向的（平铺）均为 8.0，将该材质赋给所选对象。如图 10.7.7 所示。

3) 打开材质编辑器，选择命名为“窗框”的示例球，编辑“塑钢”材质。在明暗器基本参数卷展览栏下，选择金属，调整环境光改为黑色，漫反射改为灰白色，设置其余参数如图 10.7.8 所示。

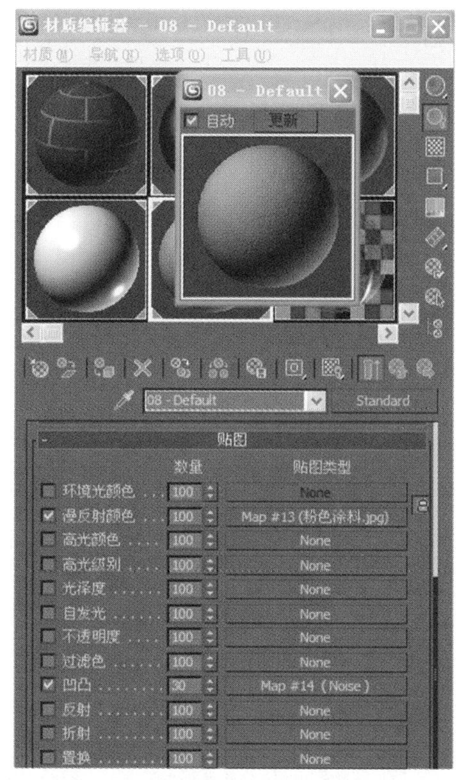

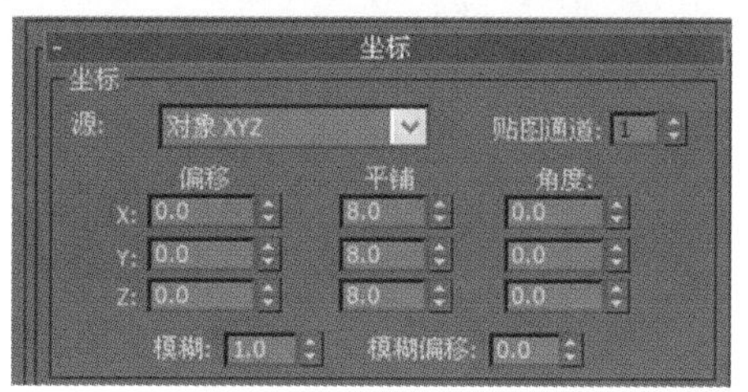

图 10.7.7 设置材质选项

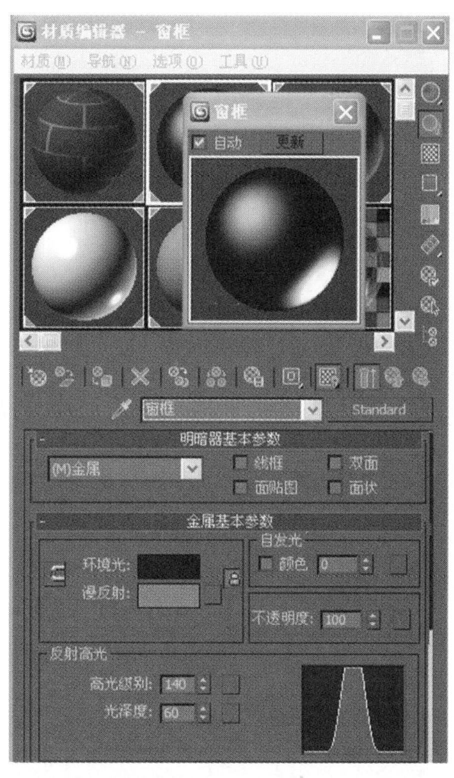

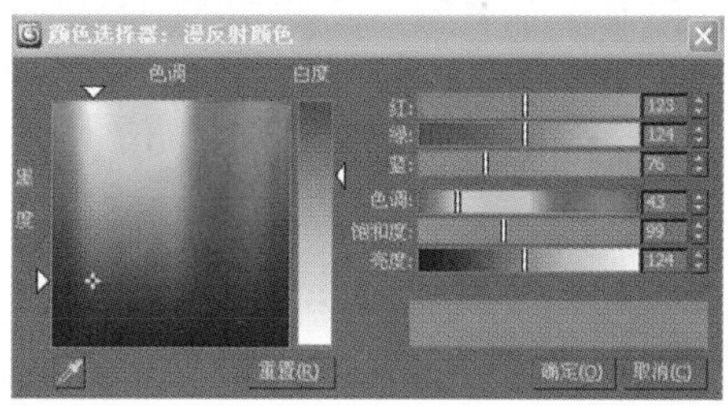

图 10.7.8 设置其余参数

4）单击 map 卷展栏下的自发光右侧的 none 按钮，在对话框中选择一个光线追踪的发射贴图。设置其余参数如图 10.7.9 所示。

5）打开材质编辑器，选择命名为“墙板”的示例球，在【Blinn 基本参数】的（漫反射）中选择白色作为涂料的颜色，（高光色）值为 95，（光泽度）值高为 45。

6）入口设置为玻璃材质，可参考之上玻璃材质的做法，由于入口处在摄像机视图中被遮挡，所以简单设置即可。材质效果如图 10.7.10。

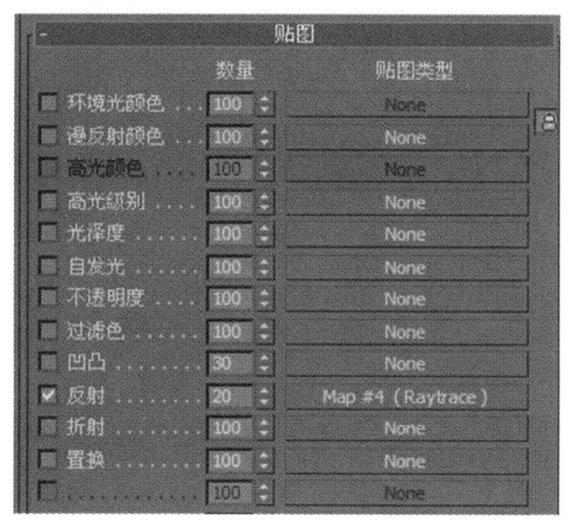

图 10.7.9 设置其余参数

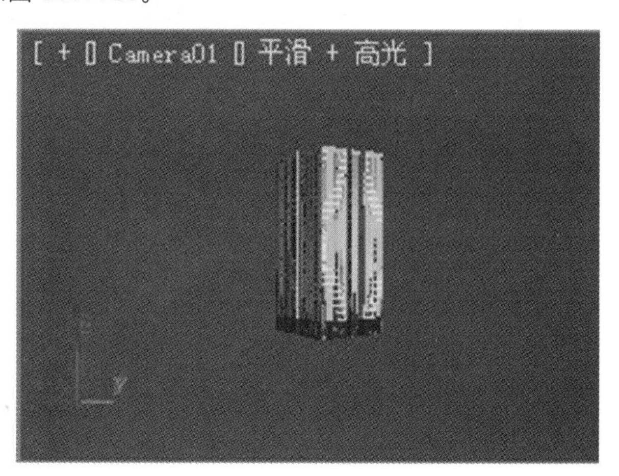

图 10.7.10 材质效果图

10.8 合理地设置摄像机和灯光

设置摄像机

（1）将前面保存的高层文件打开，在顶视图中创建【镜头】值为35的目标摄像机，位置如图10.8.1所示。

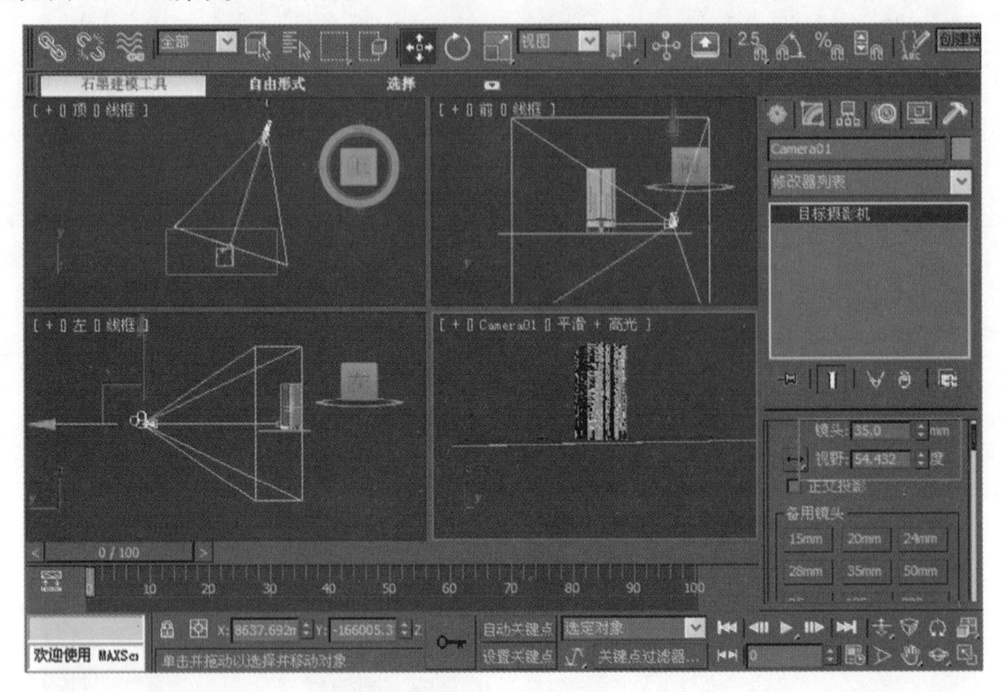

图10.8.1 摄像机位置图

设置灯光

（2）单击创建命令面板上的灯光命令按钮，进入创建灯光命令面板，在顶视图中创建一盏目标平行光作为主光源，使它和高层差不多45°的角度，注意它和目标摄像机的位置关系，这个光源就是主体光，它模拟的就是太阳光。位置如图10.8.2所示。

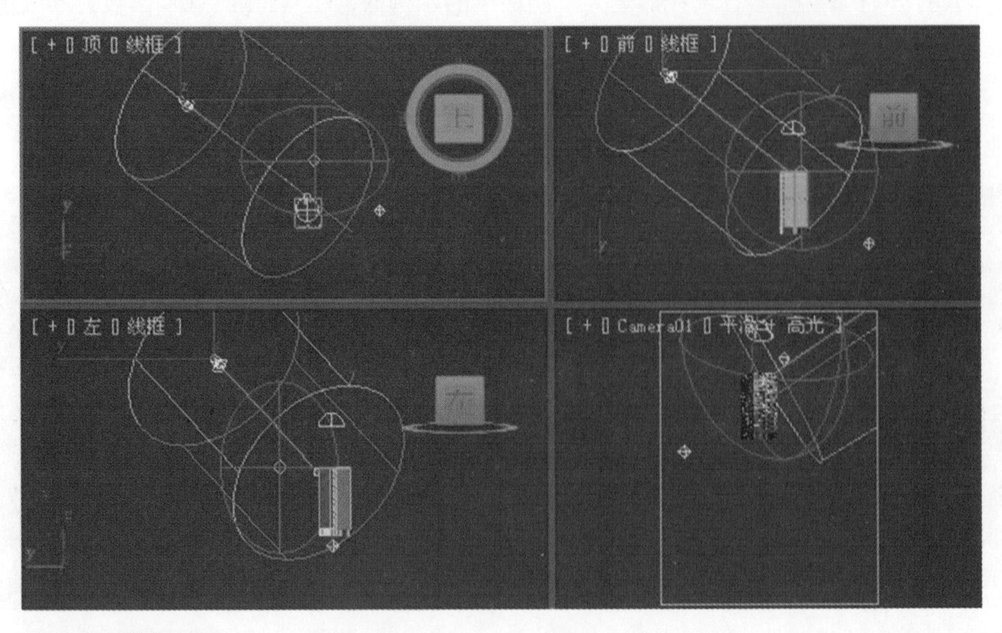

图10.8.2 调整泛光灯

(3) 在【强度 \ 颜色 \ 衰减】卷展栏中，调整【倍增器】的值为 1.3，调整其右侧色块的 RGB 值为 255、247、240。

(4) 在【常规参数】中【阴影】勾选启用，设置为【光线跟踪阴影】；在【平行光参数】中将【泛光化】勾选，在【阴影参数】卷展栏中，调整阴影的【密度】值为 0.55。参照图 10.8.3 所示。

(5) 在顶视图中创建一盏泛光灯作为环境光，位置如图 10.8.2 所示。

(6) 在【强度 \ 颜色 \ 衰减】卷展栏中，调整【倍增器】的值为 0.2，调整其右侧色块的 RGB 值为 202、202、255。

(7) 为了突出亮面阳光直射效果，在顶视图中将创建的泛光灯【复制】的方式复制一盏，位置如图 10.8.2 所示。在【强度 \ 颜色 \ 衰减】卷展栏中，调整【倍增器】的值为 0.6；调整其右侧色块的 RGB 值为 214、214、255。泛光灯的形状比例可根据图 10.8.2 所示作调整，这样可使亮面有丰富变化。

(8) 单击天空光按钮，在顶视图中创建一个天光，然后单击菜单栏中的【渲染】\【高级照明】\【光能传递】命令，在弹出的【渲染场景】对话框中调整参数，如图 10.8.4 所示。

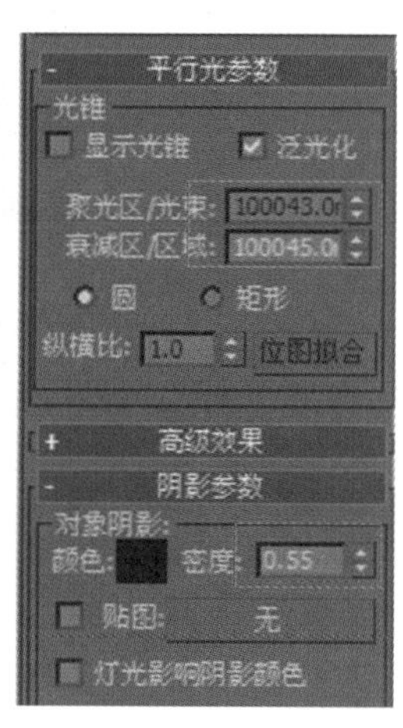

图 10.8.3 调整参数

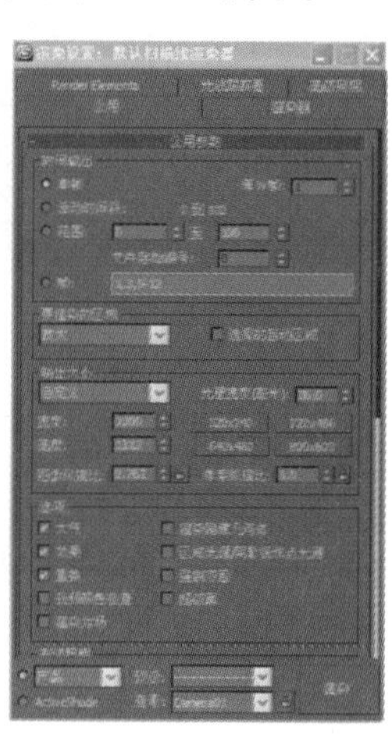

图 10.8.4 渲染设置（一）

(9) 单击工具栏中 (渲染设置) 按钮，打开渲染场景对话框，在【要渲染的区域】选择（放大）选项，设置输出图像大小，如图 10.8.5 所示。

(10) 单击渲染，得到满意的渲染效果后，在渲染窗口中单击 (保存图像) 按钮，在弹出的【保存图像】对话框中设置好文件保存的路径，输入输出图像名称，在保存类型中选择图像的保存类型为 *.TGA 格式，单击【保存】按钮即可。得到如图 10.8.6 所示的渲染图。

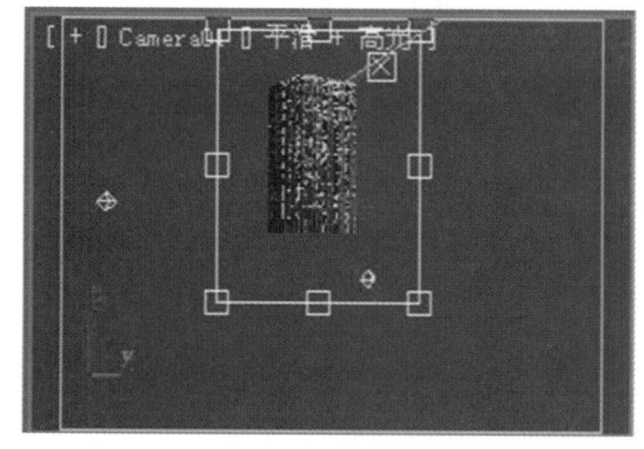

图 10.8.5 渲染设置（二）

图 10.8.6 渲染效果图

10.9 Photoshop 后期处理

（1）启动 Photoshop CS3 图形软件。

（2）打开渲染图，复制背景层，增加一个【背景副本】的图层，这样是为了方便后面的修改，并且保留了最原始的图像效果，保证在后面制作中出现大的失误的时候可以较快的使用原始图像来进行弥补，如图 10.9.1 所示。

（3）在渲染场景的时候我们保存的是【Tga】的图片格式，这种格式是可以储存图片通道的，打开【通道】窗口，可以看到【Alphal】的通道，如图 10.9.2 所示。

图 10.9.1 弥补失误

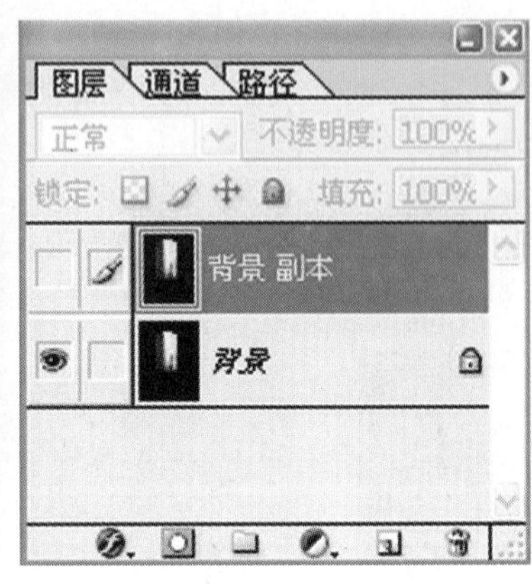

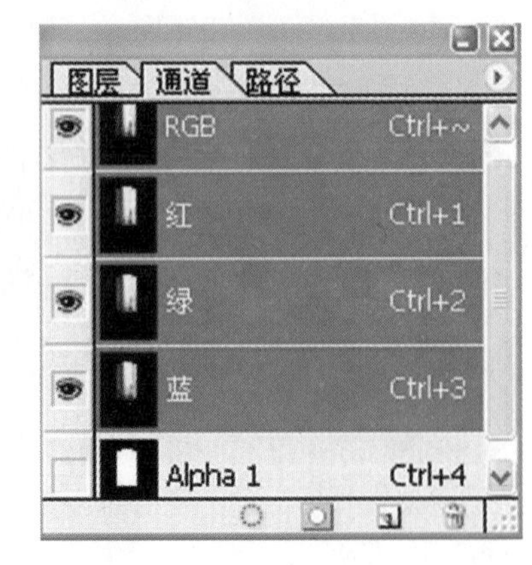

图 10.9.2 储存图片通道

（4）【Alphal】通道是去除渲染图背景的最好的工具，按住 Ctrl 键并用鼠标单击该图层，通道部分就被选中；按 Ctrl+ Shift+I 键反选选区，场景中的背景部分就被选择了，然后按键盘上的 Delete 键删除选区，再按 Ctrl+D 取消选择，如图 10.9.3 所示。

（5）图中未能体现出直射阳光下高对比的效果，所以要先进行调整，使用【图像】/【调整】/【亮度 / 对比度】命令，设置参数如图 10.9.4 所示。

图 10.9.3 去除渲染图背景

图 10.9.4 调整效果图

(6) 添加一天空背景如图，配套素材为随书光盘中的文件。配景的处理上应尽量丰富，突出主体建筑在场景中的位置。

图 10.9.5 添加前景

(7) 单击工具栏中的【移动】命令按钮，将光标移动到天空图片上再按住鼠标左键，将天空图片拖拽到高层建筑效果图中。

(8) 单击下拉菜单中的【编辑】\【自由变换】命令，天空图片四周出现变形框，用鼠标拖动节点，调整其位置，如图 10.9.6 所示。

(9) 选择天空图层，使用【图像】/【调整】/【亮度 / 对比度】命令，设置参数如图 10.9.7 所示，使建筑物和天空融为一体。

图 10.9.6 调整位置

图 10.9.7 设置参数

(10) 添加远处的楼群、用来烘托气氛。复制高层楼体图层，单击下拉菜单中的【编辑】\【自由变换】命令，调整其位置如图 10.9.6 所示，并且调整图层透明度为 70%。

(11) 使用【图像】/【调整】/【色彩平衡】命令或者按 Ctrl+B 键，打开“色彩平衡”对话框，给楼群增加黄色和红色的成分，使它与环境融为一体，并且按照图 10.9.8 所示调整位置。但是要注意图层的前后排列关系。配套素材为随书光盘中的文件。

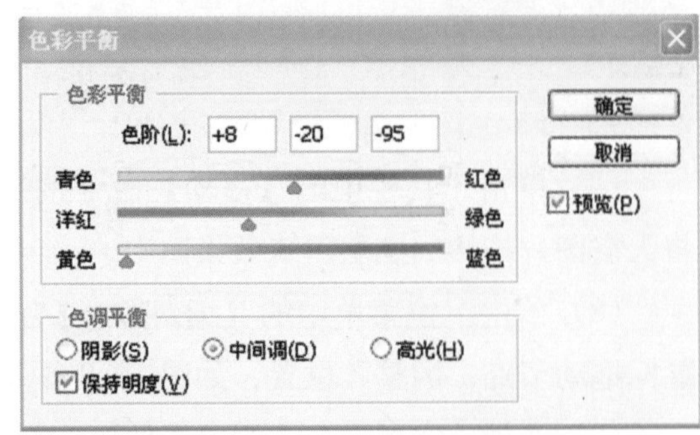

图 10.9.8　调整色彩平衡

(12) 添加绿化。选择绿化图层，使用【图像】/【调整】/【亮度/对比度】命令，设置参数如图 10.9.9 所示。

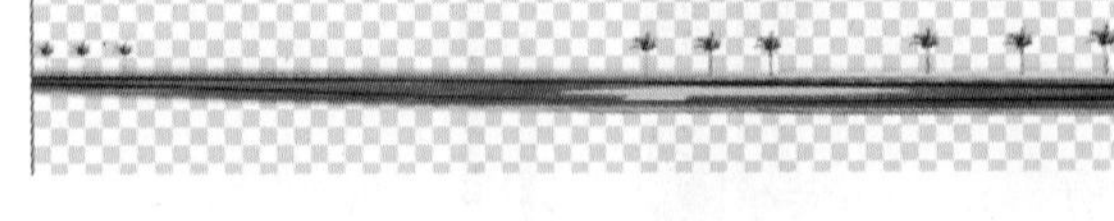

亮度/对比度

亮度:	70
对比度:	50

确定　取消　☑预览(P)　☐使用旧版(L)

图 10.9.9　添加绿化

（13）制作倒影。复制高层楼体图层，用【编辑】\【变换】\【水平翻转】命令，调整方向，如图 10.9.10 所示。

（14）为倒影图层添加图层蒙板。此时前景色自动变为白色，背景色自动变为黑色，再单击工具栏中的【渐变】按钮，在楼体倒影图层上从上向下拖拽。倒影出现了渐变效果，如图 10.9.11 所示。

图 10.9.10　制作倒影

图 10.9.11　倒影渐变效果

（15）复制倒影图层，用【编辑】\【变换】\【水平翻转】命令，调整其大小，如图 10.9.12 所示。

（16）复制天空图层，用【编辑】\【变换】\【水平翻转】命令，调整方向，如图 10.9.13 所示。

图 10.9.12　复制倒影图层

图 10.9.13　复制天空图层

(17) 添加水面图层，使水面呈现波纹，并且在图层中数值透明度为45%；再添上一只游艇，使画面变得生动。

(18) 后期处理效果满意后，选择菜单【图层】\【拼合图像】命令，将所有图层拼合，然后单击下拉菜单中的【滤镜】\【锐化】\【锐化】命令，可使图像变得清晰。然后将图像另存即可。最终后期处理后的效果如图10.9.14所示。

图10.9.14 最终效果图

【小结】本例通过制作高层建筑效果图，主要学习了高层建筑的平面和立面相结合的建模方法、建筑材质、灯光的设置及最终的Photoshop后期处理方法。通过别墅建筑效果图的制作，对制作室外建筑的基本作图的思路有了一定的了解。希望能够举一反三，灵活应用。

11　独立别墅建筑效果图制作

实例

训练目的：本例通过制作独立别墅效果图来学习建筑效果图的模型创建方法，材质、灯光的创建与调整，VR 的渲染设置及后期效果的处理方法。别墅的最终效果图如图 11.0.1 所示。

实例要点

☆ CAD 条件图、参考图处理与采用

☆ 建筑主体与框架建制

☆ 建筑入口、阳台及门窗的创建

☆ 建筑细部处理与深化

☆ 灯光与材质调整

☆ VR 渲染器基本介绍设置

☆ VR 渲染出图

☆ PS 后期处理

图 11.0.1　别墅最终效果图

操作步骤

11.1　CAD 图纸的导入与调整

（1）启动 3ds Max2010 中文版，将单位设置为毫米。

（2）单击导入别墅建筑一层平面图，在顶视图中选择一层平面图进行组合，取名为平面一层；再单击（移动并选择）图标将平面图移动到绝对坐标上，并进行冻结。如图 11.1.1 所示。

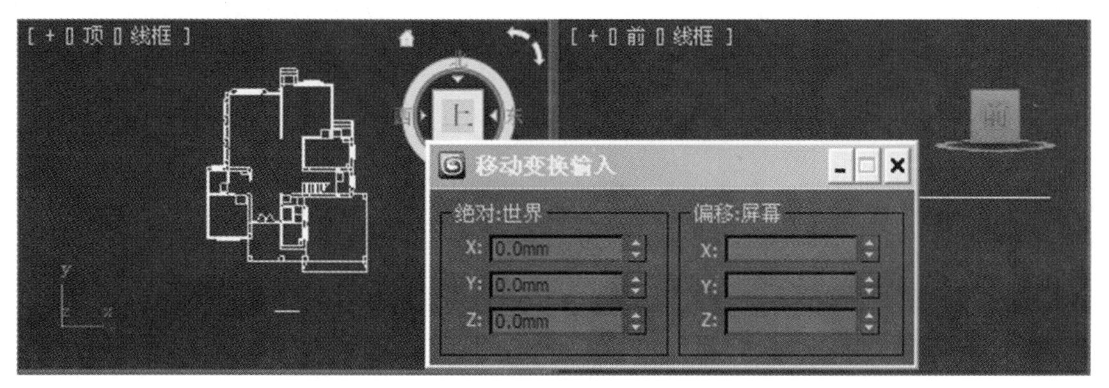

图 11.1.1　一层平面图的位置关系

（3）单击 在选择集中添加所冻结的一层平面图，方便后续调用图层。

（4）单击 导入别墅建筑二层平面图，在顶视图中选择二层平面图进行组合，取名为平面二层；单击 （编辑命令选择集）添加所冻结的一层平面图，单击 （移动并选择）将平面图移动到一层平面图与之重合，再单击 在 Z 轴坐标上输入 3300，并单击鼠标右键进行隐藏。如图 11.1.2 所示。

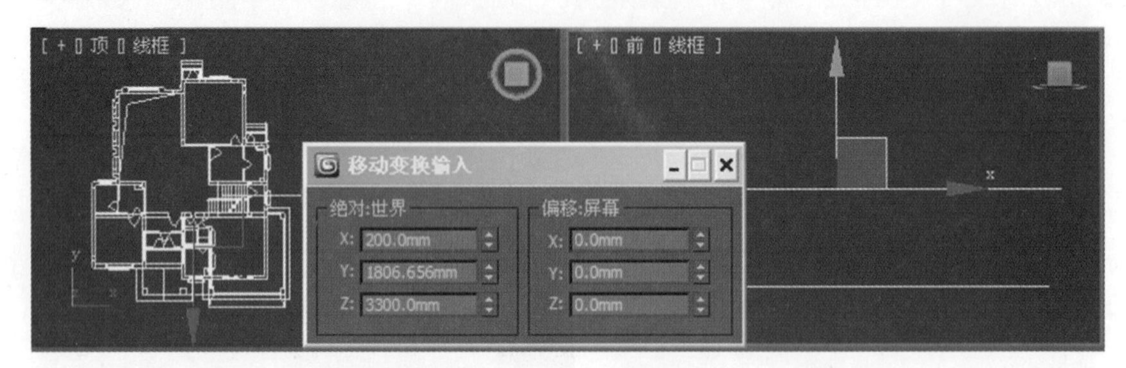

图 11.1.2　二层平面图与一层平面图的位置关系

（5）用同样的方法导入三层平面图，并在 Z 轴坐标上调整到 6600 高度，单击鼠标右键进行隐藏。

（6）用同样的方法导入屋顶平面图，并在 Z 轴坐标上调整到 9900 高度，单击鼠标右键进行隐藏。

（7）在顶视图导入南立面图，根据平面图中的柱子位置调整好南立面的位置，单击 （捕捉开关）调整角度为 90°，单击 旋转 90°，与平面图垂直状态。鼠标右击 在选项栏下勾选 锁定各轴。

（8）在顶视图与前视图中调整南立面的位置，如图 11.1.3、图 11.1.4 所示。

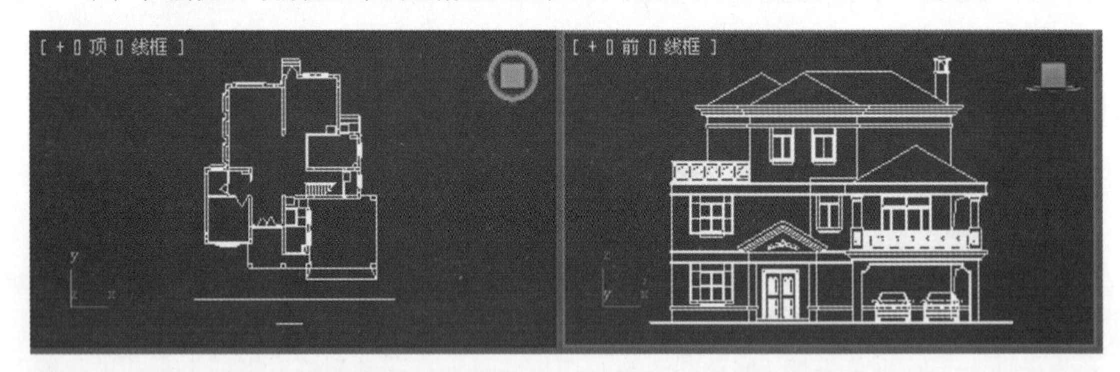

图 11.1.3　视图中南立面与平面图的位置关系

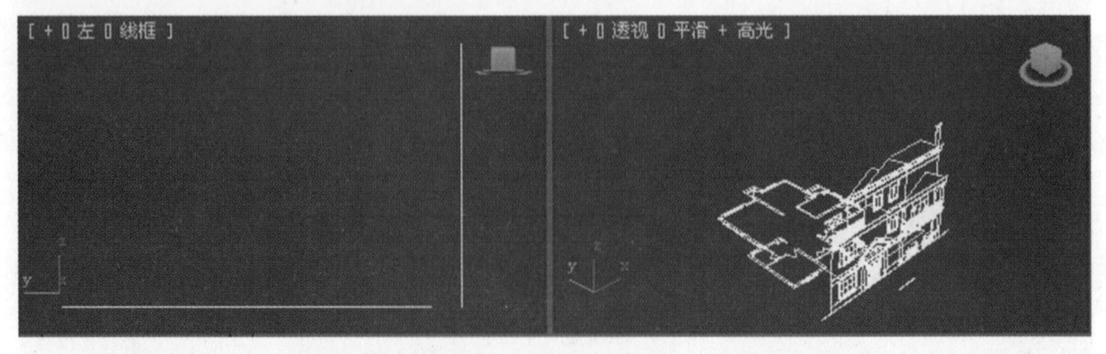

图 11.1.4　透视图中南立面与平面图的位置关系

（9）用同样的方法导入东立面图，并调整好位置。

11.2 建筑主体与框架建制

（1）单击开启捕捉，单击（创建）/（二维编辑）/ 线 按钮，在顶视图中单击并拖动鼠标沿建筑外墙轮廓创建一组闭合线。

（2）鼠标右击该闭合线，转换为可编辑的样条线，选择（样条线）按钮，在下拉栏点击 轮廓 ，输入 −240 数值，墙体的厚度。

（3）对创建完的墙体进行编辑，在编辑修改器列表中，选择挤出命令，输入挤出数量：3300（一层建筑高度），如图 11.2.1 所示。

图 11.2.1　创建一层建筑墙体

（4）在前、左视图中根据立面所示门窗的位置，分别创建 1800×2000×400，1600×1000×400 的长方体。使用布尔运算在墙壁上挖出别墅大小不等的门窗洞。效果如图 11.2.2 所示。

图 11.2.2　创建一层建筑墙体的窗洞

（5）单击（创建）/（二维编辑）/ 线 按钮，在顶视图中单击并拖动鼠标沿建筑内墙轮廓创建一组闭合线。单击（修改面板）挤出厚度 300，为一层顶面。

（6）框选创建好的一层建筑墙体和顶面，成组命名为：一层。单击在选择集中进行添加。

（7）将平面一层与已创建好的一层建筑外墙进行隐藏，方便二层建筑外墙的建立。单击解到二层平面图，单击右键进行冻结。

（8）单击开启三维捕捉，单击（创建）/（二维编辑）/ 线 按钮，在顶视图中单击并拖动鼠标沿二层建筑外墙轮廓创建一组闭合线。右键转换为可编辑的样条线，单击样条线使用轮廓命令挤出墙体厚度，再在修改面板中点击挤出命令，输入数值 3300。效果如图 11.2.3 所示。

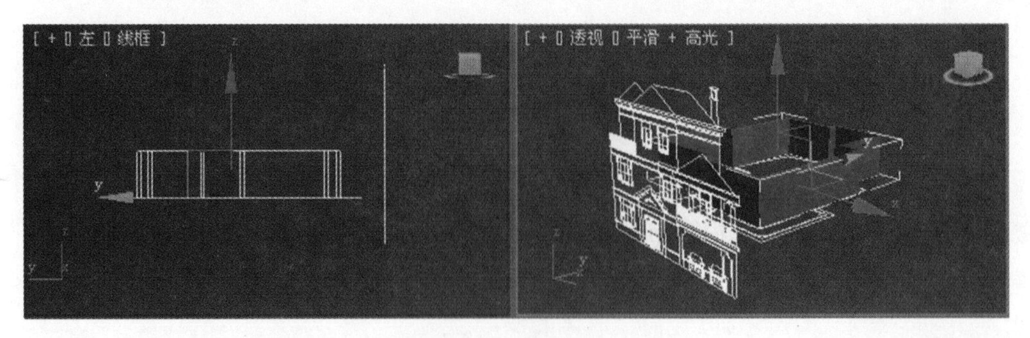

图 11.2.3　创建二层建筑墙体

(9) 根据立面图，创建长方体并用布尔运算将二层墙体的门窗洞挖好。方法如第四步骤相同。

(10) 用二维编辑线命令创建顶面的形状，并挤出二层顶面的厚度 300。

(11) 用二维编辑线命令创建二层阳台底面的形状，使用挤出命令，输入厚度 150。根据南立面图调整底面的位置。

(12) 按住 Shift 键，复制一个作为阳台顶面，调整其位置后右击转变为可编辑网格，点击顶点调整大小厚度。效果如图 11.2.4 所示。

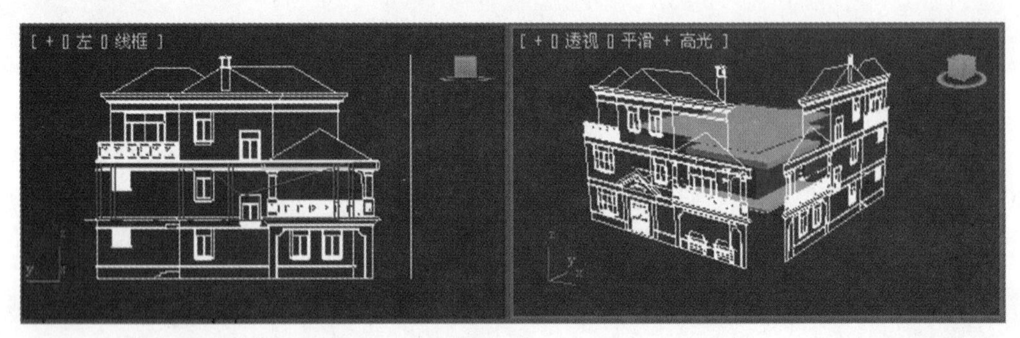

图 11.2.4　创建二层建筑墙体——阳台顶、底面

(13) 框选创建好的二层建筑墙体、顶面和阳台，成组命名为：二层。单击在选择集中进行添加。右键隐藏二层建筑墙体，单击在选择集中解冻二层平面图并进行隐藏。同时调出三层平面图。

(14) 单击开启三维捕捉，单击（创建）/（二维编辑）/ 线 按钮，在顶视图中挤出三层别墅的建筑墙体，采取同样的方法挖门窗洞。同时挤出三层阳台的地面形状，根据立面放置正确的位置。

(15) 单击开启捕捉，单击（创建）/（二维编辑）/ 线 按钮，创建三层小屋顶的轮廓，在修改器列表中挤出屋顶的高度，数值为 1800。鼠标右键转换为可编辑多边形，选择节点，调整节点的位置，效果如图 11.2.5 所示。

图 11.2.5　创建三层建筑墙体——屋顶

（16）框选创建好的三层建筑墙体、顶面、阳台和屋顶，成组命名为：三层。单击在选择集中进行添加。右键隐藏三层建筑墙体，单击在选择集中解冻三层平面图并进行隐藏。同时调出屋顶平面图。

（17）根据屋顶平面图的形状，可将屋顶主体作为两个部分来制作。单击开启三维捕捉，单击（创建）/（二维编辑）/ 线 按钮，在顶视图创建屋顶形状，（选择内线，外线为腰线）在修改器列表中挤出厚度，数值为150，并根据立面图放置好位置。再根据屋顶突出的形状用线命令创建两部分形状，分别挤出高度1450。右键转换为可编辑的多边形，选择节点，根据立面图调整好位置。效果如图11.2.6和图11.2.7所示。

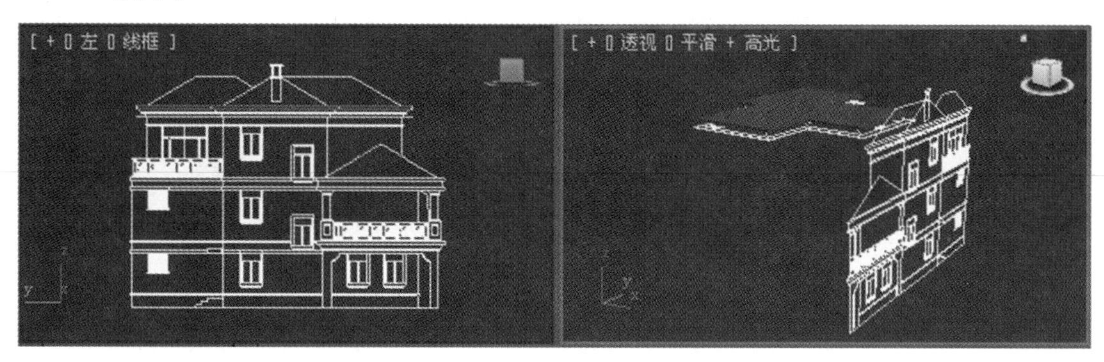

图11.2.6 创建屋顶基础部分

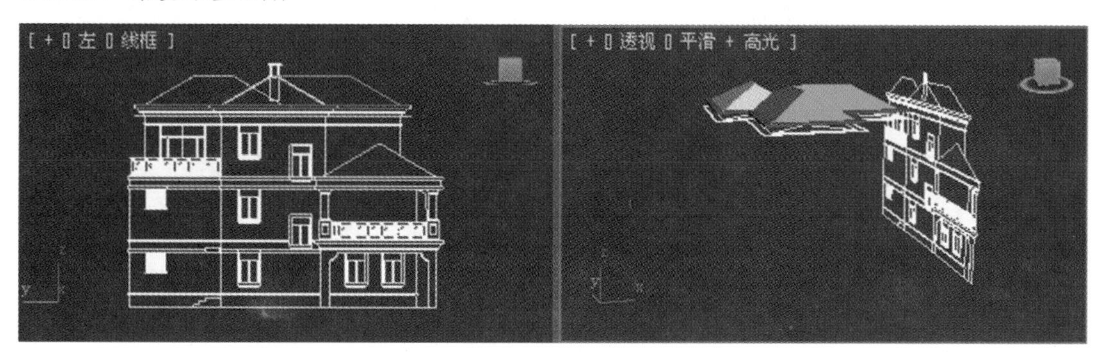

图11.2.7 创建屋顶主体部分

（18）选择屋顶底面，按住Ctrl+V键，进行复制后点击（移除修改器）按钮，在修改器列表中选择倒角命令，调整级别1的高度和轮廓，分别都为－200。单击转换成可编辑的多边形，将顶视图转换成底视图，单击（多边形）选项，选择底面进行挤出，挤出高度为100。整体框选后成组为【屋顶】，添加到选择集中去。底面屋顶主体制作完成。

（19）简单调整材质后，别墅建筑主体制作完成，效果如图11.2.8所示。

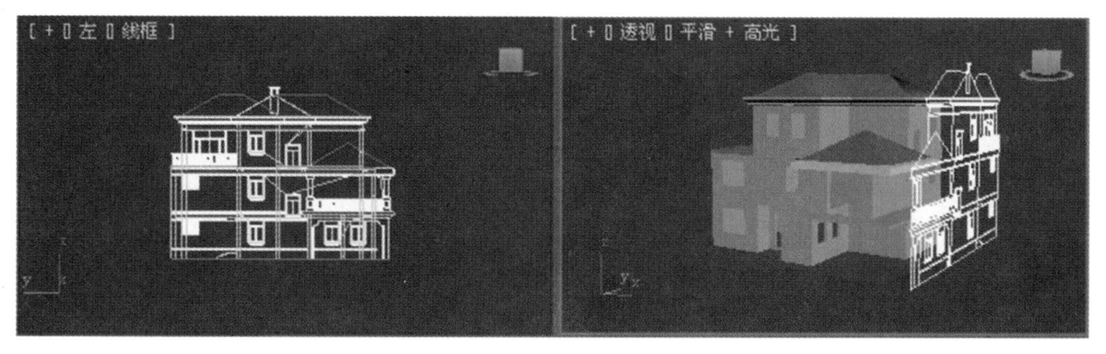

图11.2.8 别墅建筑主体建模效果

11.3 建筑入口、阳台、门窗的创建

（1）参考一层平面图的位置，创建一个长宽高为400×400×2800的柱子，对应东、南立面图，将柱子进行复制，放置在入口门楼与停车库的位置。

（2）单击开启捕捉，单击（创建）/（二维编辑）/ 线 按钮，在前视图创建入口门楼的形状，在修改器列表中挤出厚度，暂定1500，右键转换成可编辑的多边形，选择（节点）按钮，根据平面图调整好位置。效果如图11.3.1所示。

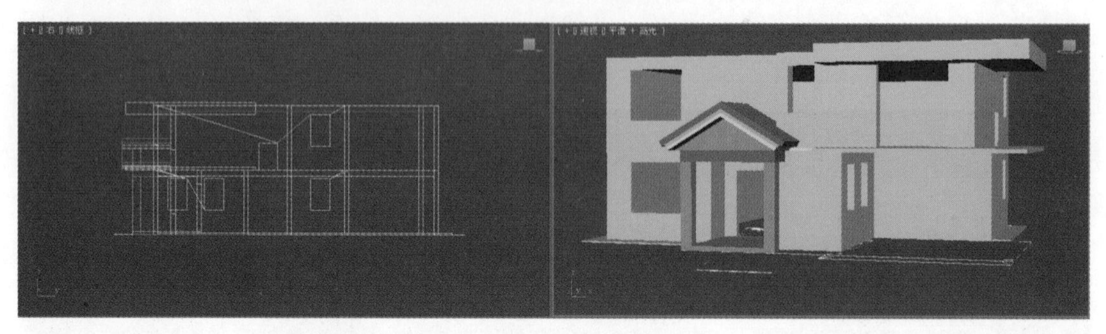

图11.3.1 别墅建筑入口门楼建模效果

（3）单击开启捕捉，单击（创建）/（二维编辑）/ 线 按钮，在前视图创建车库造型门的形状，右键转换成可编辑的样条线，选择（节点）按钮，选择需要调整的节点再鼠标右击选择 Bezier 角点 调整弧度。在修改器列表中挤出厚度，数值为80，根据南面图调整好位置。效果如图11.3.2所示。

图11.3.2 别墅车库造型建模

（4）按住Shift键，鼠标拖动复制一个，根据东立面调整位置。

（5）参考立面图二层阳台柱子的造型，创建一个长宽高为600×600×1000的柱子，右键转换为可编辑的多边形，单击（多边形）按钮，使用 插入 、 挤出 命令创建凹凸的柱形；采用线命令制作造型雕花，勾选在渲染中启用与在视图中渲染的选项；成组命名为【阳台柱】再将柱子进行复制，放置在二层阳台合适的位置。效果如图11.3.3所示。

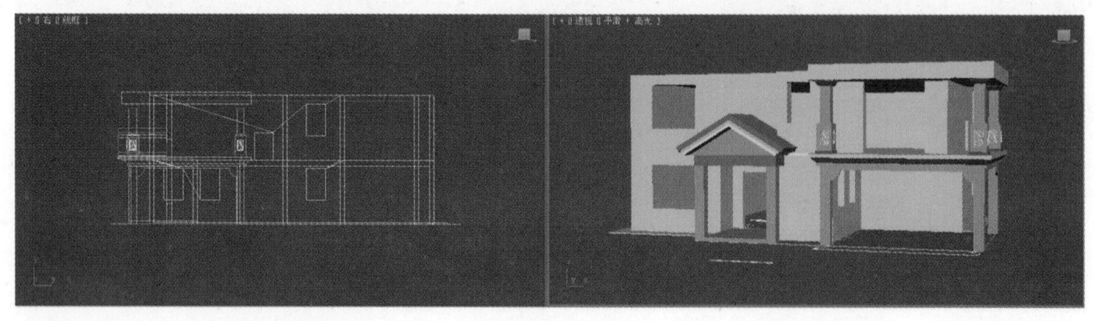

图11.3.3 别墅二层阳台造型柱建模

（6）窗户的创建：根据南立面窗洞的位置创建窗框与玻璃。参考南立面图，单击开启捕捉，在二维创建面板中用【矩形】命令创建出一楼窗户的窗框，鼠标右键转换成可编辑的样条线，单击（样条线）按钮，轮廓数值-100，在修改器列表中挤出厚度，数值为100，根据平立面调整好窗框位置。仍然采用【矩形】命令创建出一楼格子窗户与玻璃，框选后为其命名为【1楼窗户01】效果如图11.3.4所示。

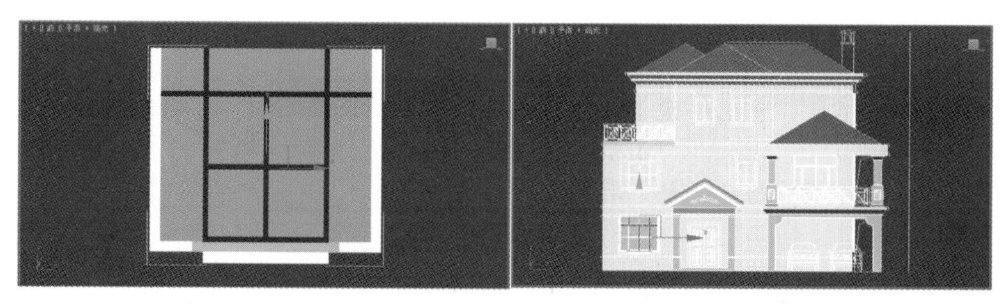

图11.3.4　窗户的创建效果及位置关系

（7）采用步骤6同样的方法创建出各层的窗户与二层的推拉门。

（8）门的创建：根据南立面大门的位置创门框与门板的造型。参考南立面图，单击开启捕捉，在二维创建面板中用【线】命令创建出门框，鼠标右键转换成可编辑的样条线，点击（样条线）按钮，轮廓数值-100，在修改器列表中挤出厚度，数值为60，并调整好门框位置。仍然采用【矩形】命令创建出门板的造型，整体框选后为其命名为【门】，效果如图11.3.5所示。

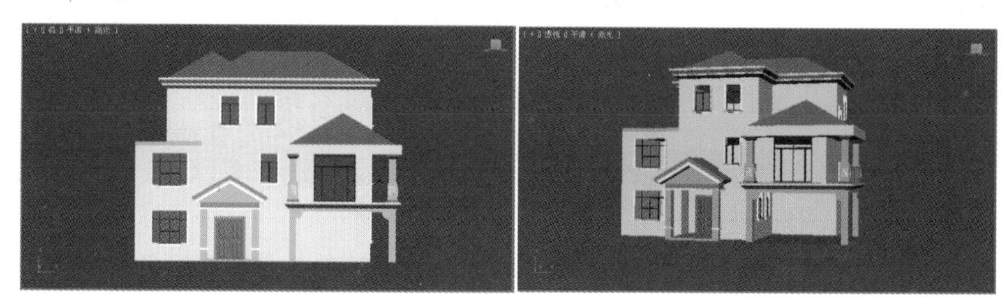

图11.3.5　大门的创建效果及位置关系

11.4　建筑细部处理与深化

（1）栏杆的创建：参考南立面图，单击开启捕捉，在二维创建面板中用线命令勾画出二楼栏杆的雕花图案，取名为【栏杆花】，鼠标右键转换成可编辑的样条线，选择（节点）按钮，选择需要调整的节点再鼠标右击选择Bezier 角点调整弧度；勾选渲染选项，选择【矩形】，调整长宽数值；放置在合适的位置。效果如图11.4.1所示。

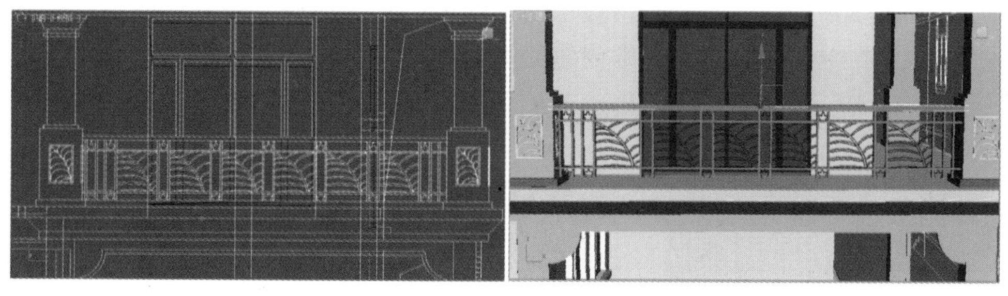

图11.4.1　栏杆模型创建效果及位置关系

（2）框选南立面栏杆模型进行群组，取名【栏杆南】；按住 Shift 键，鼠标拖动进行复制，选择后根据东、西立面调整位置。

（3）腰线创建：分析立面建筑腰线的位置，沿已创建好的一层建筑体，单击开启捕捉，在二维创建面板中用线命令勾画出腰线的位置，鼠标右键转换成可编辑的样条线，选择（样条线）按钮，轮廓数值 100，在修改器列表中挤出厚度，数值为 100，根据南面图调整好位置。效果如图 11.4.2 所示。

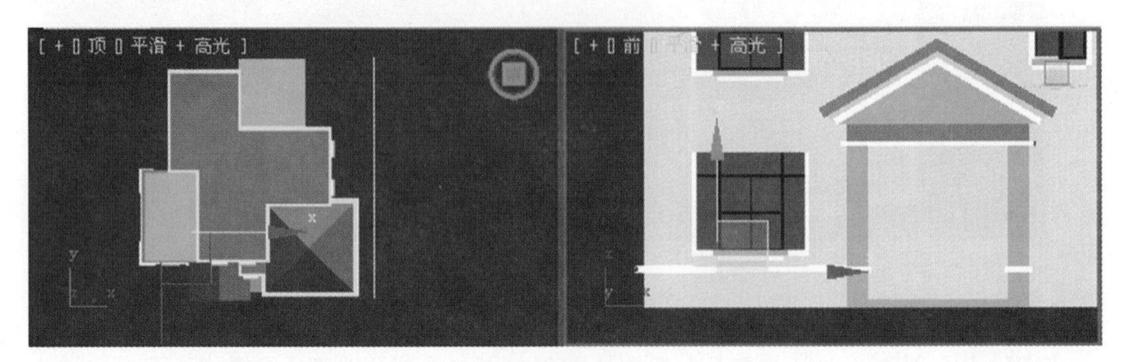

图 11.4.2 一层腰线的创建及位置关系

（4）采用步骤 8 同样的方法创建出各层的腰线。效果如图 11.4.3 所示。

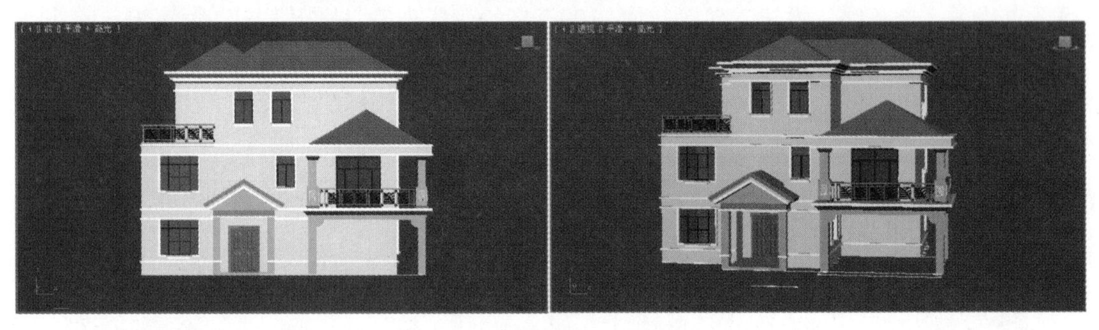

图 11.4.3 腰线的创建及位置关系

（5）烟囱的创建：创建一个长宽高为 600、600、1500 的长方体为烟囱主体，分别创建四个长宽高为 120、120、500 的小长方体为烟囱入口，再创建一个长宽高为 700、700、150 的长方体为烟囱帽，右键进入可编辑的多边形，单击（多边形）按钮，选择顶面，使用挤出命令，挤出值为 50，再点击塌陷，烟囱创建完成。

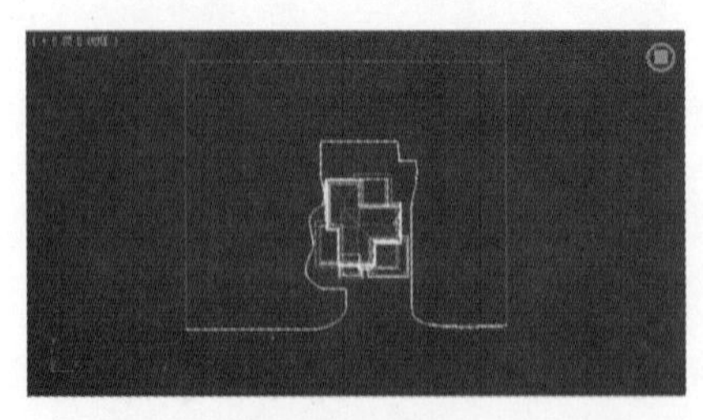

图 11.4.4 地面绿化创建模型

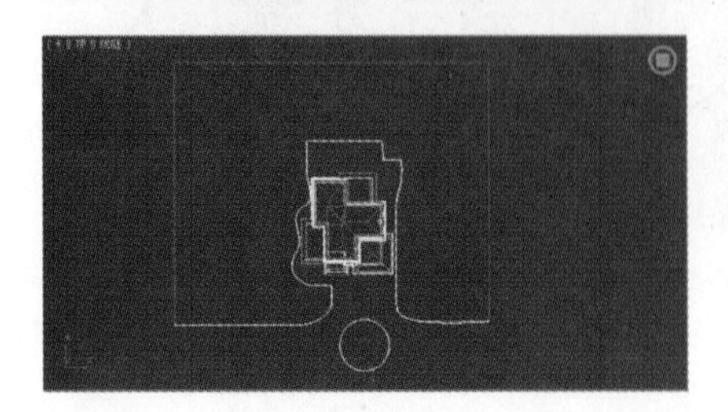

图 11.4.5 整体地形创建效果

（6）散水的创建：激活一层平面图，单击开启捕捉，在二维创建面板中用【线】命令平面外轮廓，鼠标右键转换成可编辑的样条线，选择（样条线）按钮，轮廓数值 700，在修改器列表中挤出厚度，数值为 60。

（7）创建一平面为地面，使用线形工具分别绘制出房屋周围绿化的轮廓图形，然后将他们挤出；在二维创建面板中用【线】命令创建路缘线，鼠标右键转换成可编辑的样条线，选择（样条线）按钮，轮廓数值 150，在修改器列表中挤出厚度，数值为 200，创建完成路缘模型。效果如图 11.4.4 所示。

（8）采取同第七步骤相同的方法创建地面花坛的模型，并赋予简单材质。如图 11.4.5 所示。

（9）最终别墅建筑模型制作完成，效果如图 11.4.6 所示。

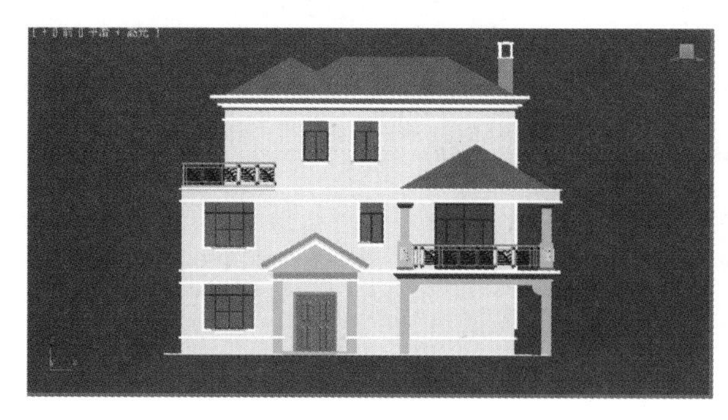

图 11.4.6　别墅主体建筑及地形最终效果

11.5　摄像机的创建、灯光与材质调整

（1）墙体分割：按住 Ctrl+A 键，选择所有的模型右键进行隐藏；单击 （编辑命名选择集），激活之前保存的一层、二层、三层建筑墙体，同时激活南立面图并冻结。将激活的各层模型进行解组隐藏，只保留需要的外墙体。

（2）选择一层墙体右键转换成可编辑的网格，单击 附加 命令，将三层墙体附加到一块；再转换成可编辑的多边形，点击 （边），选择全部墙体，在下拉框中点击 切片平面 命令，效果如图 11.5.1 所示。

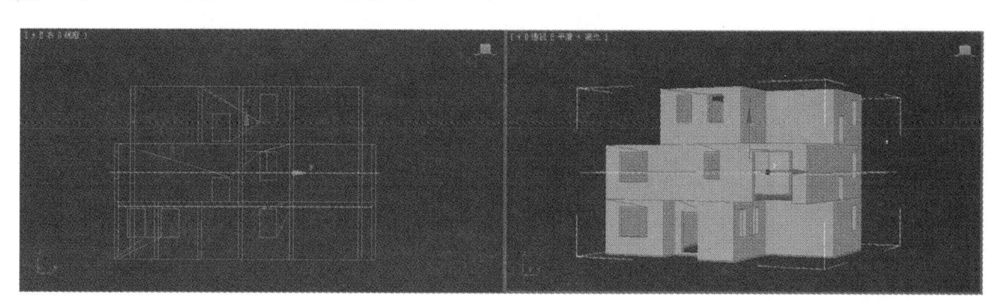

图 11.5.1　建筑墙体的位置划分

（3）根据南立面的腰线位置，调整好切片坐标的位置，单击 切片 命令，将墙体共分为三部分；单击 （多边形）按钮，框选墙体下体部分，再单击 分离 命令，取名为【墙下】；同样的方法将另外两部分命名为【墙中】、【墙上】。为三部分分别设置颜色，予以区分。效果如图 11.5.2 所示。

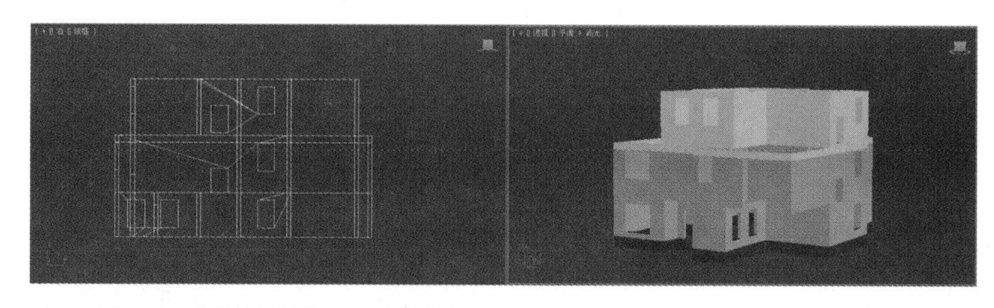

图 11.5.2　建筑墙体的位置划分及简单材质

（4）摄像机的创建：在创建命令面板上单击 （摄像机）按钮，在单击【目标】按钮，在顶视图中拖出一架摄像机，使用 （选择并移动）工具调整摄像机的位置，使其与人的身高大体相符，如图 11.5.3 所示。激活透视图，在键盘上按下 C 键，则透视图切换为摄像机视图。单击 按钮渲染摄像机视图，效果如图 11.5.4 所示。

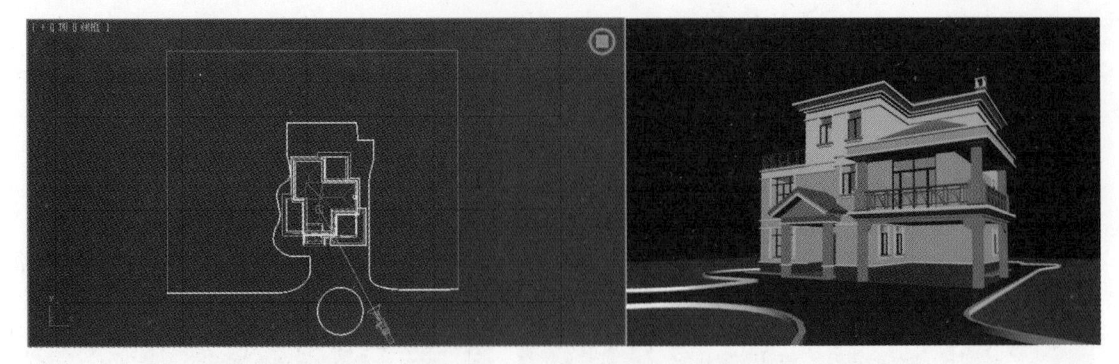

图 11.5.3　摄像机在顶视图中的创建及位置关系　　　　图 11.5.4　摄像机渲染视图效果

(5) 灯光的创建与调整：在（创建）命令面板上单击（灯光）按钮，然后单击【目标聚光灯】按钮，在别墅前面创建一盏聚光灯。将聚光灯的颜色设置为淡黄色，【倍增】设置为 1.65，勾选阴影【启用】选项，选择 Vrayshadow。在平行光参数【聚光区】设置为 5000。如图 11.5.5 所示。

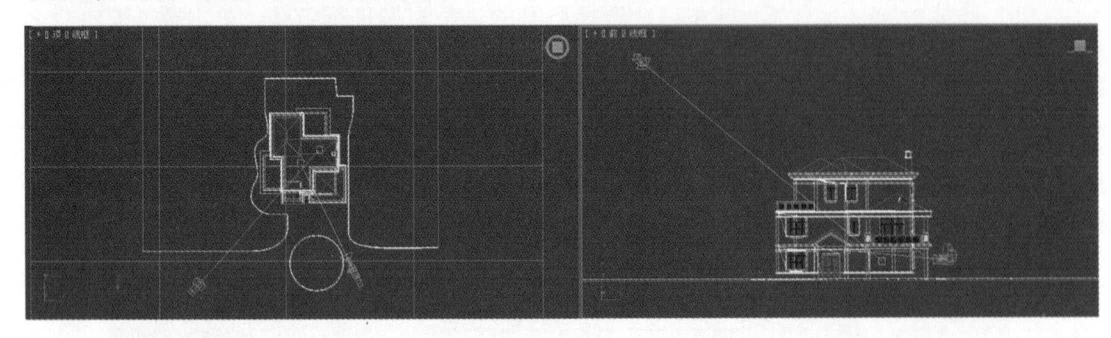

图 11.5.5　室外灯光的创建及位置关系

(6) 场景材质与获取材质：单击按钮，打开（材质编辑器）。单击（获取材质）按钮，即可打开【材质 / 贴图浏览器】，在左侧的浏览器选项中勾选【场景】选项，即可看到当前场景中的材质。

(7) 在【材质 / 贴图浏览器】中双击要调整的材质，或者单击（从对象拾取材质）按钮，在试图中的模型上单击，都可以将材质获取到材质球上，然后对该材质命名和调整即可。

(8) 材质的设置与调整：外墙下和中的材质调整。在修改器列表中下拉框中选择【UVW 贴图】选项，勾选【长方体】选项，调整长宽高数值都为 1200。同时将文化石材质赋予门楼柱子，在修改器列表中下拉框中选择【UVW 贴图】选项，勾选【长方体】选项，调整长宽高数值都为 400。材质参数如图 11.5.6 所示。

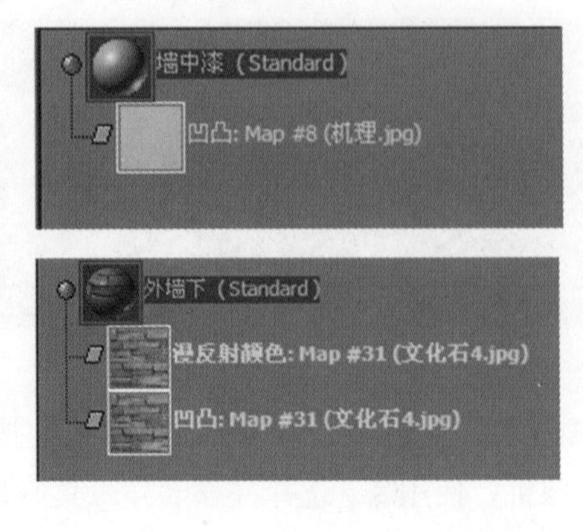

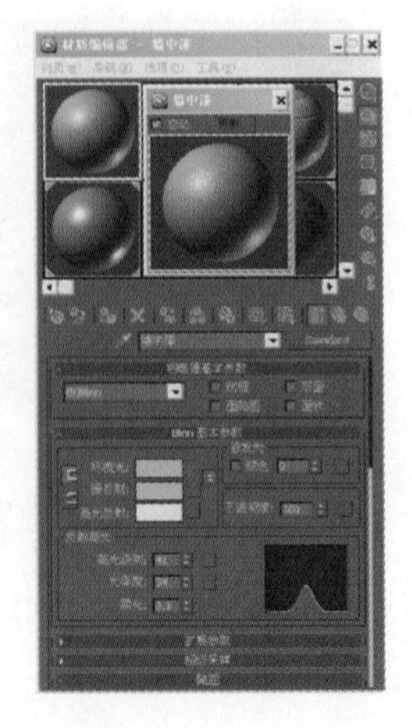

图 11.5.6　别墅外墙砖与外墙漆材质参数

（9）外墙上和屋顶的材质调整。材质参数如图 11.5.7 所示。选择屋顶模型，在修改器列表中下拉框中选择【UVW 贴图】选项，勾选【长方体】选项，调整长宽高数值都为1500。材质参数如图 11.5.7 所示。

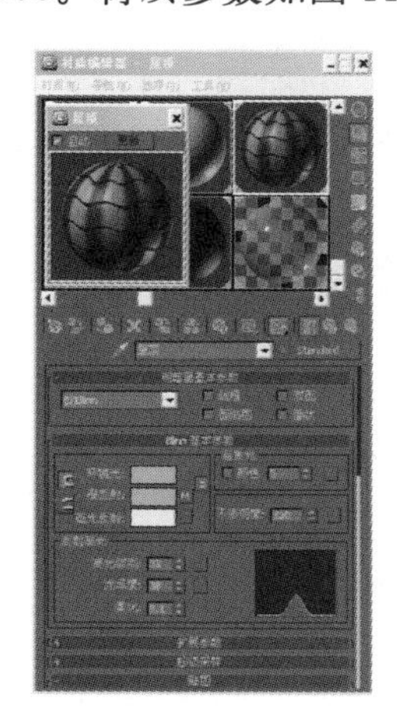

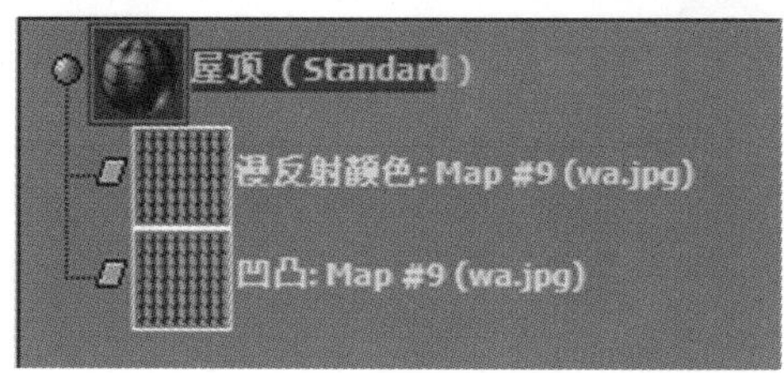

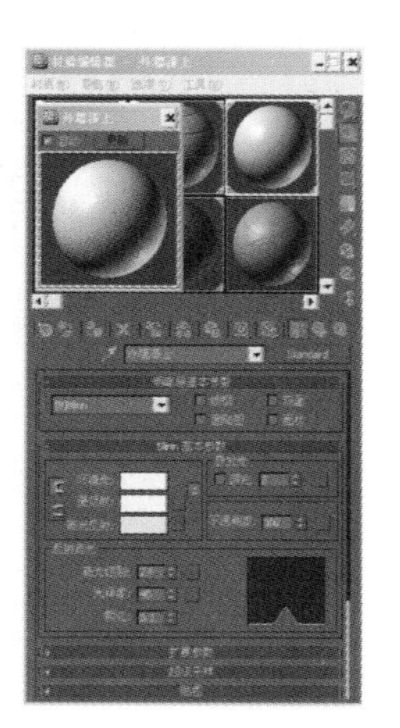

图 11.5.7　别墅屋顶与外墙漆材质参数

（10）窗户金属与玻璃材质调整。材质参数如图 11.5.8 所示。

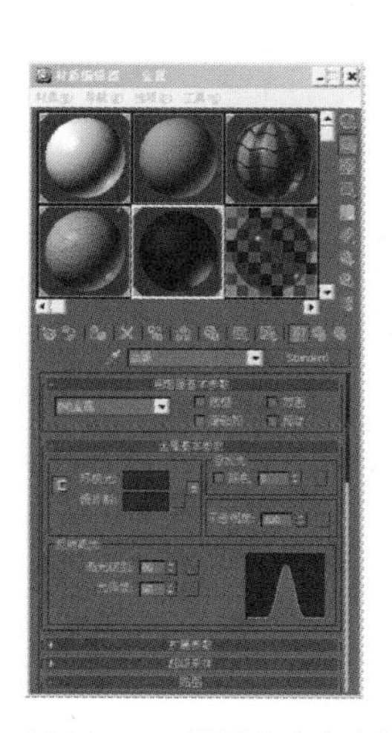

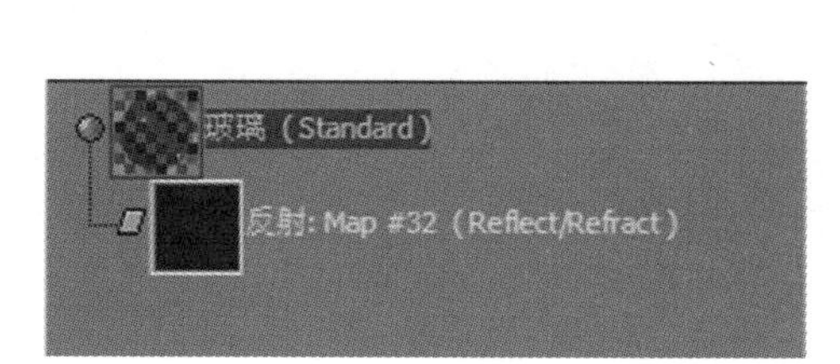

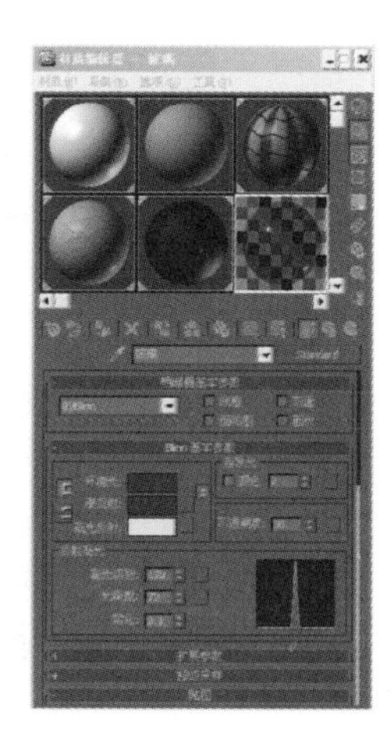

图 11.5.8　别墅窗户玻璃与金属材质参数

（11）栏杆与浮雕图案材质调整。材质参数如图 11.5.9 所示。

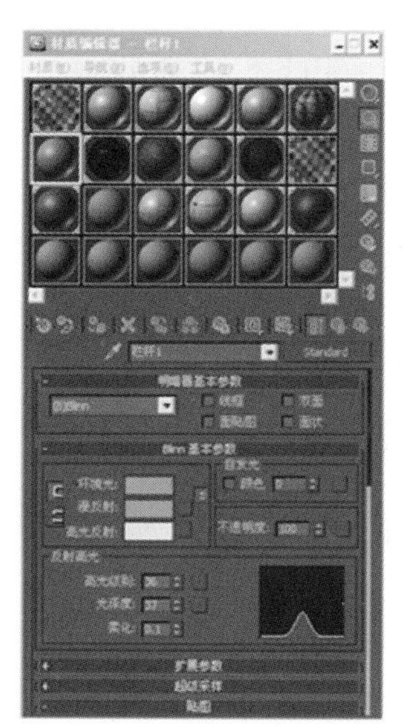

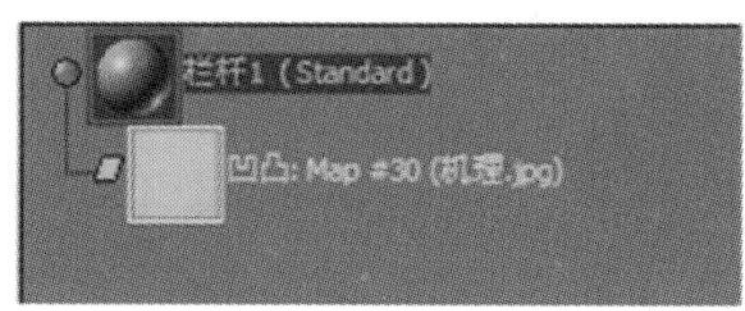

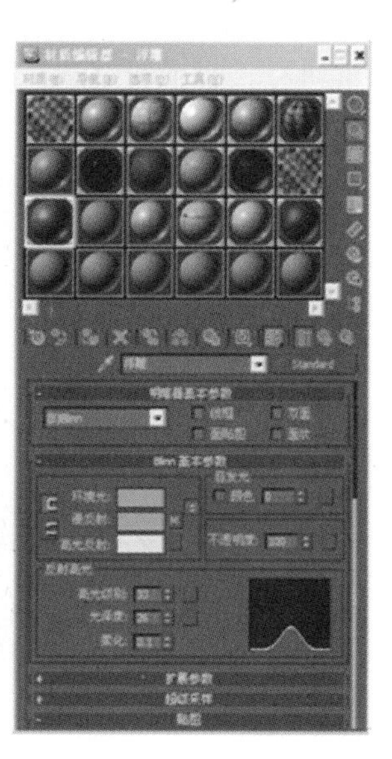

图 11.5.9　别墅栏杆与浮雕材质参数

(12) 地面与路缘材质调整。选择屋顶模型，在修改器列表中下拉框中选择【UVW 贴图】选项，勾选【长方体】选项，调整长宽高数值都为 1500。材质参数如图 11.5.10 所示。

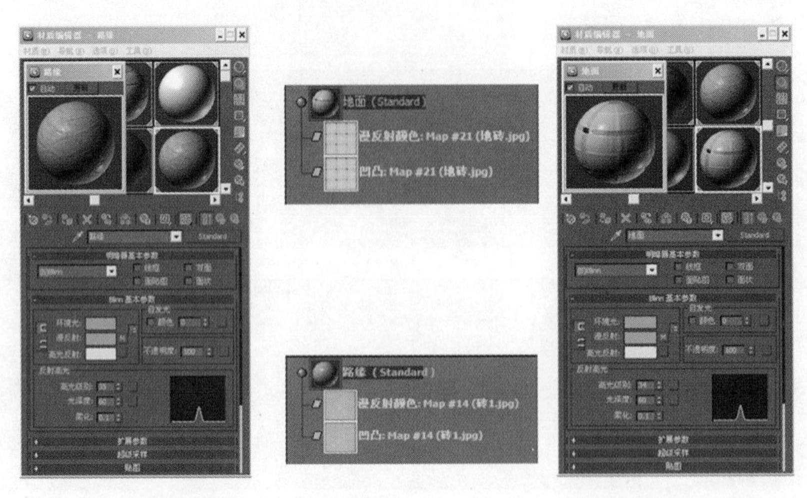

图 11.5.10 别墅室外地面与路缘材质参数

(13) 门槛石与大门材质调整。材质参数如图 11.5.11 所示。

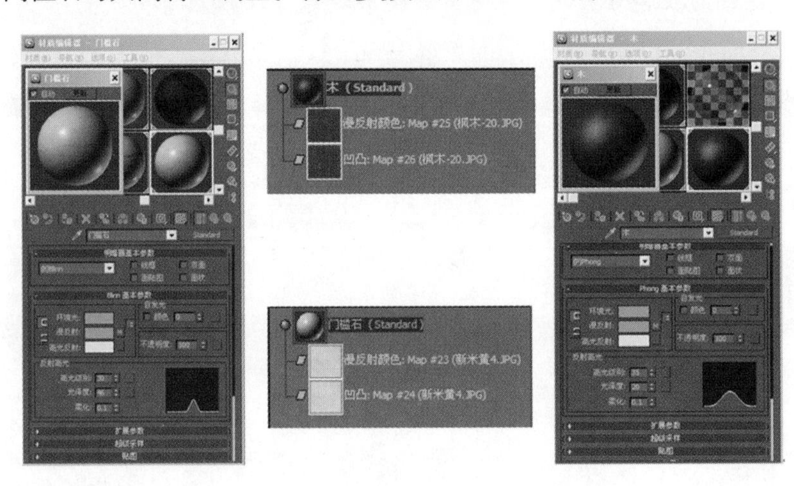

图 11.5.11 别墅大门与门槛石材质参数

(14) 天空与草地材质调整。在渲染设置中的 V-Ray：Environment 卷展栏中勾选 (环境天光) 选项，单击 None 选择【渐变】效果。按 M 键打开材质编辑器，将渐变贴图拖拽到一个新的材质球上，参数调整如图 11.5.12 所示。

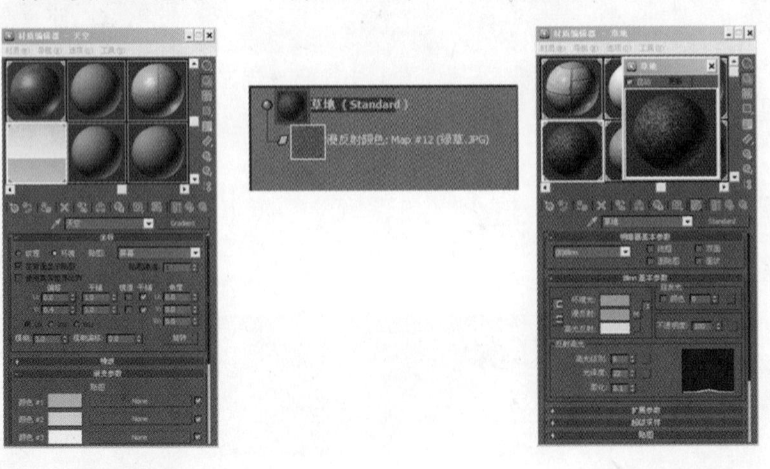

图 11.5.12 别墅草地与天空材质参数

(15) 材质基本调整完成。在后期的处理中海可以进行材质调整。

11.6 VR 渲染器基本介绍设置

VR 渲染出图

在渲染设置面板中设置出正图需要的参数数值，力求寻找最高效、高质的组合参数。

（1）3ds Max2010 中文版配套的 VR 渲染器为 V-Ray Adv 1.50.SP4 版本。

（2）在渲染器设置面板中展开【指定渲染器】卷展栏，选择当前渲染器为 V-Ray Adv 1.50.SP4 渲染器。在 V-Ray 选项卡设置面板上如图 11.6.1 和图 11.6.2 所示设置渲染参数。

（3）在 间接照明 选项卡设置面板上如图 11.6.3 所示设置间接照明渲染参数。

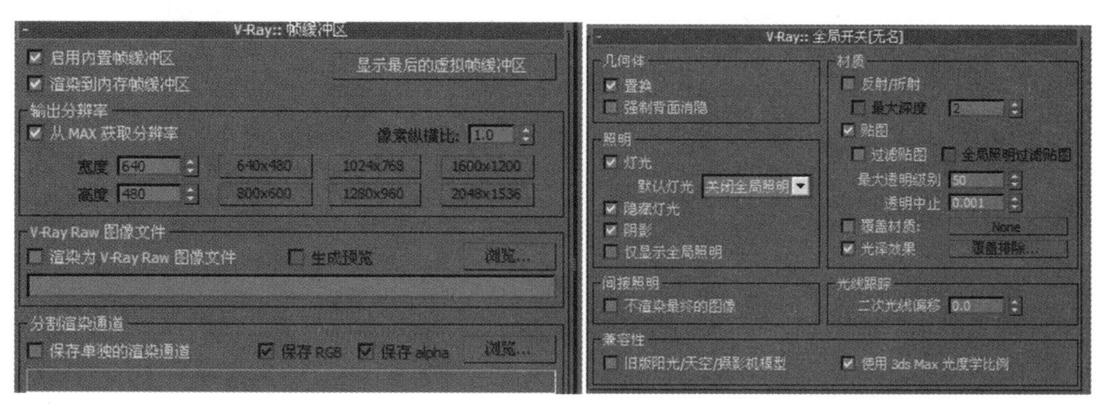

图 11.6.1 V-Ray 渲染器参数设置

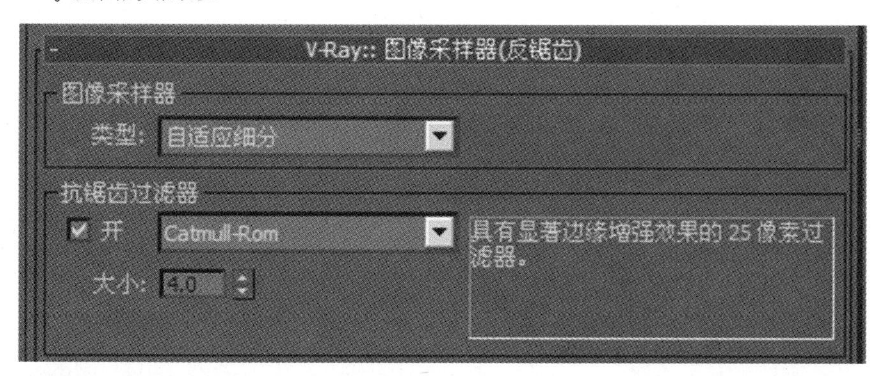

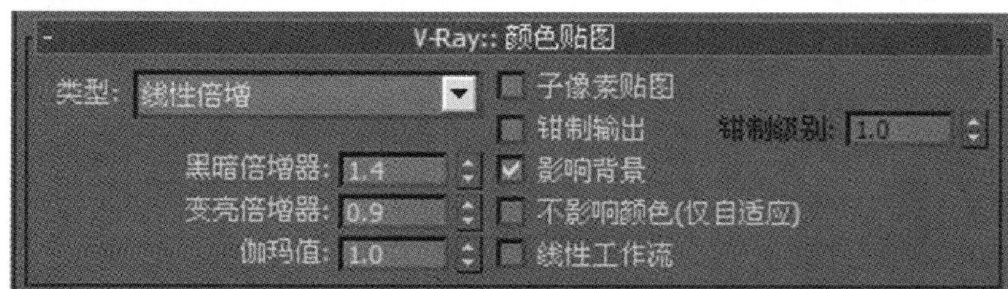

图 11.6.2 V-Ray 渲染器参数设置

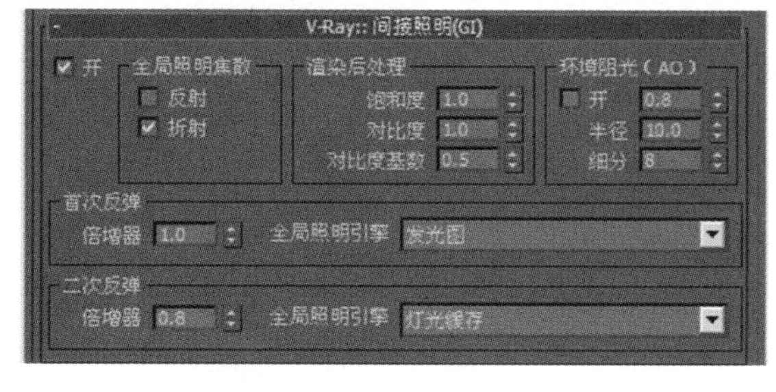

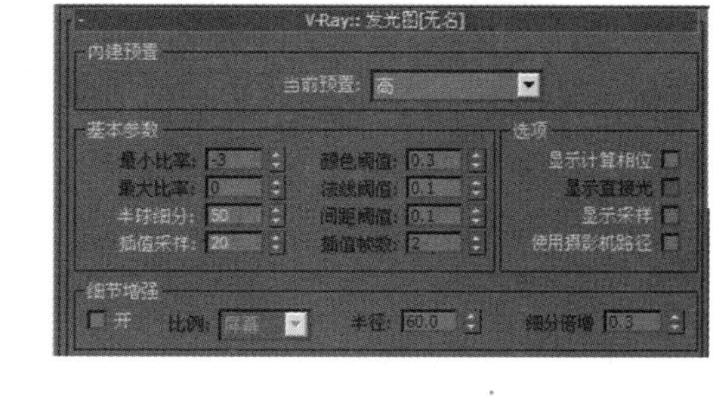

图 11.6.3 V-Ray 渲染器参数设置

(4) 渲染出图。在工具栏上单击 (渲染设置) 按钮，打开渲染场景对话框，设置输出图像大小，如图 11.6.4 所示。

(5) 单击渲染，得到满意的渲染效果后，在渲染窗口中单击 (保存图像) 按钮，在弹出的【保存图像】对话框中设置好文件保存的路径，输入输出图像名称，在保存类型中选择图像的保存类型为 *.TGA 格式，单击【保存】按钮即可。如图 11.6.5 所示。

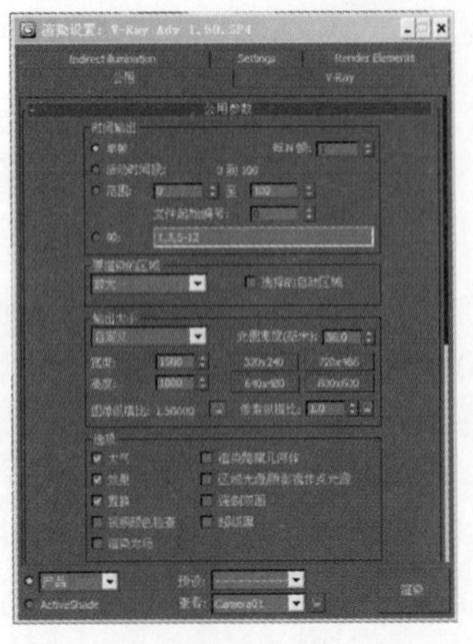

图 11.6.4　设置图像尺寸

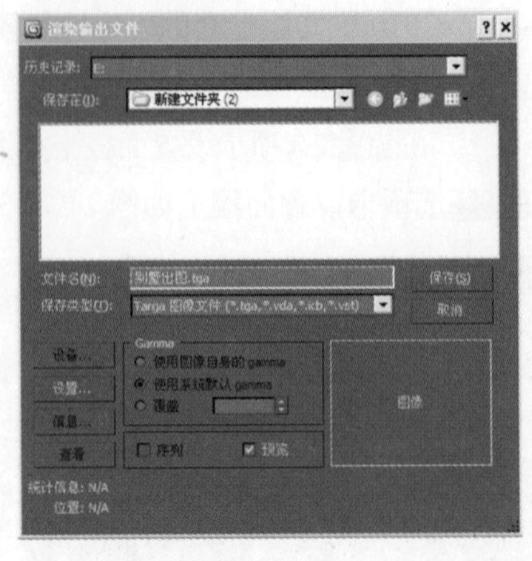

图 11.6.5　保存图像

(6) 渲染彩色通道图：单击 (选择过滤器) 按钮，选择【灯光】选项。在顶视图框选整个场景，将所有的场景灯光删除。单击 (渲染设置) 按钮，在 V-Ray 选项卡设置面板上如图 11.6.6 和图 11.6.7 所示设置渲染参数。

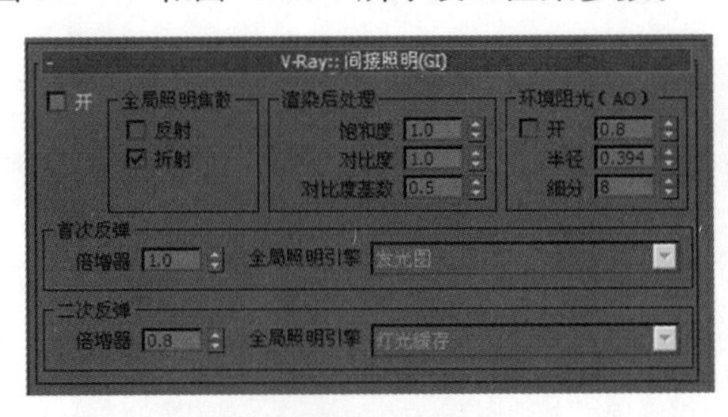

图 11.6.6　V-Ray 渲染器参数设置

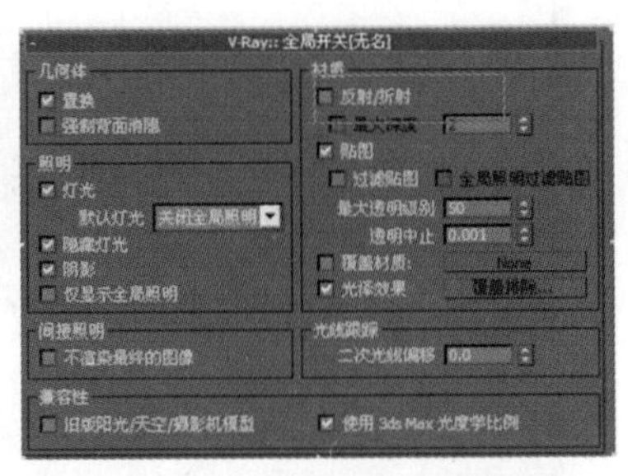

图 11.6.7　V-Ray 渲染器参数设置

(7) 渲染输出大小与之前渲染大小一致，渲染保存文件仍然为 *.TGA 格式，命名为：彩色通道。

(8) 彩色通道材质设置：单击 按钮，打开 (材质编辑器)。选择其中一个材质球，进行材质的设置与调整，材质参数如图 11.6.8 和图 11.6.9 所示。

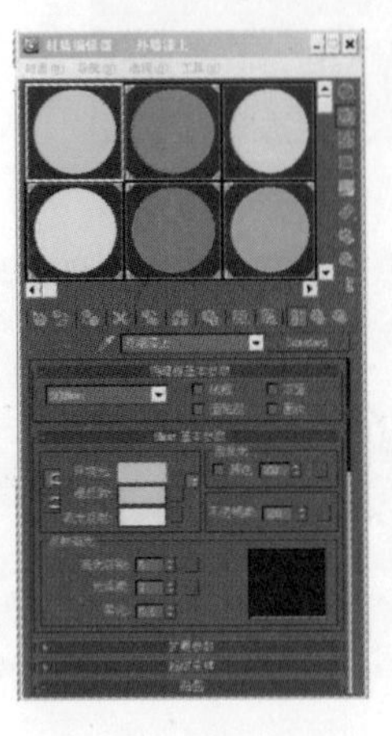

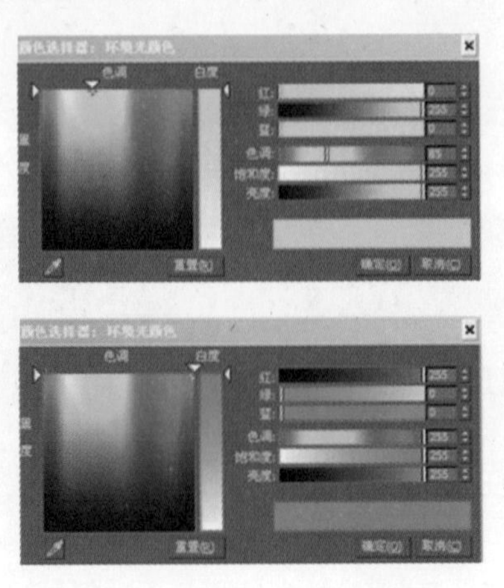

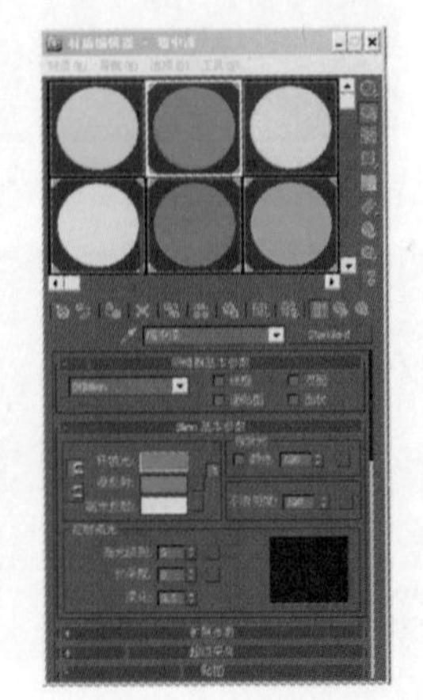

图 11.6.8　彩色通道材质设置

图 11.6.9　彩色通道材质设置

(9) 采用步骤 7 同样的方法创建调整出其他材质。清除漫反射的贴图与其他贴图，高光系数为 0，自发光为 100，颜色尽量设置为纯度比较高的色彩，材质参数如图 11.6.10 所示。

(10) 彩色通道材质设置完成后，单击渲染，得到满意的渲染效果后，在渲染窗口中单击🖫（保存图像）按钮，在弹出的【保存图像】对话框中设置好文件保存的路径，输入输出图像名称，在保存类型中选择图像的保存类型为 *.TGA 格式，单击【保存】按钮即可。效果如图 11.6.11 所示。

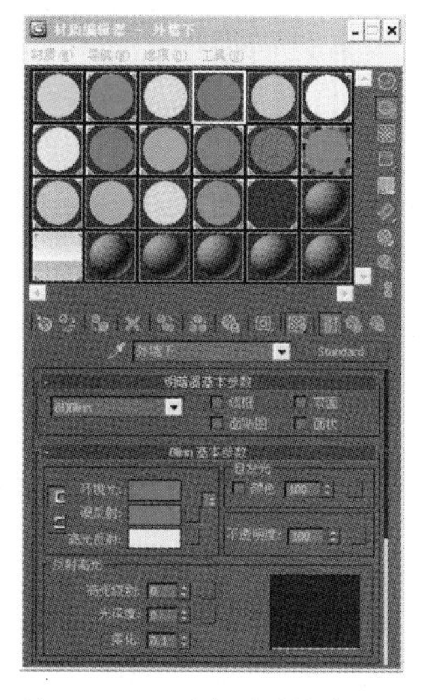

图 11.6.10　彩色通道材质设置

图 11.6.11　彩色通道设置图像尺寸

11.7　Photoshop 后期处理

在 Photoshop 中进行后期加工，美化渲染图片，制作出更好的视觉效果。

(1) 启动 Photoshop，按 Ctrl+O 键，打开 3ds Max 渲染输出的别墅图像，如图 11.7.1 所示。

(2) 同样打开输出的彩色通道图像，将彩色通道图拖至渲染输出的别墅图像中，如图 11.7.2 所示。将背景图层拖至创建新的图层选项，创建出一个新的“背景副本”图层。

图 11.7.1　3D 渲染出图效果

图 11.7.2　彩色通道渲染出图

(3) 按 Ctrl 键单击 Alpha 1 通道。载入通道选项区。切换至图层面板，按 Ctrl+J 快捷键，将别墅图像从黑色背景中分离，新建图层重命名为“别墅”图层，如图 11.7.3 所示。

(4)制作天空背景：按 Ctrl+O 键，打开“天空背景”图像，如图 11.7.4 所示。拖至“别墅”图层中，按 Ctrl+T 键，调整背景的大小位置，按回车键完成。效果如图 11.7.5 所示。

图 11.7.3　分离黑色背景

图 11.7.4　天空背景素材

图 11.7.5　添加天空背景

（5）添加树木背景：打开树木背景素材，如图 11.7.6 所示。将树木添加到别墅后方，如图 11.7.7 所示。要根据形状、季节选择，前后层次、错落有致，使之统一协调。

图 11.7.6　树木背景素材

图 11.7.7　添加背景素材

（6）根据场景色调，进行背景树木的调整。1 号树调整：按 Ctrl+B 键，打开“色彩平衡”对话框，增加黄色和红色的成分，如图 11.7.8 所示。

（7）按 Ctrl+L 键，打开“色阶”对话框，将高光滑块移动，调整出树叶在阳光下高光效果，如图 11.7.9 所示。选择【减淡工具】，在高光部分增强效果。

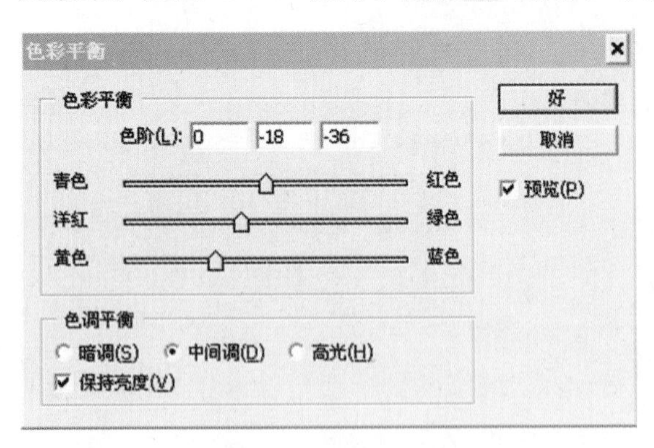

图 11.7.8　色彩平衡调整

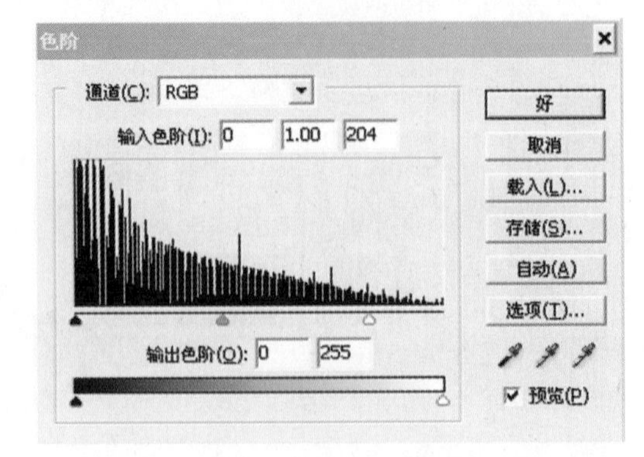

图 11.7.9　色阶调整

（8）2 号树调整：按 Ctrl+B 键，打开“色彩平衡”对话框，增加黄色和红色的成分，如图 11.7.10 所示。按 Ctrl+L 键，打开“色阶”对话框，将高光滑块移动，调整出树叶在阳光下高光效果，如图 11.7.11 所示。选择【减淡工具】，在高光部分增强效果。

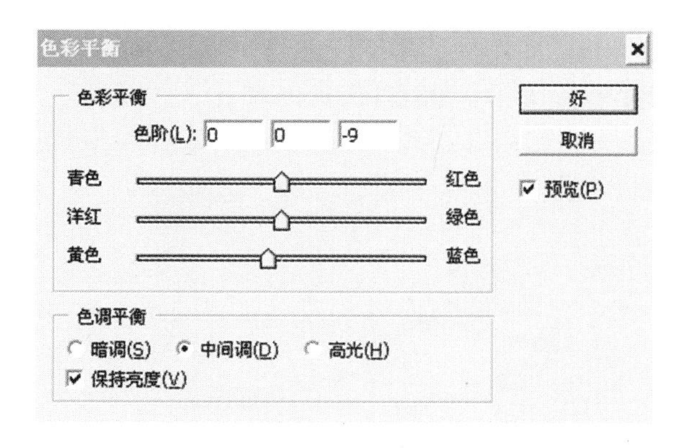

图 11.7.10　色彩平衡调整

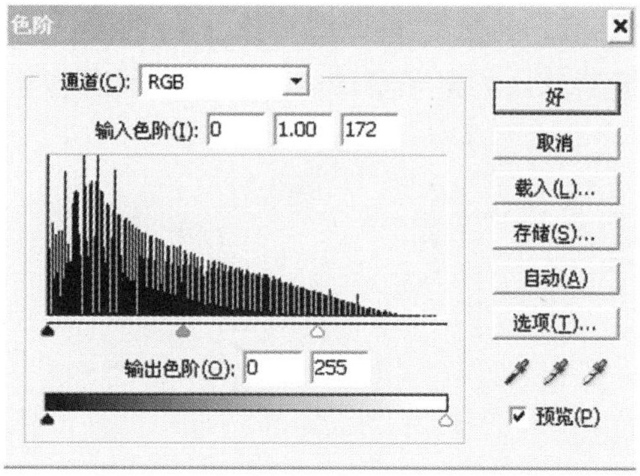

图 11.7.11　色阶调整

（9）在别墅右侧添加①号树，按 Ctrl+T 键调整大小；在阴影范围内添加⑤号树，适当降低亮度；最后面添加③号树，设置不透明度为 75%。在别墅的左侧添加④号树，执行【编辑】\【变换】\【水平翻转】命令，调整方向、大小和位置，按 Ctrl+U 键，打开“色相／饱和度”对话框，向左拖动滑块，降低图像亮度。

（10）拉开前后层次。如图 11.7.12 所示。

（11）制作别墅群效果：选择“别墅”图层，使用矩形选框工具选择别墅主体建筑，按 Ctrl+J 快捷键，将别墅图像复制至新建图层。

（12）将复制的别墅图像移动到画面左侧，按 Ctrl+T 键调整大小，设置不透明度为 60%，制作出远景的透视效果，然后在画面右侧再复制一个，如图 11.7.13 所示。

图 11.7.12　添加背景树木

图 11.7.13　复制建筑并调整不透明度

（13）继续添加①号和③号树，③号树降低图层不透明度，制作出远景效果，可以删除别墅遮挡的部分，从而形成近、中、远三个树木层次。如图 11.7.14 所示。

（14）添加草地。按 Ctrl+O 键，打开“草地”图像素材，如图 11.7.15 所示。拖至“别墅”图层中，按 Ctrl+T 键，调整草地的大小位置，完成后按回车键。

图 11.7.14　添加远景背景树木

图 11.7.15　草地素材

(15) 选择彩色通道图层，选择“魔棒”工具，选择草地色块。回到草地图层，按蒙版工具，填充了草地图片。取消关联按钮，调整草地大小。如图 11.7.16 所示。

图 11.7.16　添加草地背景

(16) 按 Ctrl+B 键，打开“色彩平衡”对话框，增加黄色和红色的成分，使草地颜色与场景色调统一一些。

(17) 添加中近景。按 Ctrl+O 键，打开“树木与灌木”图像素材，如图 11.7.17 所示。将 1 号“灌木造型”拖至“别墅”图层中，按 Ctrl+T 键，调整在中间草坪中的大小位置，可以删除一些多余的灌木；复制一个放在右边草坪中，执行【编辑】\【变换】\【水平翻转】命令，调整方向、大小和位置，完成后按回车键。将 2 号“花卉”拖至“别墅”图层中，复制后调整在别墅左边的草地中，调整“色相 / 饱和度”，降低亮度；将 3 号挂角树拖至“别墅”图层中，按 Ctrl+T 键，调整大小位置。如图 11.7.18 所示。

图 11.7.17　近景植物素材

图 11.7.18　添加近景和配景

(18) 添加飞鸟与人物。按 Ctrl+O 键，打开“飞鸟”图像素材，如图 11.7.19 所示。按 Ctrl+T 键，调整在天空中的大小位置。再按 Ctrl+O 键，打开“人物”图像素材，如图 11.7.20 所示。按 Ctrl+T 键，调整在别墅前的大小位置。将人物图层复制，按 Ctrl+T 键，同时按住 Ctrl 键调整为地面影子的形状，降低图层的亮度，增加模糊值，调整好人物影子。

图 11.7.19　人物素材　　　　图 11.7.20　飞鸟素材

（19）输出图像的后期处理效果满意后，选择菜单【图层】\【拼合图像】命令，将所有图层拼合，然后将图像另存即可。

通过 Photoshop 处理后，别墅变得宽敞明亮，富有温馨的气息了。效果如图 11.7.21 所示。

图 11.7.21　最终后期处理后的效果

【小结】本例通过制作别墅效果图，主要学习了别墅建筑的主体建模方法、建筑材质、灯光的设置，已经 VRAY 的渲染设置和最终的 Photoshop 后期处理方法。通过别墅建筑效果图的制作，对制作室外建筑的基本作图的思路有了一定的了解。

12 公共建筑效果图制作（图书馆建筑）

训练目的：通过本案例的学习与实训，掌握高图书馆建筑效果图的基本制作流程、关键技术及要点，不断的练习常用命令，“活学活用，即学就会”之目的贯穿始终。

实例要点

☆ 建模方法的合理选取
☆ CAD 条件图的处理与运用
☆ 公建常用建筑尺度解读
☆ 建筑主体的建制
☆ 建筑细部的处理
☆ 渲染输出
☆ Photoshop 后期处理

图 12.0.1 图书馆建筑效果图成图

12.1 公共建筑常见尺度分解与建模方法选择

12.1.1 公共建筑常见尺度

建筑常用尺度（单位 mm），其中包括部分场地（总平面）。

（1）楼梯踏步台阶：150×300；室外台阶 10×40 或 12×40。

开门处之外：(单门 1200，双门 1800）设台阶。

（2）楼板：100 厚 如需做梁，梁高 400 ~ 800，离楼板边退 250 ~ 300，梁做成全包面即一个 BOX。

（3）楼梯：净宽不窄于 1100，大于 2400，中间设扶手。

（4）门：(单)900×2400(双)1200×2400、1500×2400、1800×2400、2100×2400。

（5）女儿墙：高 600、900、1200（参考剖面）。

（6）路牙：100（宽）×150（高）。

（7）停车位：2500×6000 3000×6000 或以上。

（8）坡屋顶天沟：400 左右。

（9）路宽：1 个机动车道 4500，按车道计算。

（10）扶手：不低于 1100。

（11）梁高：400 ~ 450，桌高 800 左右。

（12）窗框宽：40 ~ 80（大多数）。

（13）玻璃：10 ~ 30 位置墙中，除特殊要求。

(14) 柱子：300 ~ 800，外立面柱子更宽，按特殊要求做。

(15) 坡道坡度：高 /l ≤ 1/71。

(16) 建筑模数 3 的倍数：例如：300、900、2100。

【小结】上述是公共建筑设计中常用的一些尺寸比例，做好一个公共建筑效果图建筑尺度是良好比例的决定性因素，所以我们必须识记并理解好常用的尺寸，对于以后的建模工作的是影响是极大的。

12.1.2 建模方法的选择

对于该情况的建筑效果制作，设计者或者甲方提供了较为全面的 CAD 条件图纸，主要是建筑方案设计阶段的全套图纸，也就给了我们很多方便。比例基本确定，大到建筑体量，小到建筑门窗。所以在选择 3ds Max 建模方法时，首要选择就是“平立面相结合的建模方法”，这样才能精准、高效地完成建筑建模任务。

12.2 CAD 条件图、参考图处理与采用

操作步骤

(1) 开启 AUTO CAD2004 或者天正建筑 7.5，找到配套光盘中的图书馆建筑的“CAD”文件如图 12.2.1 所示。

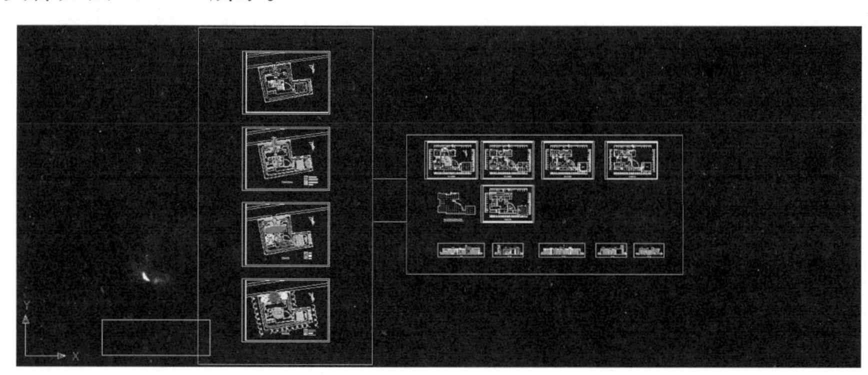

图 12.2.1 CAD 条件图

(2) 提取关键图纸，在 CAD 图中选择一层平面图及东、南、西、北四个方向的立面图，然后执行热键“CTRL+C”将其复制→“CTRL+N”新建一个 CAD 文件命令为“图书馆导入” →在新建的“图书馆导入”中执行热键“CRTL+V”粘贴所复制的内容，如图 12.2.2 所示。

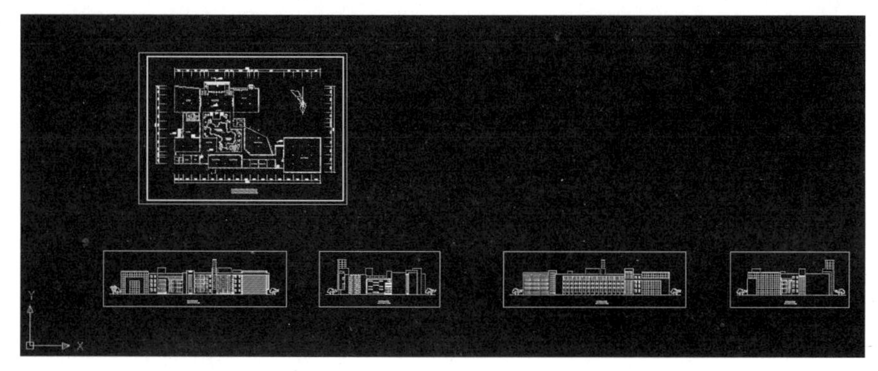

图 12.2.2 CAD 关键图提取示意图

【技巧】在提取关键图的过程中，我们不是盲目是选择几个图，更不是一下就认定所有的图都能成为 3ds Max 建模的关键性图纸。比如拿提取建筑平面图来说吧，往往一层平面图是必不可少的，因为从建筑制图的角度来判断一层平面图是包含内容最多的一类图，如果其他层平面与一层平面图相差不大就可以省略。当然如个别立面是一样的也可就此省略，就避免了在 3D 建模过程中的复杂化。

(3) CAD 导入图整理工作，把图中的尺寸标注及绿化删除，修齐建筑立面中的地平线，不要延伸出于建筑→统一改变物体的颜色（为了顺利对接 3D 的中导入设置，力求做到每一个平面或者每一个立面都是一种不同的颜色）→各向立面图与平面图各方向正确对位。尽量做到越简洁明了越好。

(4) CAD 图形归零处理，该动作是为了统一 CAD 处理图的位置。首先垂直镜像“MI”所有的图形，如图 12.2.3 (a) 所示。因为依本图来看，图书馆的主入口在北向也就在上面，这样不太符合建模的习惯，为了方便初学者能够顺利地进入状态，所以将整个图形垂直镜像。

→然后找到图 12.2.3 (b) 所示位置将整个图形以该点为基点归零。

→最后保存（CTRL+S）文件。

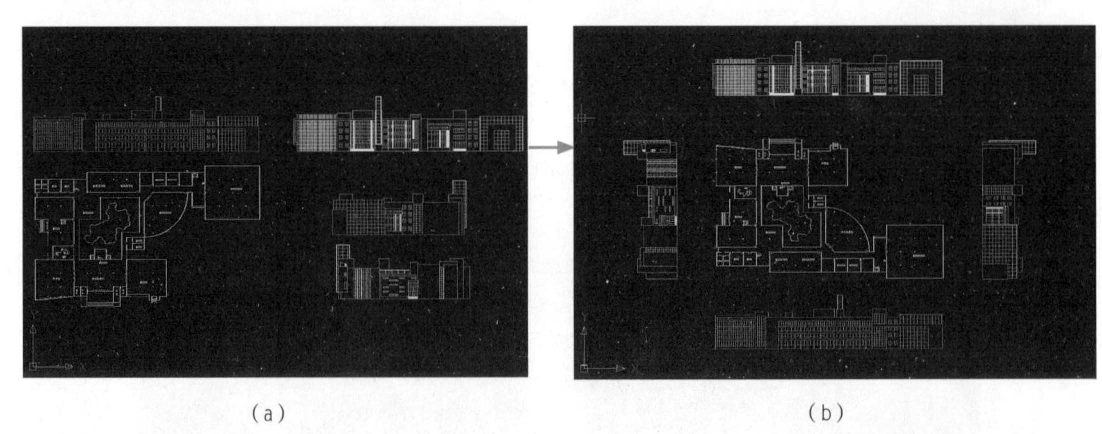

(a)　　　　(b)

图 12.2.3　CAD 处理图

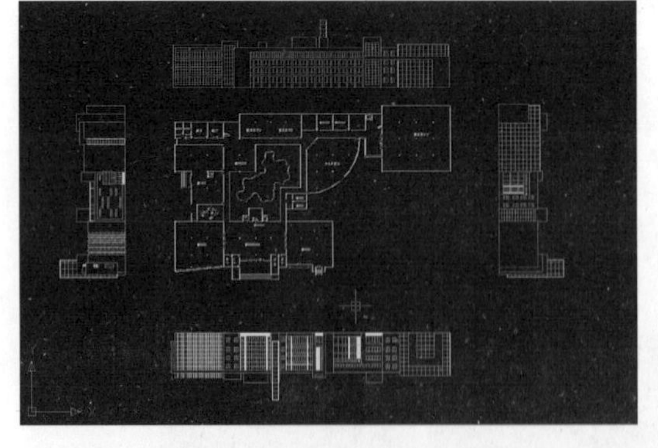

图 12.2.4　镜像 CAD 图与归零位置图

【技巧】 在移动整个图形归零时一定选择在建筑墙体内侧的基点为好，这样是为在 3D 建模时更好地确定立体墙体的位置。所用到 CAD 快捷命令有：移动（M），镜像（MI）。

(5) 启动 3ds Max2010 中文版，将单位设置为毫米。执行菜单栏中【自定义】/【单位设置】命令，在弹出的【单位设置】对话框中单击 系统单位设置 【系统单位设置】按钮，在弹出的对话框中设置单位为“毫米”，如图 12.2.5 所示。

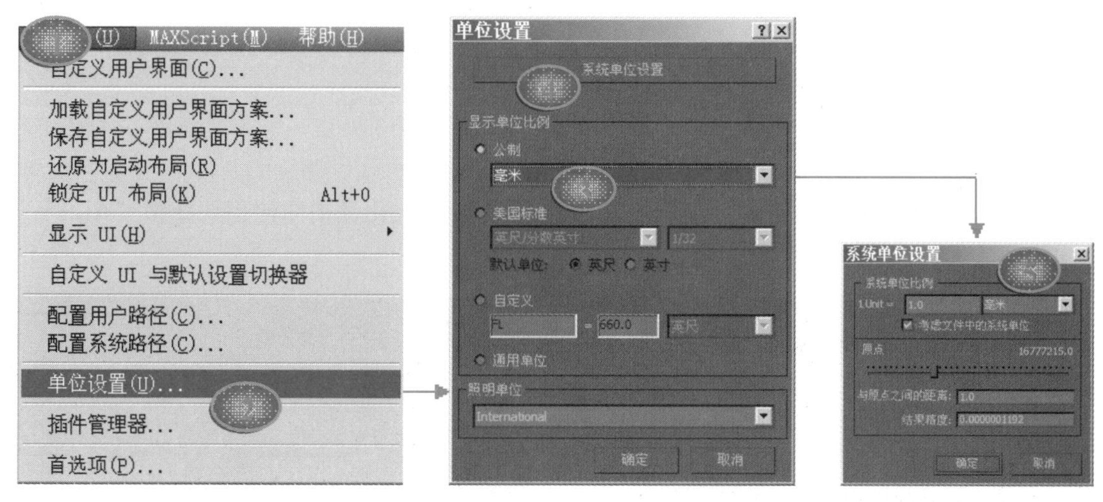

图 12.2.5　单位设置对话框

（6）执行菜单栏中的文件或单击 按钮 / 导入命令，在弹出的【选择要导入的文件】对话框中选择上一步骤处理好的“图书馆导入 .dwg”文件→单击打开，在紧接着弹出的“DWG 导入”对话框中选择完全替换当前场景，如图 12.2.6 所示。

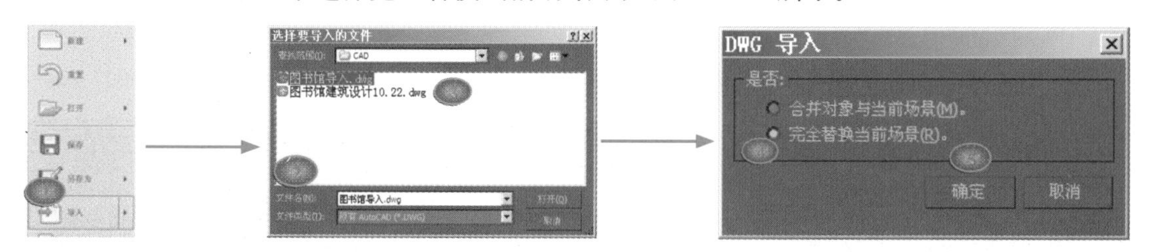

图 12.2.6　导入至 3ds Max 过程分解图

（7）导入选项设置，在对话框左侧选择【颜色】→【党规选项】中全部勾选→几何体选项中焊接去勾，其他均为默认设置。最后单击确定。

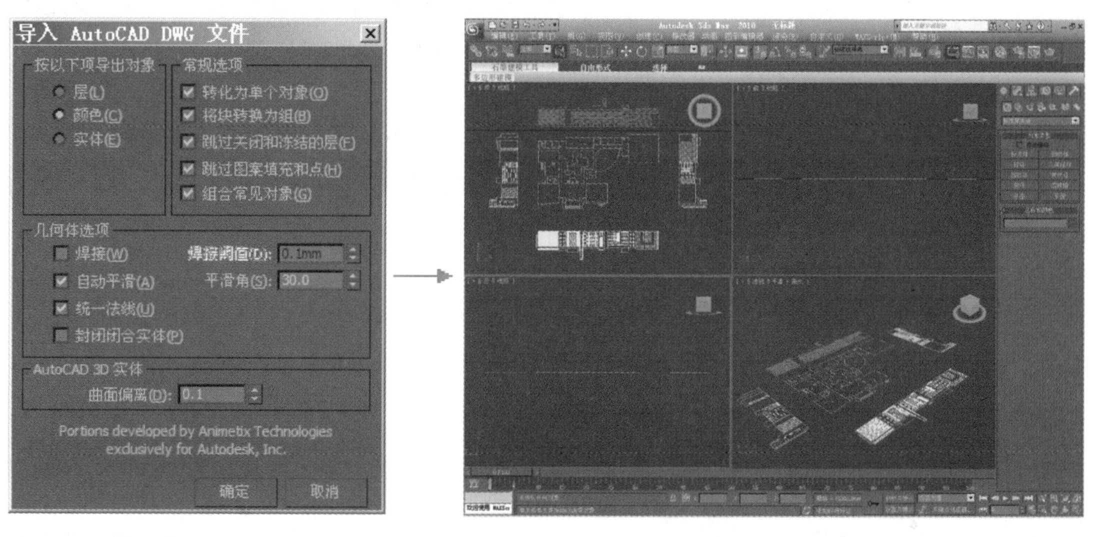

图 12.2.7　导入选项设置图　　　　图 12.2.8　导入后的形态示意图

【技巧】在选择文件类型时一定要为“原有 AutoCAD（*.DWG）”格式类型，不然是看不到 CAD 文件的。

【小结】本小节主要学习了 CAD 条件图处理的几个关键技术问题，也详细说明了如何导入至 3ds Max 中的系列操作。虽然步骤不是很多，但上述必须熟练掌握，才能为即将展开建筑建模打下良好的基础。

12.3 建筑主体与框架建制

操作步骤

(1) 鼠标在顶视图内点击（表示激活该视图），并最大化顶视图使用快捷键“Alt+W”如图 12.3.1 所示。

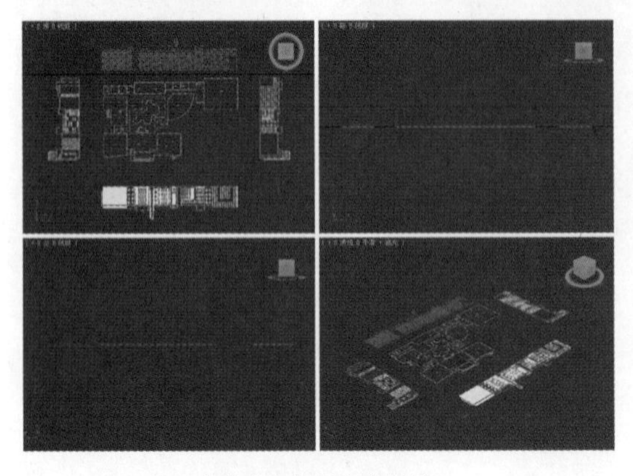

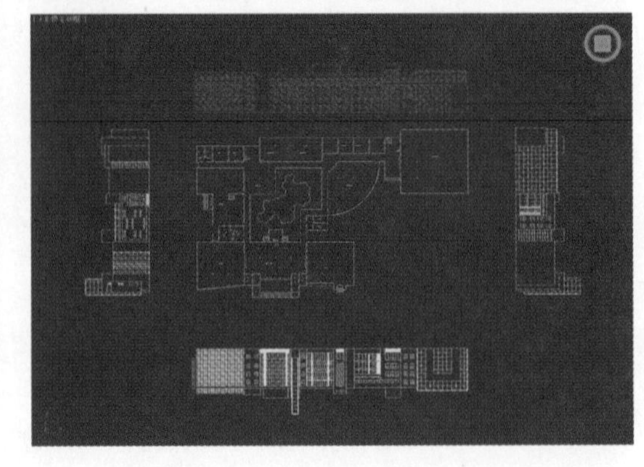

图 12.3.1 视图未最大化与最大化效果

(2) 选择平面图并单击右键【冻结当前选择】如图 12.3.2 (a) 所示。

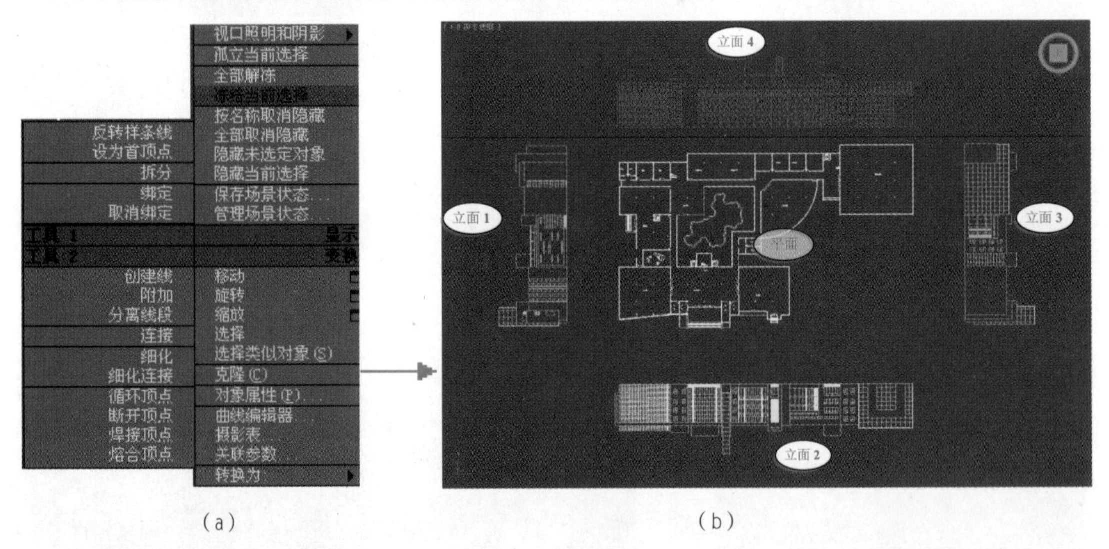

图 12.3.2 冻结当前选择菜单及图名示意

(3) 将各个立面图与平面图相对应的位置成立体形式组合，选择“立面 2”[如图 12.3.2 (b) 所示]并单击工具栏上的按钮，在其按钮上单击鼠标右键或执行快捷键“F12”，弹出对话框中设置参数，如图 12.3.3 所示。

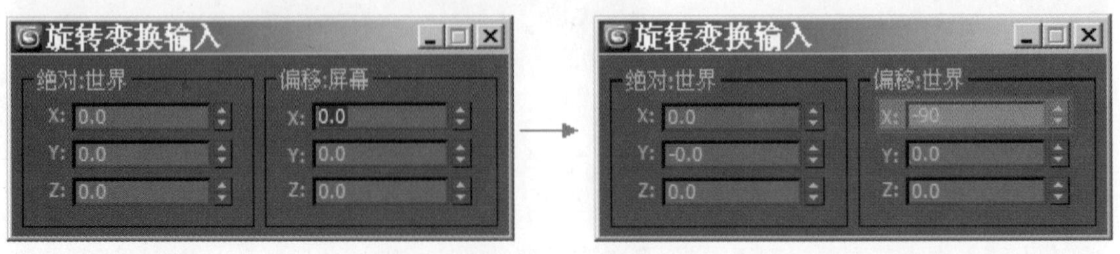

图 12.3.3 参数设置

(4) 执行快捷键“F ”改变视图为“前视图”，并单击视图控制区按钮或执行快捷键“Ctrl+Alt+Z”显示图中所有内容。

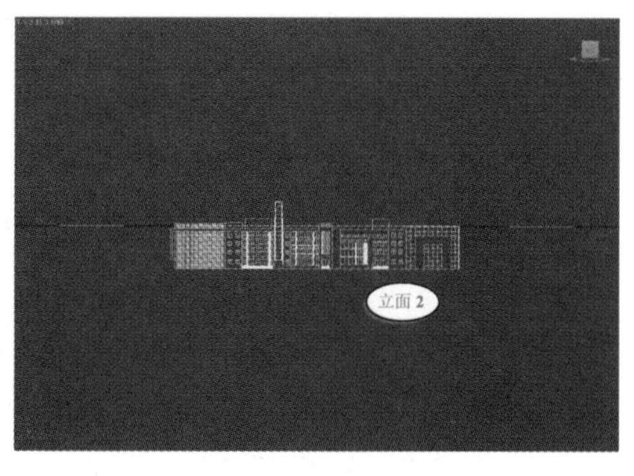

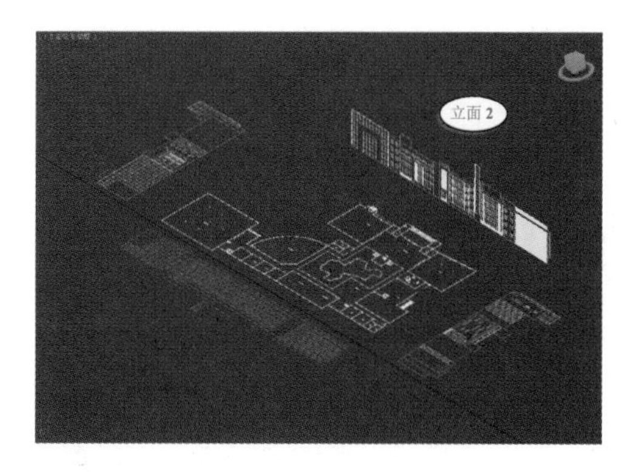

图 12.3.4　前视图与正交视图形态

（5）此时发现立面图的地平线与平面图所在位置不对，这样会对建模工作造成很大的误差，如图 12.3.5（a）所示，那么也需要对其位置进行精确的调整。开启设置“2.5 维捕捉”，在工具栏单击按钮不松手，选择下拉按钮；接着在按钮处单击右键出现“栅格和捕捉设置”对话框，在捕捉中勾选“顶点”，选项中勾选“捕捉到冻结对象”、“使用轴约束”、“显示橡皮筋”，如图 12.3.5（b）所示。

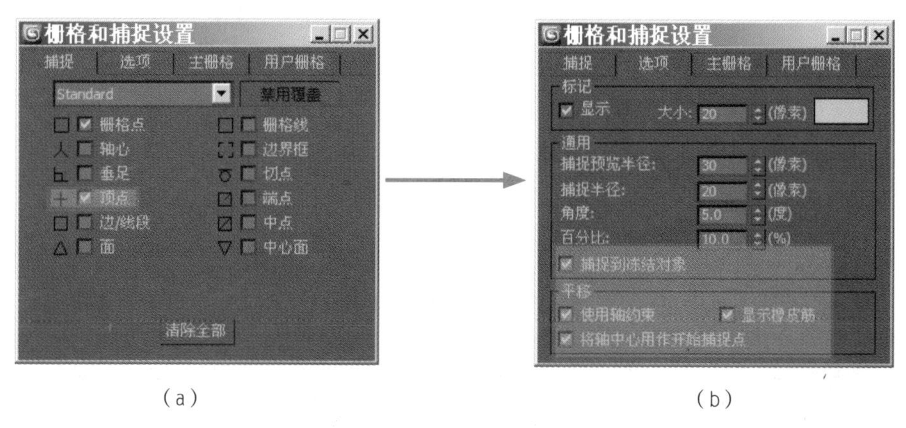

（a）　　　　　　（b）

图 12.3.5　栅格和捕捉设置

（6）再次选择“立面 2”在工具栏单击按钮，按“F7”锁定 Y 轴方向可移动，同时执行快捷键“空格”或单击状态栏中按钮为状态，如此一来锁定了当前选择集。然后选择立面图地平线下的捕捉点向上靠近平面的位置移动。如图 12.3.6 所示。

图 12.3.6　移动状态及效果

（7）在保持当前选择集的状态下，单击右键【冻结当前选择】，将立面图冻结以确定位置。

（8）运用同样的方法将“立面 1”“立面 3”“立面 4”如此调整位置，但唯一不同的是“立面 3”与“立面 4”不要冻结，必须选择这两个立面在视图内单击右键【隐藏当前选择】，将这两个立面暂时隐藏起来，避免建模时干扰对应的另一面。如图 12.3.7 所示。

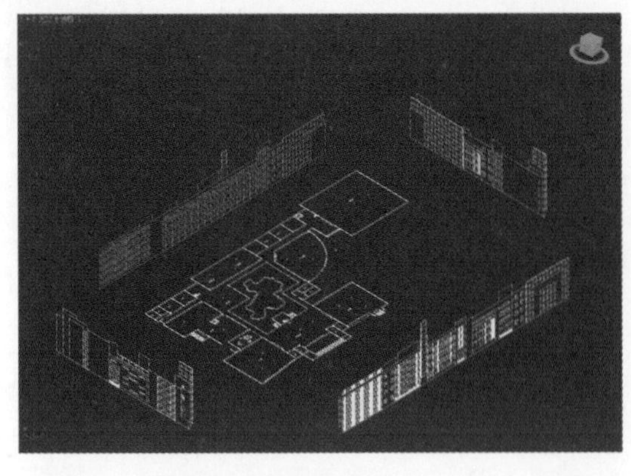
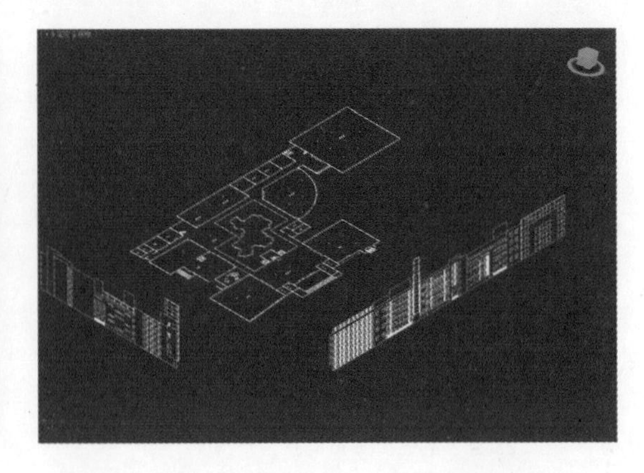

图 12.3.7　组合整体与隐藏效果

(9) 将正交视图改变为前视图，现在建模工作即将开始，从“立面 1”来看可能更多的是一些纵向与横向的线条，但建模的开始应该要从简单明了的地方入手，也就是找到能够轻易体现墙体与门窗洞的地方开始为宜，执行快捷键“Ctrl+W”，局部放大到如图 12.3.8 所示区域。

(10) 单击命令面板工具栏中 / （图形）/ 矩形 按钮。在图 12.3.8 所示区域内，沿着墙体绘制矩形，由于这是启用捕捉绘制的，基本上是准确的，那么对于矩形的“长宽”与参数，不要太多去关注。

(11) 采用同样的方法在上一步绘制的矩形区域内，沿窗洞的位置依捕捉点绘制一个小矩形（参数由捕捉决定）。由于在该区域内其他窗户尺度一样，所以接下来的工作就复制小矩形，单击工具栏上的移动按钮同时锁定选择集，找准窗洞的基点进行拖动就得到了复制成果。如图 12.3.9 所示。

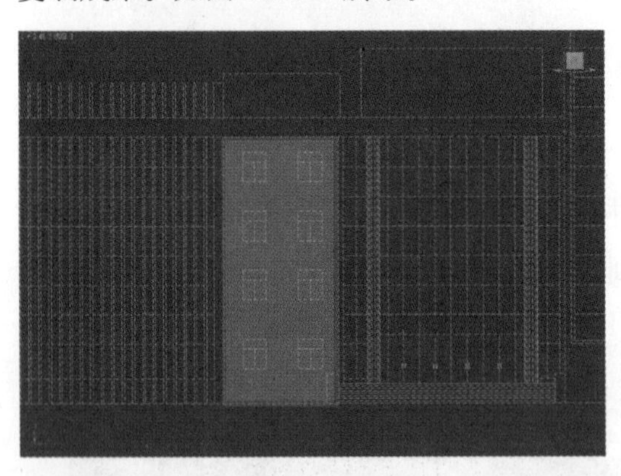

图 12.3.8　开始建模区域

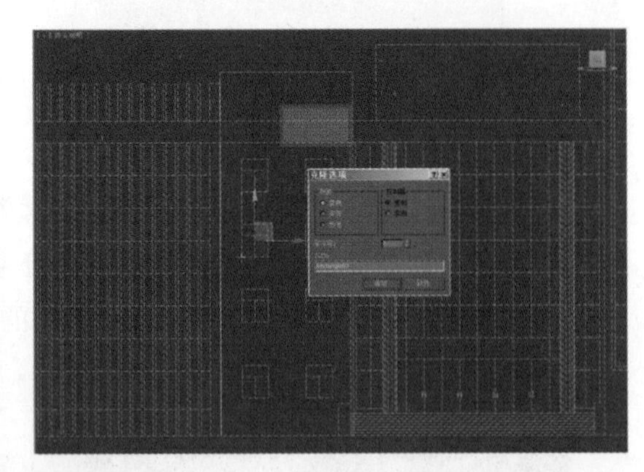

图 12.3.9　复制小矩形示意图

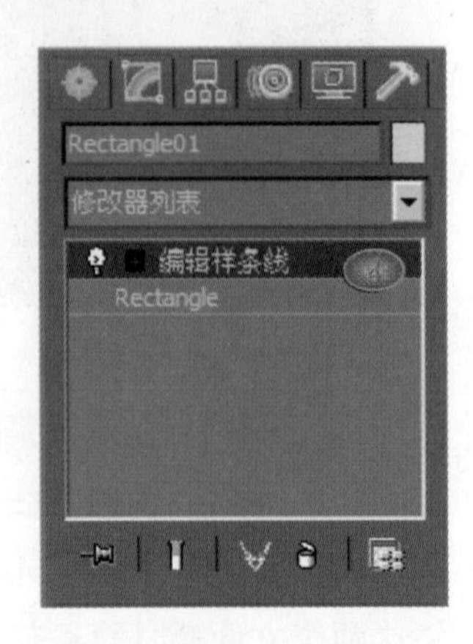

图 12.3.10　加入样条线编辑命令

（12）选择大矩形单击按钮，单击修改器列表如图 12.3.10 所示，找到【编辑样条线】命令。

（13）在视图内单击右键，出现四元菜单，单击右下方的【附加】命令，以此命令逐个点击之前绘制与复制的小矩形。那么大矩形与 8 个小矩形成了一个形的整体，如图 12.3.11 所示。

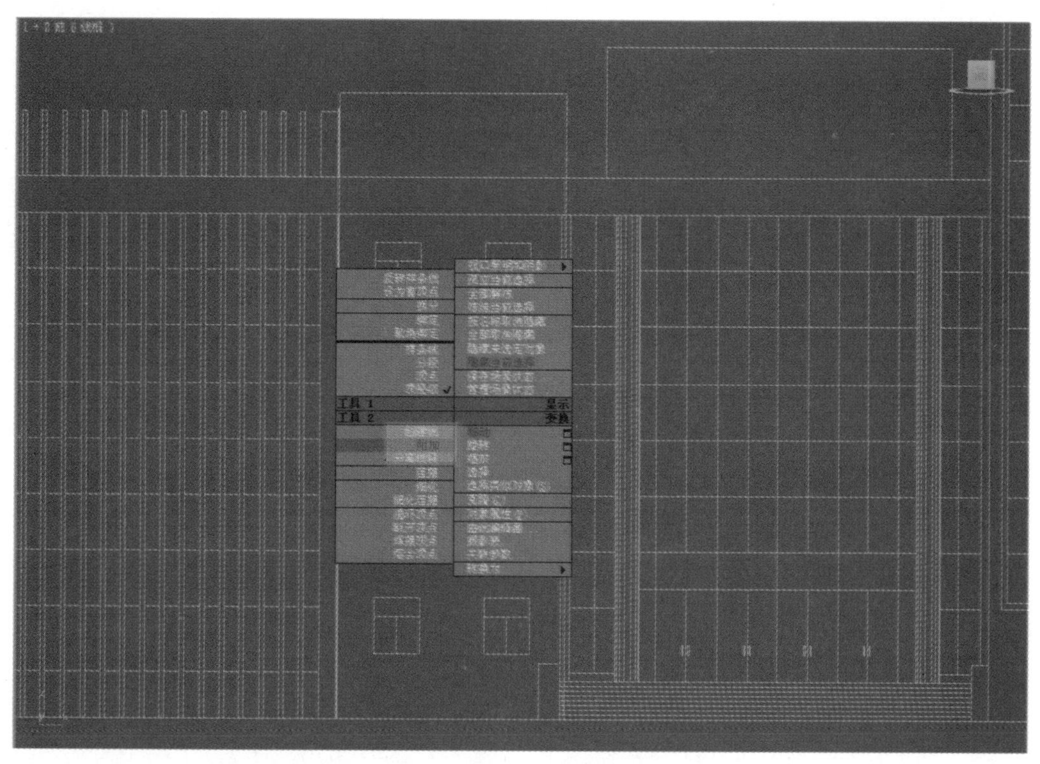

图 12.3.11　加入附加命令图

（14）再次单击按钮，并单击修改器列表，找【挤出】命令，此时已经由形变成了体，具体参数设置，如图 12.3.12 所示。

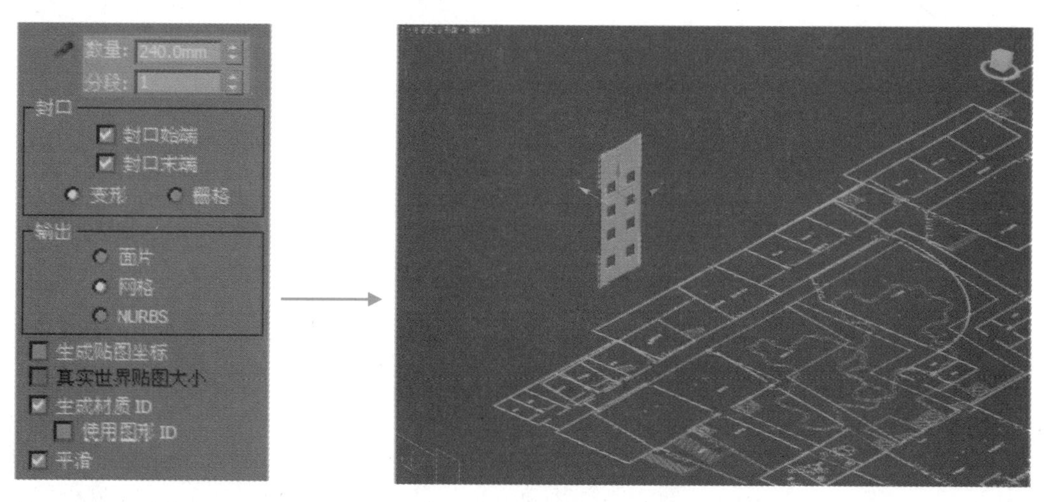

图 12.3.12　挤出参数及效果

（15）赋予材质，为了方便以材质选择和渲染的需要，所以现每建一个部分都应该初步赋予材质。单击工具栏（材质编辑器）按钮或执行快捷键“M”→单击一个新材质球，并命名为“白墙漆”，设置漫反射颜色为白色（初步参数设置如图 12.3.13 中所示）→单击材质对计话框中（将材质给选定对象）按钮。如图 12.3.13 所示。

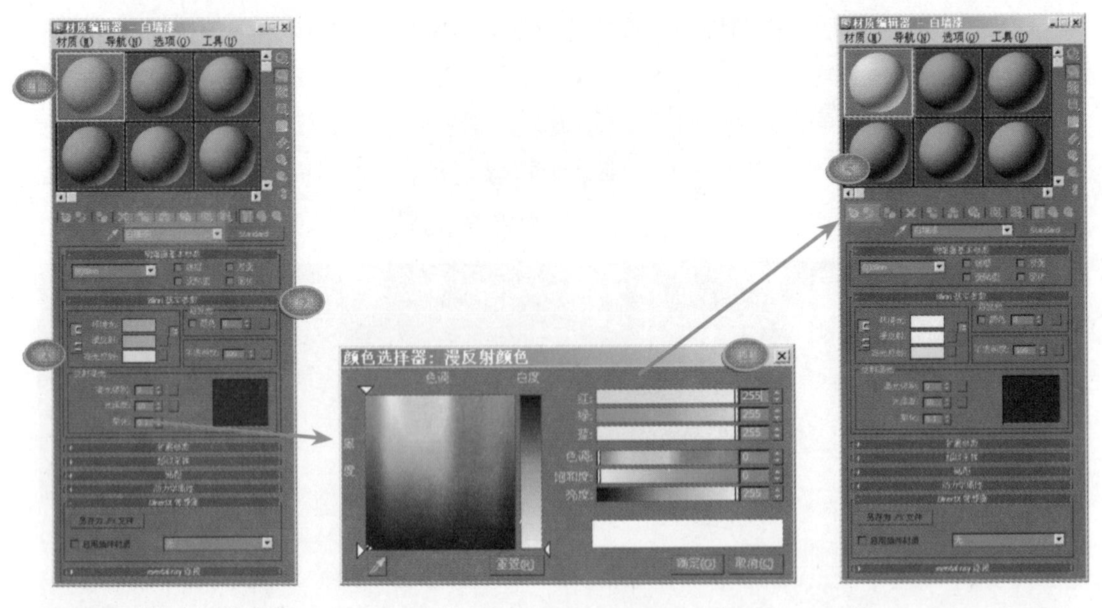

图 12.3.13　白墙漆材质设置图

（16）从场景内可以明显看出，刚建制出的这块墙体没有对应在平面上的位置，按快捷键“T”改变视图为顶视图→在工具栏单击按钮并选择墙（同时“空格”锁定选择集）→按“F6”键锁定“Y”轴广向移动墙体到如图 12.3.14（a）位置，依捕捉点向平面位置对齐。

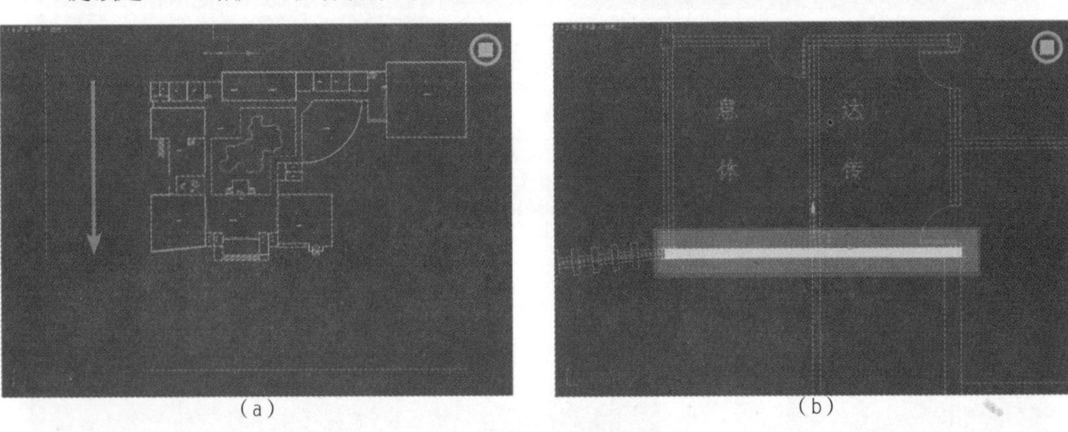

（a）　　（b）

图 12.3.14　墙体与平面对位图

（17）运用上述同样的方法将这一立面的所有较为简单明了的墙体建制完成，如图 12.3.15 所示。

（18）建模到本步骤已逐步打开了全面建模的局面，但似乎看起来并没有什么进展，那么现在就来处理一些稍微复杂的内容。先从立面的左侧做起。

→改变视图为顶并局部放大视图如下图→单击命令面板工具栏中 / （图形）/ 线 按钮依捕捉围绕如图 12.3.16 所画线（切记要闭合）。

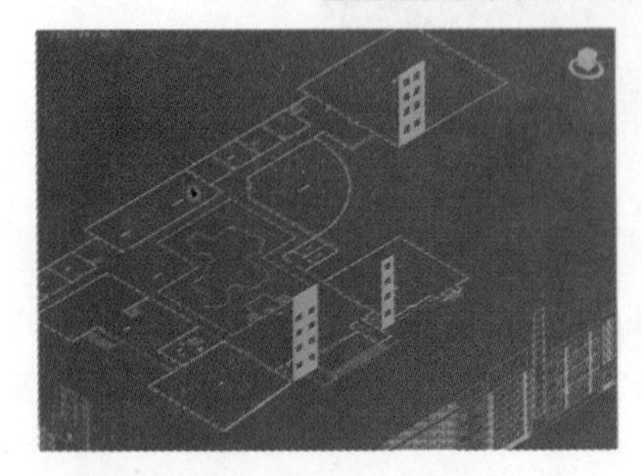

图 12.3.15　正立面简单墙体完成

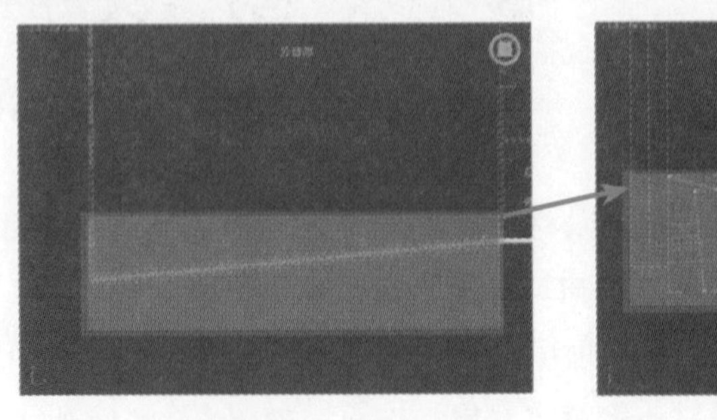

图 12.3.16　绘线位置及状态图

→单击按钮，并单击修改器列表，找【挤出】命令，挤出数量为19500mm，此时已经由形变成了体，具体参数设置如图12.3.17所示→并新建一个材质“竖杆”，漫反射颜色RGB值为（150，150，150）。

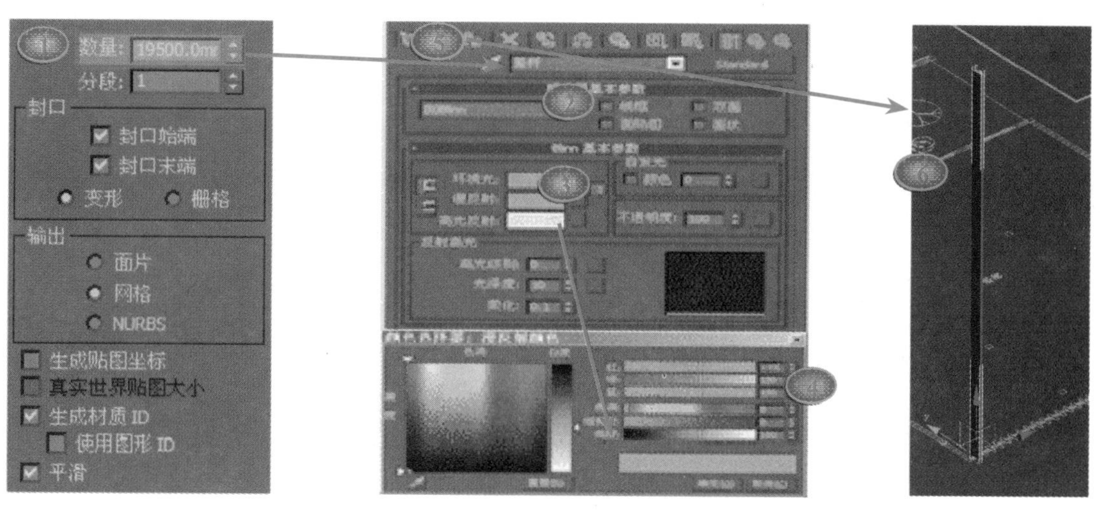

图12.3.17　拉出及材质设置图

→工具栏单击在顶视图单击选中该实体，并“空格”锁定选择集，按键盘上“Shift”键向右侧依对应的捕捉点进行拖动复制41个。克隆选项如图12.3.18所示。

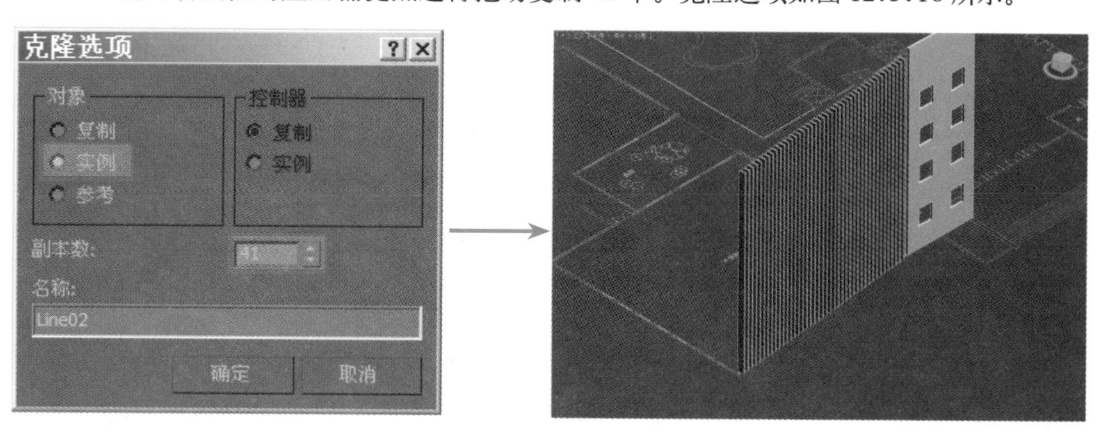

图12.3.18　复制设置及效果

（19）前视局部放大如图12.3.19所示区域，该处是楼梯间，其形式以竖通窗为主，但还是有部分墙体，针对这部分墙体在立面视图绘线→单击按钮，并单击修改器列表，找【挤出】命令，挤出数量为240mm→最后赋予“白墙漆”材质→顶视图移动与平面对位。

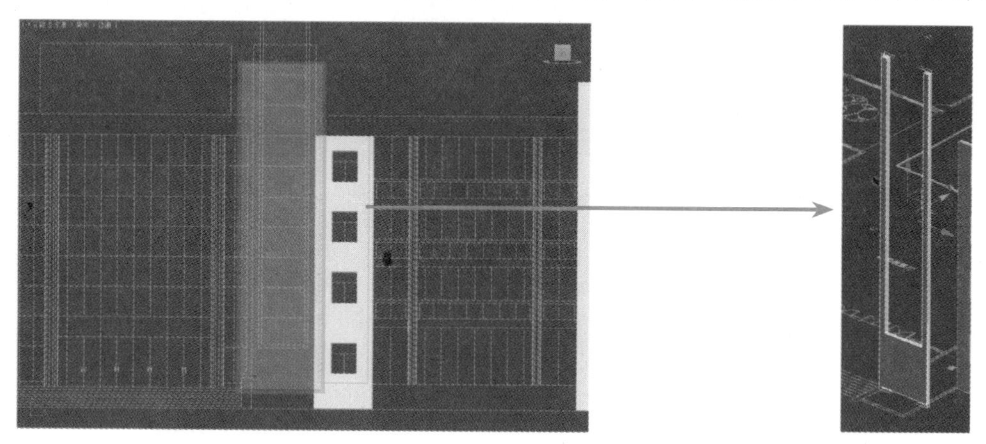

图12.3.19　楼梯间正面墙

(20) 侧向补墙，由于是正立面直接挤出，如此就忽略了平面上所突出的侧向墙体。(在3D建模时如果发现是方方正正的立方体，就可简单地用长方体命令解决)，如图12.3.20所示。

→依捕捉位置绘制长方体，单击命令面板工具栏中 / →长方体的高度暂定统一为16500mm，其他方向参数以捕捉点为准→赋予材质，如图12.3.21效果。

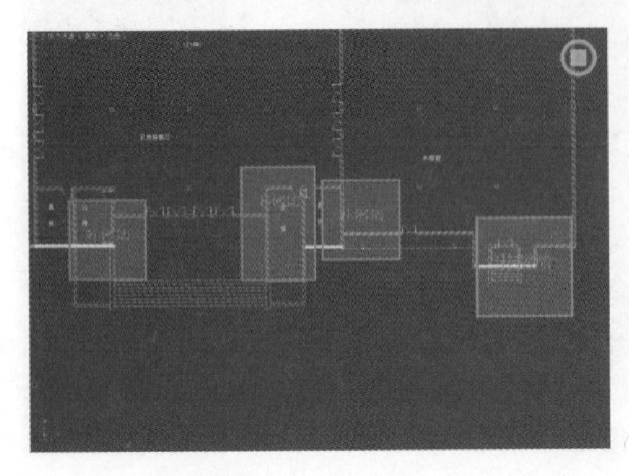

图12.3.20　补侧墙图

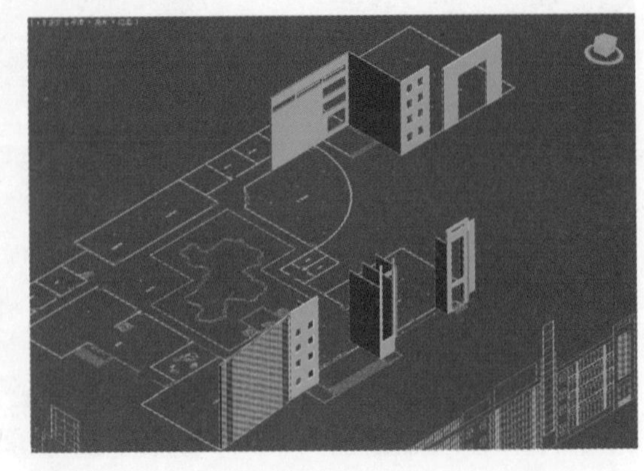

图12.3.21　补侧墙效果图

→从以上效果看，侧墙的高度与正面多不一致，那就得调整下修改，选中要修改的物体→单击右键出现四元菜单→【转换为可编辑网格】→进入点的光次物层级别 →选择调整的点在前视图调整高度，如图12.3.22所示，运用同样的方法将其他类似高度不一致的进行调整修改。

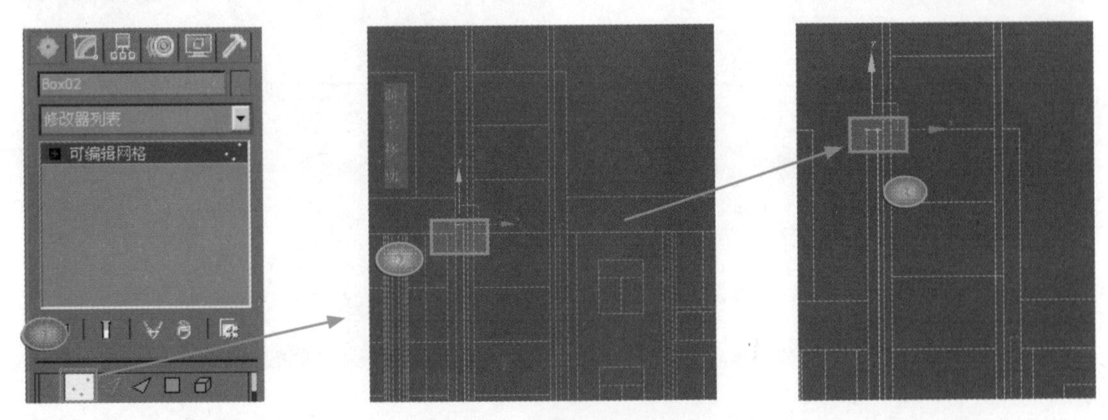

图12.3.22　移动示意图

(21) 补梁画柱，从正立面图观察与分析，在此立面图中含有四根圆柱子如图12.3.23所示。

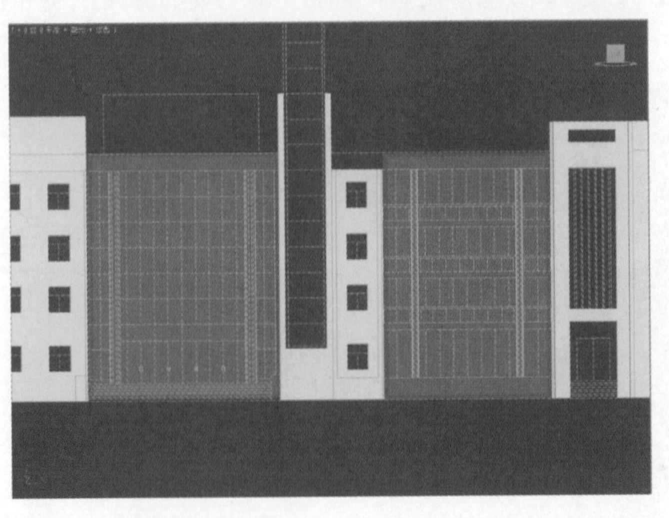

图12.3.23　立面圆柱示意图

→单击命令面板工具栏中 / / 圆柱体 →在平视图任意处建制如下参数柱子→赋予“竖杆”材质→在前视图调整位置并对位复制。

（22）从该立面图可以看出，有局部的弧形墙体，如图 12.3.25 所示，针对该弧墙须采用平面建模的方法进行建模。

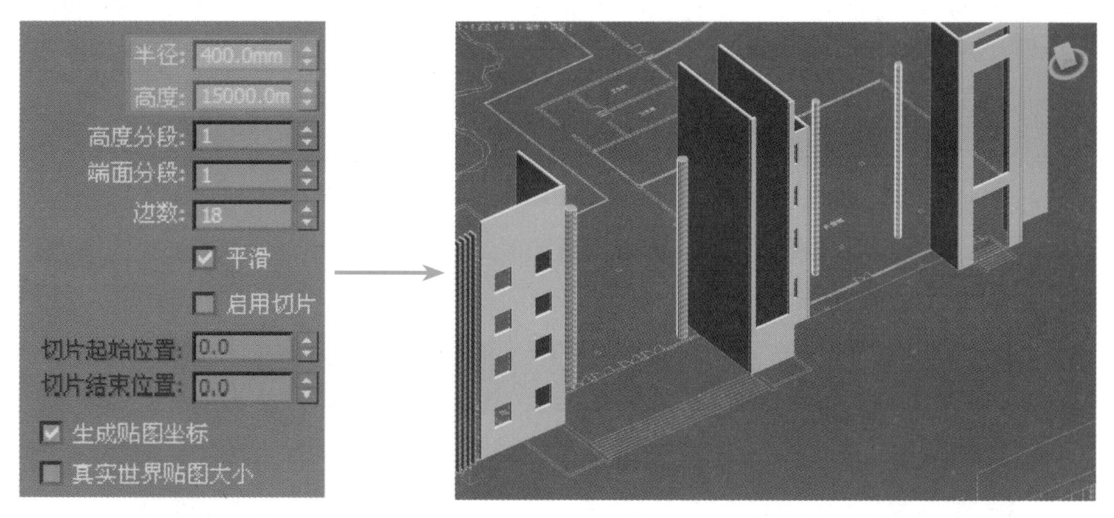

图 12.3.24　建制柱子

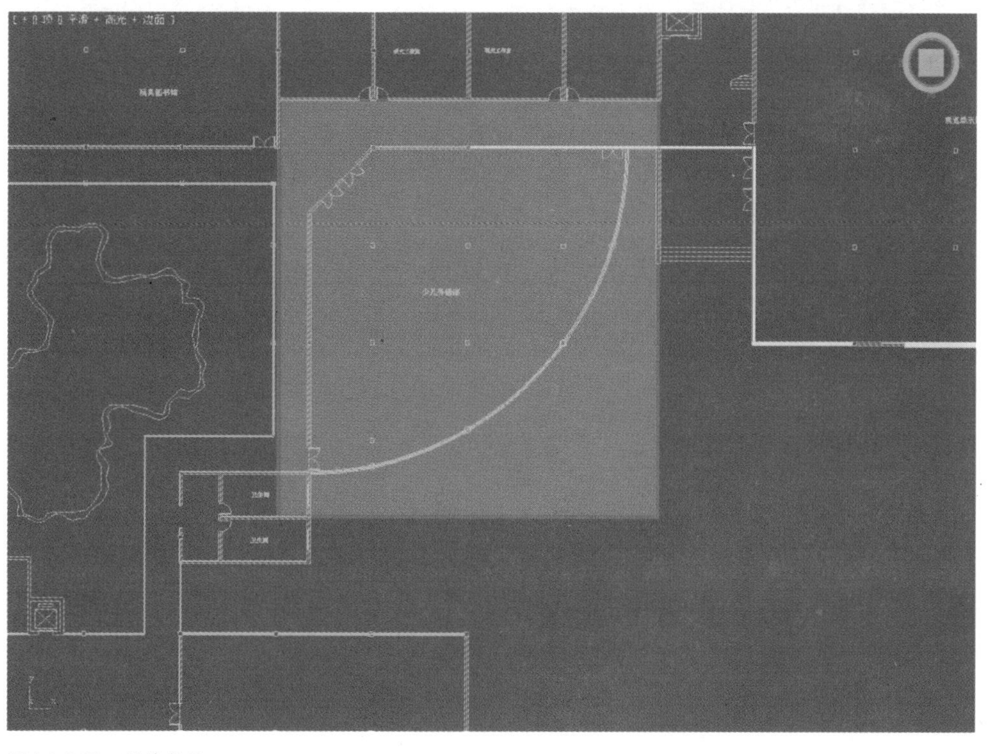

图 12.3.25　弧墙位置

（23）→单击命令面板工具栏中 / （图形）/ 弧 按钮依捕捉围绕如图 12.3.26 弧墙内侧绘弧→保持选择集单击按钮，单击修改器列表，找到【编辑样条线】命令→进入条的层级→以框选的形式选择整条→单击 几何体 按钮 / 轮廓 →轮廓偏移 240mm →单击按钮，并单击修改器列表，找【挤出】命令，挤出数量为 1800mm →新建材质“灰墙漆”（漫反射 RGB 值为：70，70，70）并赋予材质→在前视图复制并单个进行调整→创建圆柱子，复制并赋予“竖杆”材质，如图 12.3.27 所示。

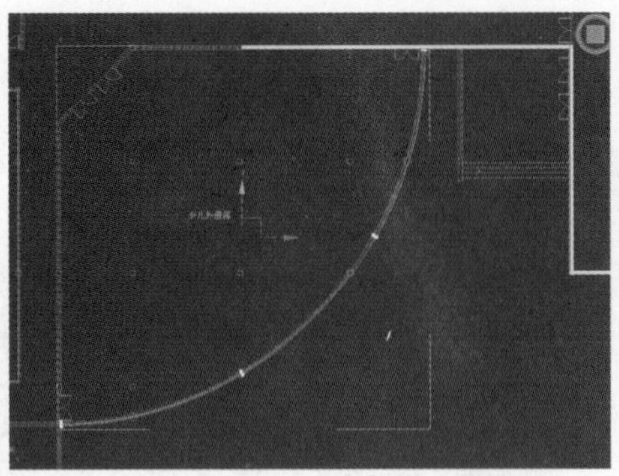
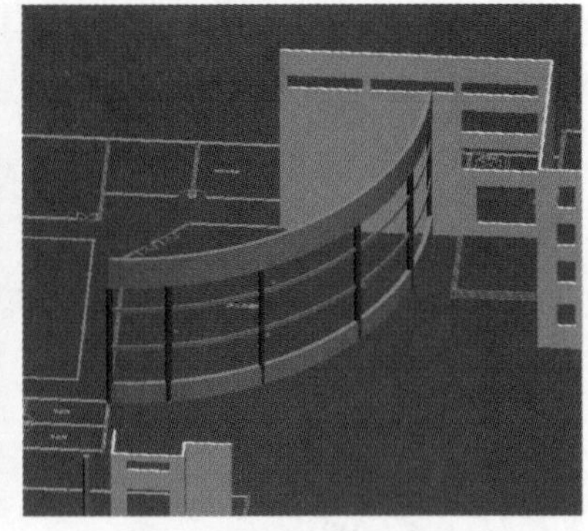

图 12.3.26　弧墙创建图

(24) 综述前若干个步骤，举一反三，将其他 3 个立面图框架依照同样的方法全部完成，如图 12.3.27 所示。

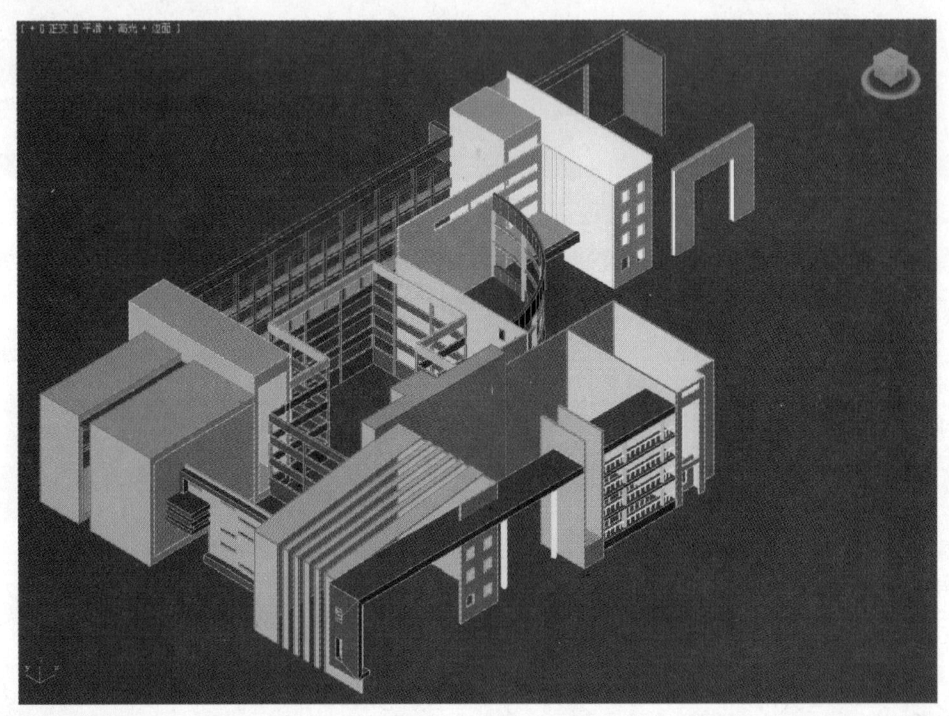

图 12.3.27　框架完成

【小结】经过以下步骤的操作，此刻初见成效，虽然 3ds Max 的命令很多，但在建筑建模的过程中并不一定使用很多命令，只需要那么几个常用命令即可，关键要学会理解，然后站在理解的高度举一反三并能灵活运用，那么就学会了。

12.4　建筑屋顶

操作步骤

(1) 本图书馆为平屋顶，对于屋顶的处理应该算简单的。可以从框架中看出，由各向立面墙体已经形成了部分屋顶及构架。为了方便观察在绘制之前可以将其他的框架隐藏起来再开始。

单击命令面板工具栏中 / （图形）/ 线 按钮依捕捉围绕如图 12.4.1 所示区域画线（切记要闭合）为“线 1”。

→用上同样的方法描绘如图 12.4.2 所示区域“线 2”。

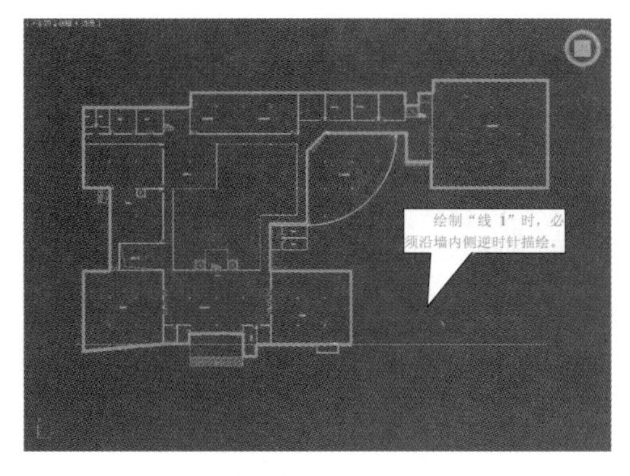

图 12.4.1　线 1 描绘区域

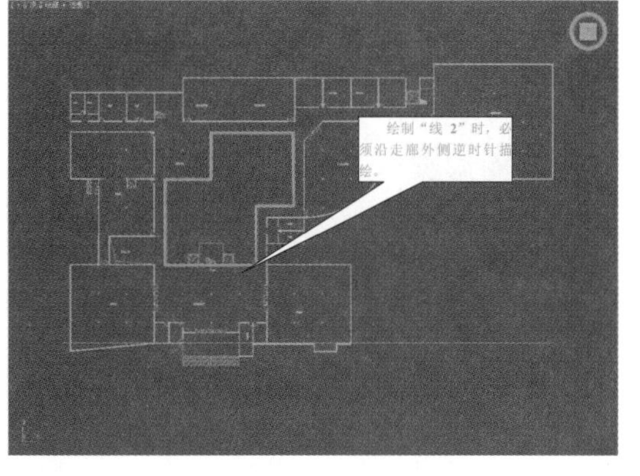

图 12.4.2　线 2 描绘区域

→在"线 2"被选中的状态之下，视图内单击右键【附加】命令，附加"线 2"→单击按钮，并单击修改器列表，找【挤出】命令，挤出数量为 100mm→新建材质"楼面"(漫反射 RGB 值：89，118，134)。

→同样的方法绘制如图 12.4.3 所示区域弧墙顶楼板。

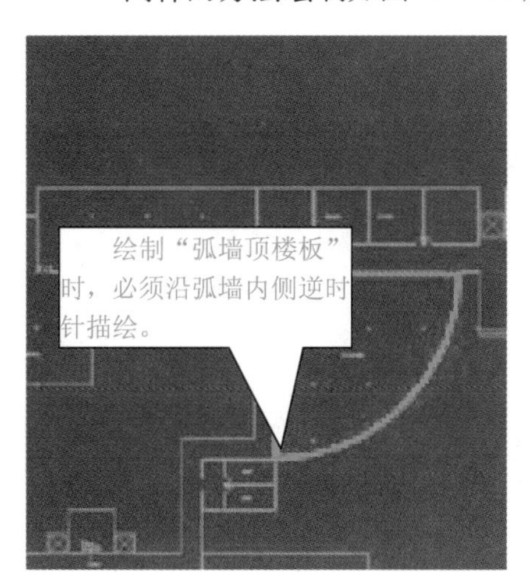

图 12. 4.3　弧墙顶楼板与整体效果

(2) 运用绘制屋顶方法绘制各层楼板→新建材质"天花板"(漫反射 RGB 值：255，255，255)。

→并赋予材质，如图 12.4.4 所示。

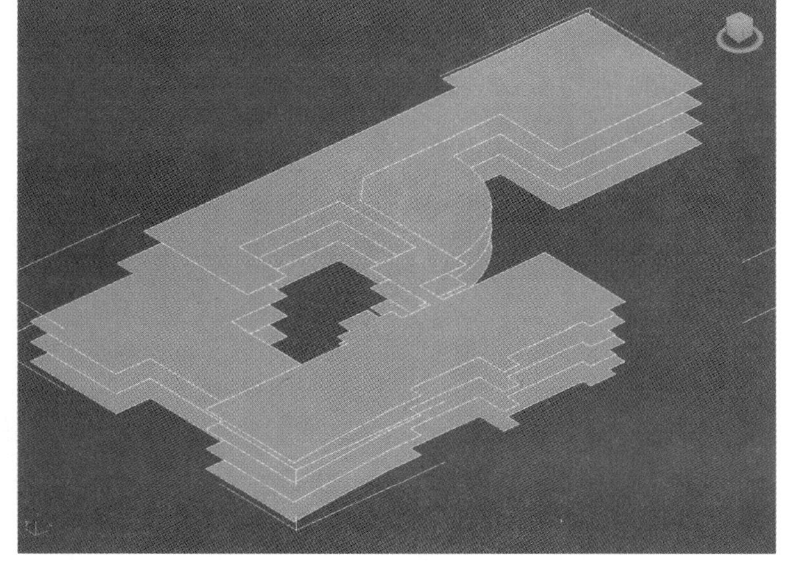

图 12.4.4　绘制各层楼板

【小结】当绘制完了建筑的屋顶楼面与各层楼面时，是不是感觉到现在的建模工作越来越顺手了，熟能生巧，只要不断地练习，不断地拓展。一定能够很好地表现建筑。

12.5 建筑入口与门窗

操作步骤

(1) 主入口处玻璃幕墙处理，该入口玻璃幕比较简单没有其他多余的构件，主要是以窗框为主要肌理的一种形式，所以建模相对来说也是很容易的，如图 12.5.1 所示。

图 12.5.1　入口玻璃幕墙

→单击命令面板工具栏中 / (图形) / 线 按钮依捕捉围绕窗框线的位置纵横描线如图 12.5.2 所示。

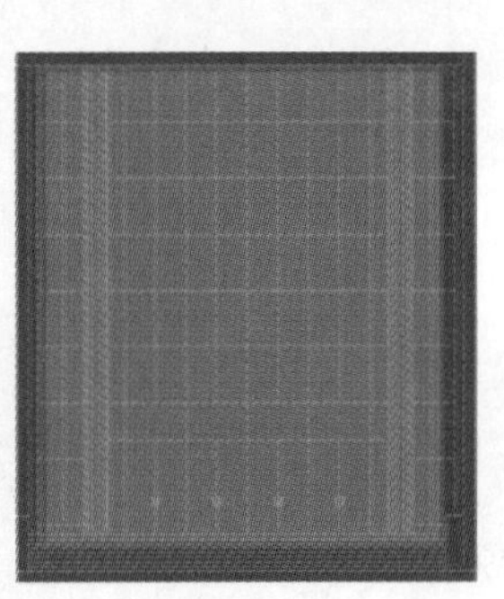

图 12.5.2　描线示意图

→选择其中刚绘制的一根线条，单击右键出现四元菜单中找到一个【附加】命令将其另外一根线条附加为一个整体→保持选择集不变单击按钮，单击修改器列表，找到 Line (这是绘制线条时自身所配带的线编辑命令)。/ + 渲染 打开左侧加号如下图所示，更改设置勾选“在渲染中启用”勾选“在视口中启用”并选择“矩形”渲染模式参数为“长度 50，宽度 50”其他为默认数值，如图 12.5.3 (c) 所示。

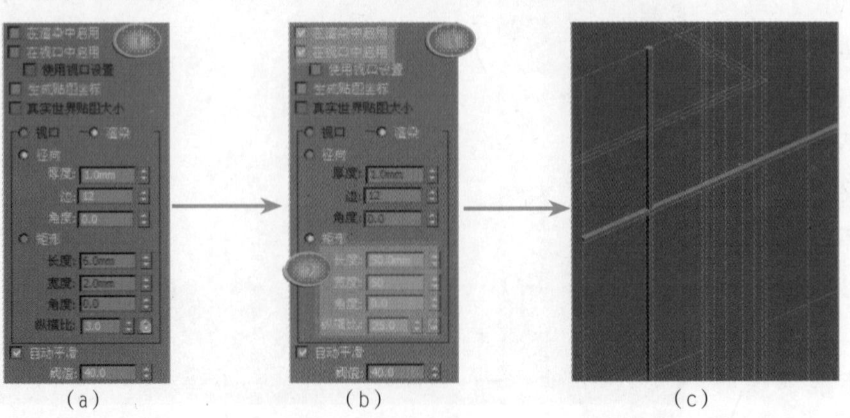

(a)　(b)　(c)

图 12.5.3　线体设置

→保持选择集不变，单击右键找到【移动】命令，并按住“Shift”拖动复制纵向与横的所有窗框→新建材质“窗框．黑”（漫反射 RGB 值：158，158，158）→在前视图依下左图外轮廓捕捉绘制长方体（长度与宽度依捕捉而定），控制高度为 10→新建材质“玻璃”（漫反射 RGB 值：106，142，187。不透明度设置为 30%）得效果如图 12.5.4 所示。

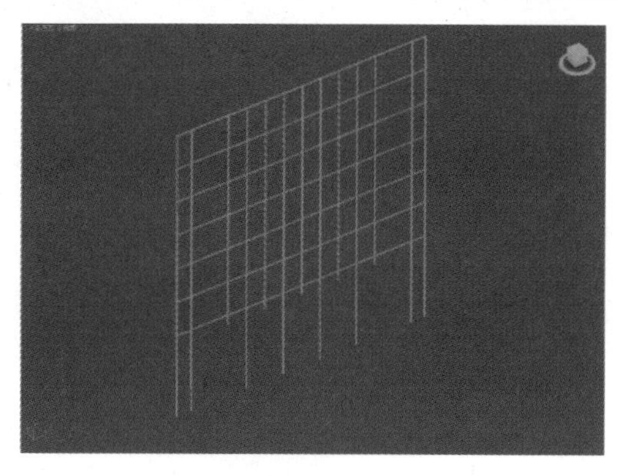
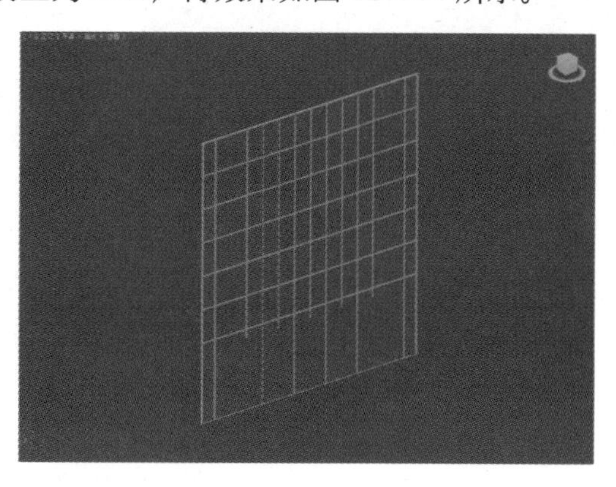

图 12.5.4　入口玻璃幕墙效果

（2）普通门窗处理，该类窗在处理的过程中是很多的，最为普遍。如图 12.5.5 所示位置。

→单击命令面板工具栏中 / （图形）/ 线 按钮依捕捉围绕窗框线的位置纵横描线如图 12.5.5 所示。

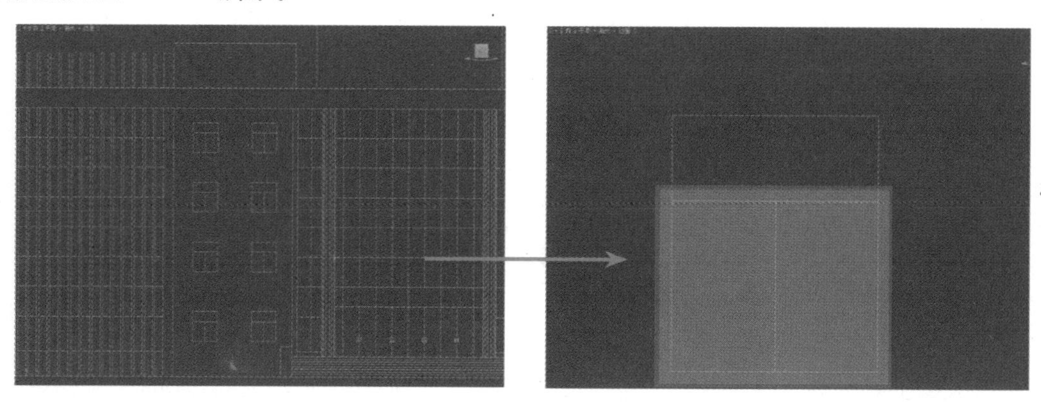

图 12.5.5　普通窗图

→选择其中刚绘制的一根线条，单击右键出现四元菜单中找到一个【附加】命令将其另外几根线条附加为一个整体→保持选择集不变单击按钮，单击修改器列表，找到 Line（这是绘制线条时自身所配带的线编辑命令）/ 渲染 打开左侧加号如图 12.5.6 所示，更改设置勾选“在渲染中启用”勾选“在视口中启用”并选择“矩形”渲染模式参数为“长度 50，宽度 50”其他为默认数值，赋予材质“窗框．黑”如图 12.5.6 所示。

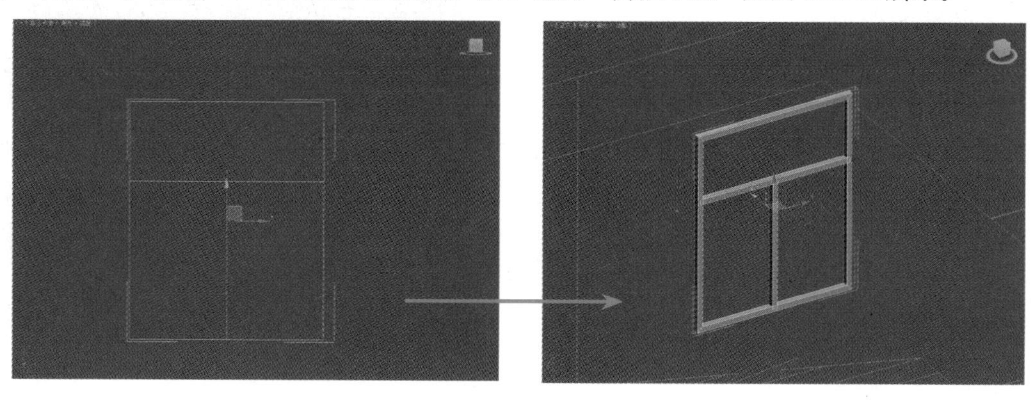

图 12.5.6　完成普通窗

→运用以上方法完成图在所有的幕墙及普通窗，如图 12.5.7 所示。

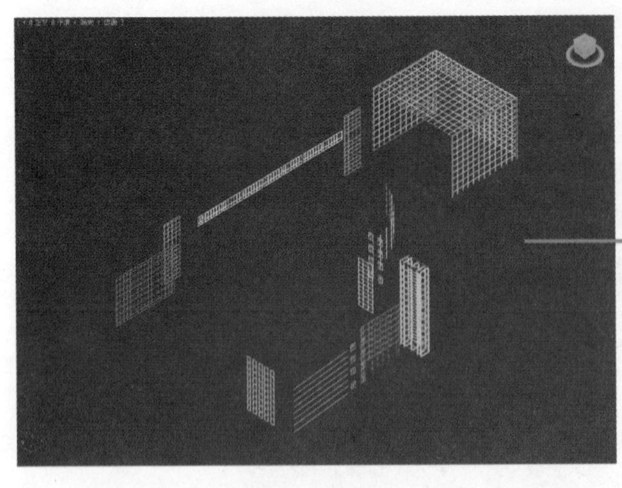

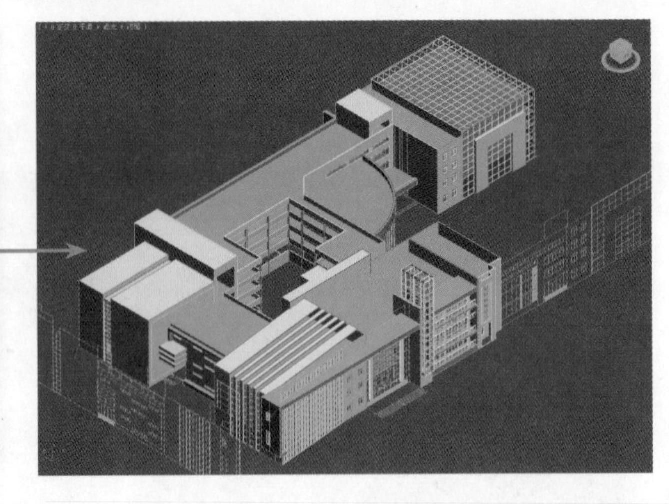

图 12. 5.7　完成幕墙及普通窗

（3）台阶处理，一般室外的台阶的尺度（踏步高 × 宽是 300×150），我们在本章之前已作讲述，如图 12.5.8 所示。

→在顶视图中找到其位置，依捕捉位置绘制长方体，单击命令面板工具栏中 / →长方体的高度暂定统一为 1200mm，高度分段 8（方便其后操作），其他方向参数以捕捉点为准→赋予材质“楼面”，如图 12.5.9 效果。

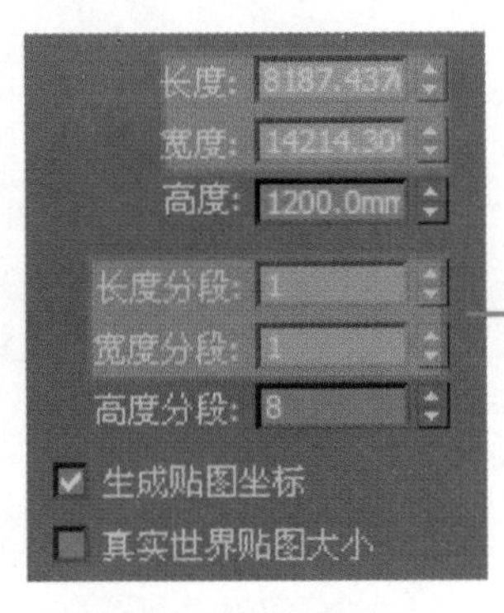

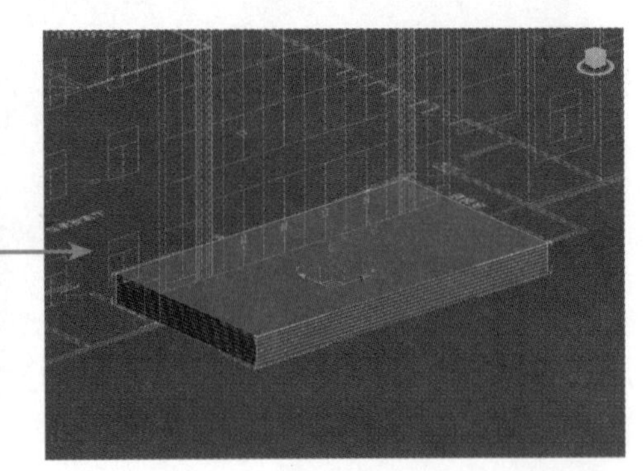

图 12. 5.8　正入口台阶　　图 12. 5.9　台阶绘制过程

→保持选择集不变，单击 按钮，单击修改器列表，找到 编辑网格 命令，找到其次物层级 ，→回前视图并选择立面上最底下的一个面，并找到 编辑几何体 / 挤出（1800）→重复上步骤拉出数值依次缩减“300”，如图 12.5.10 所示。

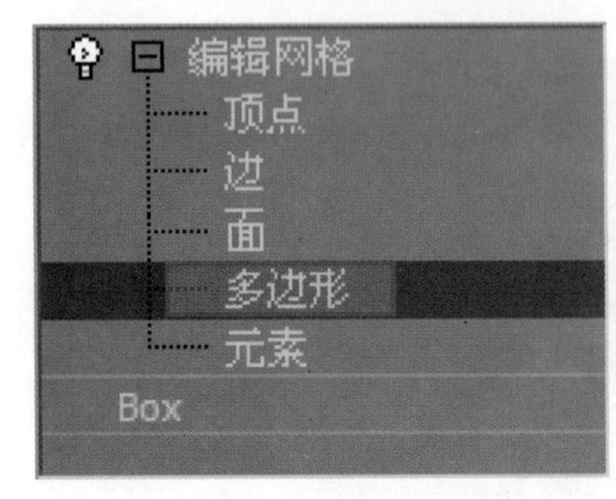

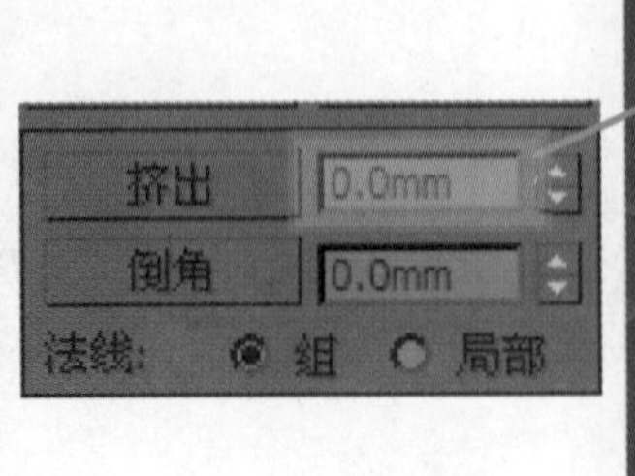

图 12. 5.10　台阶绘制图

→运用以上方法完成所台阶的建制，如图 12.5.11 所示。

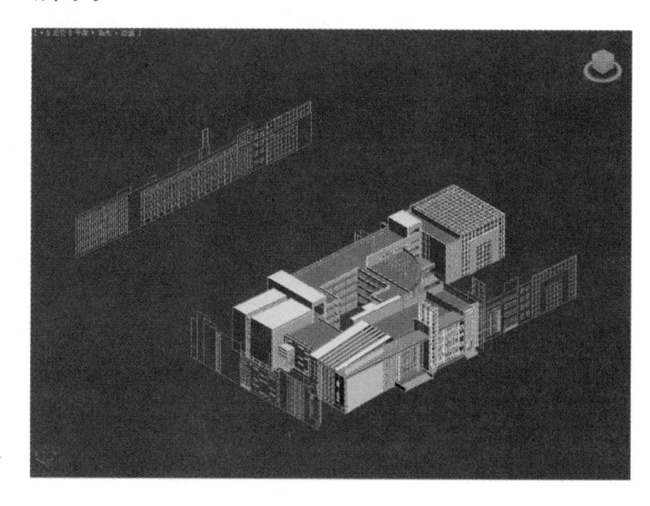

图 12.5.11　台阶完成图

【小结】本节完成了整个图书馆模型的建制，经历了比较多的步骤，同时也告诉我们在学习的过程中始终要以理解为主要前提。然后就是不断地去反复操作与尝试。才会得到意想不到的学习效果。

12.6　模型整理

操作步骤

(1) 删除 CAD 的轮廓线条。

→框选图中所有的物体，单击右键【隐藏当前选择】，接着再单击右键【全部解冻】，再一次框选择所有的物体，执行键盘快捷键“Delete”删除冻结的 CAD 处理图。

→单击右键【取消隐藏】如图 12.6.1 所示。

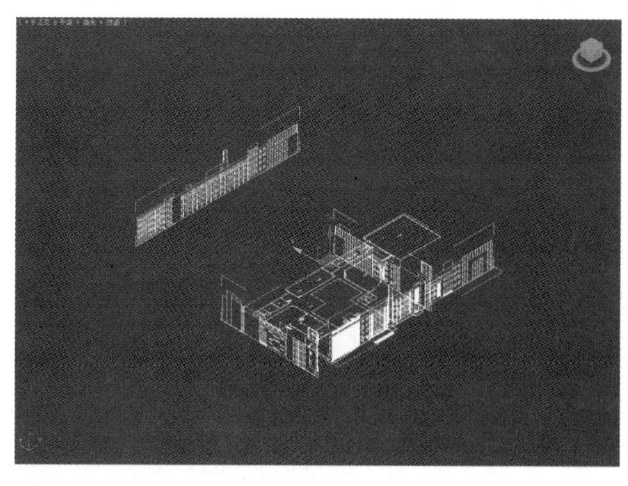

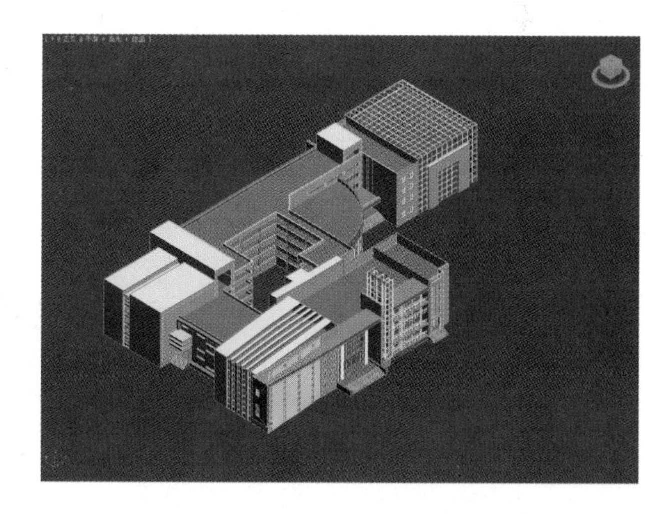

图 12.6.1

(2) 按材质进行塌陷。

→按 M 键打开材质编辑器，点击“白墙漆”材质，找到【按材质选择】→工具面板找到 / 塌陷 / 塌陷选定对象，这样所有以属于白墙漆的物体已变成一个网格体，如图 12.6.2 所示。

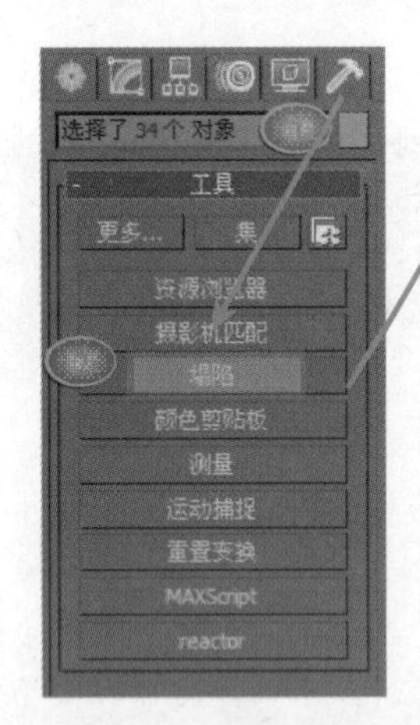

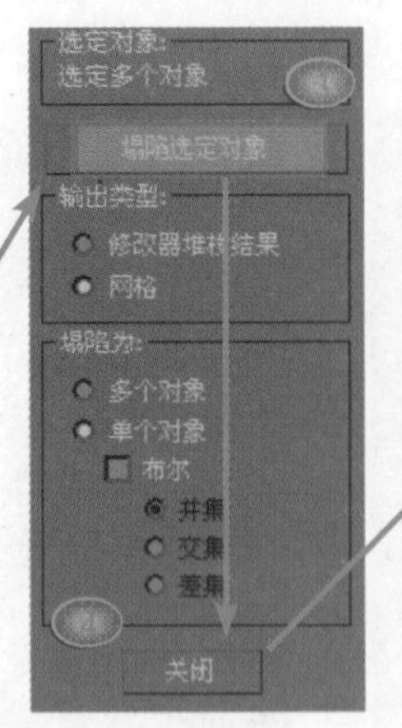

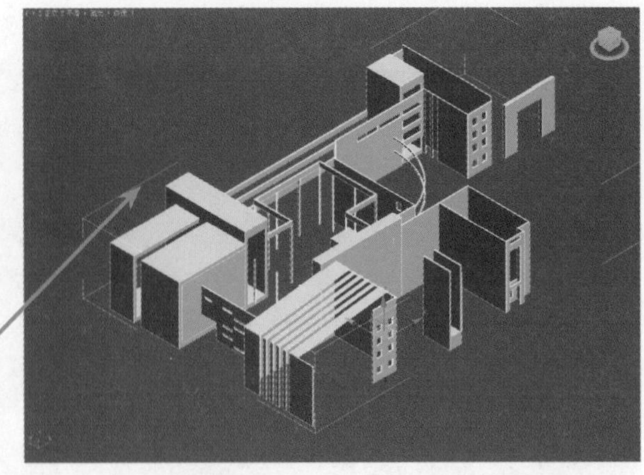

图 12.6.2　塌陷

→按上面方法将所有材质都如此的变成一个整体，这样加快了运行速度，对以后的渲染作了良好的铺垫工作。

【小结】本节内容不多，但却是一个关键性的环节，对以后的材质、灯光作用极大，同时对渲染的速度也会逐步提高。也会学会如何整理模型。

12.7　灯光与材质调整

操作步骤

(1) 设置相机。

→单击命令面板工具栏中 / 摄像机按钮，在 对象类型 下单击 目标 ，在顶视图从建筑的左下角空白处抽右上角方向打去，如图 12.7.1 所示。

→改变视图为前视图，选择相机本身与其目标点，执行移动命令，在 y 方向向上移动 1680mm，也就确定一个正常人视线的视平线高度，按“F12”如图 12.7.2 所示。

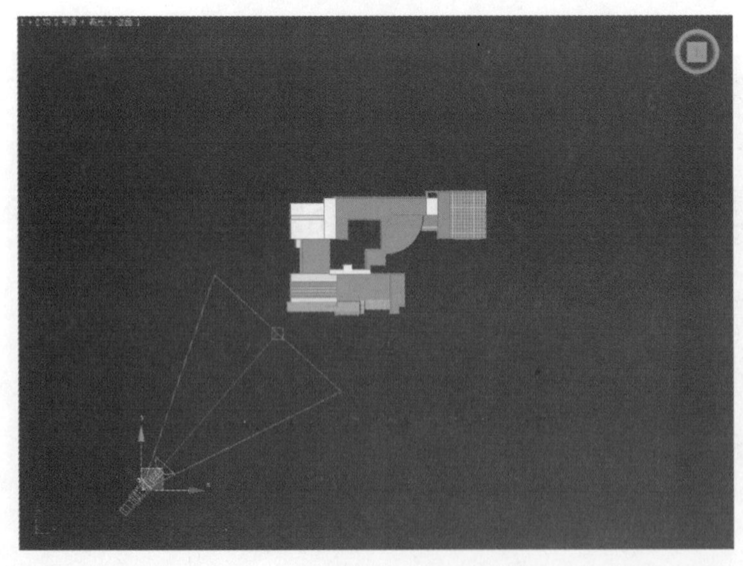

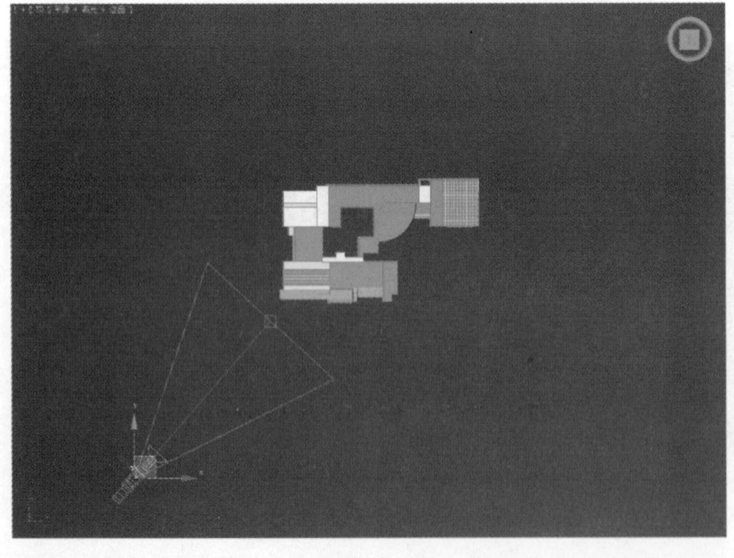

图 12. 7.1　相机位置

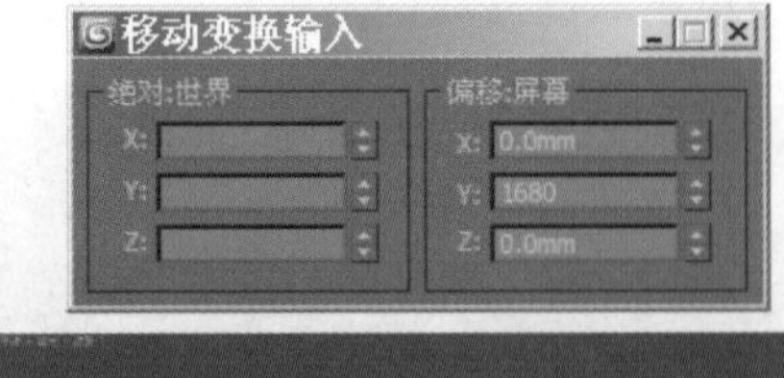

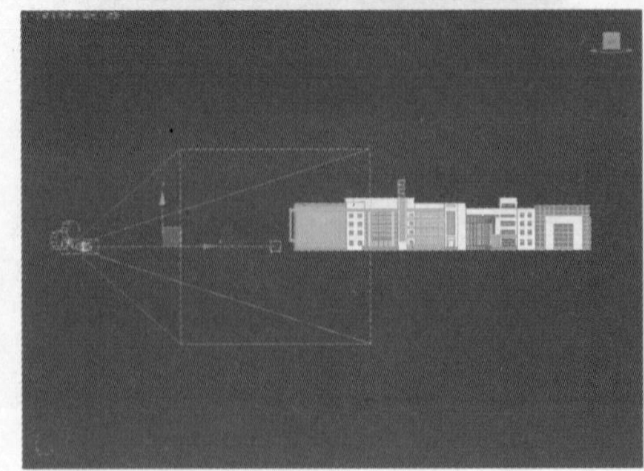

图 12.7.2

→键入“C”键，也就改变视图进入相机视图，如图 12.7.3 所示，注意在平面上多次移动相机本身，得到一个较理想的构图。

(2) 目标聚光灯。

→改变视图为顶视图，单击命令面板工具栏中 / / 目标灯光，建筑的右下角空白处向之前所打相机的法线垂直方向打一盏目标灯光，如图 12.7.4 所示。

图 12.7.3　相机视图

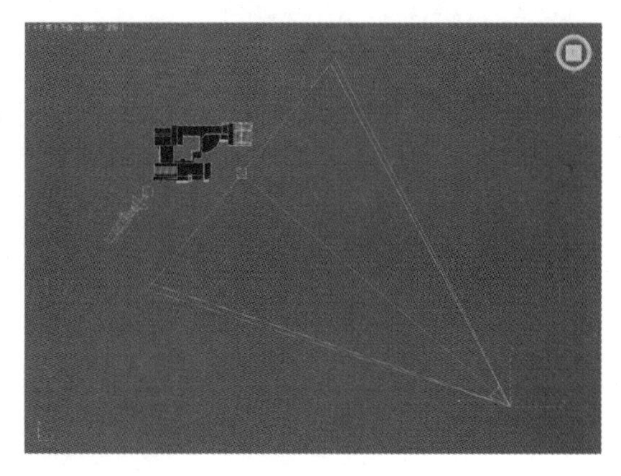

图 12.7.4　顶视图灯光

→改变视图为前视图，保持新打灯光选择集不变，点击灯光本身向上移动，与水平线成 45° 为宜，如图 12.7.5 所示。

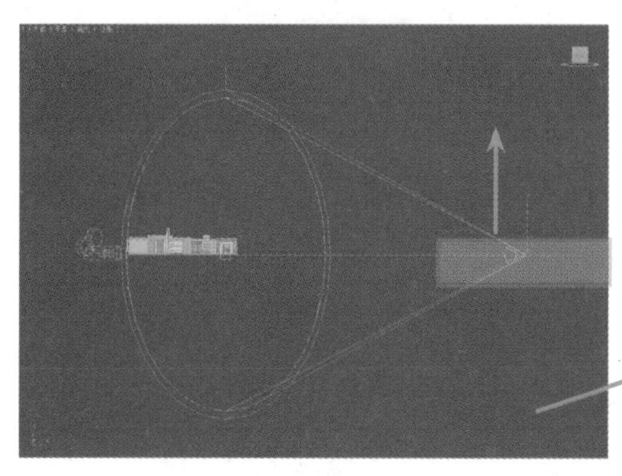

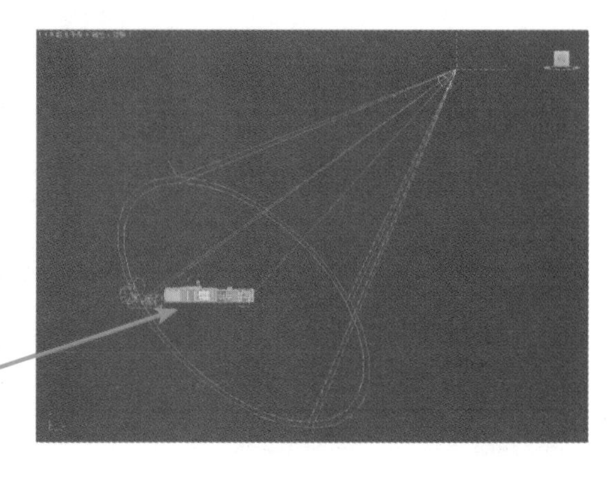

图 12.7.5　灯光位置调整

→修改灯光参数，在常规参数下启用阴影，并使用 V-Ray 阴影类型，强度倍增为 1.0，如图 12.7.6 所示。

强度/颜色/衰减
倍增: 1.0
衰退
类型: 无
开始: 40.0mr 显示
近距衰减
使用 开始: 0.0mm
显示 结束: 40.0mm
远距衰减
使用 开始: 80.0mm
显示 结束: 200.0mr

图 12.7.6　灯光设置图

（3）材质统一调整，我们在建模的过程中已初步设置了材质，现在只对材质的最终设置墙体材质最终设置如下。

“白墙漆”参数如图 12.7.7 所示。

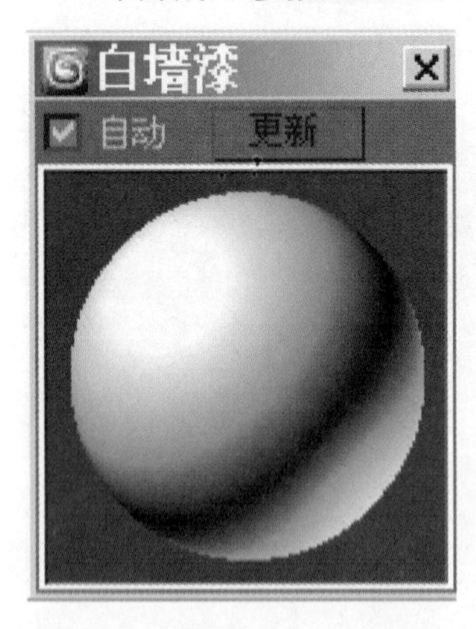

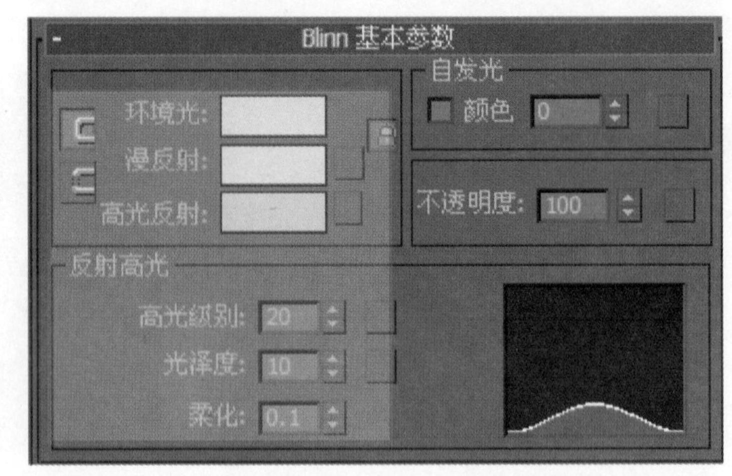

图 12.7.7 白墙漆

“灰墙漆”参数如图 12.7.8 所示。

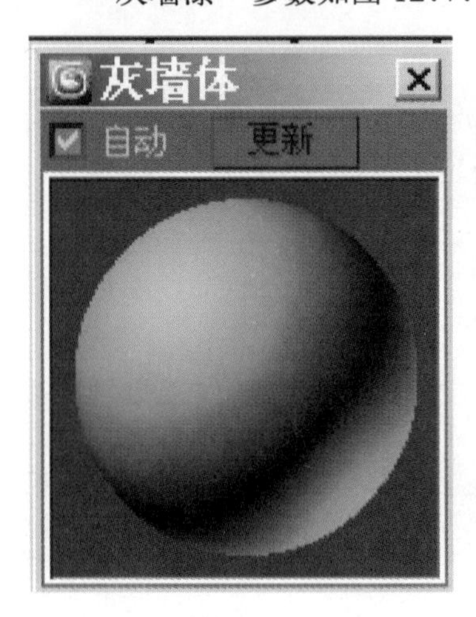

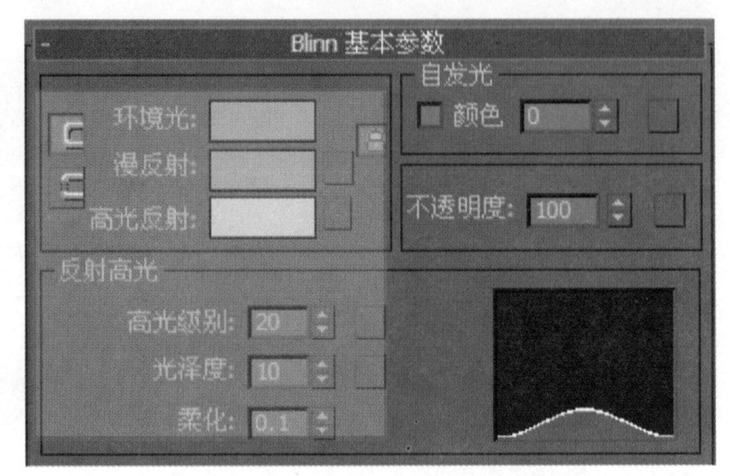

图 12.7.8 灰墙漆

“玻璃”参数如图 12.7.9 所示。

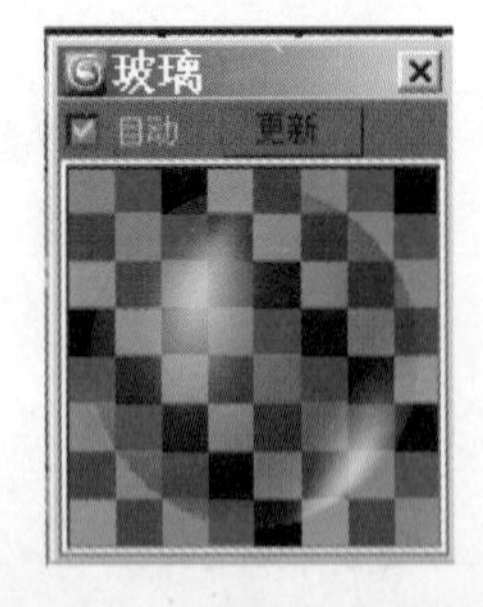

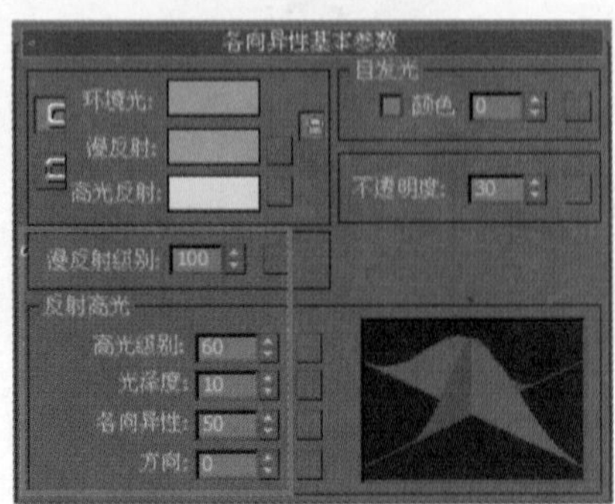

图 12.7.9 玻璃

"窗框 . 黑"参数如图 12.7.10 所示。

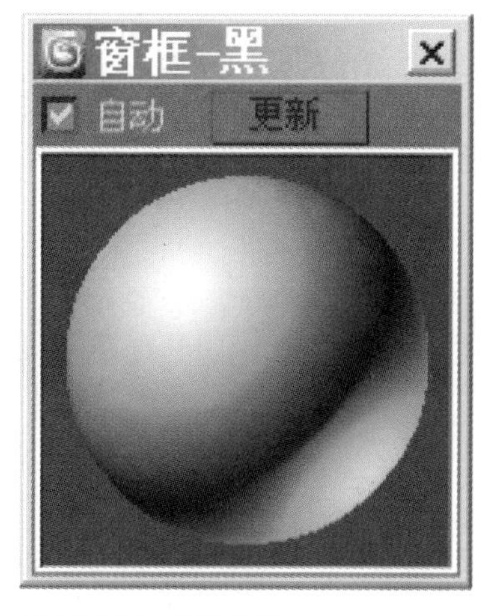

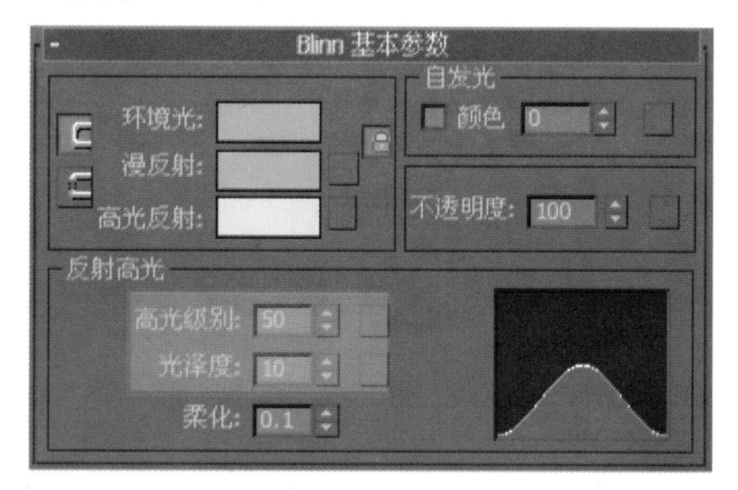

图 12.7.10　窗框材质

"楼面"参数如图 12.7.11 所示。

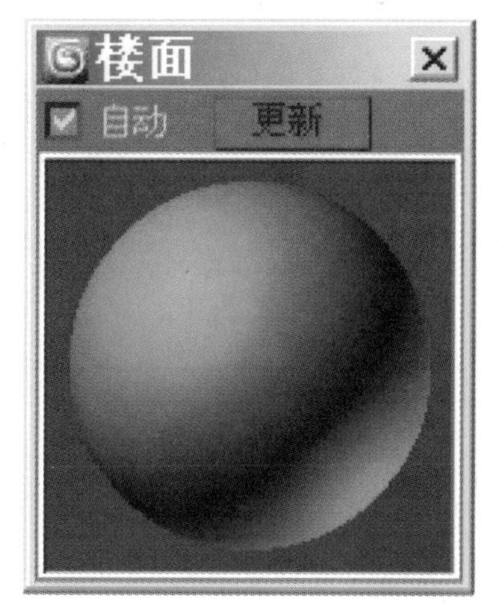

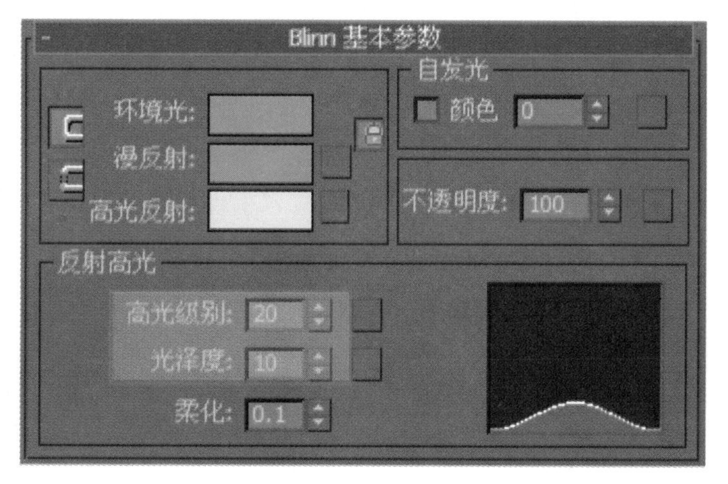

图 12.7.11　楼面材质

以上是几个常用也是最有影响力的几种材质关键参数设置。

【小结】材质的设置在初期阶段是没有什么大效果的，但越向精的方向拓展可能就是关卡，它的一个微小的设置与改变都会影响整个质感的变化与效果。

12.8　VR 渲染器基本介绍

V-Ray 渲染器是由 Chaosgroup 和 Asgvis 公司出品，中国由曼恒公司负责推广的一款高质量渲染软件。V-Ray 是目前业界最受欢迎的渲染引擎。基于 V-Ray 内核开发的有 V-Ray for 3ds Max、Maya、Sketchup、Rhino 等诸多版本，为不同领域的优秀 3D 建模软件提供了高质量的图片和动画渲染。除此之外，V-Ray 也可以提供单独的渲染程序，方便使用者渲染各种图片。 V-Ray 渲染器提供了一种特殊的材质——V-RayMtl。在场景中使用该材质能够获得更加准确的物理照明（光能分布），更快的渲染，反射和折射参数调节更方便。使用 V-RayMtl，可以应用不同的纹理贴图，控制其反射和折射，增加凹凸贴图和置换贴图，强制直接全局照明计算，选择用于材质的 BRDF。

12.8.1 VR 渲染器的特征

V-Ray 光影追踪渲染器有 Basic Package 和 Advanced Package 两种包装形式。Basic Package 具有适当的功能和较低的价格，适合学生和业余艺术家使用。Advanced Package 包含有几种特殊功能，适用于专业人员使用。

Basic Package 的软件包提供以下功能特点。

(1) 真正的光影追踪反射和折射。(见：V-RayMap)。

(2) 平滑的反射和折射。(见：V-RayMap)。

(3) 半透明材质用于创建石蜡、大理石、磨砂玻璃。

(4) 面阴影（柔和阴影）。包括方体和球体发射器。

(5) 间接照明系统（全局照明系统）。可采取直接光照（Brute force），和光照贴图方式（HDRi）。

(6) 运动模糊。包括类似 Monte Carlo 采样方法。

(7) 摄像机景深效果。

(8) 抗锯齿功能。包括 Fixed，simple 2.level 和 Adaptive approaches 等采样方法。

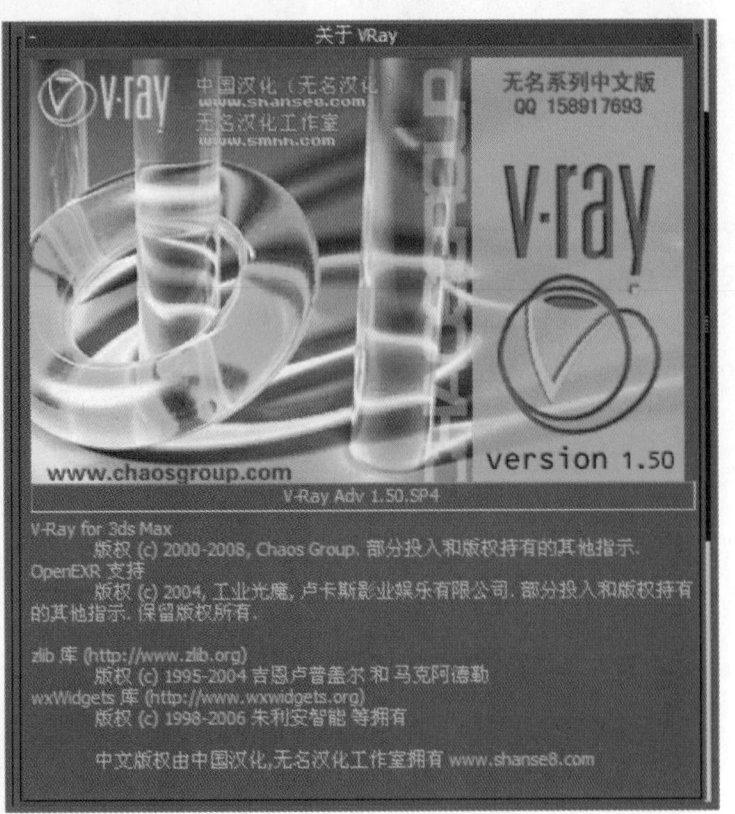

图 12.8.1 VR 欢迎界面

(9) 散焦功能。

(10) G.缓冲（RGBA，material/object ID，Z.buffer，velocity etc）。

Advanced Package 软件包提供的功能特点，除包含所有基本功能外，还包括下列功能。

(1) 基于 G.缓冲的抗锯齿功能。

(2) 可重复使用光照贴图（save and load support）。对于 fly.through 动画可增加采样。

(3) 可重复使用光子贴图（save and load support）。

(4) 带有分析采样的运动模糊。

(5) 真正支持 HDRI 贴图。包含 *.hdr,*.rad 图片装载器，可处理立方体贴图和角贴图贴图坐标。可直接贴图而不会产生变形或切片。

(6) 可产生正确物理照明的自然面光源。

(7) 能够更准确并更快计算的自然材质。

(8) 基于 TCP/IP 协议的分布式渲染。

(9) 不同的摄像机镜头：fish.eye，spherical，cylindrical and cubic cameras。

(10) 网络许可证管理使得只需购买较少的授权就可以在网络上使用 V-Ray 系统。

12.8.2 V-RayMtl 材质

V-RayMtl（V-Ray 材质）是 V-Ray 渲染系统的专用材质。使用这个材质能在场景中得到更好的和正确的照明（能量分布），更快的渲染，更方便控制的反射和折射参数。在 V-RayMtl 里能够应用不同的纹理贴图，更好地控制反射和折射，添加 Bump（凹凸贴图）和 Displacement（位移贴图），促使直接 GI（Direct GI）计算，对于材质的着色方式可以选择 BRDF（毕奥定向反射分配函数）。详细参数如下。

Basic parameters（基本参数）

（1）Diffuse（漫射）：材质的漫反射颜色。能够在纹理贴图部分（Texture maps）的漫反射贴图通道凹槽里使用一个贴图替换这个倍增器的值。

（2）Reflect（反射）：一个反射倍增器（通过颜色来控制反射，折射的值）。能够在纹理贴图部分（texture maps）的反射贴图通道凹槽里使用一个贴图替换这个倍增器的值。

（3）Glossiness（光泽度）：这个值表示材质的光泽度大小。值为 0.0 意味着得到非常模糊的反射效果。值为 1.0，将关掉光泽度（V-Ray 将产生非常明显的完全反射）。注意：打开光泽度（Glossiness）将增加渲染时间。

（4）Subdivs（细分）：控制光线的数量，作出有光泽的反射估算。当光泽度(Glossiness)值为 1.0 时，这个细分值会失去作用（V-Ray 不会发射光线去估算光泽度）。

（5）Fresnel reflection（菲涅尔反射）：当这个选项给打开时，反射将具有真实世界的玻璃反射。这意味着当角度在光线和表面法线之间角度值接近 0° 时，反射将衰减（当光线几乎平行于表面时，反射可见性最大。当光线垂直于表面时几乎没反射发生。

（6）Max depth（最大深度）：光线跟踪贴图的最大深度。光线跟踪更大的深度时贴图将返回黑色（左边的黑块）。

（7）Use interpolation（使用插值）：当勾选该选项时，V-Ray 能够使用一种类似发光贴图的缓存方式来加速模糊折射的计算速度。

（8）Exit color（退出颜色）：当光线在场景中反射次数达到定义的最大深度值以后，就会停止反射，此时该颜色将被返回，更不会继续追踪远处的光线。

（9）Refract（折射）：一个折射倍增器。能够在纹理贴图部分（texture maps）的折射贴图通道凹槽里使用一个贴图替换这个倍增器的值。

（10）Glossiness（光泽度）：这个值表示材质的光泽度大小。值为 0.0 意味着得到非常模糊的折射效果。值为 1.0，将关掉光泽度（V-Ray 将产生非常明显的完全折射）。

（11）Subdivs（细分）：控制光线的数量，作出有光泽的折射估算。当光泽度(Glossiness)值为 1.0 时，这个细分值会失去作用（V-Ray 不会发射光线去估算光泽度）。

（12）IOR（折射率）：这个值确定材质的折射率。设置适当的值能做出很好的折射效果像水 1.33、钻石 2.4、玻璃 1.66 等。

（13）Max depth（最大深度）：用来控制反射是最多次数。

（14）Exit color（退出颜色）：当光线在场景中反射次数达到定义的最大深度值以后，就会停止反射，此时该颜色将被返回，更不会继续追踪远处的光线。

（15）Fog color（雾的颜色）：V-Ray 允许用雾来填充折射的物体。这是雾的颜色。

（16）Fog multiplier（雾的倍增器）：雾的颜色倍增器。较小的值产生更透明的雾。

(17) Use interpolation（使用插值）：当勾选该选项时，V-Ray 能够使用一种类似发光贴图的缓存方式来加速模糊折射的计算速度。

(18) Affect shadows（影响阴影）：用于控制物体产生透明阴影，透明阴影的颜色取决于折射颜色和雾颜色，仅支持 V-Ray 灯光和 V-Ray 灯光阴影类型。

(19) Affect alpha（影响 alpha）：勾选后会影响 Alpha 通道效果。

12.9 VR 渲染出图

操作步骤

(1) VR 草渲染设置。

执行快捷键“F10”弹出渲染设置对话框找到【公用】/【指定渲染器】，如图 12.9.1 和图 12.9.2 所示。

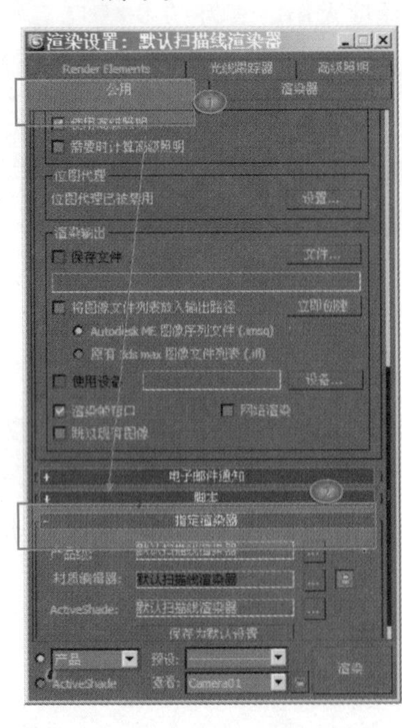

图 12.9.1 渲染设置

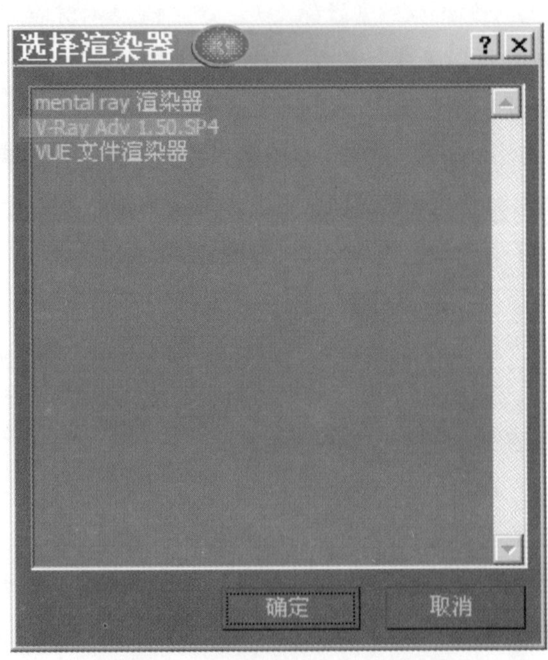

图 12.9.2 选择渲染器

→点击【指定渲染器】卷栏下的“默认扫描线渲染器”在侧的■按，出现对话框如下，选择 V-Ray Adv 1.50.SP4，并确定。

→设置草渲染参数如图 12.9.3 所示。

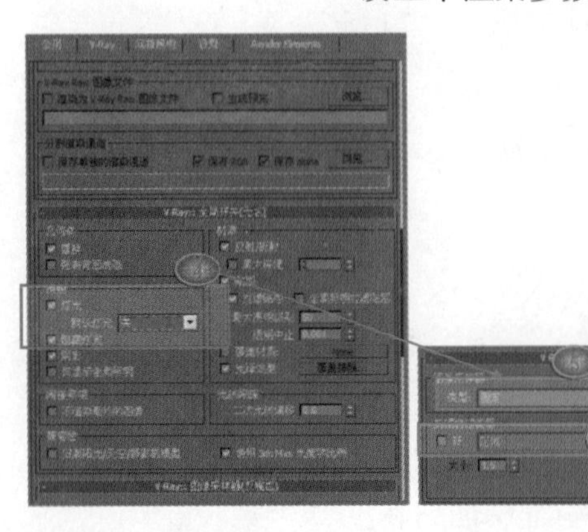

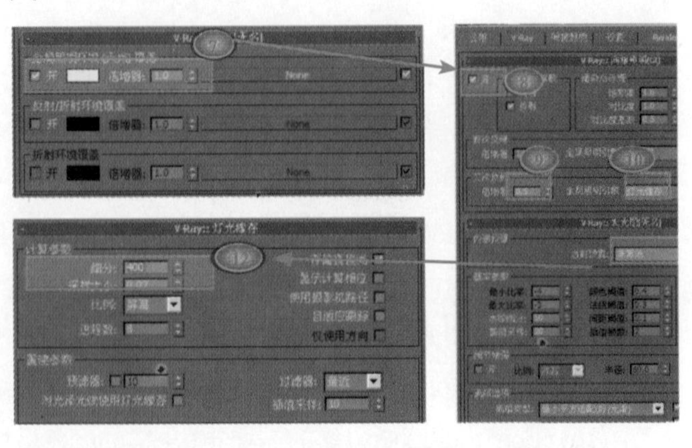

图 12.9.3 草渲染设置图

（2）VR 正式渲染设置，如图 12.9.4 和图 12.9.5 所示。

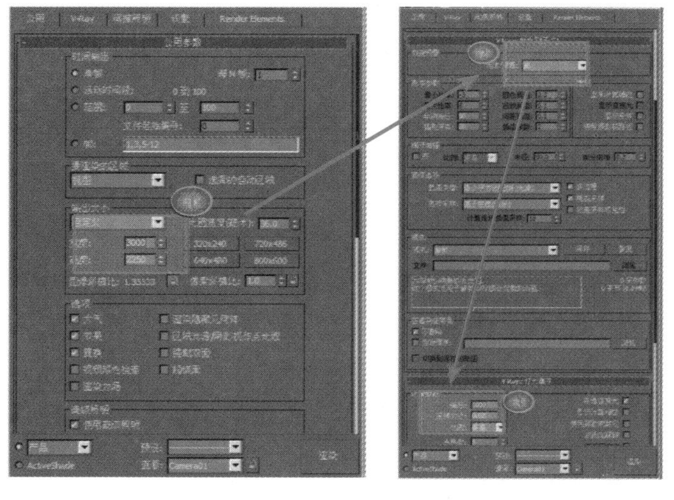

图 12.9.4　正式图设置图

图 12.9.5　正式渲染效果

【小结】本节粗略地讲述了 VR 的基本渲染出图设置，第一是渲染测试图的设置；第三是渲染正式图的基本设置，可能这个没什么花样，完全是经验得出的参数与设置，所以要求是要记牢的。

12.10　后期处理

操作步骤

（1）开启 Photoshop CS 软件。

（2）打开文件“Ctrl+O”上面保存的“图书馆建筑 .TGA”文件夹，如图 12.10.1 所示。

（3）在【图层】面板中双击【背景】层，在弹出【新图层】对话框中单击“确定”按钮，则【背景】层被转换为【图层 0】，如图 12.10.2 所示。

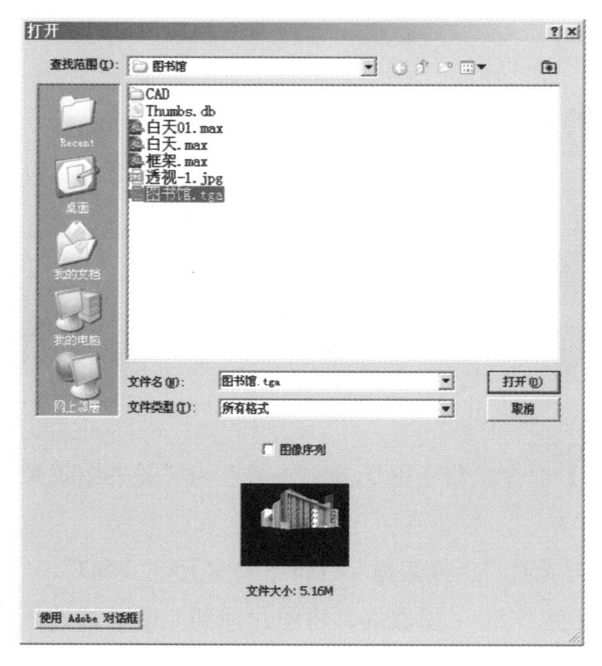

图 12. 10.1　打开的场景文件

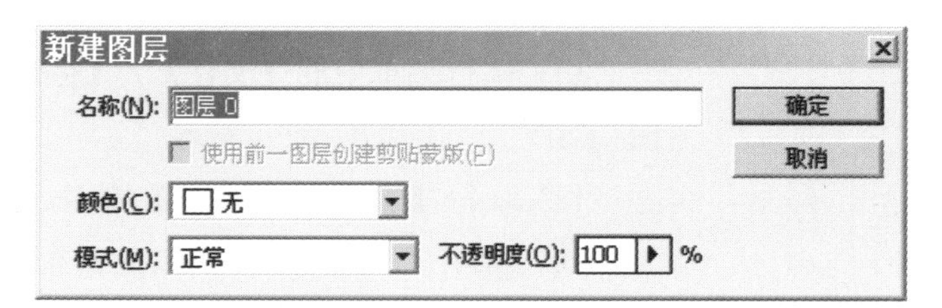

图 12.10.2　转换图层

(4) 在【通道】面板中，按键盘上的“Ctrl”键单击【ALPHA】通道，调出图像的选区，并执行快捷键“Ctrl+Shift+I”将选区反选。

(5) 回到【图层】面板，敲击键盘上的“Delete”将选区内的内容删除，再单击右键或执行快捷键“Ctrl+D”，则图像中的黑色区域被删除，如图 12.10.3 所示。

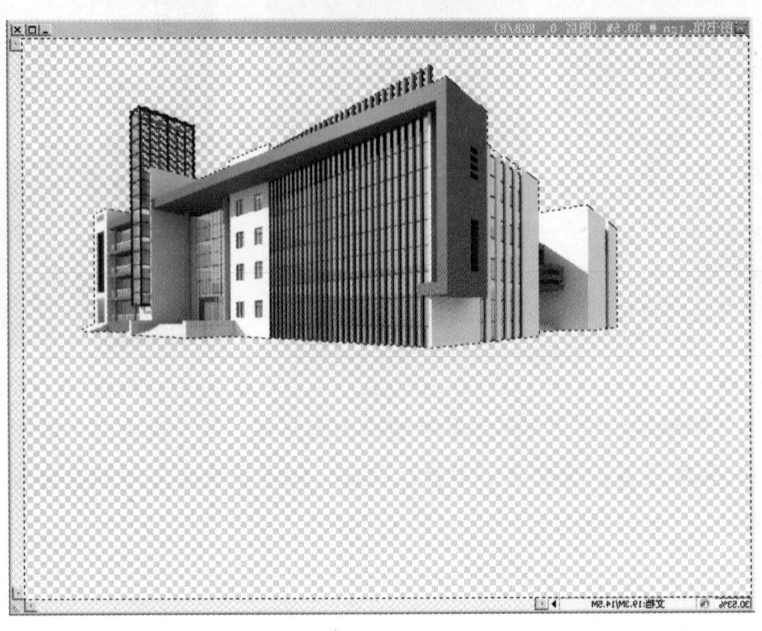

图 12.10.3　删除黑色选区内容

(6) 选择工具箱中的 【裁剪工具】，然后在图像中拖动，创建如图 12.10.4 所示的裁剪框，并敲击键盘上的“Enter”键确认本次操作，最后将图像中的建筑移动到如图所示的位置，形成良好的构图。

图 12.10.4　裁剪之后图像

(7) 执行菜单中的【文件】/【存储为】命令，将上面场景文件另存为“图书馆效果图 .PSD”。

(8) 执行【文件】/【打开】命令，打开光盘“后期素材”目录下的“天空 .PSD”。

(9) 按住“Ctrl”键将光标放置在“天空 .PSD”图像内，将图片拖到“图书馆效果图 .PSD”文件中，并执行快捷键“Ctrl+T”命令调整其大小。然后在图层面板中将其置于【图层 0】的下方，调整其位置如图 12.10.5 所示。

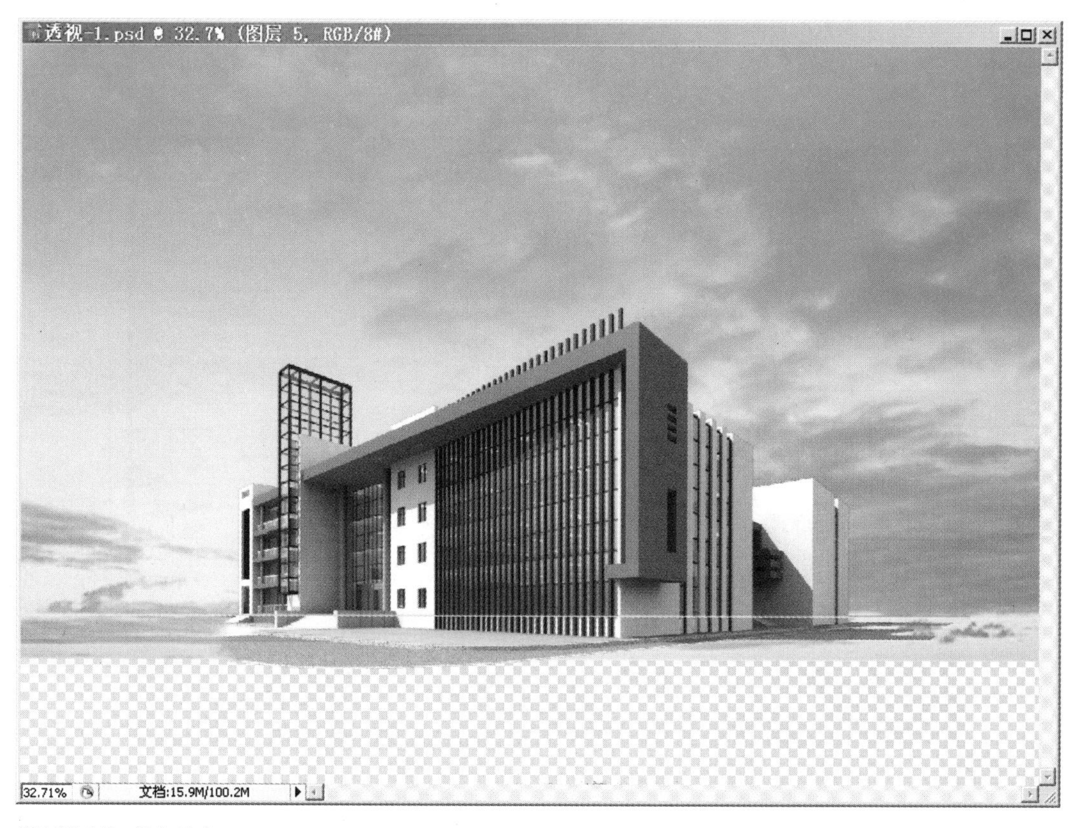

图 12.10.5　添加天空

（10）执行【文件】/【打开】命令，打开光盘“后期素材”目录下的“草地 .PSD”文件，将其拖到“图书馆效果图 .PSD”文件中，调整其位置如图 12.10.6 所示。

图 12.10.6　添加草地

（11）运用同样的方法将“小树丛”“枯树”“树木”“人物”“前景树”等景一并拖入“图书馆效果图 .PSD”文件中，利用自由变形命令调整成合适大小，并调整其位置如图 12.10.7 所示。

图 12.10.7　添加完所有配景

（12）执行菜单栏中【文件】/【存储】命令，将上面所做的保存起来。

（13）执行菜单栏中【图层】/【合并可见图层】命令，将可见图层合并到一起。

（14）执行菜单栏中【文件】/【存储为】命令，将处理好的文件保存为“图书馆效果图 .JPG”，如图 12.10.8 所示。

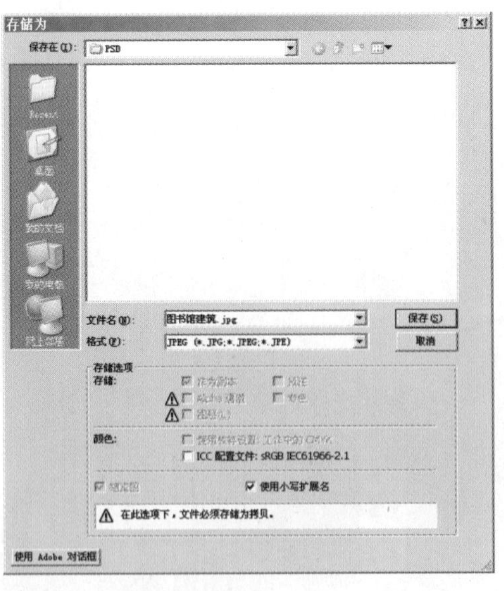

图 12.10.8　转换为 JPG

【小结】本节制作了一幅极现代感的图书馆建筑效果图，通过制作本效果图，将公共建筑效果图所涉及的各个方面都进行了较为详细的讲解，包括效果图模型制作、真实材质调配、摄像机与灯光设置、效果图渲染输出以及如何使用 Photoshop 软件对效果图进行后期处理的一些实用方法和制作技巧。

13 居住区规划场地鸟瞰图制作

训练目的：本例通过制作一个居住区规划场地的实际工程项目案例来学习鸟瞰效果图的制作方法。最终效果图如图 13.0.1 所示。

注：本工程项目案例由四川建筑职业技术学院的校企合作单位——天意天映数字科技传媒有限公司提供。

图 13.0.1 鸟瞰效果图

13.1 建筑场地常见尺度分析与建模方法选择

实例要点

☆ 建筑场地常见尺度分析

☆ 建模方法选择

13.1.1 建筑场地常见尺度分析

操作步骤

(1) 建筑业的标准单位均使用“毫米”为单位，3ds Max 的单位设置必须与 AutoCAD 中的单位保持一致。

(2) 单位设置的不正确将导致模型比例错误或渲染错误。如 10 厘米高的房屋使用 60 瓦的灯光来照亮，或 100 米高的房间使用 60 瓦的灯光来照亮其结果都是不正确的。为了在建模中不出现模型尺度出现错误，特别是在渲染时出现错误，必须做出正确的单位设置。必须使3ds Max在建模时的单位与AutoCAD保持一致，即均使用“毫米”为单位。

(3) 打开配套光盘中：第三篇→建筑效果图制作实例→ 13 居住区规划场地鸟瞰图制作→ CAD文件夹中的“华侨城 .dwg”文件。

(4) 在AutoCAD菜单栏中选择格式→单位，单位设置面板如图13.1.1所示。根据AutoCAD设计图纸绘制的单位配置，我们知道当前AutoCAD中使用的单位为毫米。

(5) 启动3ds Max2010，选择菜单栏→自定义→单位设置，将3ds Max2010的系统单位和显示单位均设置为毫米，单位设置面板如图13.1.2所示。

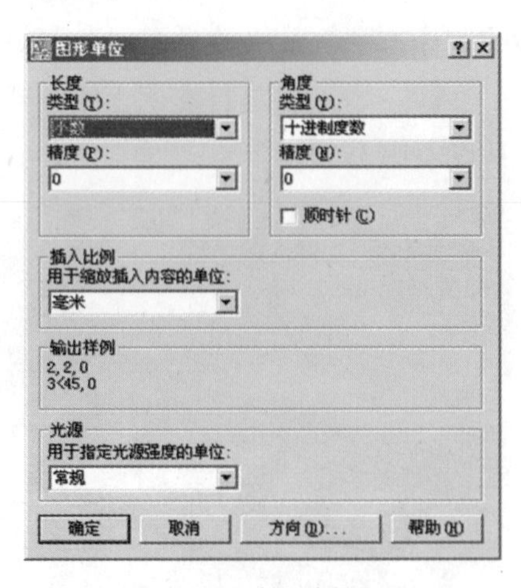

图 13.1.1 AutoCAD中的单位设置

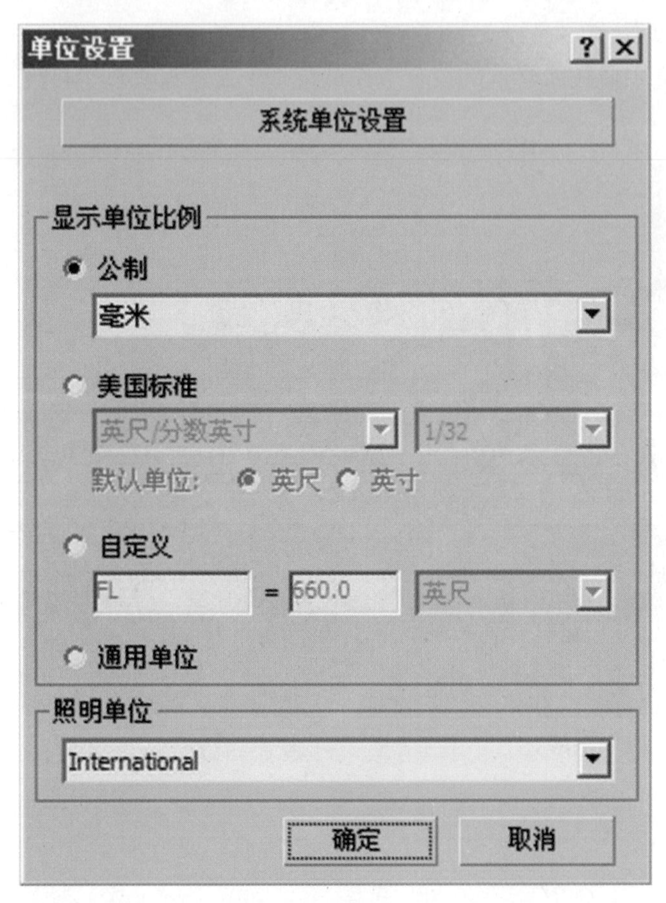

图 13.1.2 3ds Max2010中的单位设置

13.1.2 建模方法选择

(1) 在3ds Max中有两类常用的建模方式。一是使用可编辑网格的方式建模；二是使用可编辑多边形的方式建模。根据编者的使用经验，推荐使用可编辑多边形的方式来进行建模。

(2) 可编辑多边形建模，它具有从顶点、边、边界、多边形到元素等5个子层级的各类完善的修改工具。编辑模型简单快捷，因此可编辑多边形建模方式优点明显。

(3) 在本例的居住区规划场地鸟瞰效果图中，我们并不需要看到建筑物内部的情况。所以，采用单面建模的方式来创建模型。

【小结】本例通过常见尺度分析，主要了解了建筑行业的标准单位，以及在3ds Max中设置单位的方法；对建模方式和方法做出了选择。通过分析，对单位设置与建模工具的选择有一个大体的了解。

13.2 “绿地、道路、广场铺地”建制初具雏形

训练目的：本例通过制作一个居住区规划场地的实际工程项目案例来学习鸟瞰效果图的制作方法。最终效果图如图 13.2.1 所示。

实例要点

☆ AutoCAD 图纸整理与导入

☆ 场地、地形建模方法

13.2.1 AutoCAD 图纸整理与导入

操作步骤

(1) 在 AutoCAD 中打开配套光盘中：第三篇→建筑效果图制作实例→ 13 居住区规划场地鸟瞰图制作→ CAD 文件夹中的“华侨城 .dwg”文件。打开的 CAD 文件如图 13.2.1 所示。

图 13.2.1 在 AutoCAD 中打开“华侨城 .dwg”文件

(2) 在 CAD 文件打开后，首先另存文件为“华侨城 – 地形 .dwg”，在此文件中把与地形地貌无关的所有图形删除，只保留小区道路、景观、建筑范围、绿地等与地形建模所需要的相关图形。

(3) 文件处理完毕后，打开 3ds Max2010。在文件菜单中选择“导入”，选择你保存好的“华侨城 – 地形 .dwg”文件并打开。

(4) 在 3ds Max 的工具栏中选择图层管理器，弹出如图 13.2.2 所示的图层管理器。

(5) 在图层管理器中创建新图层，命名为“地形”，如图 13.2.3 所示。

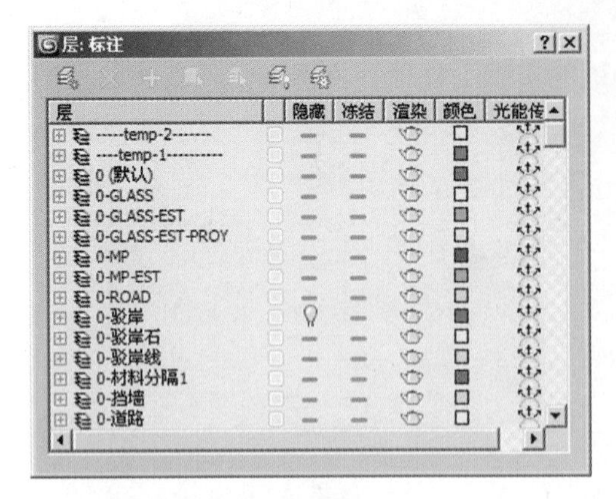

图 13.2.2　3ds Max 的图层管理器

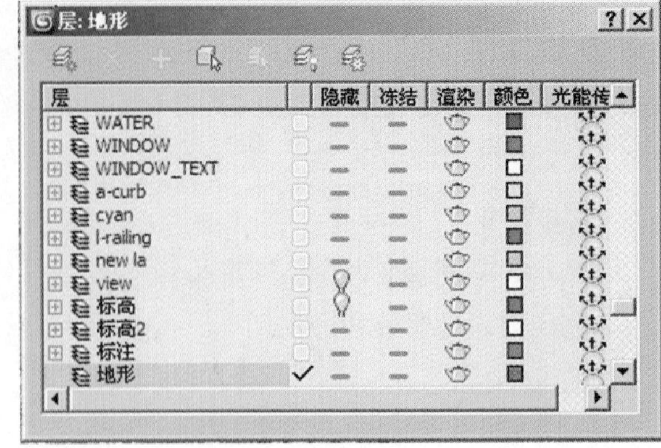

图 13.2.3　在图层管理器中创建新图层

(6) 选择除新建的“地形”图层以外的所有图层，点击图层后的“冻结栏”，把 CAD 图形全部冻结，如图 13.2.4 所示。

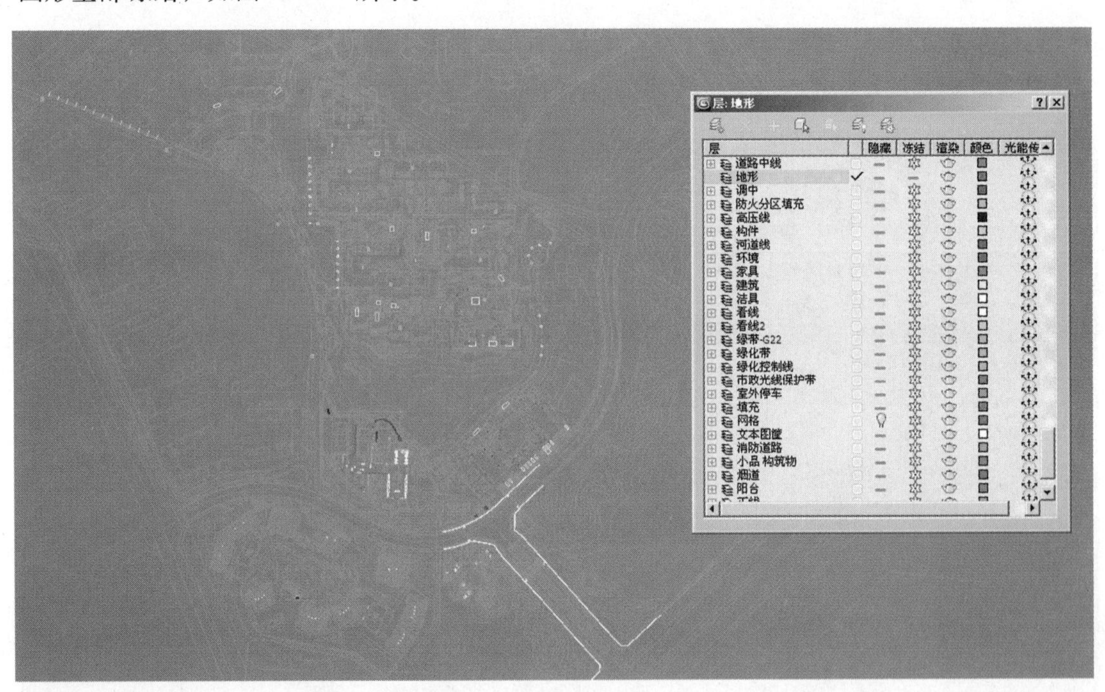

图 13.2.4　冻结 CAD 图层

13.2.2　场地、地形建模方法

操作步骤

(1) 在 3ds Max 工具面板中使用鼠标左键单击捕捉开关，并按住鼠标左键不放，在弹出的捕捉类型中选择 2.5 维捕捉方式。

(2) 使用鼠标右键单击 2.5 维捕捉按钮，在弹出的捕捉书签中只选择顶点一项。捕捉设置如图 13.2.5 所示。

(3) 在“选项”栏中，勾选“捕捉到冻结对象”。设置完毕后点击面板左上角的关闭按钮关闭设置面板，如图 13.2.6 所示。

图 13.2.5 捕捉面板与设置

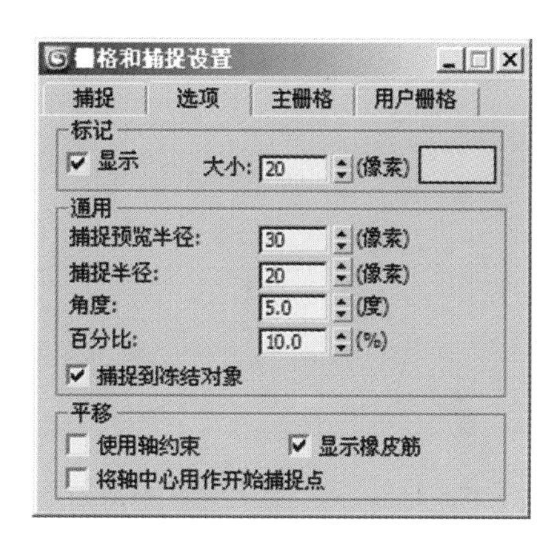

图 13.2.6 捕捉到冻结对象

（4）在命令面板中选择创建图形 > 线。沿 CAD 图形分主干道、小路、水池和广场分别描绘道路形状（注：描绘时不必拘泥于细节，先大体描绘再进行细部修改）。绘制好的道路、水池、广场等如图 13.2.7 所示。

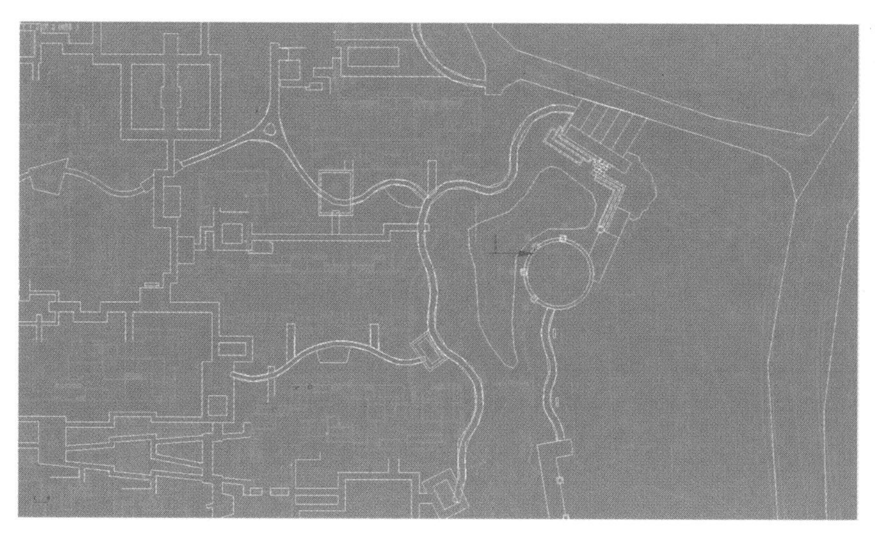

图 13.2.7 描绘地形

（5）此时，小区各道路、水池和广场地面均描绘完毕。但描绘的线条很粗略，需要进入下一步的深入修改。点击命令面板上的修改栏，然后选择任意一条描绘好的道路，在编辑修改堆栈中选择顶点，选择绘制好的道路的所有顶点，点击鼠标右键，在弹出的菜单中选择“Bezier”，如图 13.2.8 和图 13.2.9 所示。

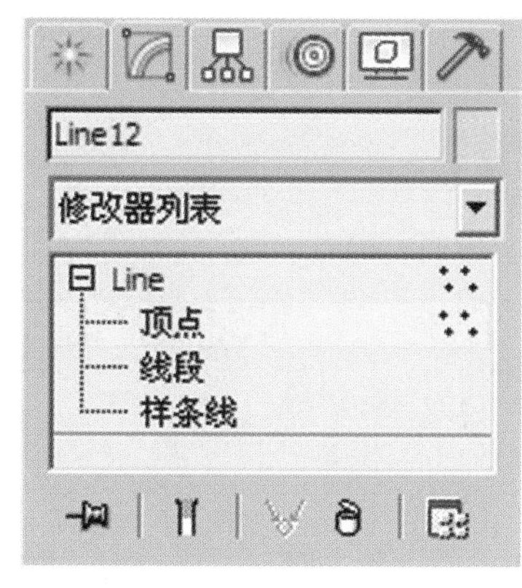

图 13.2.8 选择道路的顶点层级

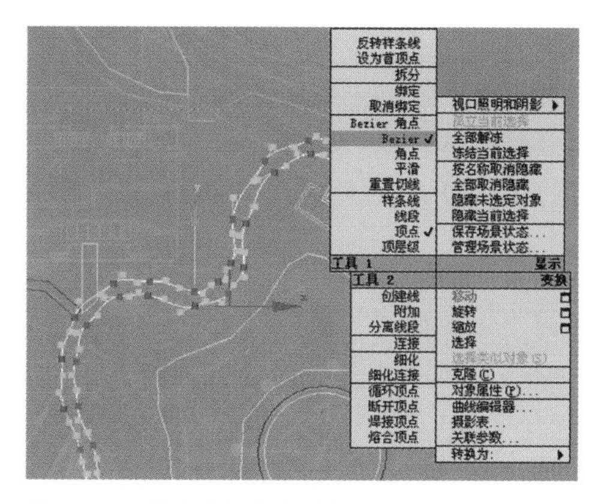

图 13.2.9 修改顶点的类型为“Bezier”

（6）使用移动工具，依次编辑每一个顶点的位置和曲率，编辑好的样条曲线应与CAD图位置保持一致，如图13.2.10和图13.2.11所示。

图13.2.10 编辑顶点、调整位置

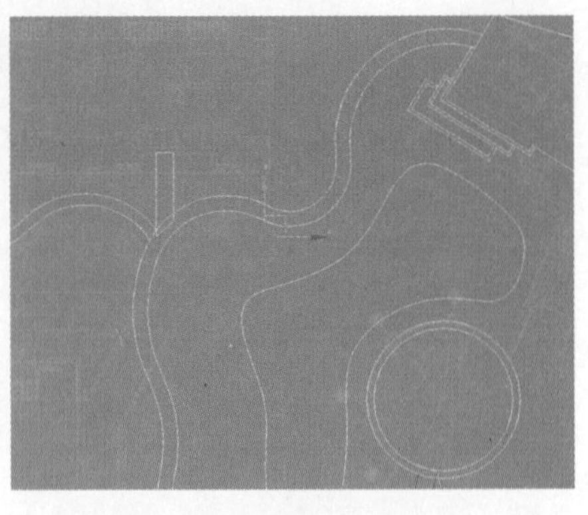

图13.2.11 编辑好样条线的状态

（7）选择编辑好的路面样条线，在鼠标右键菜单中选择：转换为 > 转换为可编辑多边形。转换为模型的路面，如图13.2.12所示。

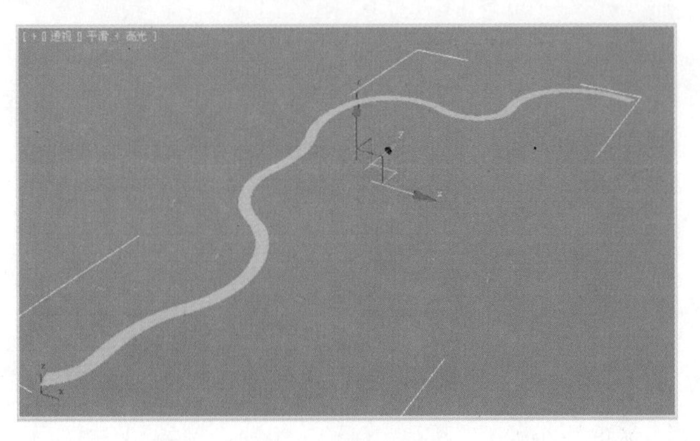

图13.2.12 转换为可编辑多边形的路面状态

（8）在编辑修改堆栈中选择“多边形”层级（也可使用快捷键“4”），选择路面，选择好的路面呈红色现实。选择修改面板中：编辑多边形→挤出 挤出 后面的按钮，在弹出的“挤出多边形”窗口中设置挤出高度为50mm。操作步骤如图13.2.13～图13.2.15

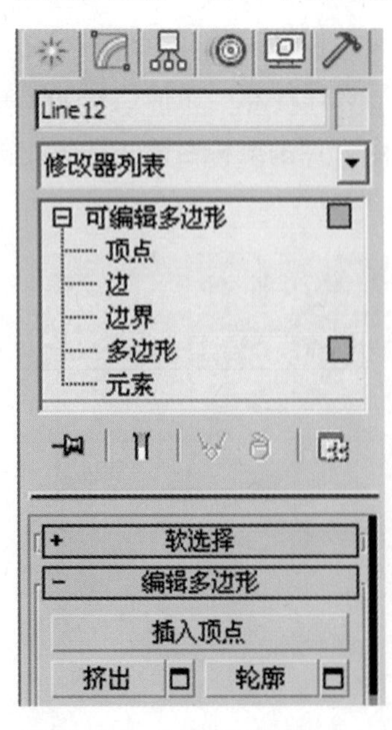

图13.2.13 选择多边形层级

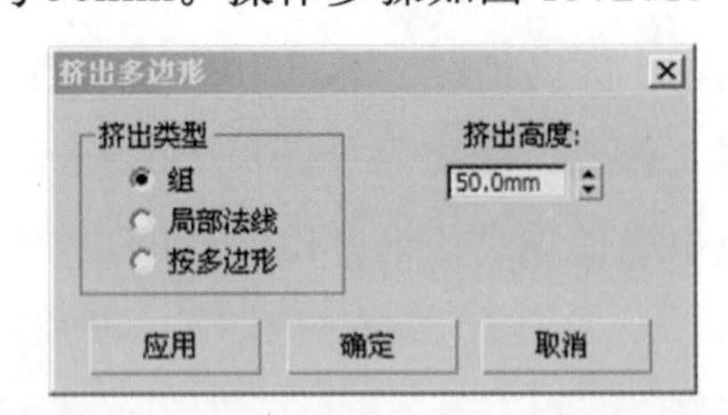

图13.2.14 设置挤出高度

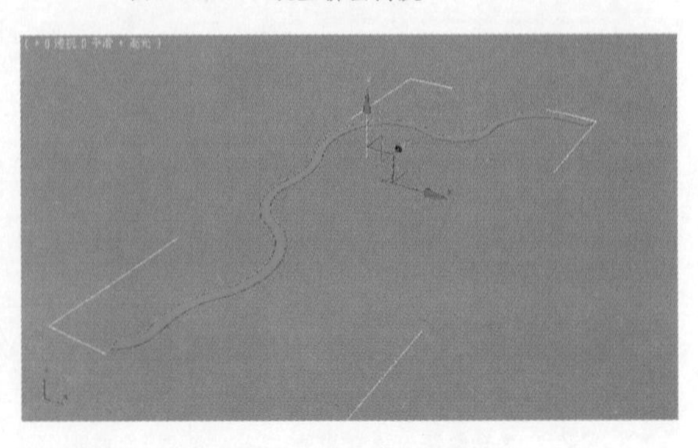

图13.2.15 选择路面多边形层级的状态

所示。

（9）编辑完毕的路面如图 13.2.16 所示，其余所有的道路均按照此方法制作，制作步骤不再重复演示（注：形式不同的道路具体制作方法将在“13.3 场地细部处理”节中叙述）。

图 13.2.16　编辑完成的路面

（10）接下来，继续制作绿地的地形，按照描绘道路的方式把绿地地形描绘出来，描绘完毕的地形如图 13.2.17 所示。

（11）选择描绘好的所有绿地样条线，使用快捷键“Alt+Q”把样条线孤立出来，如图 13.2.18 所示。

图 13.2.17　描绘完成的绿地样条线

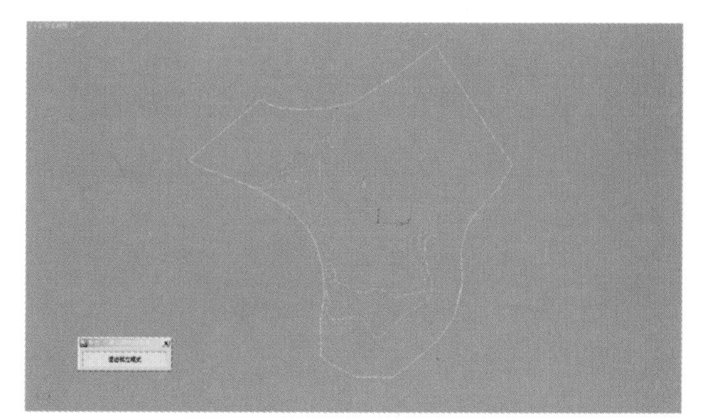

图 13.2.18　孤立显示的绿地样条线

（12）在修改器中，使用“附加”命令，依次点击样条线，把所有样条线附加为一个物体。然后再使用道路的顶点编辑方式，把所有顶点编辑好并与 CAD 图纸对位。可参考“图 13.2.19　修改顶点的类型”的制作方法。编辑好的地形样条线如图 13.2.19 所示。

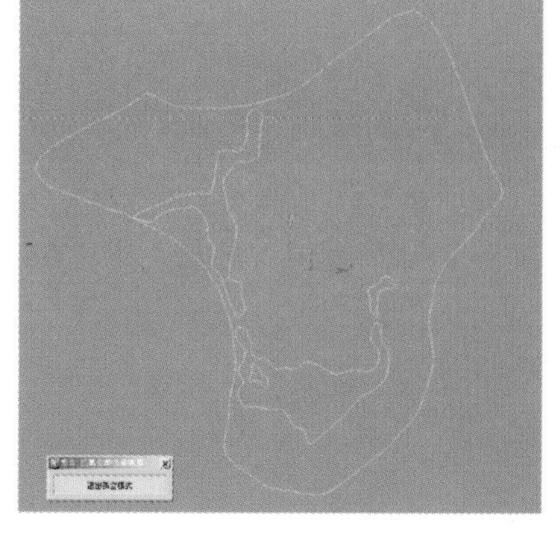

图 13.2.19　编辑完成的绿地样条线

（13）保持绿地样条线的选择状态，在鼠标右键菜单中选择→转换为→转换为可编辑多边形。绿地多边形转换后变为了可编辑多边形状态，如图 13.2.20 所示。

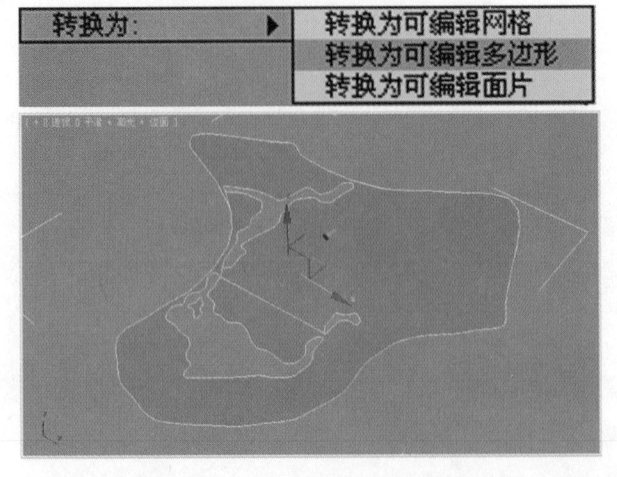

图 13.2.20　转换绿地样条线为可编辑多边形

（14）在修改面板中选择绿地多边形的“边”层级（也可以使用快捷键“2”）。选择所有湖水的边界线，使用移动工具，按住键盘上的“Shift”键配合鼠标左键向湖面下方拉出一段距离，如图 13.2.21 和图 13.2.22 所示。

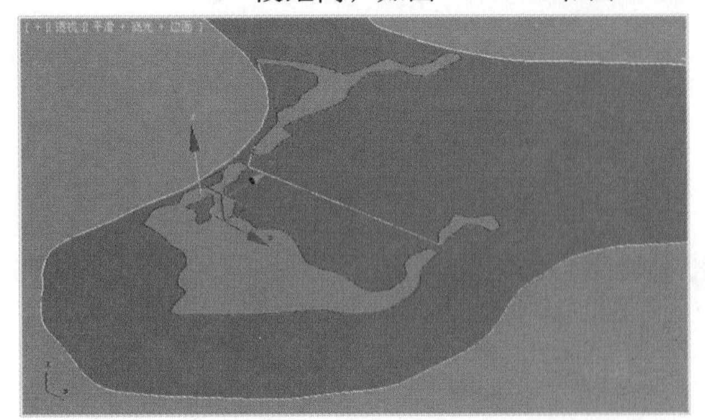

图 13.2.21　选择绿地多边形的“边”层级

图 13.2.22　“拖出”湖面

（15）保持边界线被选择的状态，使用“挤出” 挤出 ▢ 命令的设置面板，设置如图 13.2.23 所示。

图 13.2.23　“挤出”湖面

（16）注意编辑出湖面边缘逐渐下降的状态，调整好每一次挤出的状态。编辑好的最后状态如图 13.2.24 所示。

图 13.2.24　绿地与湖的范围编辑好的状态

（17）接下来我们将制作水面，选择创建→图形→截面，在顶视图中画出任意大小的截面。如图 13.2.25 所示。

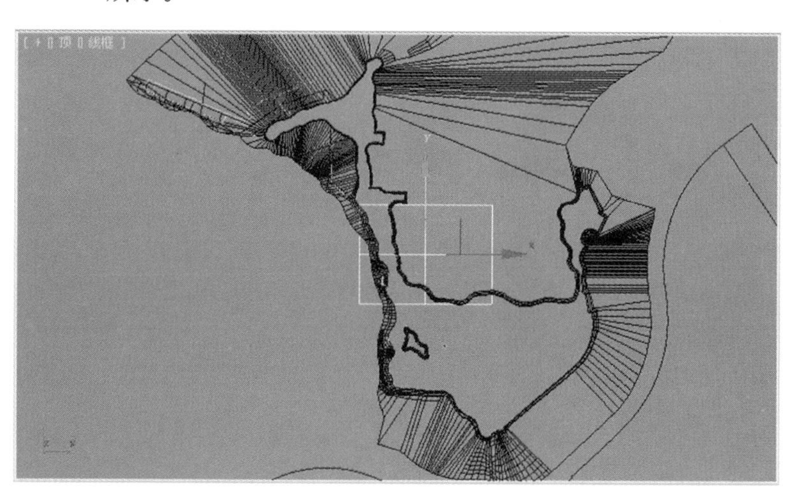

图 13.2.25　创建截面

（18）在透视图中调整好湖面的位置，如图 13.2.26 中所示的黄线位置。在修改面板中选择“创建图形”，在弹出的对话框中把创建好的截面图形取名为“湖面”。

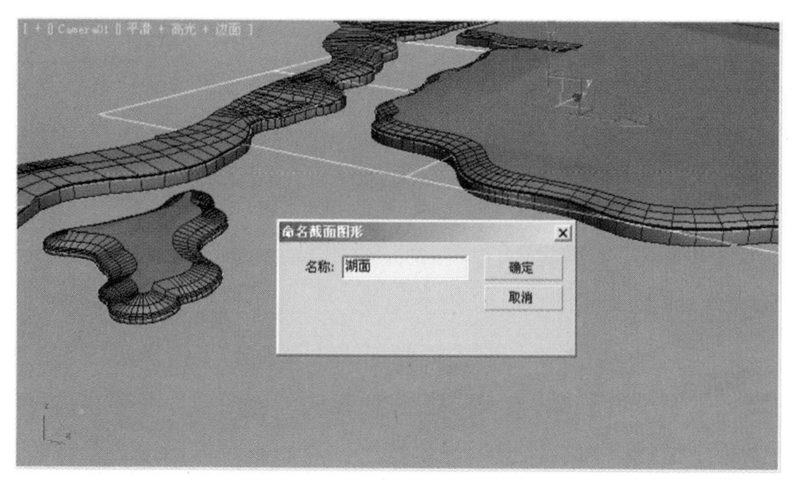

图 13.2.26　创建湖面的截面图形

（19）把创建好的“湖面”样条线转换为可编辑多边形，湖面的模型就建立好了。如图 13.2.27 所示。

图 13.2.27　湖面建模完成状态

（20）使用上述建模方式，耐性的逐步完成场地各部分建模，场地建模完成状态如图 13.2.28 所示。

图 13.2.28　场地模型创建完成的状态

【小结】本例通过建立场地模型，主要学习了【可编辑多边形】的创建与修改，在制作的过程中主要要掌握【边】层级的编辑方法，在制作地形时，必须要有足够的耐心 + 细心才能完成此场地模型的建模。通过场地模型的创建，对可编辑多边形建模的方法能够基本掌握。

13.3 场地细部处理

实例

训练目的： 本例通过对场地模型的深入加工，学习如何为场景添加细节，增加场景的真实性。学习如何使用多边形建模方法深入处理模型的细节。

实例要点

☆ 道路细部处理

☆ 地形细部处理

13.3.1 道路细部处理

操作步骤

（1）在 Max 中打开配套光盘中：第三篇→建筑效果图制作实例→ 13 居住区规划场地鸟瞰图制作→ max 文件夹中的“小区道路 .max”文件。打开的 max 文件如图 13.3.1 所示。

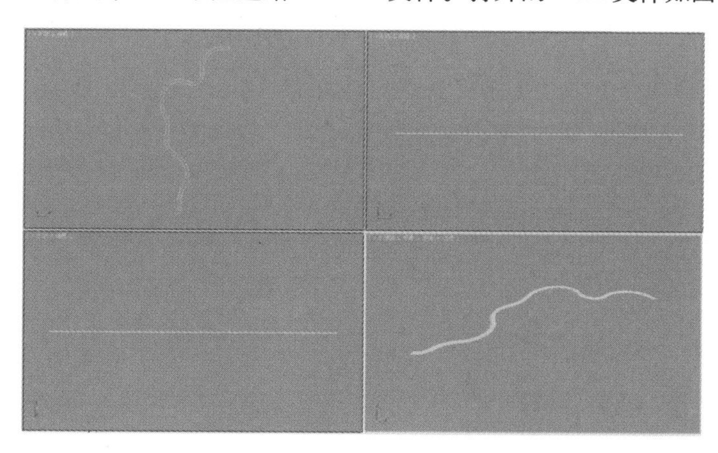

图 13.3.1 打开“小区道路 .max”文件

（2）放大透视图，观察小区道路的路面，我们发现，通过挤出的模型在路面上没有分段，如果地面有起伏而路面缺少分段，将不能表现路面的实际变化。同时道路没有路沿，镜头比较近的时候会显得不真实。如图 13.3.2 所示。

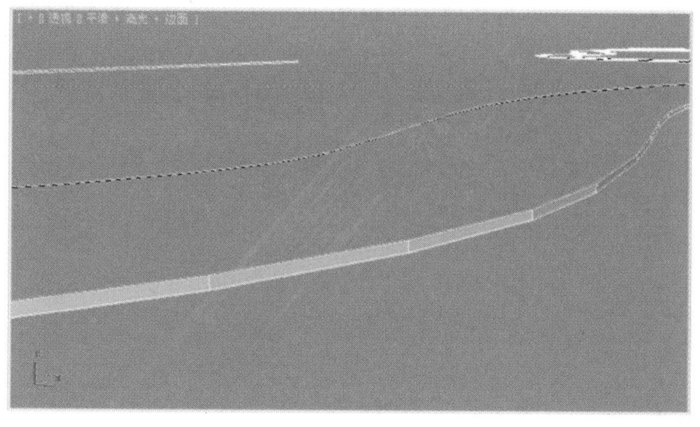

图 13.3.2 观察“小区道路 .max”文件的细部

（3）为小区道路添加细节。首先在修改面板中选择“边”层级，使用“编辑集合体”菜单中的“切割”工具，为道路添加分段。注意切割时要分别连接到道路两端的顶点，如图 13.3.3 和图 13.3.4 所示。

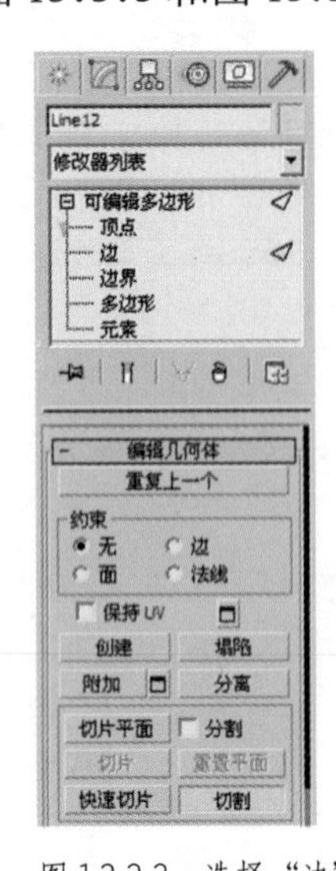

图 13.3.3　选择“边”层级和“切割”工具

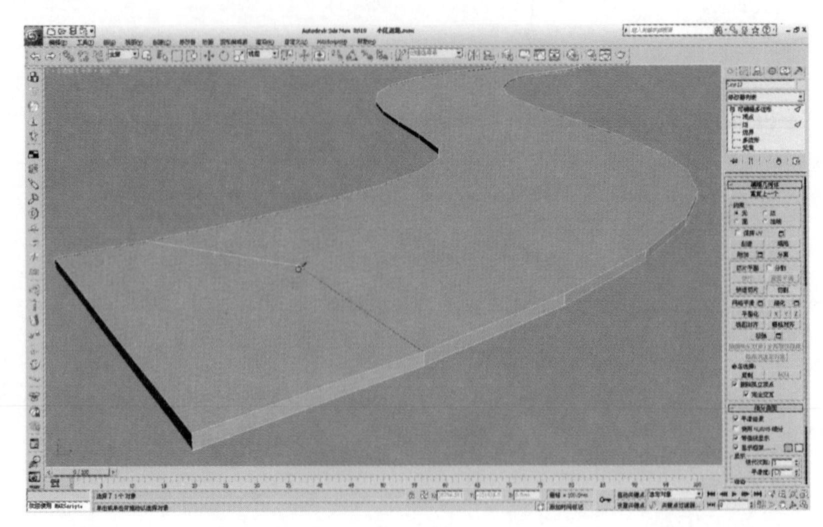

图 13.3.4　使用“切割”工具在模型上添加分段

（4）如果另一段的顶点不好连接，可以在鼠标的右键菜单中选择“对象属性”，在弹出的对话框中勾选“透明”，这时模型变为透明，可以看到另一端的顶点，以此方便模型的编辑。如图 13.3.5 和图 13.3.6 所示。

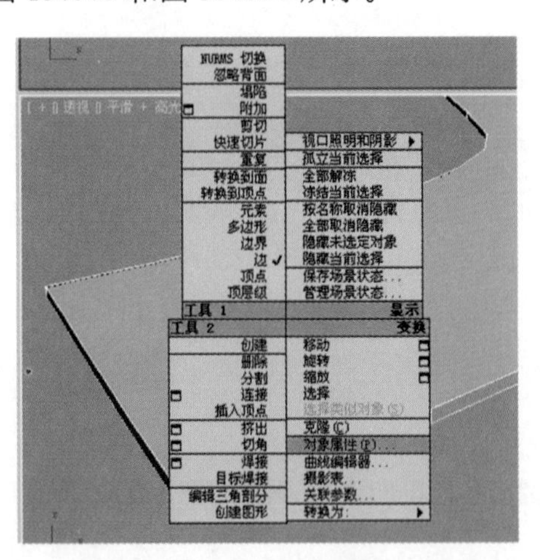

图 13.3.5　鼠标右键菜单“对象属性”

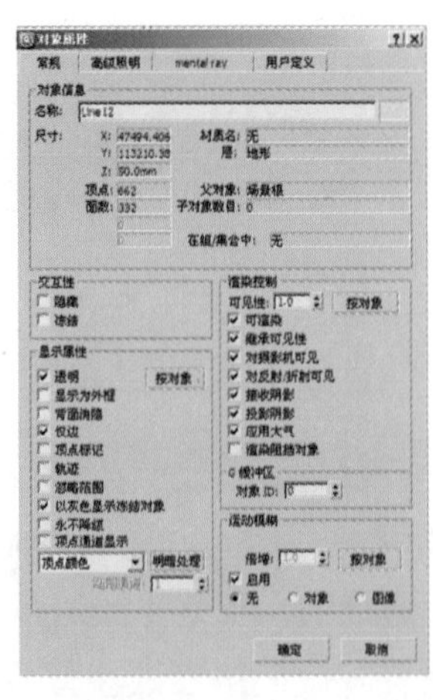

图 13.3.6　在“对象属性”面板中勾选“透明”

（5）通过设置，小区道路变为透明，方便了模型的编辑，如图 13.3.7 所示。

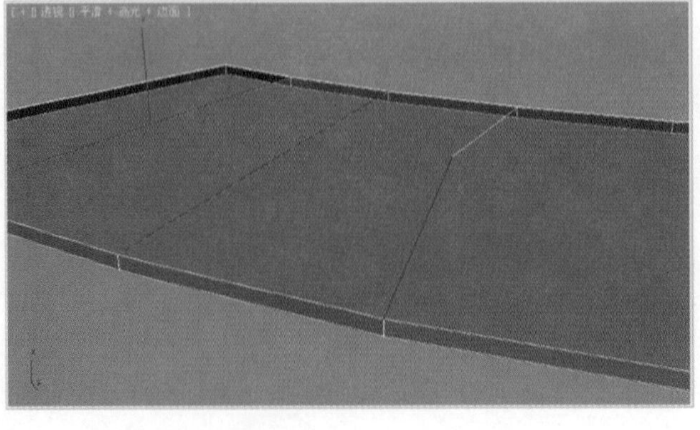

图 13.3.7　小区道路的透明状态

（6）耐心、细致的依次切割，直到所有分段都已添加，如图 13.3.8 所示。

（7）如遇到图 13.3.9 这种状态，可跳过部分顶点进行切割。

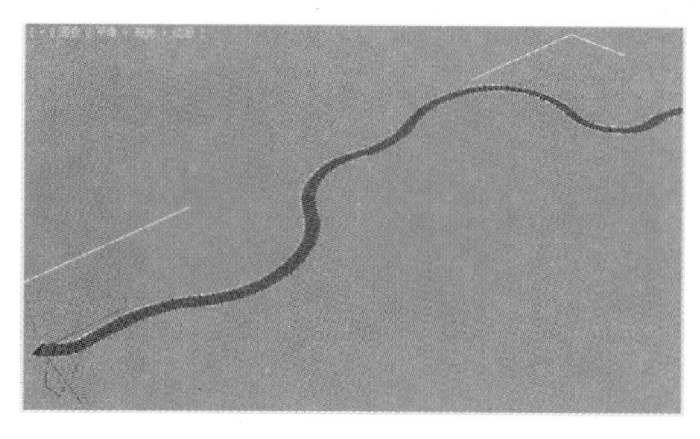

图 13.3.8　小区道路添加分段

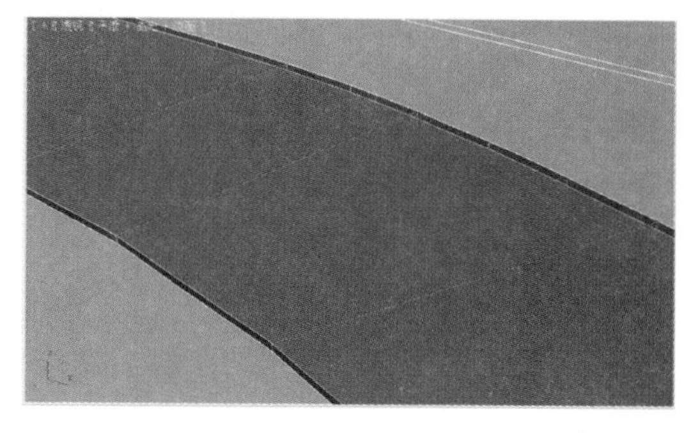

图 13.3.9　跳过部分顶点添加分段

（8）当小区道路分段加完成后，就可以依照地形的起伏对地面进行调整。在编辑修改堆栈中选择“顶点”层级，展开软选择面板，勾选“使用软选择”项，适当的提高“衰减值”，使之能够影响一定的范围，然后使用“选择并移动”工具，对需要调整起伏的顶点进行移动，如图 13.3.10 和图 13.3.11 所示。

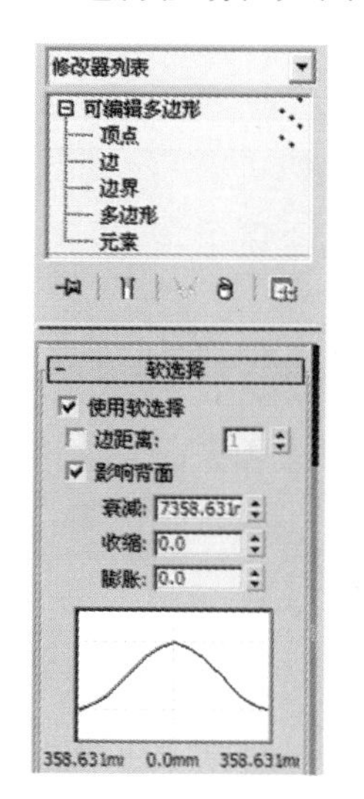

图 13.3.10　选择“软选择”

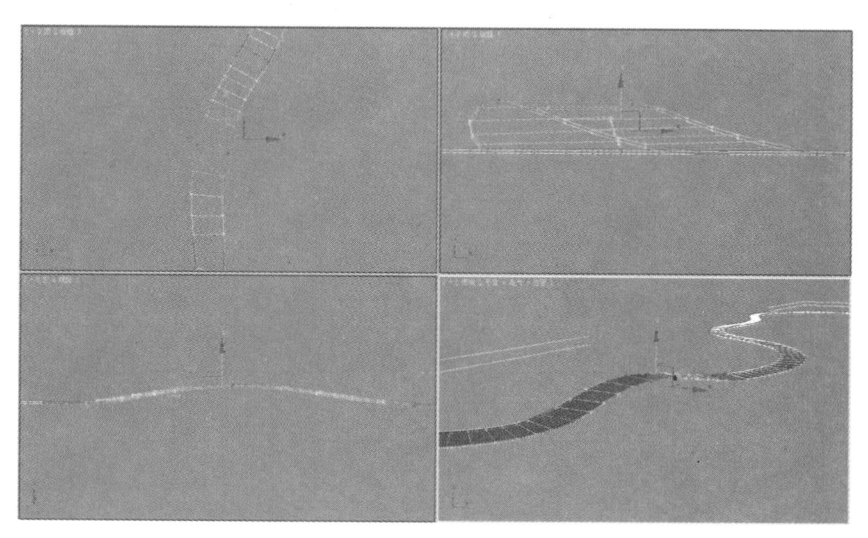

图 13.3.11　调整路面起伏

（9）下面为道路添加路沿。首先取消“软选择”，在编辑修改堆栈中选择“多边形”层级，选择小区道路的上表面，如图 13.3.12 所示。

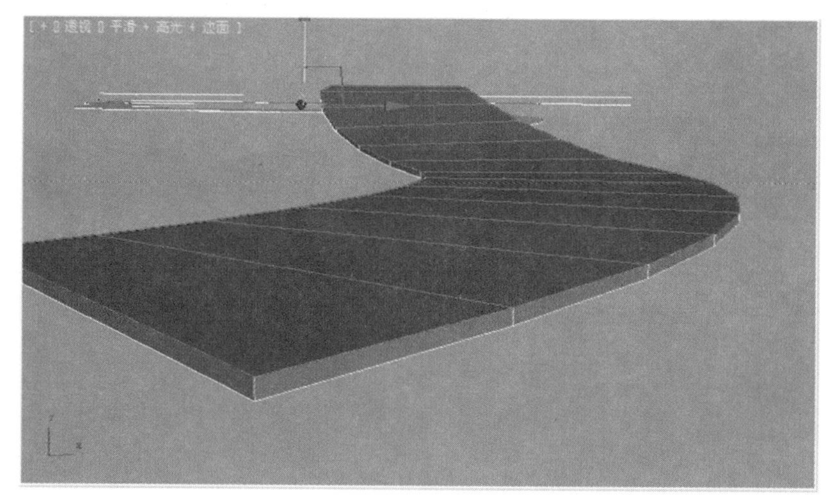

图 13.3.12　选择路面

使用编辑多边形中的“插入”命令，为道路添加路沿，如图 13.3.13 所示。

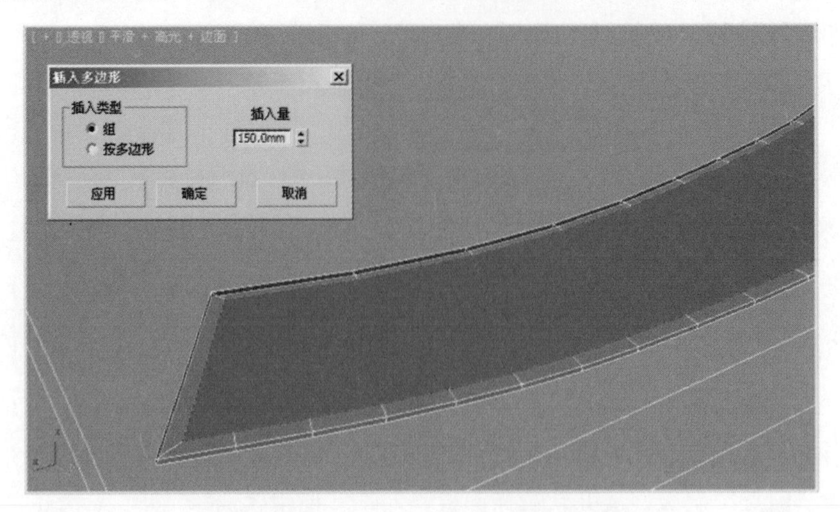

图 13.3.13 使用“插入命令”

（10）为方便材质编辑，需要为路沿和路面设置不同的材质 ID 号。找到修改菜单中的“多边形－材质 ID”，在“设置 ID”中输入“2”并按回车键；使用快捷键“Ctrl+I”反选，设置材质 ID 号为“1”，如图 13.3.14 ~图 13.3.16 所示。

图 13.3.14 反选模型

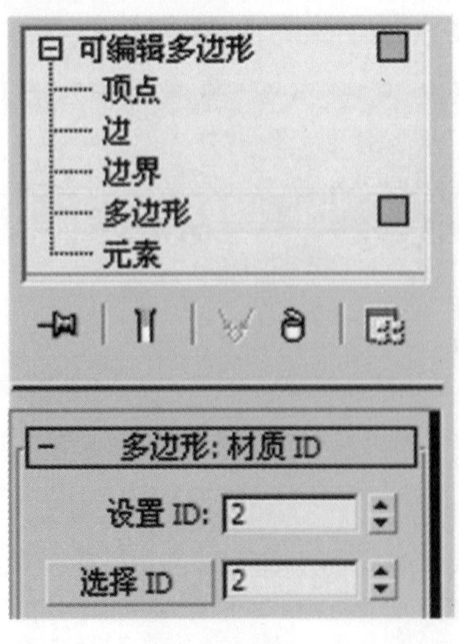

图 13.3.15 设置材质 ID

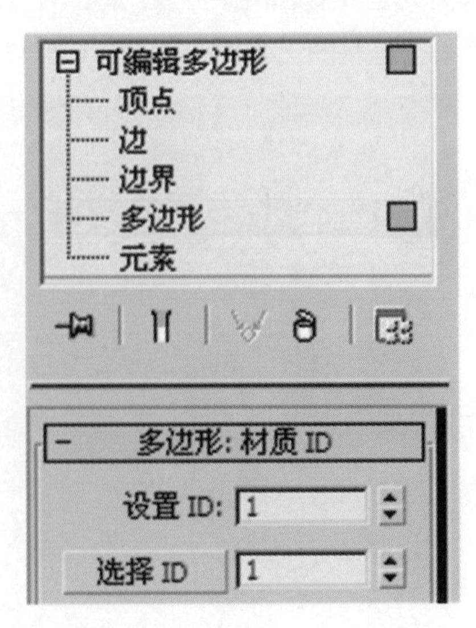

图 13.3.16 设置材质 ID

（11）选择路沿的上表面，对路沿进行“挤出”，点击确定后，再对路沿进行“倒角”修改，如图 13.3.17 和图 13.3.18 所示。

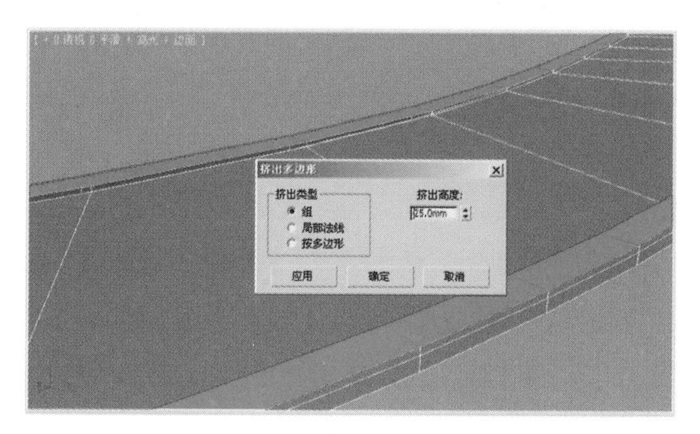

图 13.3.17 “挤出”路沿高度

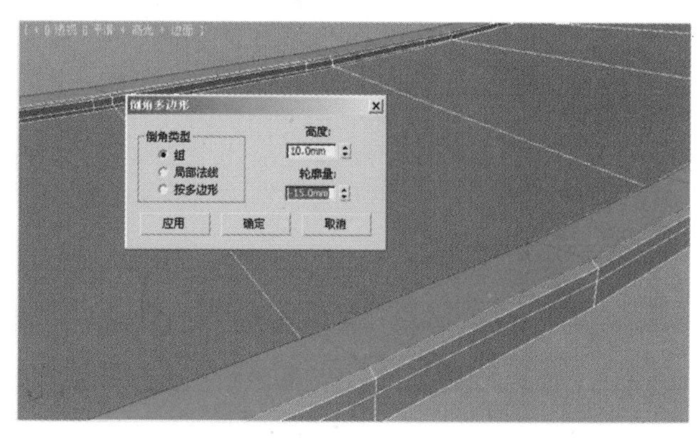

图 13.3.18 对路沿进行“倒角”

13.3.2 地形细部处理

操作步骤

（1）在 max 中打开配套光盘中：第三篇→建筑效果图制作实例→ 13 居住区规划场地鸟瞰图制作→ max 文件夹中的“地形 .max”文件。打开的 max 文件如图 13.3.19 所示。

图 13.3.19 打开“地形 .max”文件

（2）仔细检查地形地貌，对照客户给出的等高线及其他参考资料，找到地形发生变化的部分，使用“编辑多边形”中的“软选择”工具调整地形细部的高度。对于分段数不够的地方，使用“切割”工具对其进行切割，以增加分段（或根据具体情况也可以不使用软选择，直接调整顶点位置），如图 13.3.20 和图 13.3.21 所示。

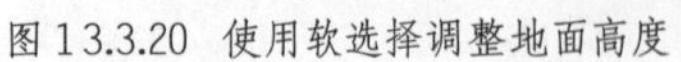

图 13.3.20 使用软选择调整地面高度

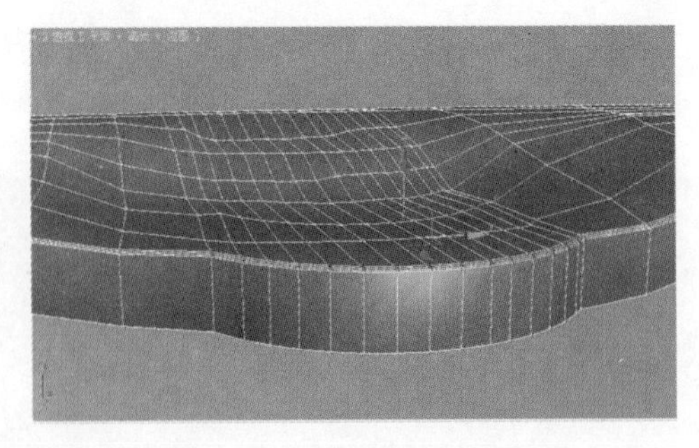

图 13.3.21 不使用软选择调整地面高度

(3) 仔细检查所有的地形与道路的位置关系。调整完成的地形与道路等模型应该在正确的位置上，即道路不会穿插到地面下方，如图 13.3.22 所示。

图 13.3.22 检查并调整地面与道路的位置关系

(4) 至此，地形的细部处理已全部完成。完成后的地形与道路关系细部如图 13.3.23 所示。也可以参照配套文件“地形 .max”进行查看。

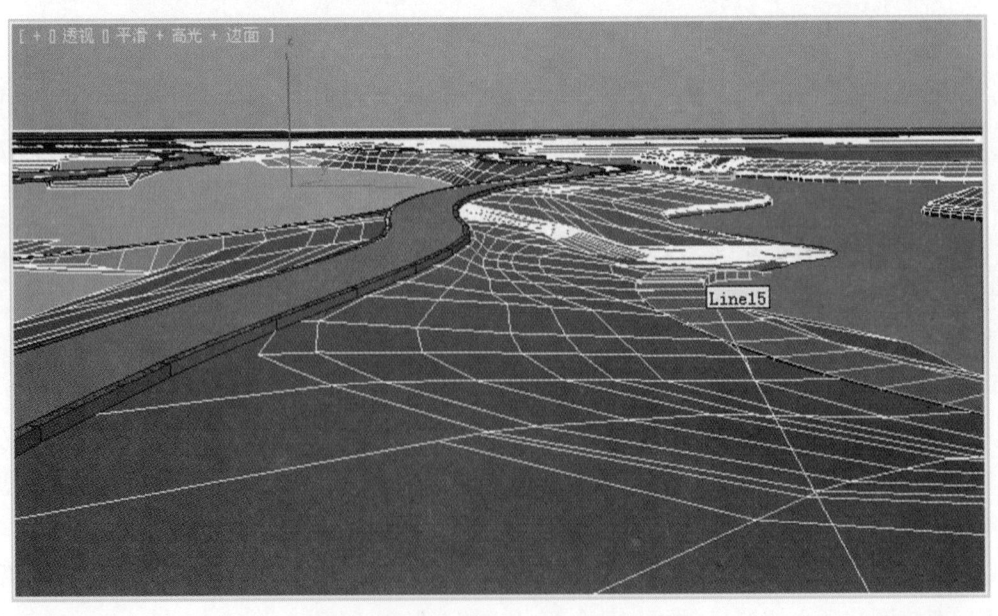

图 13.3.23 细部处理完成后的道路与地面的位置关系

13.4 外部模型合并、整理

实例

训练目的：本例通过对外部模型的合并、整理，学习如何为场景添加细节，增加场景的真实性。学习如何使用合并命令，学习如何管理外部模型。

实例要点

☆ 合并小区景观小品

☆ 合并建筑模型

13.4.1 合并小区景观小品

操作步骤

（1）在 max 中打开配套光盘中：第三篇→建筑效果图制作实例→ 13 居住区规划场地鸟瞰图制作→ max 文件夹中的“小区 .max”文件。

（2）点击工具栏上的“层管理器按钮”，在弹出的层管理器窗口中点击“新建图层”按钮，在新建立的图层后输入图层名称“小品”，如图 13.4.1 所示。这样，所有合并的小品模型都在当前的“小品图层中”，方便于管理，今后可以在图层管理器中确定哪些内容显示或渲染。

（3）接下来要合并已分别建好模型的文件。选择文件→导入→合并，如图 13.4.2 所示。

（4）在合并文件对话框中找到配套光盘中的“入口雕塑 .max”文件，如图 13.4.3 所示。

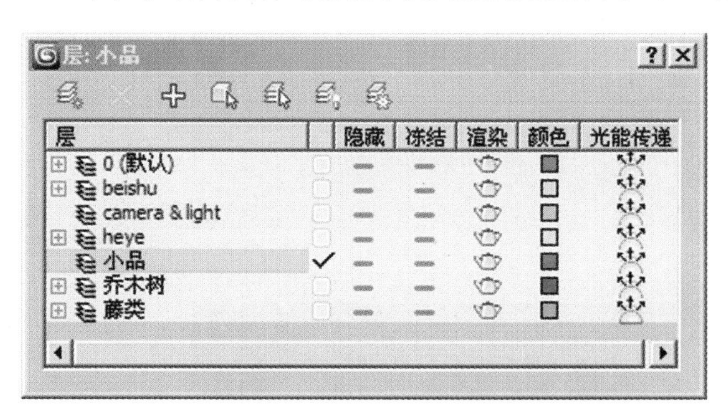

图 13.4.1 新建图层

图 13.4.2 导入文件

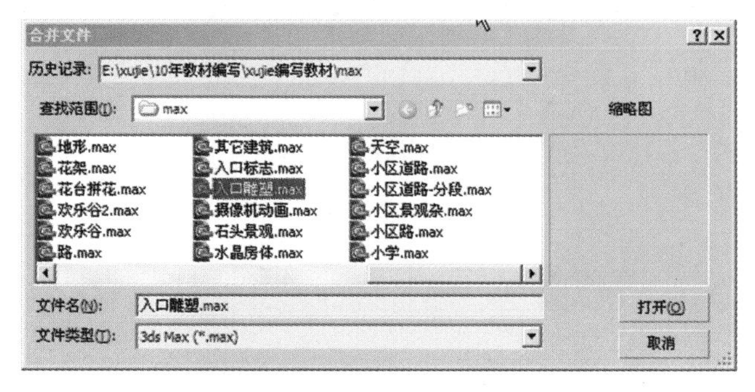

图 13.4.3 选择“入口雕塑 .max”文件

（5）导入后，保持导入的模型被选择状态，可使用缩放工具调整好雕塑的大小比例，并放置模型到适当的位置。如出现导入后看不见模型，可使用快捷键“Z”。调整好的雕塑模型如图 13.4.4 所示。

图 13.4.4 调整雕塑模型的大小与位置

（6）按照此方法，继续为场景添加富有表现力的模型。将配套光盘中的“石头景观”，“花台拼花”，“花架”等小区内需要的模型依次合并到当前场景中。合并好的场景细节如图 13.4.5 ～图 13.4.7 所示。也可以参考配套光盘中的“场景 - 合并 .max”文件。

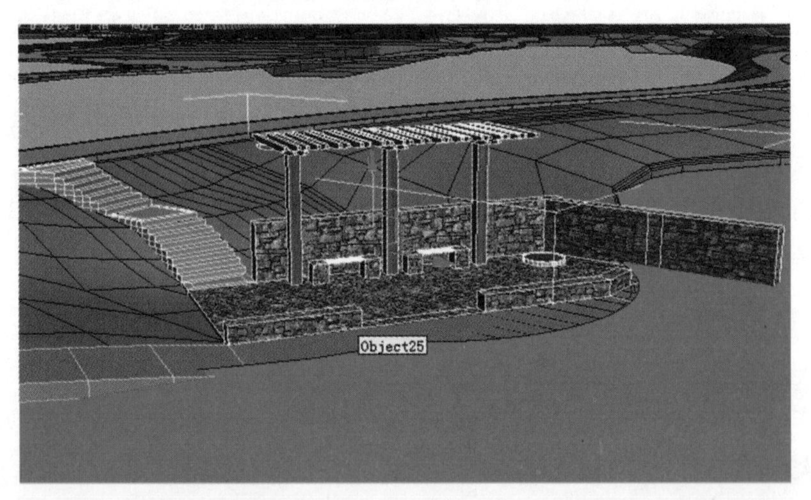

图 13.4.5 合并好的场景细节 1

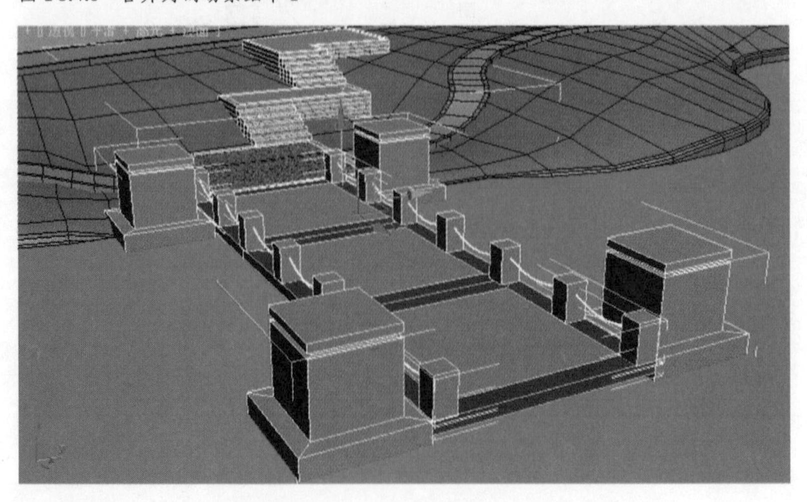

图 13.4.6 合并好的场景细节 2

图 13.4.7 合并好的场景细节 3

【技巧】一般情况下，不宜在一个场景中建立所有的模型。那样会占用大量内存，降低工作效率。一般分别建立场景所需的各种小部件，建模的同时完成材质的编辑，然后分别把各部分模型合并到需要的场景中。

13.4.2 合并建筑模型

（1）由于场景比文件比较大，使用另一种方式把建筑模型参考到当前场景当中。首先在文件菜单中选择：首选项→外部参照场景。如图 13.4.8 所示。

（2）在弹出的“外部参照场景”对话框中点击“添加”，在弹出的“打开文件”窗口中选择配套光盘中的“Group01.max”文件。导入外部参照场景后的状态如图 13.4.9 所示。

图 13.4.8 外部参照场景

图 13.4.9 导入外部参照场景的状态

【技巧】导入的外部参照场景是不能修改的。它只能够在场景中被显示出来，并且能够被渲染。但如果要修改它，必须单独对它进行修改。

（3）依照上述方法，依次把建筑模型作为外部参照场景导入到当前场景中。导入完毕后的场景如图 13.4.10 所示。

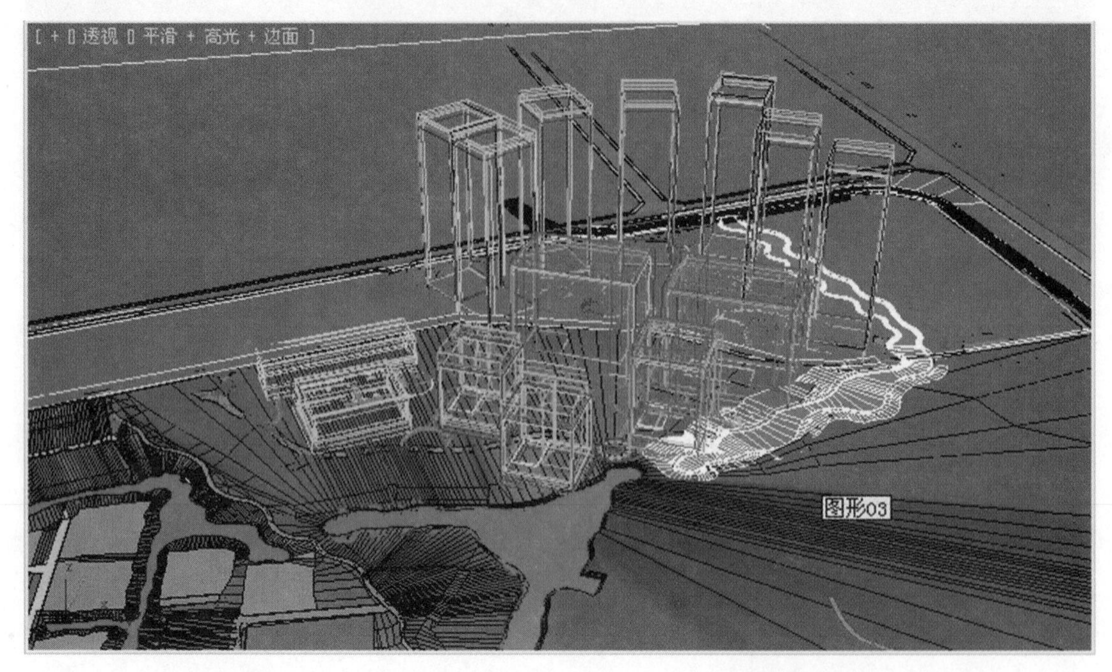

图 13.4.10　依次导入外部参照场景

图 13.4.11　在“显示选项”中勾选“外框”

【技巧】在电脑配置不理想的状况下，如果导入的外部参照场景面数太多，会导致操作缓慢。要解决此问题需要在“外部参照场景”对话框中的“显示选项”中勾选“外框”，如图 13.4.11 所示。

【小结】本例通过外部模型的合并与整理，主要学习了【导入】和【外部参照场景】的使用方法；学习了通过图层管理器来规范场景的模型。通过这个实例的操作，基本掌握了对外部模型的导入和管理，掌握了外部参照场景的使用方法。

13.5　灯光与材质调整

实例

训练目的：本例通过对灯光与材质的调整操作，学习为场景添加灯光，并为模型赋予材质。

实例要点

☆ 为场景添加灯光

☆ 为模型赋予材质

13.5.1　为场景添加灯光

操作步骤

(1) 在 max 中打开配套光盘中：第三篇→建筑效果图制作实例→ 13 居住区规划场地

鸟瞰图制作→“c−4−1 无建筑 .max”文件。

（2）在命令面板中选择：建立→灯光→ V−Ray → V−Raysun，建立如图 13.5.1 所示的灯光，灯光位置可参考图示中的坐标。

（3）在修改面板中设置 V−Raysun 灯光参数，设置如图 13.5.2 所示。

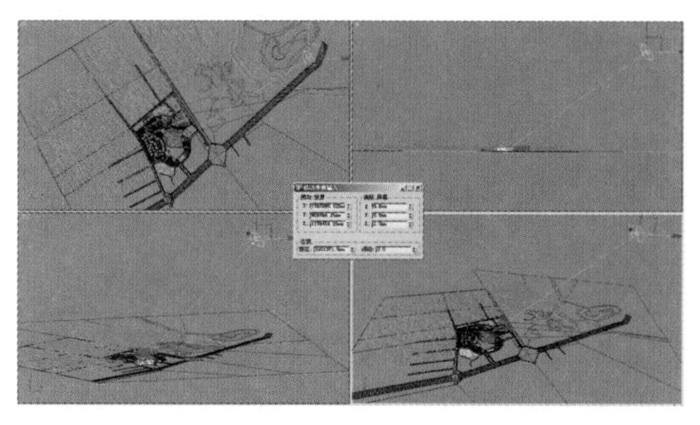

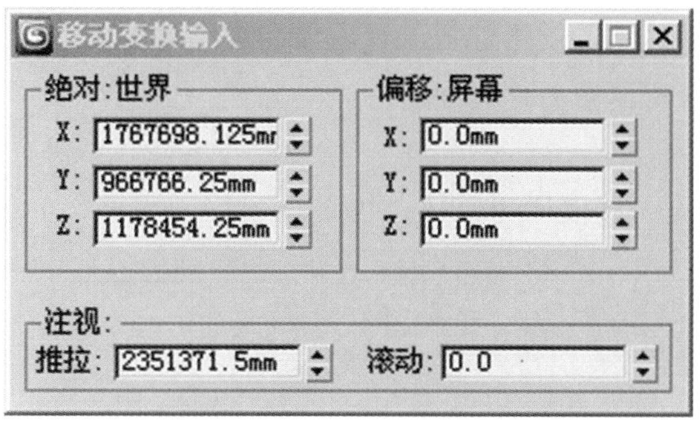

图 13.5.1　建立灯光

图 13.5.2　设置灯光参数

【技巧】V−Ray 渲染器具有速度和质量上的优势，在实际项目制作中，需同时兼顾质量和速度，因此在本例中使用了 V−Ray 渲染器。上述灯光使用了 V−Raysun，这是 V−Ray 渲染器自带的灯光，只有在正常安装了 V−Ray 渲染器才能使用。

13.5.2　为模型赋予材质

操作步骤

（1）在设置材质之前，必须将渲染器类型设置为 V−Ray 渲染器，因为这里将用到许多 V−Ray 材质，V−Ray 材质必须在渲染器设定正确的情况下才能正常显示。首先在工具栏中点击渲染设置按钮，在弹出的渲染设置面板中，可以看到当前的渲染器为“默认扫描线渲染器”，如图 13.5.3 所示。

（2）向下滚动面板，找到“指定渲染器”一栏，点击“指定渲染器”前面的“+”图标，展开指定渲染器设置栏，如图 13.5.4 所示。

图 13.5.3　渲染设置面板

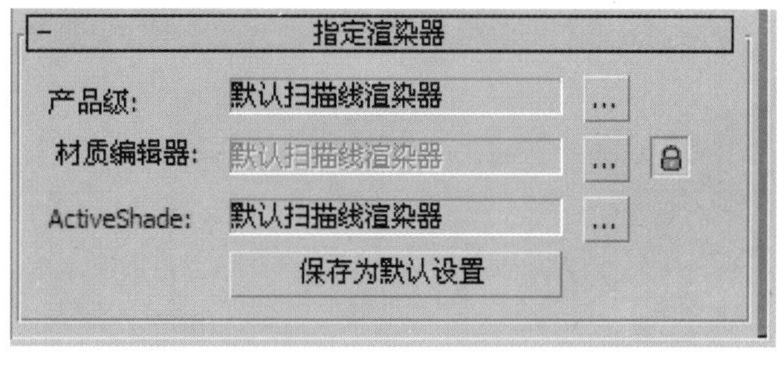

图 13.5.4　指定渲染器

(3) 点击“产品级：默认扫描线渲染器”后面的“…”小窗口，弹出如图 13.5.5 所示的“选择渲染器窗口”，在窗口中选择“V-Ray Adv 1.50 SP2”并点击确定按钮。

(4) 现在渲染器已经被设置成了 V-Ray 渲染器，在“公用”一栏中先锁定图像纵横比为 1:2，并设置输出的尺寸为 1200×600，详细设置如图 13.5.6 所示。

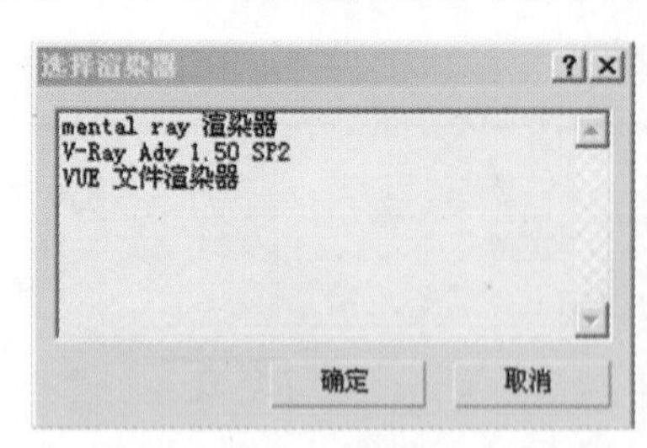

图 13.5.5 选择 V-Ray 渲染器

图 13.5.6 设置输出尺寸

(5) 使用快捷键“M”，打开材质编辑器，首先来设置对整个场景影响最大的天空的材质。这里的天空使用的是一个删掉下半部分半球体，使用缩放工具压缩高度为如图 13.5.7 所示的形态。然后为天空加入 UVW 贴图，设置贴图方式为柱形。

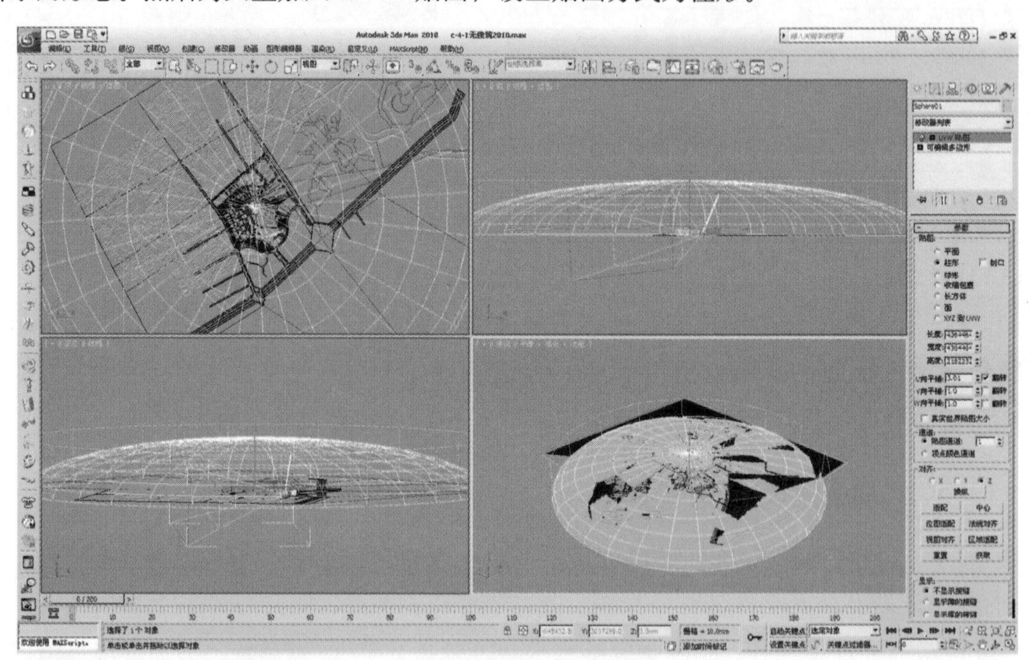

图 13.5.7 设置天空和贴图坐标

(6) 天空材质的设置如图 13.5.8 和图 13.5.9 所示。

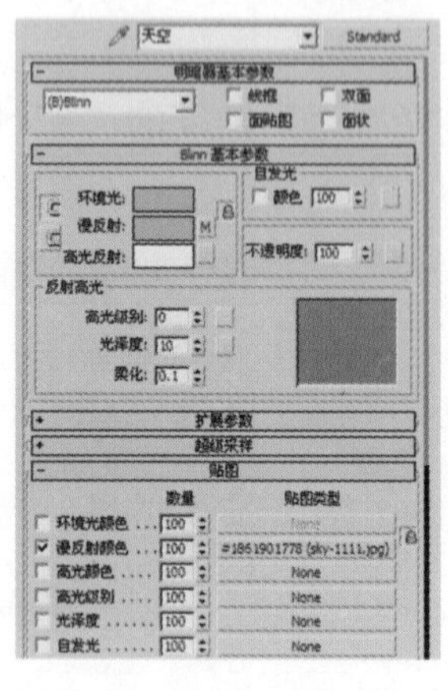

图 13.5.8 设置天空材质

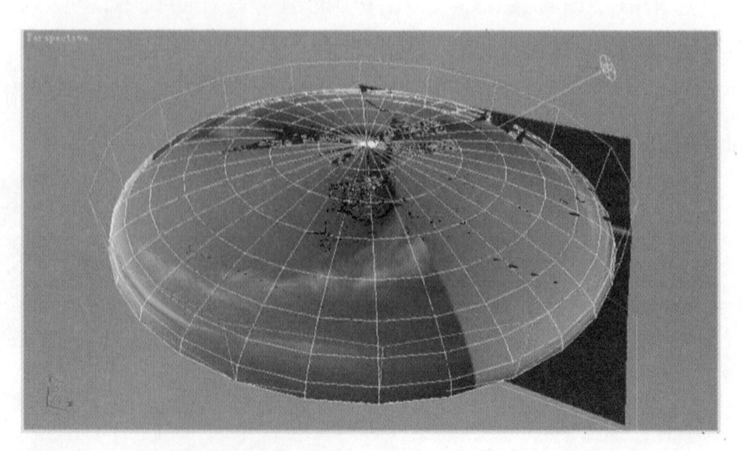

图 13.5.9 天空材质设置好的状态

（7）接下来设置面积最大的绿地的材质。可以看到这里使用的是一个混合材质“Blend”，混合材质能够很好地模拟两种材质的混合效果，比如泥土和草皮交替的效果。绿地材质设置如图 13.5.10 所示。

（8）在材质通道 1 中设置如图 13.5.11 所示。材质所需的贴图均可在配套光盘中找到。

（9）在材质通道 2 中设置如图 13.5.12 所示。

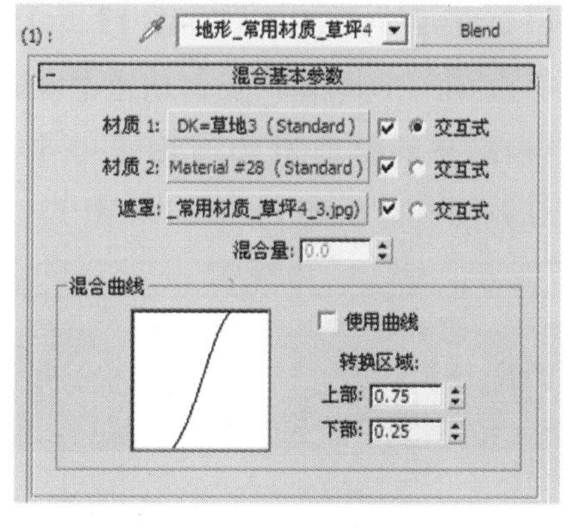

图 13.5.10　设置绿地材质

图 13.5.11　材质通道 1 的设置　　　图 13.5.12　材质通道 2 的设置

（10）遮罩通道中的设置如图 13.5.13 所示。

（11）行车道的材质设置如图 13.5.14 所示。

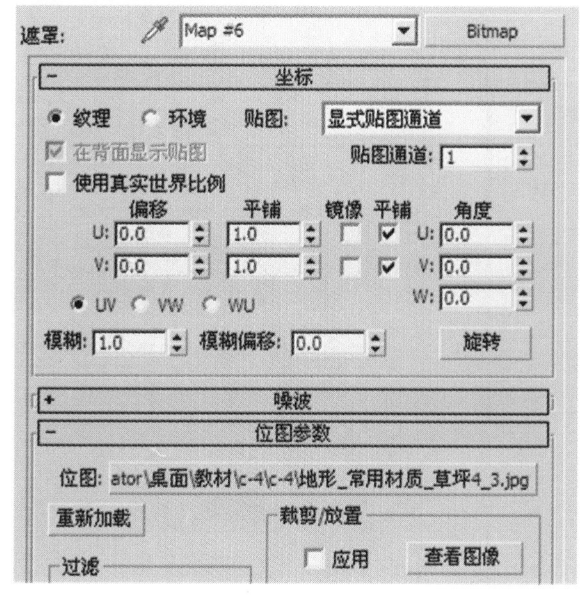

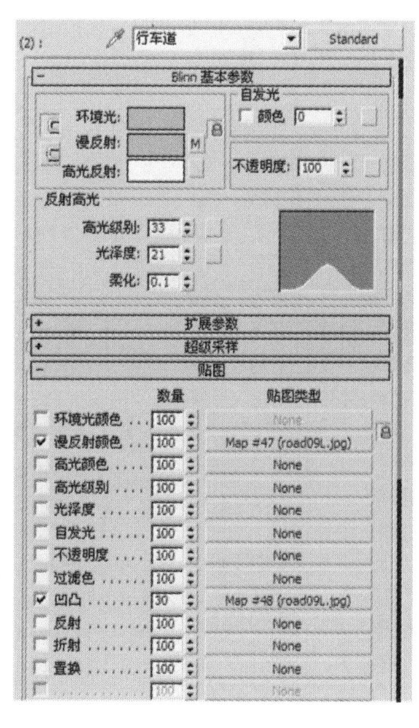

图 13.5.13　遮罩通道设置　　　图 13.5.14　行车道的材质设置

（12）水面材质的设置如图 13.5.15 所示。

（13）在“Reflect”反射通道中设置如图 13.5.16 所示。

（14）在反射通道中使用了一个“Falloff”衰减贴图，并调整亮部颜色值为 190，Falloff 贴图设置如图 13.5.17 和图 13.5.18 所示。

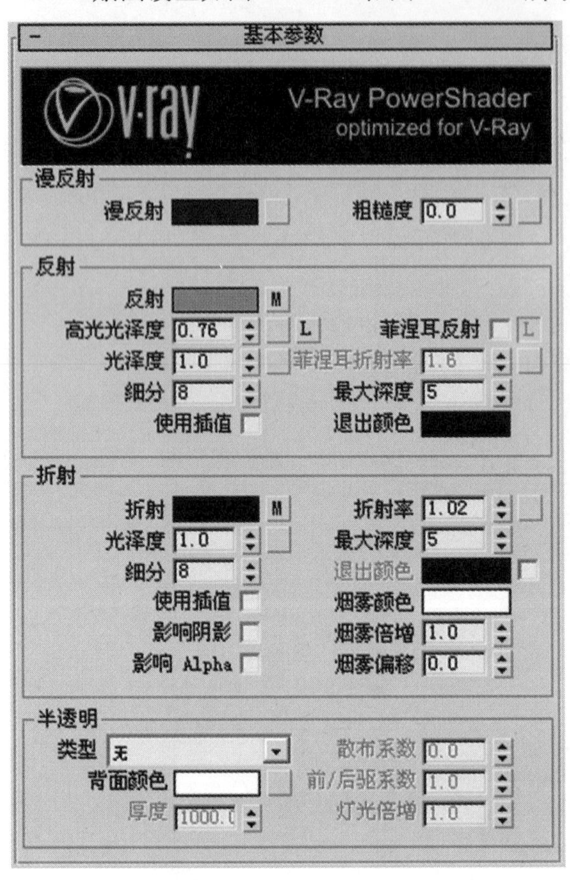

图 13.5.15　水面材质的设置

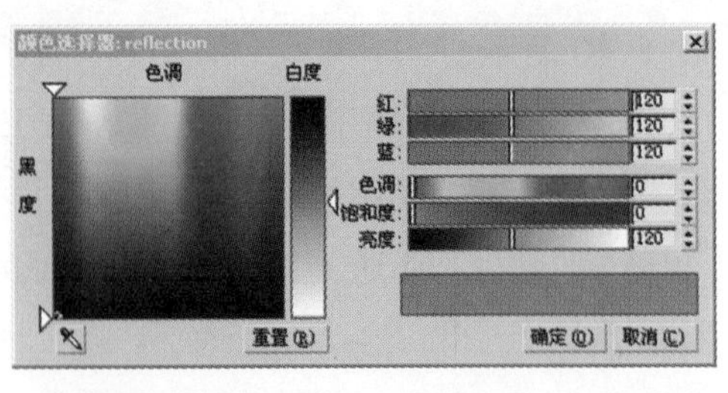

图 13.5.16　水面材质的反射值设置

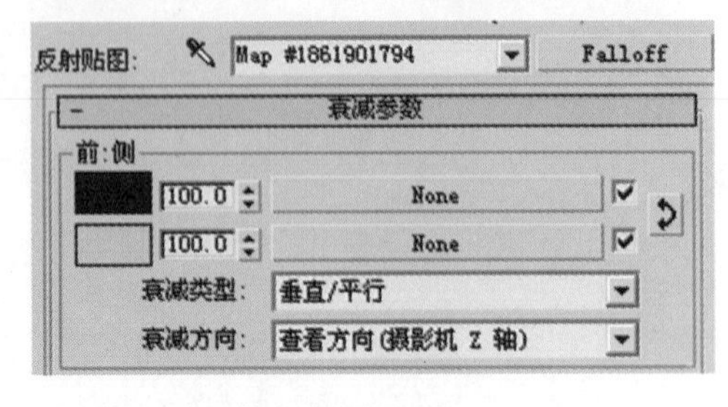

图 13.5.17　反射衰减贴图设置 1

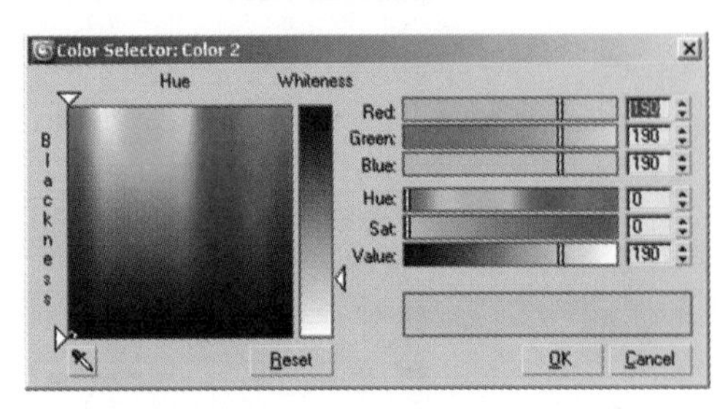

图 13.5.18　反射衰减贴图设置 2

（15）水面的“Refraction”折射设置同样使用了“Falloff”衰减贴图，使用默认值，不做调整。

（16）在“Bump”凹凸贴图通道中使用了一个“Noise”噪波贴图，设置如图 13.5.19 和图 13.5.20 所示。

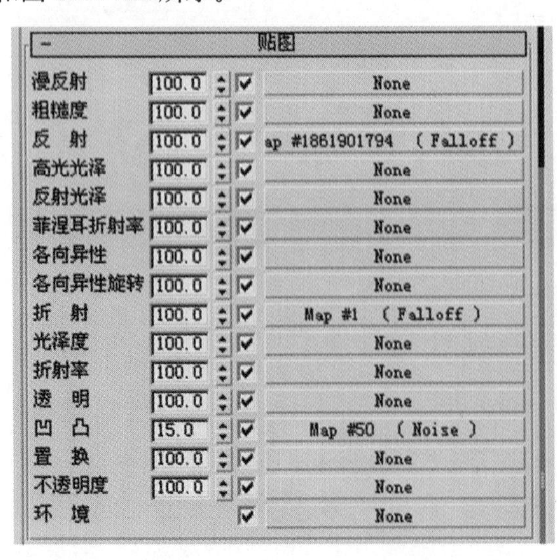

图 13.5.19　噪波贴图设置 1

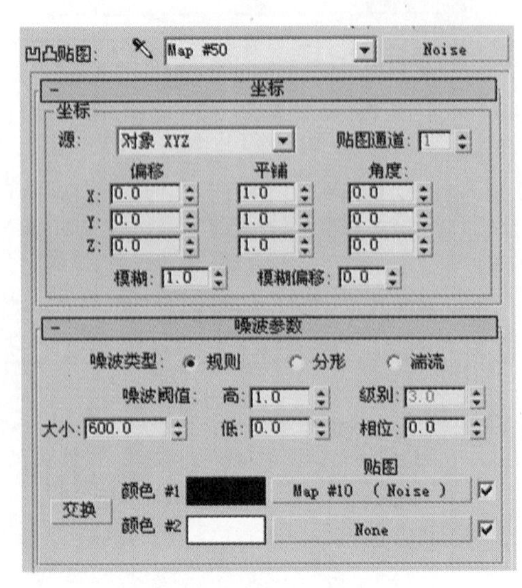

图 13.5.20　噪波贴图设置 2

（17）材质编辑完成的场景如图 13.5.21 所示。其余材质的制作请参考配套光盘中的场景文件，不再逐一而述。

图 13.5.21 场地材质编辑完成的状态

【小结】本例通过材质的编辑操作，主要学习了【混合材质】、【基本材质】和【V-Ray 材质】的编辑方法。通过这个实例的操作，基本掌握了一般材质的编辑方法。

13.6 渲染出图

实例

训练目的：本例通过调整 V-Ray 渲染参数和渲染输出设置，学习 V-Ray 的渲染参数并输出当前场景。

实例要点

☆ V-Ray 渲染参数设置

☆ 渲染输出设置

操作步骤

因本节内容只涉及渲染的教学，为减少资源占用，本例中的操作不把主题建筑合并到场景中，待所有参数设置完毕后，再把建筑群体作为参考场景合并到主场景进行最终的渲染。

（1）在 max 中打开配套光盘中：第三篇→建筑效果图制作实例→ 13 居住区规划场地鸟瞰图制作→“c-4-1 无建筑 .max”

（2）使用快捷键“F10”打开渲染设置面板，展开 V-Ray 渲染面板中的 V-Ray 图像采样器（反锯齿）选项，选择图像采样器→类型，展开后面的下拉菜单，选择“固定”采样方式，如图 13.6.1 所示。

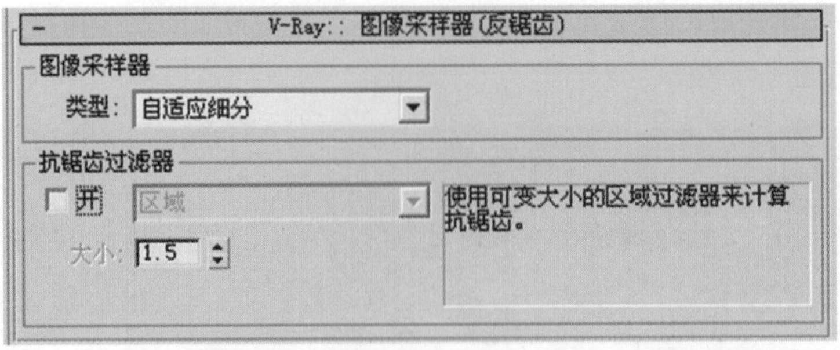

V-Ray:: 图像采样器(反锯齿)

图像采样器

类型：自适应细分

抗锯齿过滤器

开　区域　使用可变大小的区域过滤器来计算抗锯齿。

大小：1.5

图 13.6.1　选择图像采样方式

【技巧】在最终渲染前的测试阶段，一般都使用“固定”采样的方式。固定采样方式渲染速度快、画面质量一般，但能够节省时间、提高工作效率，在渲染调试阶段最常使用；抗锯齿过滤器基于同样的理由在测试阶段也不打开。

(3) 激活摄像机视图，现在使用快捷键“F9”对当前视窗进行测试渲染，渲染结果如图 13.6.2 所示。可以观察到画面整体效果比较暗，建筑的背光以及阴影“死黑”。为了改善这一情况，接下来将一步步地进行设置。

图 13.6.2　渲染测试

(4) 在渲染窗口的标签栏中打开“间接照明”选项栏。展开 V-Ray 间接照明 (GI)，勾选“开”打开全局照明，并设置首次反弹的全局光引擎为“发光贴图”；二次反弹的全局光引擎为“BF 算法”。设置如图 13.6.3 所示。

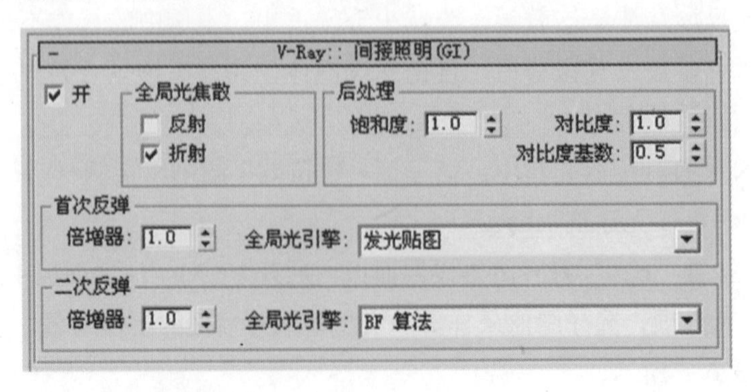

图 13.6.3　设置全局照明

（5）展开 V-Ray 发光贴图面板，设置如图 13.6.4 所示。

（6）展开 V-Ray BF 强算全局光面板，设置如图 13.6.5 所示。

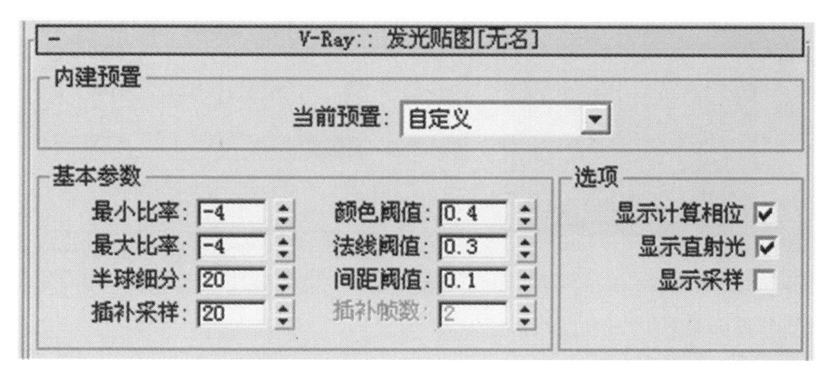

图 13.6.4　设置光照贴图参数

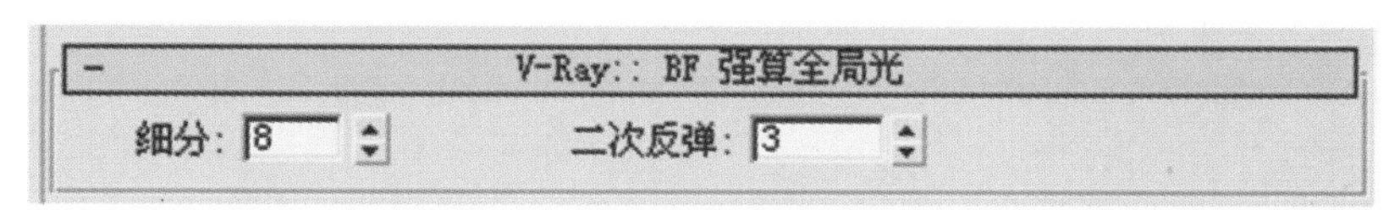

图 13.6.5　设置强力反弹参数

（7）再次测试渲染，发现建筑的暗部效果得到了改善，背光部分和阴影不再出现“死黑”现象，如图 13.6.6 所示。

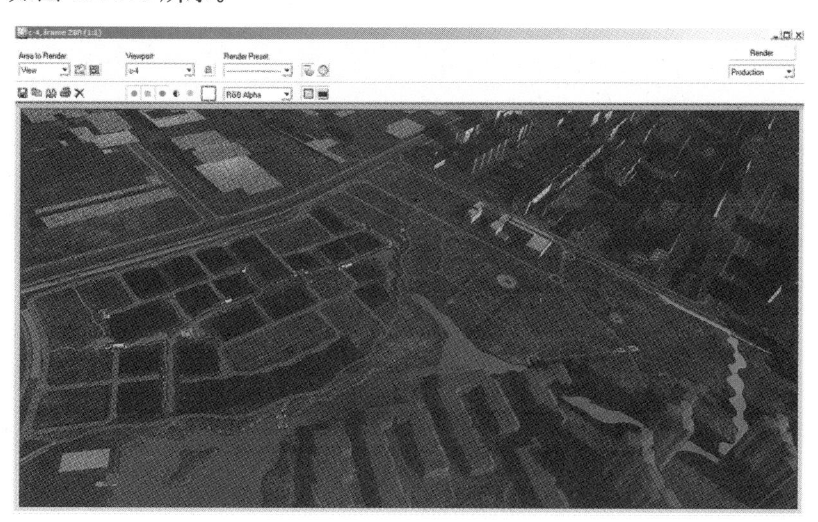

图 13.6.6　测试渲染 - 改善暗部“死黑”现象

（8）虽然消除了场景中物体的“死黑”现象，但画面效果仍然很昏暗，需要为场景加入“天光”。回到 V-Ray 设置标签，展开 V-Ray 环境栏，在全局光环境（天光）覆盖下勾选“开”，并调整天光的颜色。如图 13.6.7 和图 13.6.8 所示。

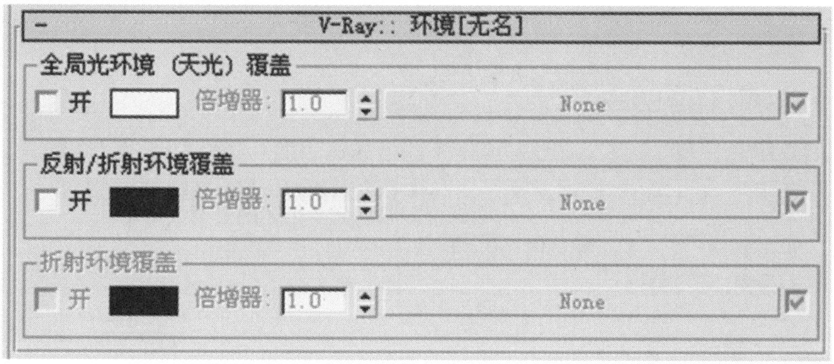

图 13.6.7　设置天光

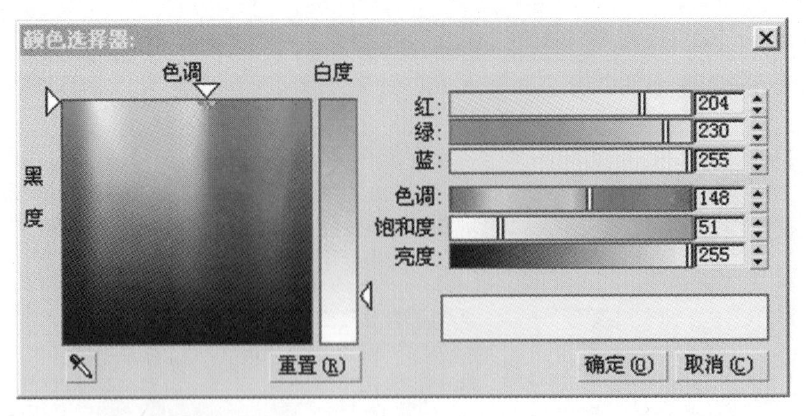

图 13.6.8 调整天光颜色

(9) 接下来再次测试渲染，看到画面效果得到明显的改善，但画面锯齿现象比较明显，如图 13.6.9 所示。

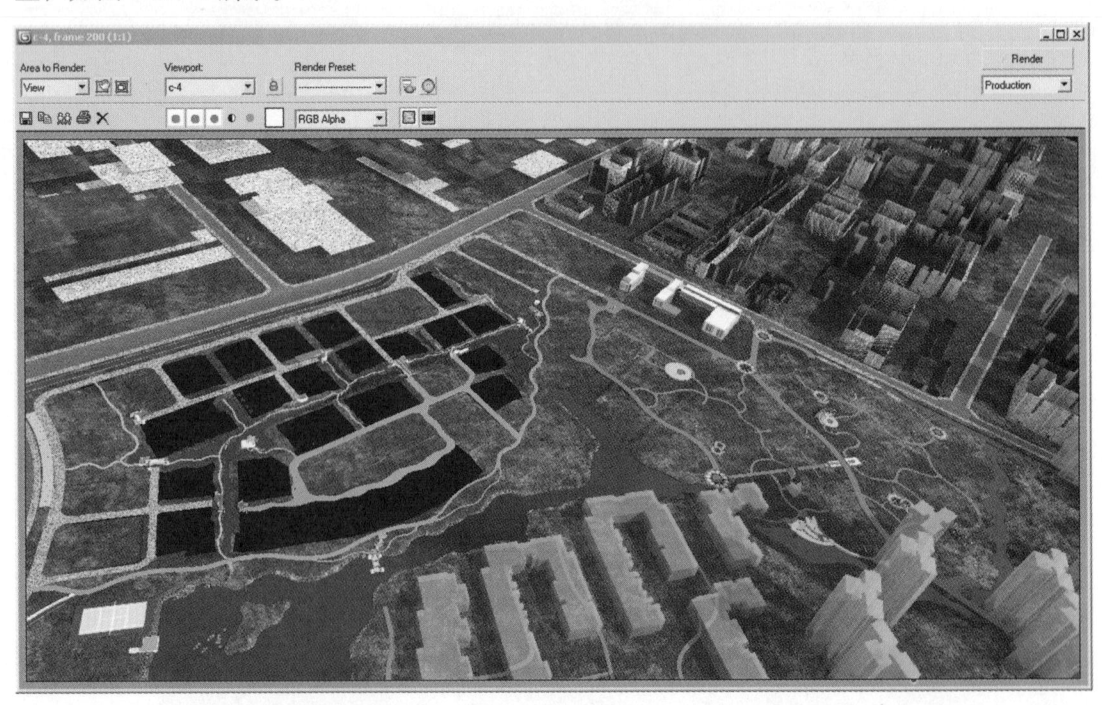

图 13.6.9 测试渲染 - 画面效果得到改善

(10) 下面设置最终渲染的图像采样参数。展开 V-Ray 渲染面板中的 V-Ray 图像采样器（反锯齿）选项，选择图像采样器→类型，展开类型后的下拉菜单，选择“自适应细分”采样方式；在抗锯齿过滤器中勾选“开”，并选择“Mitchell-Netravali”，如图 13.6.10 所示。

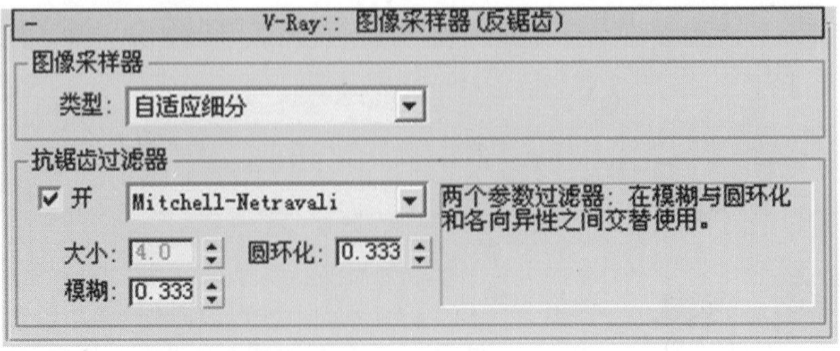

V-Ray:: 图像采样器(反锯齿)
图像采样器
类型: 自适应细分
抗锯齿过滤器
开 Mitchell-Netravali
两个参数过滤器: 在模糊与圆环化和各向异性之间交替使用。
大小: 4.0 圆环化: 0.333
模糊: 0.333

图 13.6.10 设置图像采样（抗锯齿）

（11）再次测试渲染，得到如图 13.6.11 所示的画面效果。这次渲染使用的时间比上一次长得多，但画面效果得到了进一步的改善。

图 13.6.11　测试的最终渲染效果

（12）根据客户对画面的实际要求，结合工作时间，选择不同的图像采样方式，不同的图像采样方式渲染效果均不同。左侧画面使用自适应细分采样，中间画面使用自适应确定性蒙特卡洛采样，右侧画面使用固定采样。效果对比如图 13.6.12 所示。

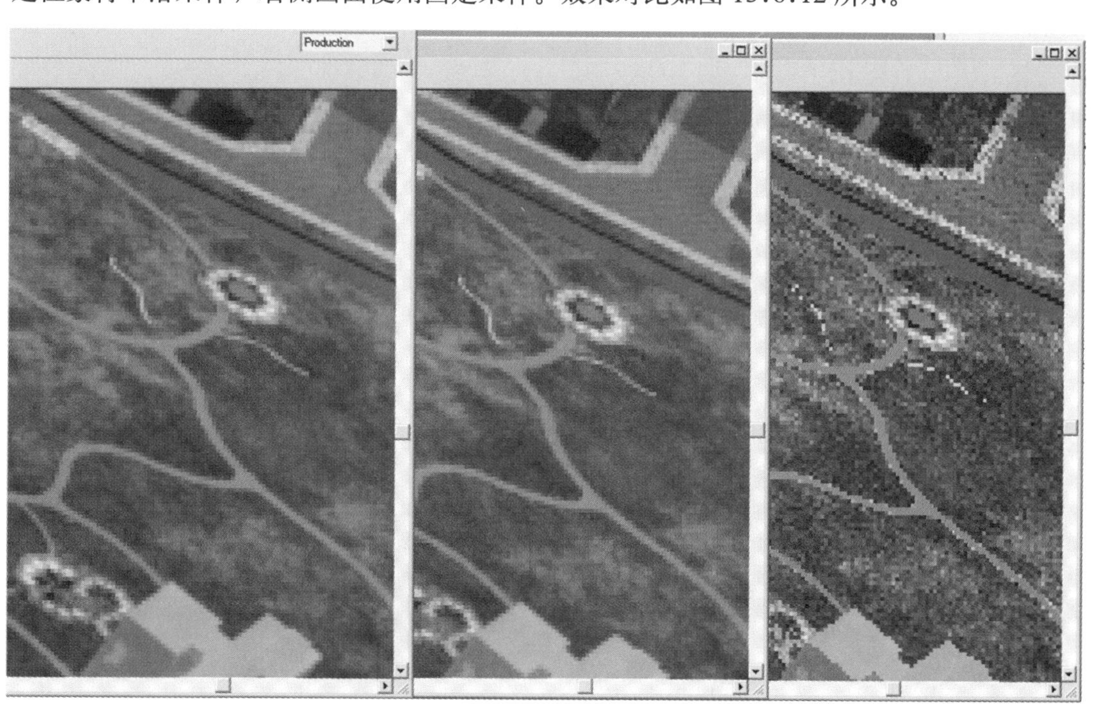

图 13.6.12　不同图像采样方式的渲染效果对比

（13）确定画面最终效果后，就可以把材质制作完成的建筑模型引入参考场景中。具体操作可参考“13.4 外部模型合并、整理”这一节的内容。场景文件处理完毕后就可以最终渲染了，根据需要设置最终出图的画面尺寸为 3000×1500，输出文件格式为“TIF”。最终渲染出图的效果如图 13.6.13 所示。

图 13.6.13 最终渲染出图

(14) 渲染的大图出来后，就可以在 Photoshop 中进行后期处理了。对于 Photoshop 的后期处理方法，前面已有介绍，本节就不再重复。

【小结】本节通过对场景渲染参数的设置，主要学习了【V-Ray】渲染器的参数设置。基本掌握建筑鸟瞰的渲染参数设置方法。

14　接待厅效果图制作

实例

训练目的：本案例学习接待厅的制作与表现，重点学习一套专业的室内效果图作图思路与方法，借助 AutoCAD 的全套图纸进行建模，这种建模方法也是极度准确和快速的，有了图纸做参考，可以不用考虑源文件素材的尺寸，直接依据图纸进行建模，因此这种方法成为了当今设计师首选的建模方法，如图 14.0.1 所示。

实例要点

- ☆ 创建接待厅空间基本框架
- ☆ 创建装饰墙、柱、天花
- ☆ 导入家具及配饰
- ☆ 设置摄像机
- ☆ 设置材质、灯光
- ☆ 效果图渲染
- ☆ 后期处理

图 14.0.1　接待厅效果图

14.1　建立接待厅基本框架

操作步骤

（1）启动 AutoCAD 软件。打开本书配套光盘“源文件素材 / 接待厅图纸 .dwg”文件，如图 14.1.1 所示。将图纸中的所有尺寸标注、文字说明、植物等删除，并且将平面图、立面图、天花图分别放在一个单独的图层，这样操作的优点是导入到 3ds Max 以后，每一个图纸是一个独立的整体，有利于管理和操作。但是为了直接使用图纸中的木格造型，将其放在单独的一个图层中，整理好后将图纸保存。

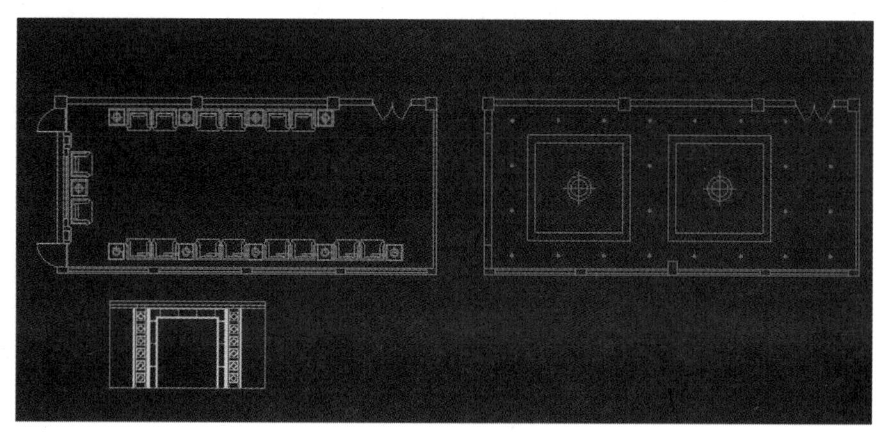

图 14.1.1　整理好后图纸

（2）启动 3ds Max 2010 中文版，将单位设置为“毫米”。

（3）前面讲述的方法将本书配套光盘“源文件素材 // 接待厅图纸 .dwg”文件导入到场景中，效果如图 14.1.2 所示。

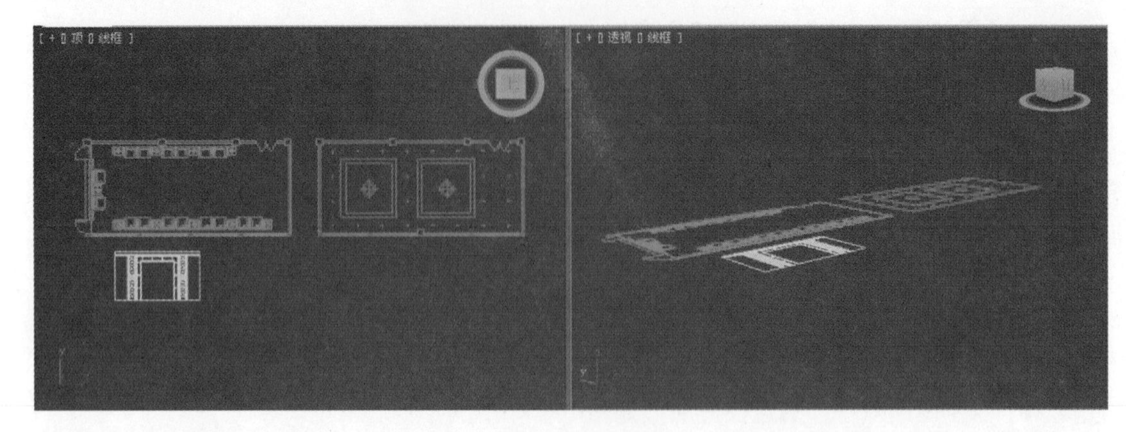

图 14.1.2　导入图纸

（4）按下 Ctrl+A 键，选择所有线形，为线形指定一个便于观察的颜色，如图 14.1.3 所示。

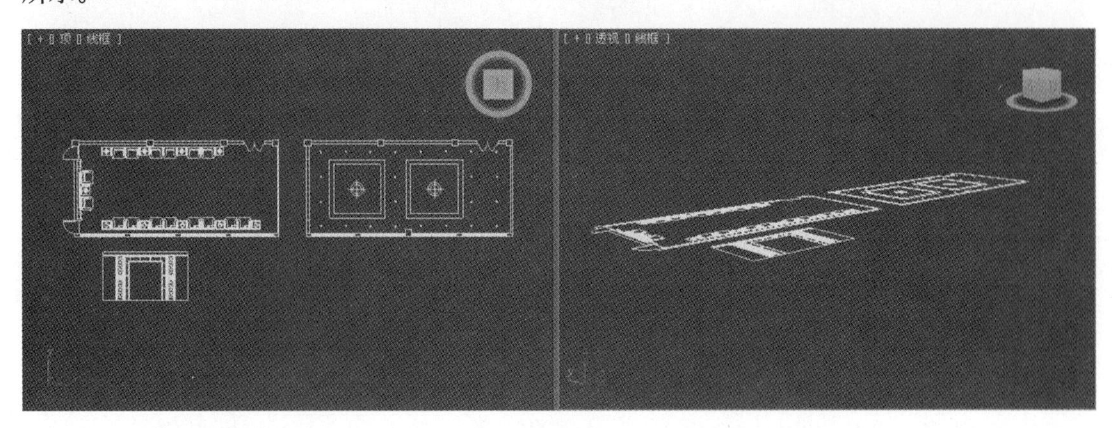

图 14.1.3　为图线指定颜色

（5）按 S 键将捕捉打开、采用 2.5 维的捕捉模式，将鼠标放在按钮上方，单击右键，在弹出的【栅格和捕捉设置】窗口中设置【捕捉】及【选项】参数，如图 14.1.4 所示。

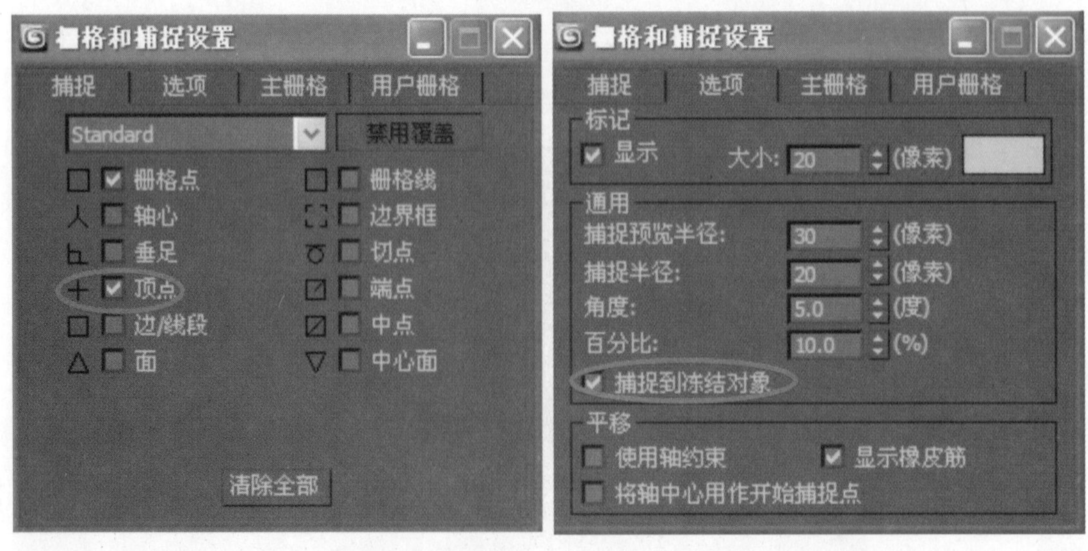

图 14.1.4　捕捉设置

(6) 在顶视图中选择天花层，将其移动到平面图的位置，在前视图中将天花层移动到3.3米的位置，效果如图14.1.5所示。

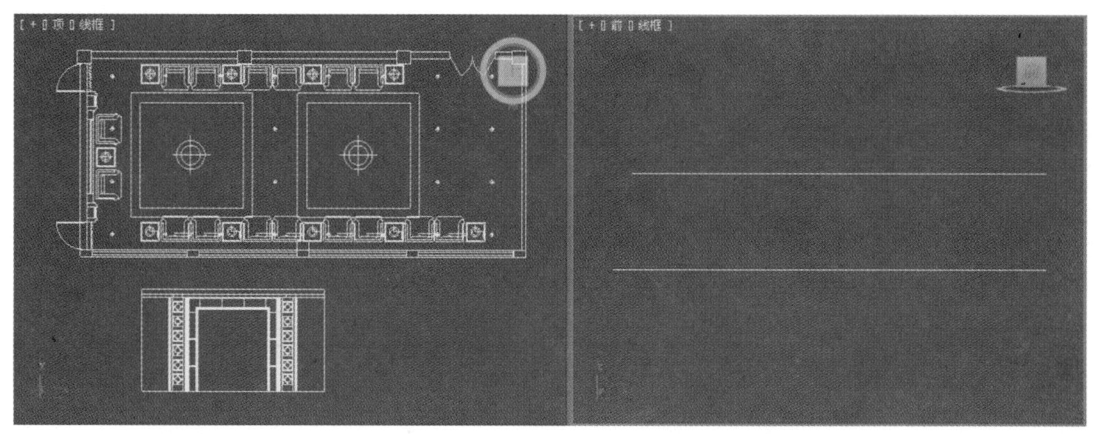

图14.1.5 天花位置调整

(7) 通过移动、旋转等命令将图纸按照相应位置对齐，形成空间“框架”。如图14.1.6所示。

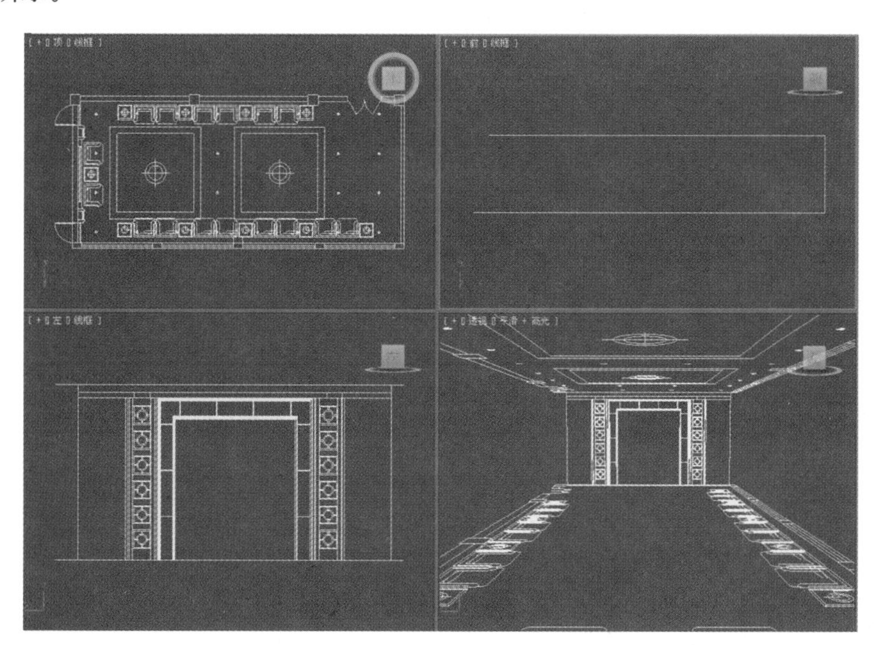

图14.1.6 对齐所有图纸

(8) 单击（创建）（图形）线按钮，在顶视图中利用【捕捉】模式沿平面图内墙线绘制封闭线形，执行【挤出】命令，将【数量】设置为3300，效果如图14.1.7所示。

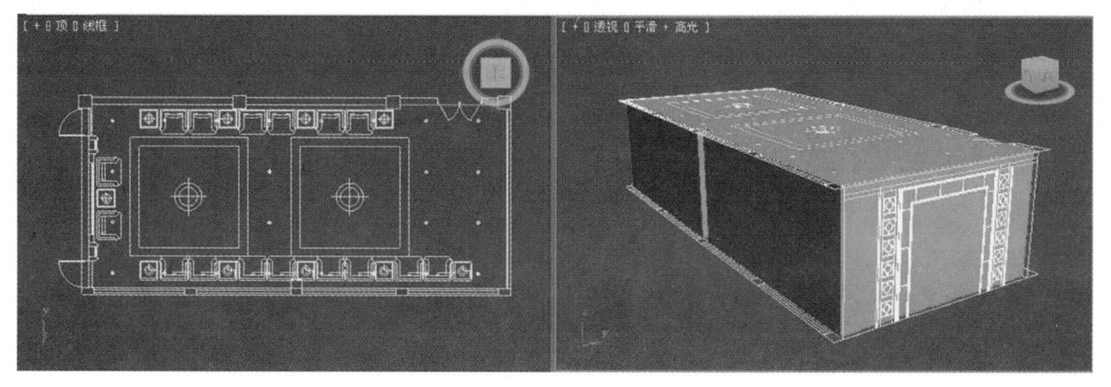

14.1.7 绘制轮廓，挤出空间高度

(9) 选择挤出后的线形，单击鼠标右键，在弹出的右键菜单栏中选择【转换为】>【转换为可编辑多边形】将长方体转换为可编辑多边形物体，如图 14.1.8 所示。

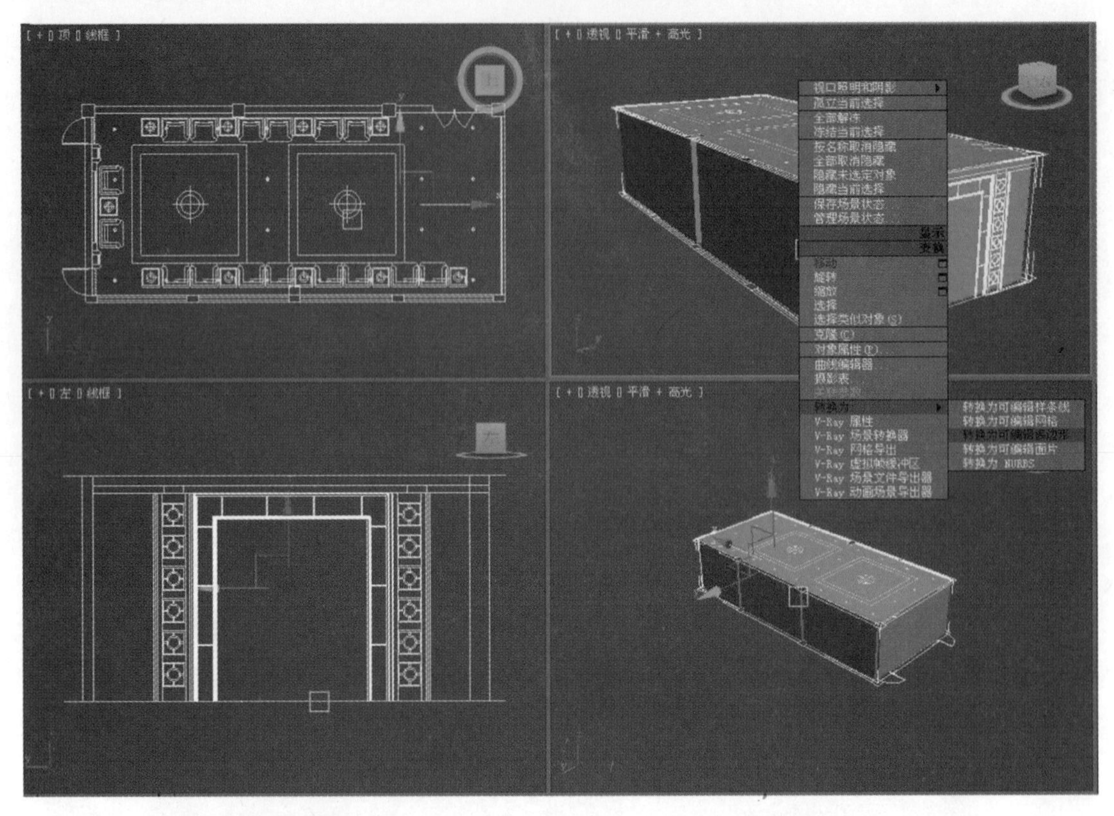

图 14.1.8 转换为【可编辑多边形】

(10) 按下 5 键，进入 (元素) 层级子物体，按下 Ctrl+A 键，选所有多边形，单击【翻转】按钮，翻转法线，如图 14.1.9 所示。

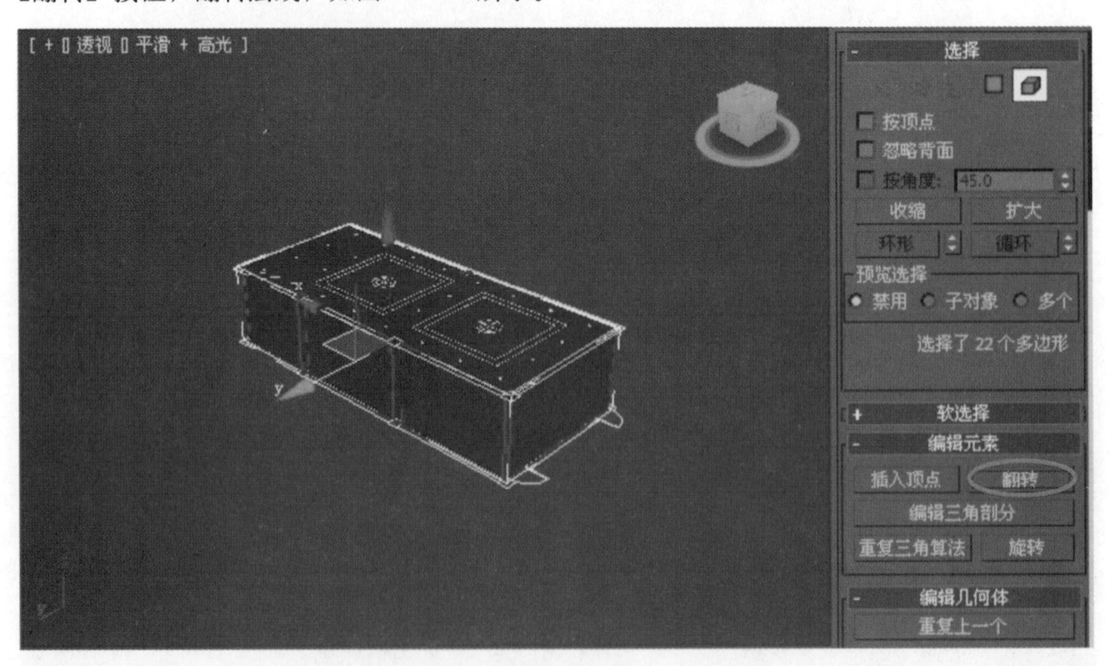

图 14.1.9 翻转法线

(11) 单击 (元素) 按钮，关闭元素层级子物体。

(12) 为了方便观察 v，可以对墙体进行消隐操作，在透视图中选择挤出后的线形，右键单击鼠标，从弹出的右键菜单栏中选择【对象属性】，打开【对象属性】对话框，勾选

【背面消隐】选项，如图 14.1.10 所示。

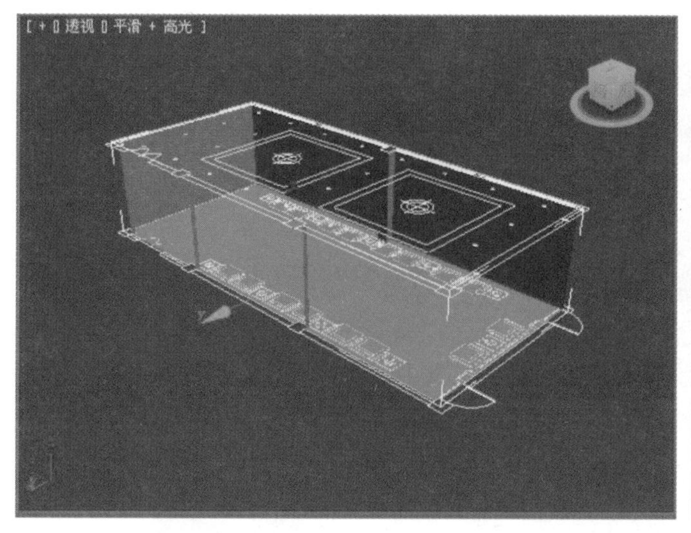

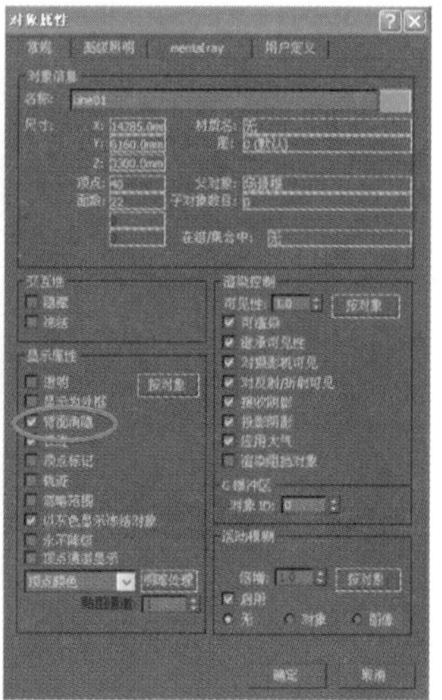

图 14.1.10　背面消隐

（13）此时墙体里面的空间可以看得很清楚，如图 14.1.11 所示。

（14）在视图中选择墙体，按下 2 键，进入■（边）层级子物体，在透视图中选择如图 14.1.11 所示的边。

（15）单击【编辑边】类下右侧的小按钮，在弹出的对话框中将【分段】设置为 2，单击【确定】按钮，如图 14.1.12 所示。

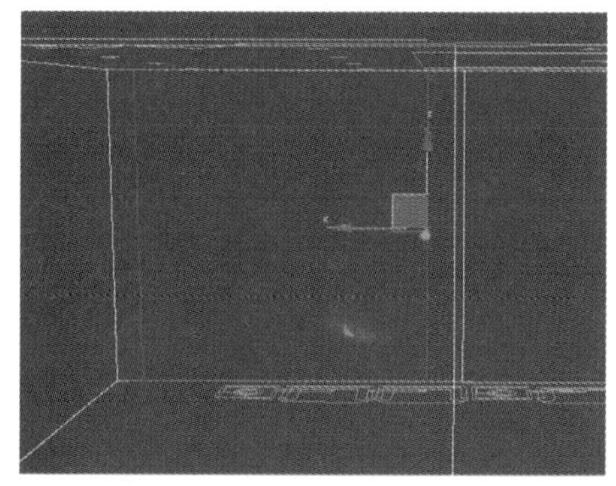

图 14.1.11　选择透视图

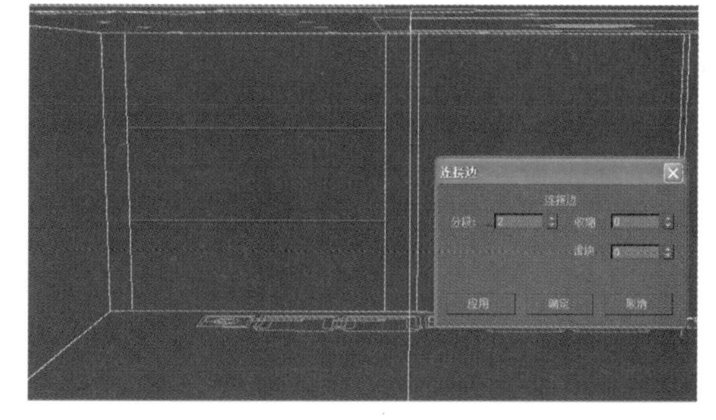

图 14.1.12　分段

（16）同样的方法增加多条段数，效果如图 14.1.13 所示。

（17）按下 4 键，进入■（多边形）层级子物体，在透视图选择作为窗户的 4 个面，设置【挤出高度】为 −240，如图 14.1.14 所示。

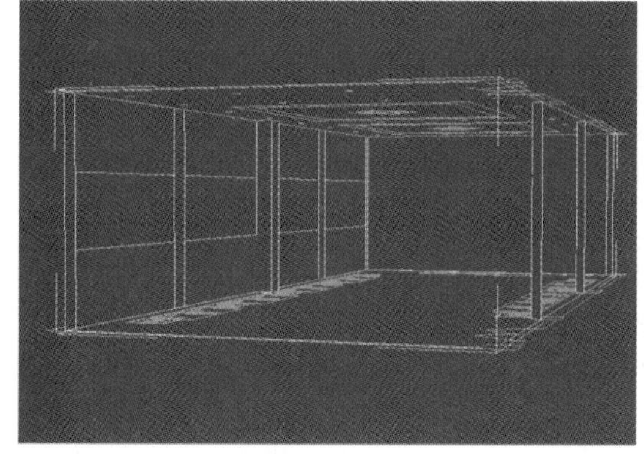

图 14.1.13　增加多条段数

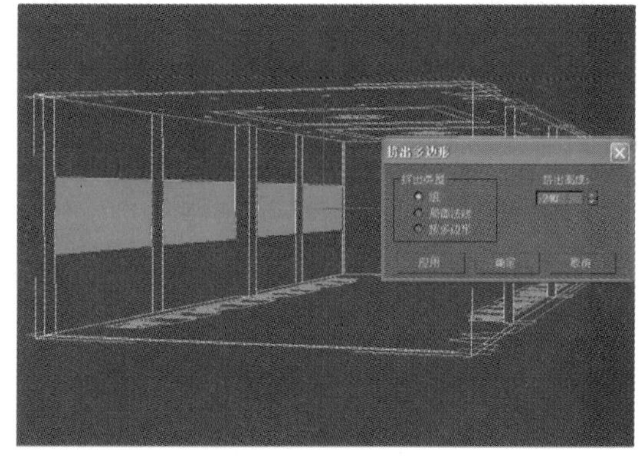

图 14.1.14　设置［挤出高度］

（18）在前视图中将窗户的窗台移动到 350 的高度，将窗上方的一排顶点移动到 3000 的高度，如图 14.1.15 所示。

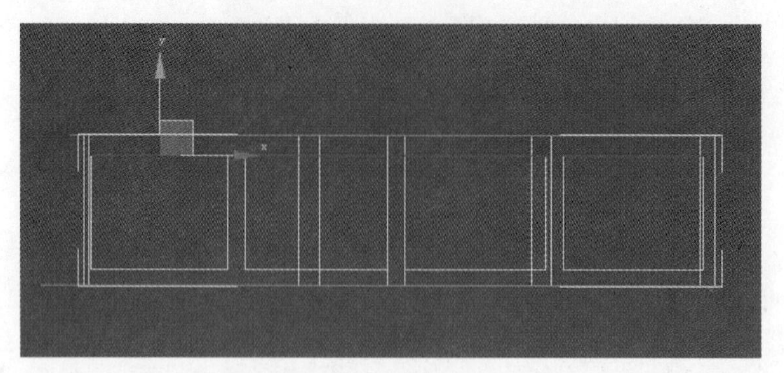

图 14.1.15　移动一排顶点

（19）为窗户制作出窗台，如图 14.1.16 所示

图 14.1.16　制作窗台

（20）按下键盘中的 Ctrl+S 键，将文件保存为“接待厅 .max”文件。

14.2　创建装饰柱

（1）在顶视图中创建一个 260 × 420 × 780 的长方体，位置及参数，如图 14.2.1 所示。

（2）对长方体执行【转换为】→【转换为可编辑多边形】命令，按下 2 键，进入▇（边）层级子物体，对边倒角 2mm，如图 14.2.2 所示。

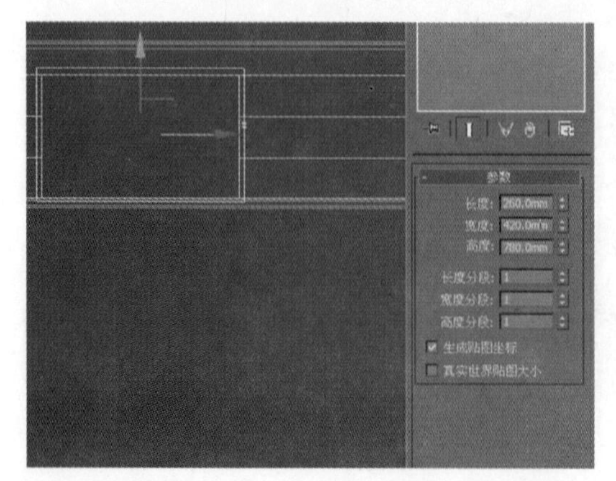

图 14.2.1　设置参数

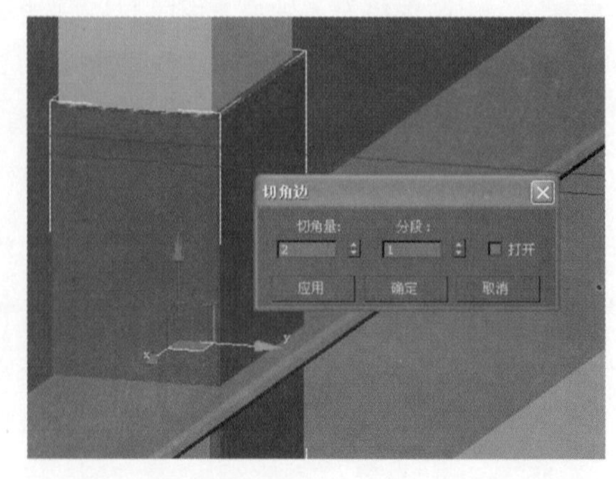

图 14.2.2　对边倒角设置

（3）前视图中沿 y 轴复制 3 个，然后附加为一体，在复制、移动最终效果如图 14.2.3 所示。

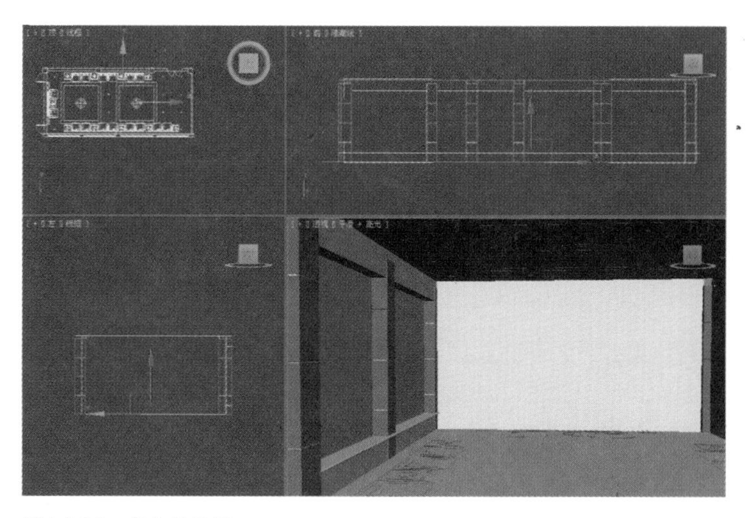

图 14.2.3　最终效果图

14.3　创建背景墙

（1）单击（创建）→（图形）→ 线 按钮，在左视图种利用【捕捉】模式绘制出背景墙的外框，对其执行【挤出】操作，将【数量】设置为 130，留出灯槽的空间，如图 14.3.1 所示。

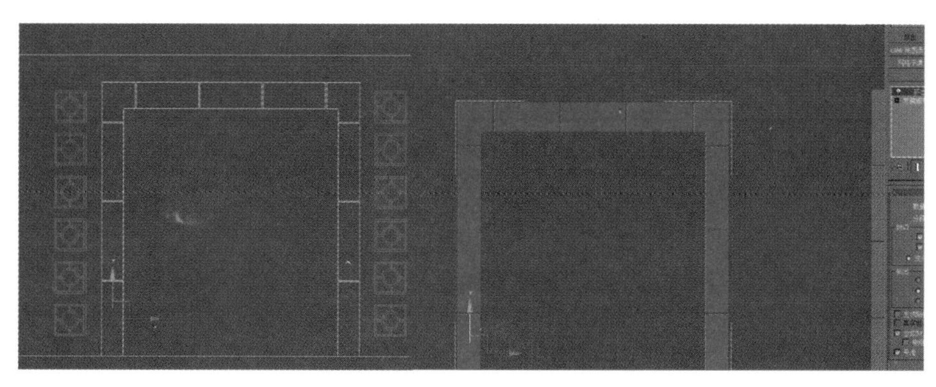

图 14.3.1　设置背景墙外框

（2）同样在顶视图中绘制背景墙中造型柱，然后执行【挤出】命令，将【数量】设为 3000，位置及形态如图 14.3.2 所示。

图 14.3.2　设置造型柱

(3) 在前视图中创建一个长方体，然后复制6个，将它们附加为一体，如图 14.3.3 所示。

(4) 选择挤出的造型柱，使用（超级布尔）命令将其剪掉，效果如图 14.3.4 所示。

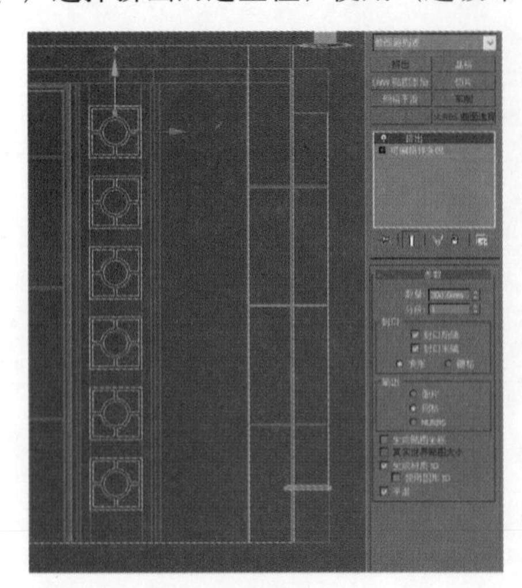

图 14.3.3 复制长方体

图 14.3.4 挤出造型柱

(5) 将冻结的图纸进行解冻，然后选择立面图中的花格，执行【挤出】，命令，将【数量】设置为 20，位置及形态如图 14.3.5 所示。

图 14.3.5 设置花格

(6) 使用【倒角剖面】命令制作出中间的装饰线，位置及形态如图 14.3.6 所示。

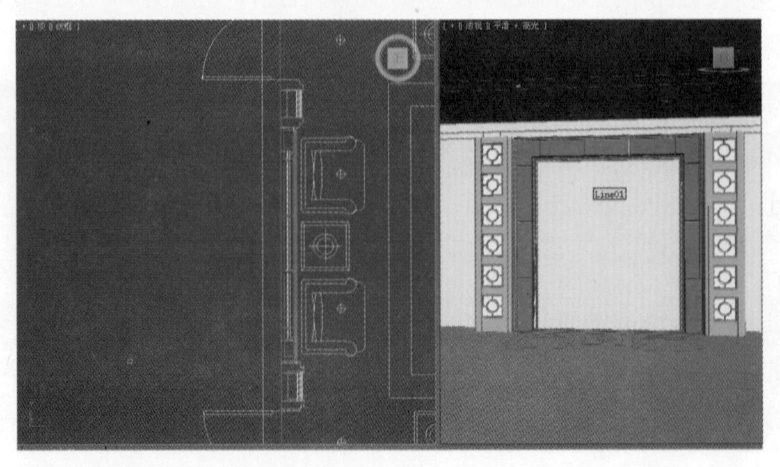

图 14.3.6 设置装饰线

（7）直接在顶视图中绘制曲线作为两边的帘子，然后执行【挤出】命令，如图 14.3.7 所示。

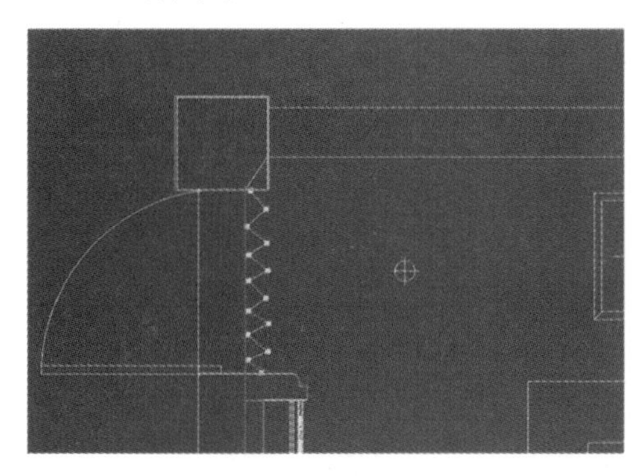

图 14.3.7　设置曲线

（8）按下键盘中的 Ctrl+S 键，对文件进行保存。

14.4　创建天花

（1）单击（创建）→（图形）→ 线 按钮，在顶视图中用【捕捉】模式绘制多个矩形，附加为一体后添加【挤出】命令，设置【数量】为 100，在前视图中将其移动到合适的位置，要留出灯槽的位置，如图 14.4.1 所示。

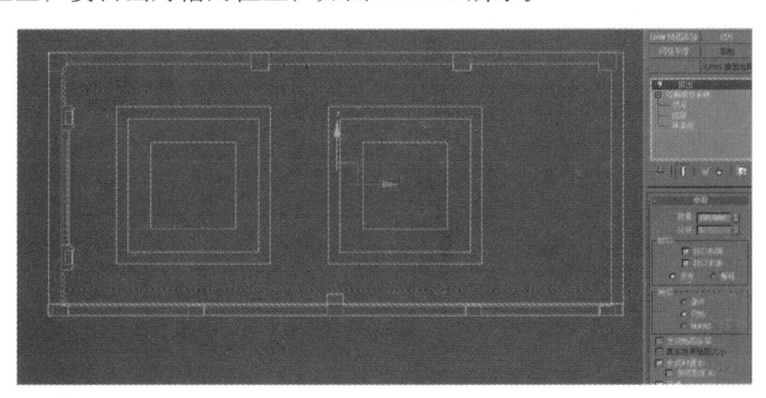

图 14.4.1　移动视图

（2）在右侧墙面的上方创建一块木板，高度为 300，厚度为 40 左右就可以，形态如图 14.4.2 所示。

（3）按下键盘中的 Ctrl+S 键，对文件进行保存。

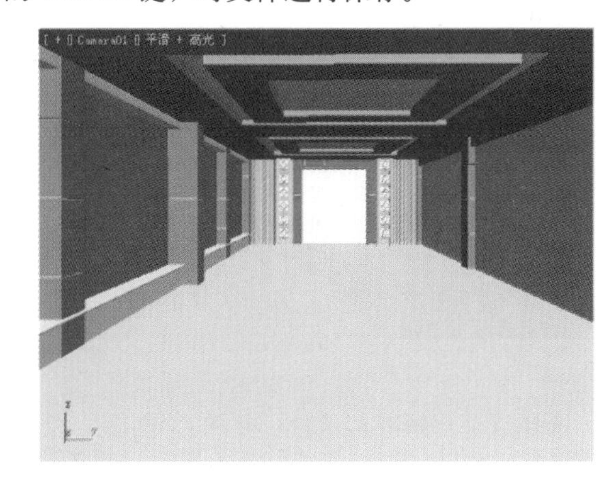

图 14.4.2　创建木板

14.5 创建摄影机

(1) 单击【创建】命令面板上的 (摄影机) → 目标 按钮，在顶视图中沿 x 轴从右往左拖动鼠标，创建一架目标摄影机，然后再左视图种将摄影机移动到高度为 1 米左右的位置，修改【镜头】为 25，勾选【手动剪切】，设置【近距剪切】为 2000，【远距剪切】为 20000，按下键盘上的 C 键，将透视图转换为摄影机视图，效果如图 14.5.1 所示。

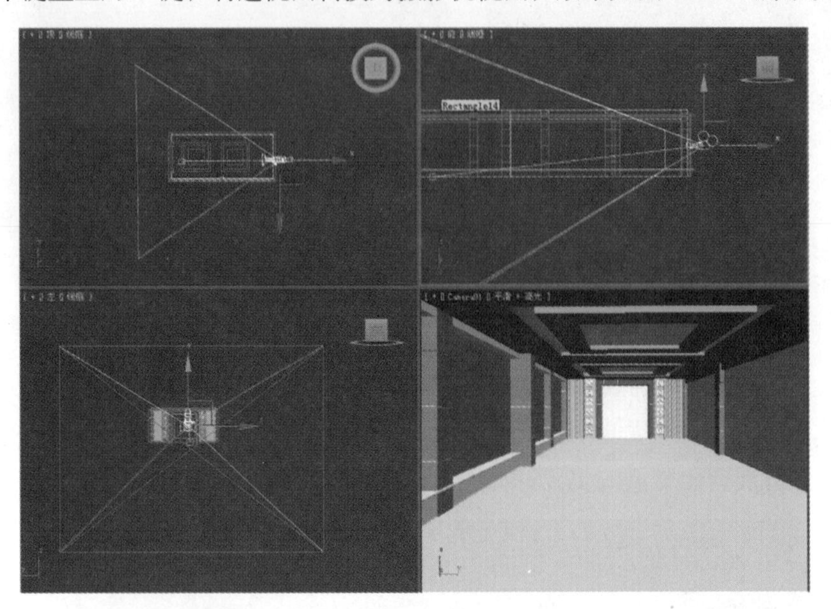

图 14.5.1　摄影机视图

(2) 调整好之后，按下键盘上的 Shift+C 键，快速隐藏摄影机。

(3) 单击按钮类下的【导入】→【合并】命令，将本书配套光盘"第三篇 /14/ 接待厅家具 .max"文件合并到场景中，形态及位置如图 14.5.2 所示。

图 14.5.2　合并场景

(4) 单击鼠标右键，选择【全部解冻】，将接待厅的平面图、天花图和立面图全部删除。

(5) 按下键盘中的 Ctrl+S 键，将文件进行快速保存。

14.6 设置材质

按图 14.6.1 所示设置各构件材质。

图 14.6.1 设置材质

（1）地毯材质。

1）选择一个未用的材质球，使用默认的标准材质就可以了，将材质命名为“地毯”，在【漫反射】中添加一幅“地毯 .jpg”图片，设置【坐标】卷展栏下的【模糊】为 0.5。

2）在【贴图】卷展栏下，将【漫反射】中的位图复制给【凹凸】通道中，将【数量】设置为 30。

3）将调制的地毯材质赋予地面，调整【UVW 贴图】，将贴图方式设为【长方体】，长度和宽度均设为 2000，地毯设置完成如图 14.6.2 所示。

图 14.6.2 完成地毯设置

【技巧】因为场景中制作的墙体和地面，天花是一体的，所以在调整地毯的【UVW 贴图】的时候，需要将已经赋予壁纸材质的墙体再次转换为【可编辑多边形】，否则壁纸的纹理也会跟随改变。

(2) 壁纸、大理石、窗景材质。

1) 选择一个未用的材质球，使用默认的【标准】材质或者使用【VR 材质】都可以，将材质名为“壁纸”，单击【漫反射】右面的小按钮，选择【位图】，在弹出的【选择位图图像文件】对话框中选择本书配套光盘“第三篇 14//BZ－jpg”文件。

2) 根据壁纸特征，在【贴图】卷展栏下，将【漫反射】中的位图复制给【凹凸】通道中，将【数量】设置为 30，并为其施加一个【UVW 贴图】命令，调整一下纹理。

3) 将调制好的“壁纸”材质球复制一个，重新命名为“书法壁纸”，更换【漫反射】中的位图为“ssh.jpg”，选择墙体，然后将其转换为可编辑多边形，将“书法壁纸”材质赋予形象墙中间的造型，并为其施加一个【UVW 贴图】命令，调整一下纹理。

4) 选择一个未用的材质球，将其制定为 VrayMtl 材质，命名为“大理石”，调整【反射】类下的参数，将反射颜色的亮度调整为 30，并且为【漫反射】中添加一幅“石材 .jpg”图片，参数设置如图 14.6.3 所示。

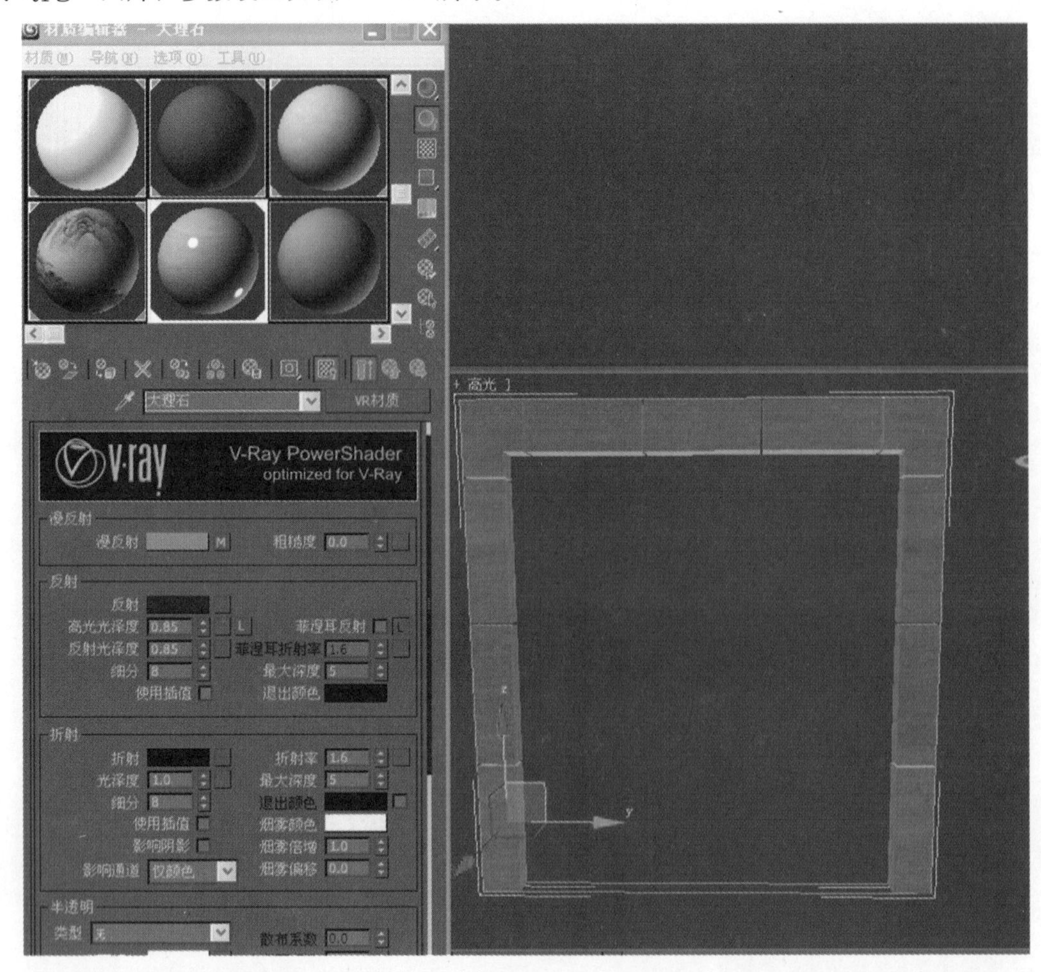

图 14.6.3 “大理石”参数设置

5）为了表现出窗外的风景效果，在创建一个平面作为室外的风景板，然后使用【VR灯光】材质，贴图使用“窗景 2.jpg”并施加【UVW 贴图】，将调整好的材质分别赋予模型中各构件，如图 14.6.4 所示。

图 14.6.4 调整模型构件

14.7 设置灯光并渲染草图

14.7.1 设置阳光

(1) 单击（灯光）/ VR太阳 按钮，在顶视图中单击并拖动鼠标左键，创建一盏 VR 阳光，在各视图中调整一下它的位置，将灯光的【强度倍增】设置为 0.02，【大小倍增】设置为 3，参数及位置如图 14.7.1 所示。

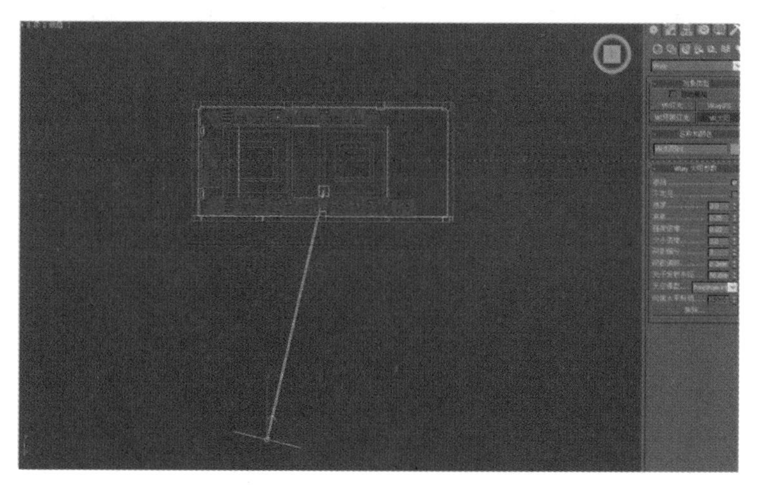

图 14.7.1 设置灯光参数

(2) 为了让VR阳光透过风景板照射到房间里面，必须将其排除才可以。选择VR阳光，单击 排除... 按钮，在弹出的【排除／包含】对话框中将风景板排除，如图14.7.2所示。

(3) 单击（灯光）／ 按钮，在左视图窗户的位置创建一盏VR灯光，大小与窗户差不多，具体参数及位置如图14.7.3所示。

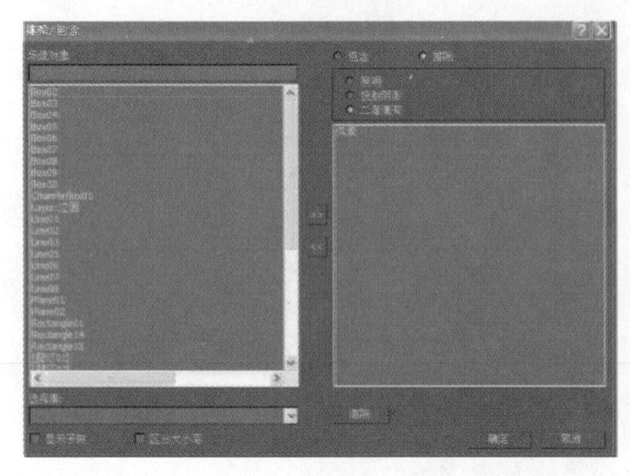

图14.7.2 排除风景板

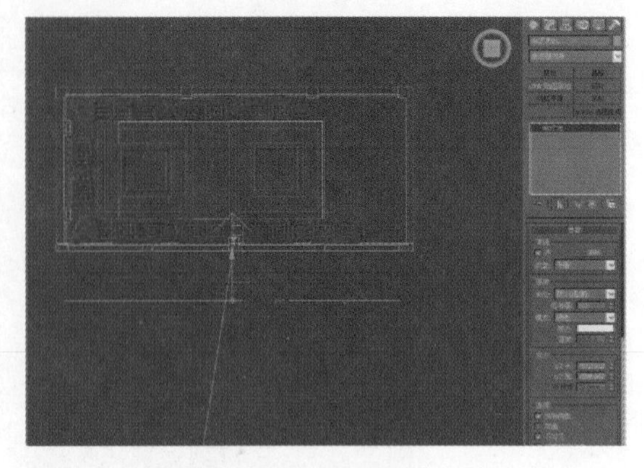

图14.7.3 设置窗户参数及位置

(4) 将灯光的类型设为【平面】，颜色设为淡蓝色，【倍增器】设置为5，勾选【不可见】选项。

(5) 按F10键，打开【渲染设置】窗口，设置【VRay】、【间接照明】选项卡的参数，进行草图设置的目的就是为了快速进行渲染，以观看整体的效果，参数设置如图14.7.4所示。

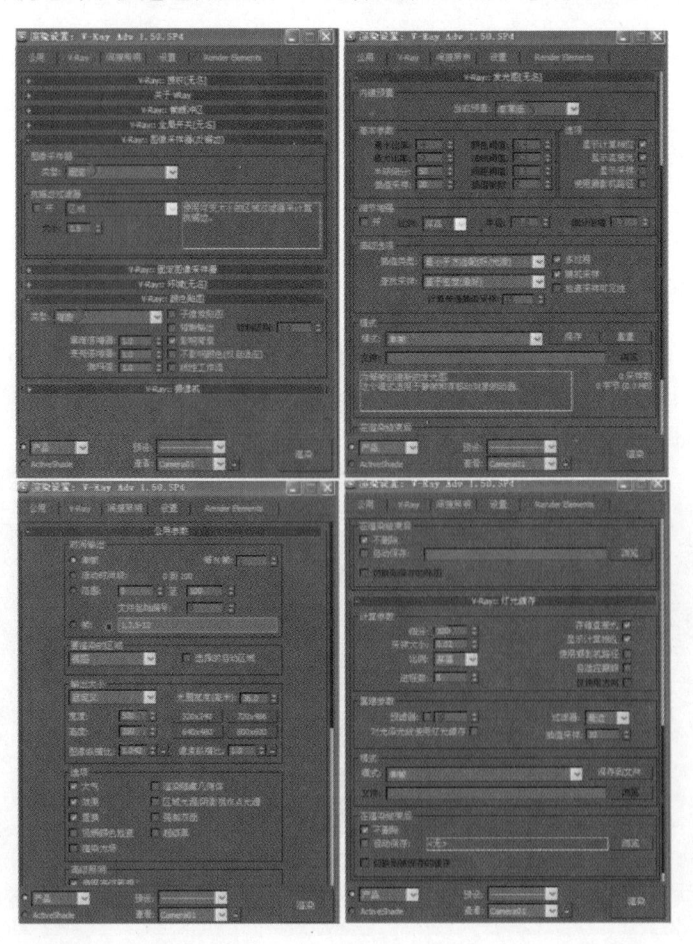

图14.7.4 草图参数设置

（6）按下 Shift+Q 键，快速渲染摄影机视图，其渲染效果如图 14.7.5 所示。从上面的渲染效果来看，太阳光和天空光的光影效果已经出来了，但整体的光感还欠缺一点，现在利用室内的灯光作为辅助光源来提亮整体空间。

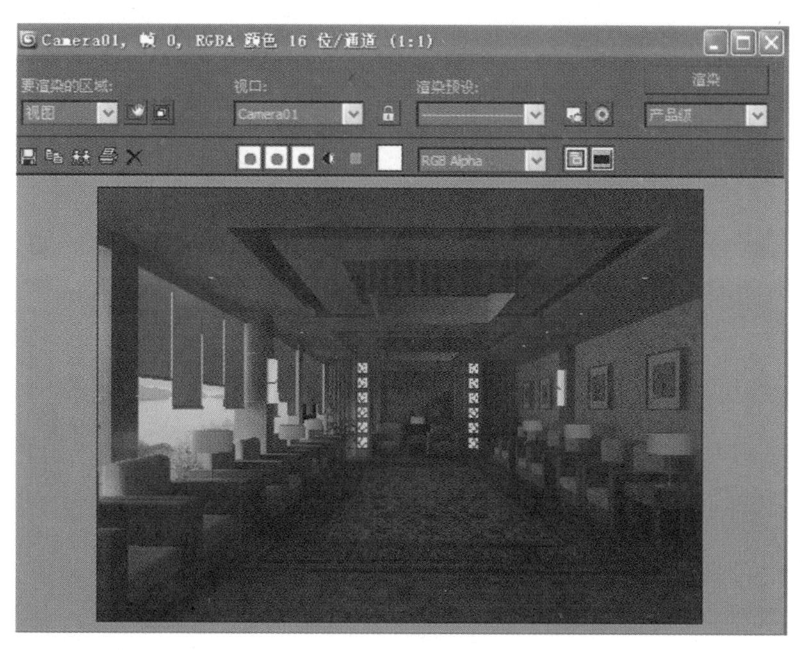

图 14.7.5　渲染草图

14.7.2　设置室内灯光

（1）在设置筒灯之前，为了观看方便，可以只保留筒灯及天花，这样在设置灯光的时候观看起来就方便多了。

（2）在前视图中创建一盏【目标灯光】，在有筒灯的位置以【实例】方式复制一盏，勾选【阴影】，选择【VRay 阴影】，将【灯光分布（类型）】设为【光度学 Web】，选择一个“筒灯 .IES”文件，将强度修改为 1200，将灯光的【颜色】调整为淡黄色，如图 14.7.6 所示。在这个源文件素材中，我们设置天花造型的中间和外部都有灯槽的效果，所以在布置灯光的时候就要按照实际的位置为它们设置灯光。

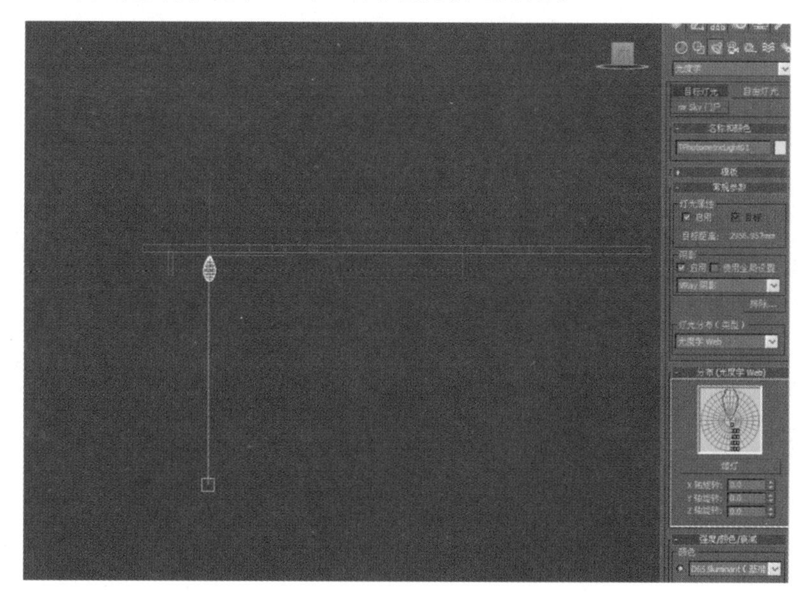

图 14.7.6（一）　设置灯光参数

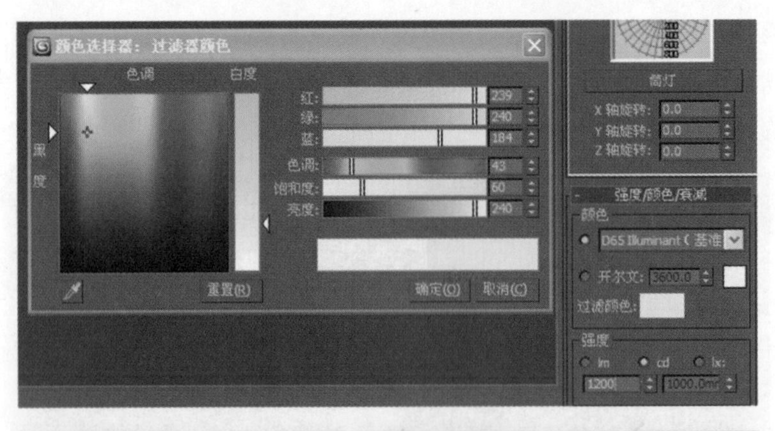

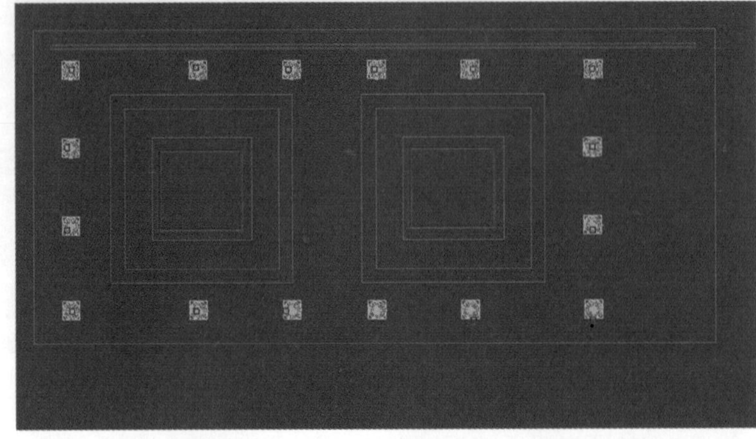

图 14.7.6（二） 设置灯光参数

（3）在前视图中创建一盏 VR 灯光，大小与灯槽差不多，将它移动到天花顶之间，颜色设为淡黄色（R：246、G：186、B：109），【倍增器】设置为 6 左右，勾选【不可见】。

（4）在顶视图中使用旋转复制的方式复制多盏，制作出天花及背景墙的灯槽效果。复制时采用【实例】方式，如果长度或宽度需要调整，直接在视图中用工具栏中的 （缩放）工具进行修改，最终效果如图 14.7.7 所示。

（5）用同样的方法为装饰墙设置灯槽，【倍增器】设置为 20 左右。

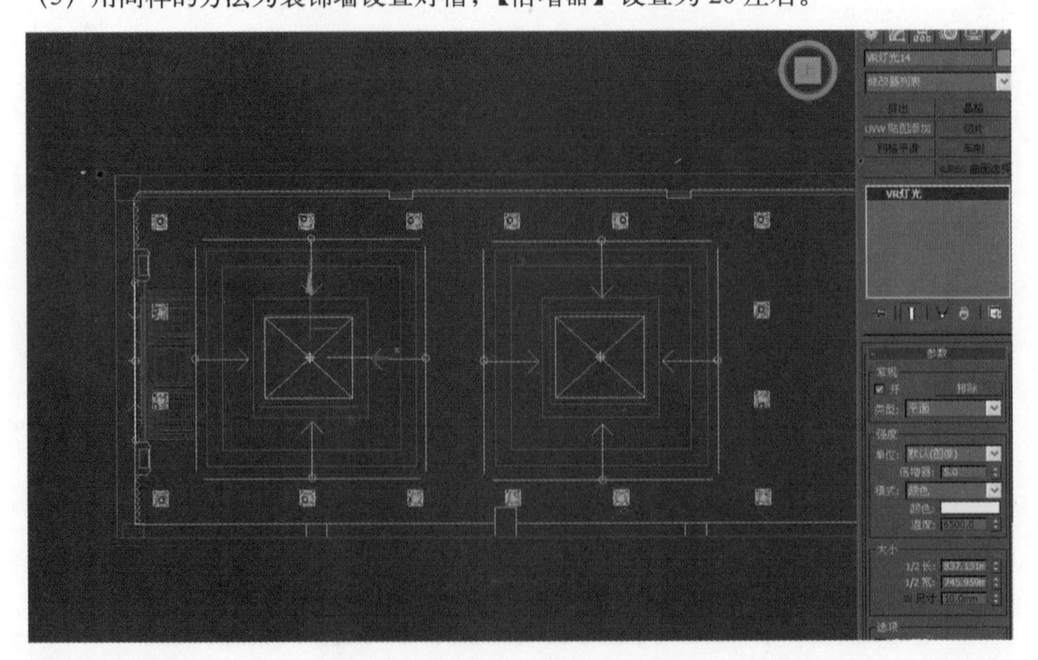

图 14.7.7 修改效果图

(6) 按下 Shift+Q 键，快速渲染摄影机视图，其渲染效果如图 14.7.8 所示。

从效果看，整体还是不错的，对于源文件素材局部稍显灰暗的部分，可以在渲染参数

图 14.7.8　渲染后效果图

里面解决。那么，现在源文件素材中的灯光就设置完成了。下面来精细调整一下灯光的细分参数及渲染参数，最后进行渲染出图。

14.7.3　设置成图渲染参数

(1) 选择在窗户外面模拟天光和吊灯的 VR 灯光，修改【参数】卷展栏下的【细分】为 20，如图 14.7.9 所示。

(2) 重新设置一下渲染参数，按下键盘中的 F10 键，在打开的【渲染设置】窗口中修

图 14.7.9　修改参数选项

改【V－Ray】和【间接照明】选项卡下的参数，如图 14.7.10 所示。

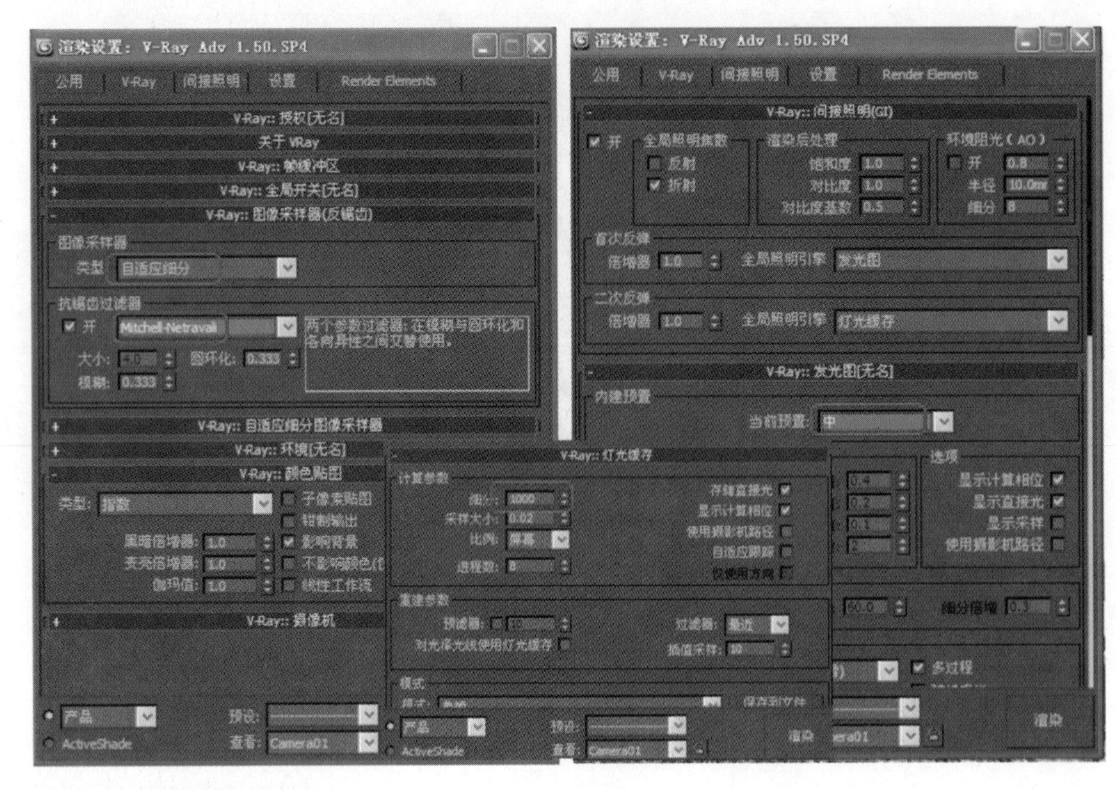

图 14.7.10　重设渲染参数

14.7.4 渲染出图

（1）单击【公用】选项卡，设置光子图的尺寸为 500 × 300。

（2）勾选【发光图】卷展栏喜爱的【自动保存】，单击【浏览】按钮，将发光贴图保存为“接待厅光子图 .vrmap”，同样勾选【灯光缓存】卷展览下的【自动保存】，将其保存为“接待厅光子图 .vrlmap”，如图 14.7.11 所示。

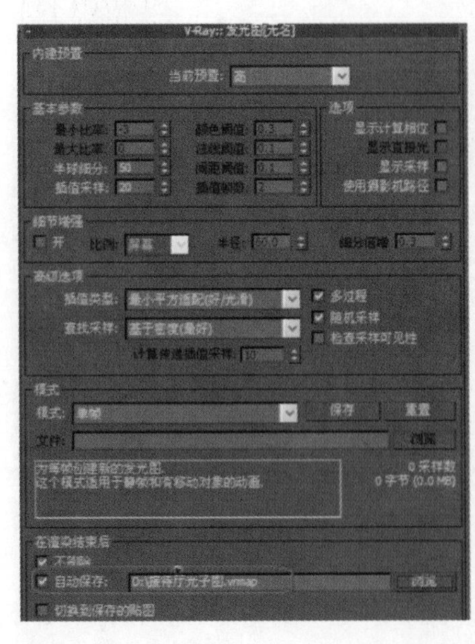

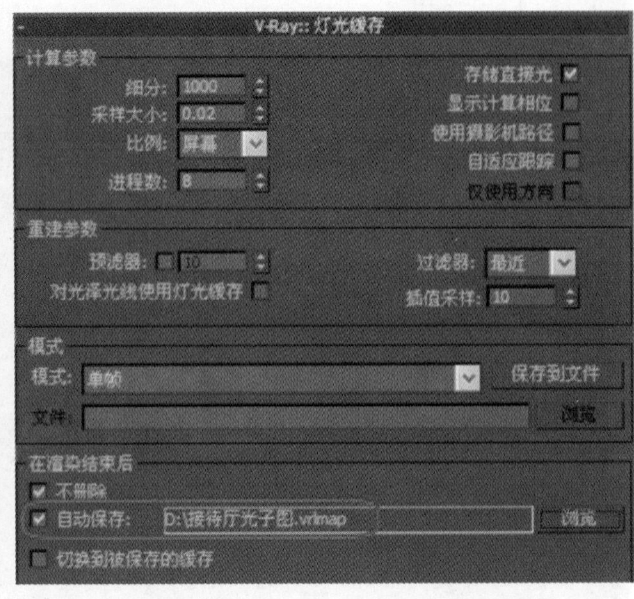

图 14.7.11　保存设置

（3）经过 10 分钟左右的时间，光子图渲染完成，效果如图 14.7.12 所示。

图 14.7.12　光子图渲染完成图

（4）在【发光图】卷展览下方【模式】右侧的下拉列表中选择【从文件】，在弹出的【加载发光贴图】对话框中将前面自动保存的“接待厅光子图 .vrmap”文件加载进来，同样将【灯光缓存】卷展栏下的“接待厅光子图 .vrlmap”文件加载进来，如图 14.7.13 所示。

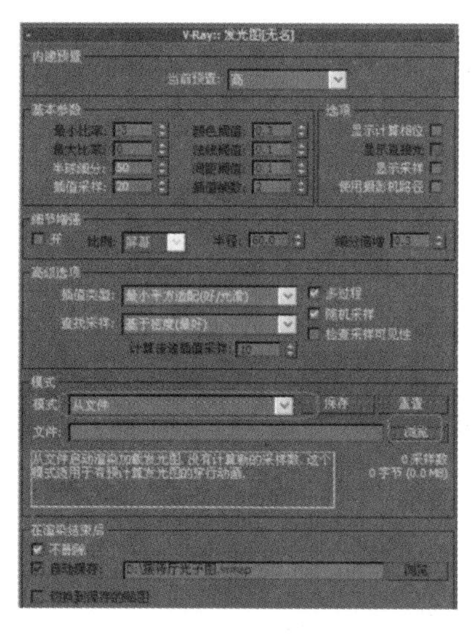

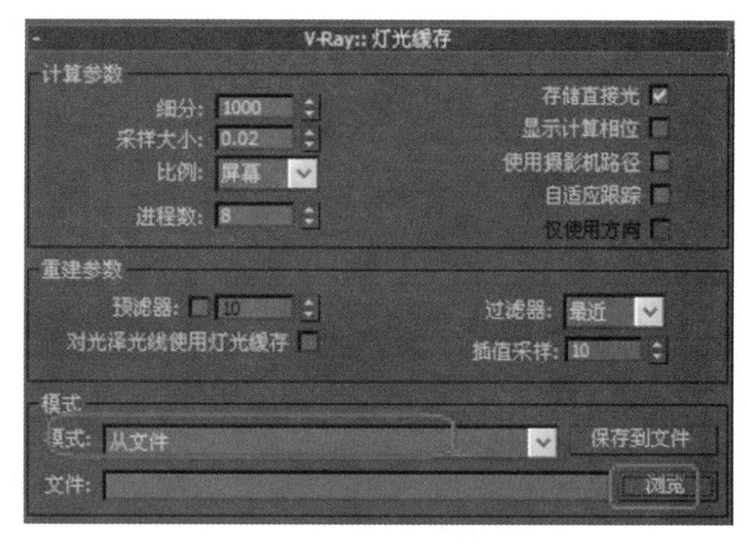

图 14.7.13　加载接待厅光子图

（5）最终将渲染的尺寸设置为 2000×1200，经过 20 多分钟时间，最终的效果如图 14.7.14 所示。

(6) 单击■（保存位图）按钮，将渲染后的图片进行保存，命名为“接待厅 .tif”文件。

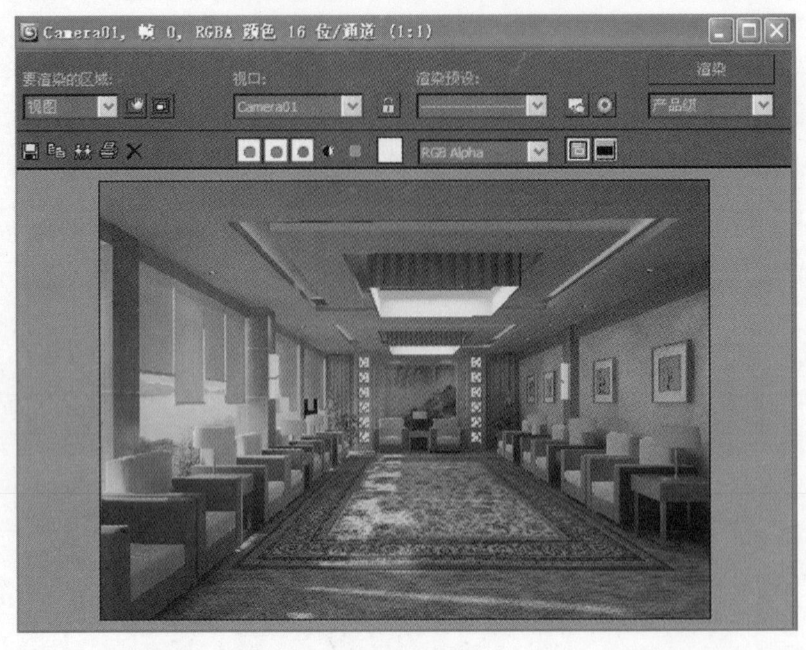

图 14.7.14　保存图片

14.8　后期处理

当效果图渲染输出以后，还需要用 Photoshop 来修饰，美化图片的细节及修改瑕疵，还有对效果图的光照、明暗、颜色等进行调节，最后源文件素材添加人物、风景、装饰物等。

(1) 启动 Photoshop。

(2) 打开上面输出的“接待厅 .tif”文件。

(3) 在【图层】面板中按住背景层，拖动到下面的■（创建新图层）按钮上，将背景图层复制一个，按下 Ctrl+M 键，打开【曲线】对话框，调整参数，如图 14.8.1 所示。

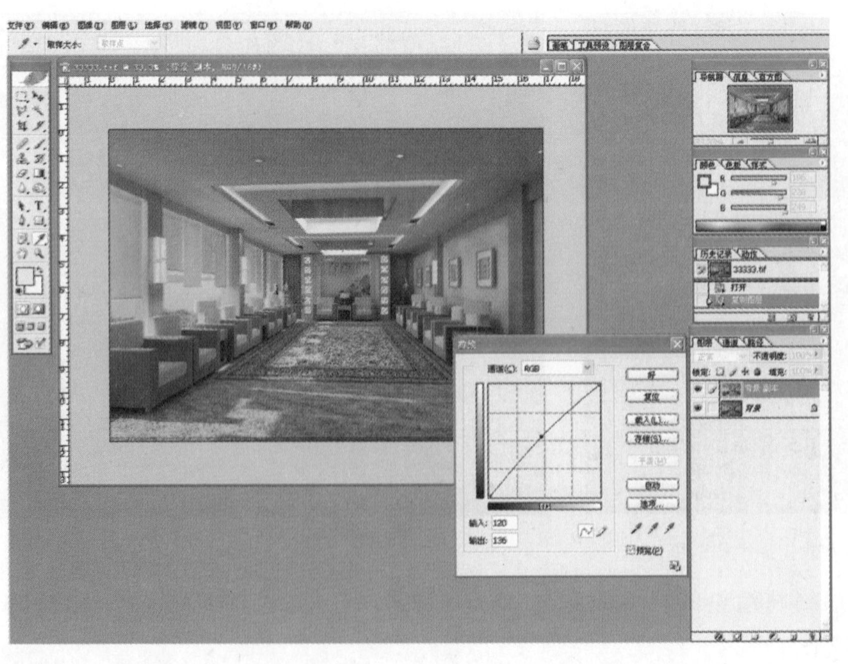

图 14.8.2　调整参数

（4）接着再按下 Alt+I+A+C 键，打开【亮度 / 对比度】对话框，调整图片的亮度与对比度，如图 14.8.2 所示。

图 14.8.2　调整图片亮度与对比度

（5）通过以上调整，发现图片整体质量有了很大的提高，但整个图片偏暖，这时可用照片滤镜进行调整，如图 14.8.3 所示。

图 14.8.3　滤镜调整后图片

【小结】通过学习接待厅的设计与效果图的制作，立足点事学习专业的建模方法，借助全套的平面布置图，天花布置图和各个墙面的立面图纸来建立模型，然后再根据图纸上显示的家具合并家具。最后赋予材质、布置灯光、V－Ray 渲染，通过后期处理进一步美化效果图。

建筑漫游动画制作

15 居住区浏览动画设置

15.1 建筑动画的基本原理

15.1.1 什么是建筑动画

建筑动画是指为表现建筑以及建筑相关活动所产生的动画影片。它通常利用计算机软件来表现设计师的意图，让观众体验建筑的空间感受。建筑动画一般根据建筑设计图纸在专业的计算机上制作出虚拟的建筑环境，有地理位置、建筑物外观、建筑物内部装修、园林景观、配套设施、人物、动物、自然现象如风、雨、雷鸣、日出日落、阴晴月缺等都是动态地存在于建筑环境中，可以以任意角度浏览。房地产动画应用最广的是房地产开发商对房产项目的广告宣传、工程投标、建设项目审批、环境介绍、古建筑保护、古建筑复原等。

15.1.2 建筑动画简介

在建筑动画中利用电脑制作中随意可调的镜头，进行鸟瞰，俯视，穿梭，长距离等任意游览，提升建筑物的气势。三维技术在楼盘环境中利用场景变化，了解楼盘周边的环境，动画中加入一些精心设计的飞禽、动物、穿梭于云层中的太阳等来烘托气氛，虚构各种美景气氛。

制作动画的计算机设备软硬件要求性能较高，均为3D数字工作站。创作人员的要求更高，一部房产广告片涉及专业有计算机、建筑、美术、电影、音乐等。

15.1.3 建筑动画的基本分类

按项目种类分：

(1) 建筑设计投标类。

(2) 建筑工程施工类。

(3) 房地产销售类。

(4) 项目招商引资类。

(5) 城市规划类。

(6) 旧城复原类。

15.1.4 建筑动画的制作流程

(1) 做之前要充分做好脚本规划和设计，如主体要表现什么和整体效果，哪一部分需要细致表现，射影镜头的运动设计，每段镜头片段时间控制，视觉效果，整体美术效果，音乐效应，解说词于镜头画面的结合等，决定哪些需要在三维软件中制作。哪部分在后期软件中处理。

（2）建立模型：先建立主体（精致点），次要的可以简单制作，模型要尽量精简数目。环境规划动画要先建立起整体地形布局，再运用其他技巧去制作。

（3）动画设置：基本模型完成后，先将摄影机的动画按照脚本的设计和表现方向调整好，当场境中只有主题建筑物时，就要先设定好摄影机的动画，这对显卡刷新有很大帮助。完后再设定其他物体动画。

（4）贴图灯光：模型的动画完成后，为模型赋材质，再设灯光。后根据摄影机动画设定好的方向进行细部调节。

（5）环境制作：调整好贴图和灯光后再加入环境（树木，人物，汽车等）。

（6）渲染输出：依制作需要渲染出不同尺寸和分辨率的动画。

（7）后期处理：渲染完后，用后期软件进行修改和调整（如加入景深，雾，矫正颜色等）。

（8）非编输出：最后将分镜头的动画按顺序加入，加入转场，剪辑后输入所需格式。

15.1.5 建筑动画制作的常用软件

（1）AutoCAD。

（2）3ds Max（三维制作主要软件）。

（3）3ds Max 常用插件（V-Ray、SpeedTree、Tree Storm、Druid、Forest Pro 等）。

（4）Photoshop。

（5）Combustion。

（6）After Effects。

（7）Premiere。

【小结】本例通过对建筑动画基本原理的学习，主要了解了建筑动画的概念及【建筑动画的分类】、【制作流程】和【常用软件】等主要内容。对建筑动画进行了初步的了解。

15.2 摄像机动画制作

实例

训练目的：本例通过实际工程项目中的摄像机动画设置案例，来学习建筑动画中的摄像机动画制作方法。最终成片效果如图 15.2.1 所示，也可在配套光盘中观看制作完成的“华侨城 .mpg”影片。

注：本工程项目案例与影片由四川建筑职业技术学院的校企合作单位—天意天映数字科技传媒有限公司提供。

实例要点

☆ 创建摄像机动画

☆ 调整摄像机动画

Chapter 4

图 15.2.1 影片效果展示

15.2.1 创建摄像机动画

操作步骤

(1) 打开场景文件“c-4-1 无建筑 .max”，这个场景是没有主题建筑的，主要是为了在调整动画的过程中节省资源。如果要在场景中参考建筑物的高度，可参考实际尺寸制作一些长方体。打开并制作好参考长方体的场景如图 15.2.2 所示。

图 15.2.2 打开用于制作摄像机动画的场景

(2) 在本场景中，摄像机“c-4”已经建立好，并设置了初始位置。这一个摄像机在影片中的作用是交代小区整体情况，将安排摄像机从地面升起，直至达到鸟瞰小区全局的高度。在这里使用了一个目标摄像机，目标摄像机和目标点都可以分别控制，有利于镜头转动的动画制作。

(3) 左键单击设置关键点打开动画记录，选中摄像机“c-4”，在第零帧点击，设置好摄像机的初始动画位置。然后在时间控制区的帧数窗口中输入 200；在前视图中把摄像机向上提起一段距离，再次点击设置关键帧，如图 15.2.3 所示。关闭设置关键点，在摄像机视图中播放动画，可以观察到当前镜头的运动状况。

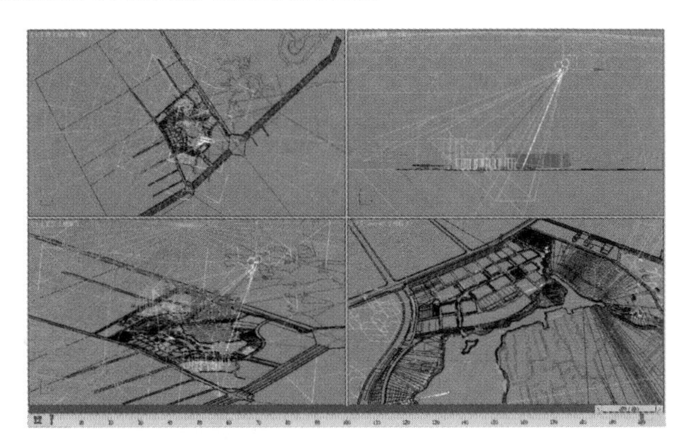

图 15.2.3 设置摄像机动画关键帧

15.2.2 调整摄像机动画

操作步骤

（1）通过观察发现，摄像机的起始位置和最后停留位置构图不太好，主要表现在镜头中的地平线过于“平、直”，画面缺少冲击力度，如图 15.2.4 所示。

图 15.2.4 观察、调整镜头画面

（2）要改善这一状况，需要把镜头倾斜一定的角度。回到第零帧，打开设置关键点，使用侧滚摄影机工具，在摄像机视图中把摄像机旋转一定的角度，并点击，修改摄像机的初始动画位置，如图 15.2.5 所示。

图 15.2.5 使用侧滚摄像机工具调整镜头

(3) 摄像机的最后停留位置构图也不太好。建筑群主体没有全部包含在镜头内；镜头中的地面内容太多、远景太少，画面层次不足。为了改善这一情况，需要调整摄像机的位置。在顶视图中选择摄像机的目标点，在 200 帧的位置时，把目标点向上拖动一定的距离，并点击，修改摄像机目标点结束的动画位置。选择摄像机，使用侧滚摄影机工具，在摄像机视图中把摄像机旋转一定的角度，并点击，修改摄像机的结束动画位置。如图 15.2.6 所示。播放动画，看到画面内容已经满足了动态构图的需要。

图 15.2.6 使用侧滚摄像机工具调整镜头

(4) 接下来继续学习使用路径动画控制摄像机运动的方法。场景中已经绘制好两条路径曲线“路径 01”和“路径 02”，这两条曲线将用于摄像机动画的路径约束。首先在顶视图中任意建立一个摄像机，并命名为“c-5”，如图 15.2.7 所示。

图 15.2.7 创建摄像机“c-5”

（5）选择摄像机，在菜单栏中选择：动画→约束→路径约束。在“路径 01”上单击左键设置链接对象，把目标点链接到“路径 01 上”，如图 15.2.8 和图 15.2.9 所示。

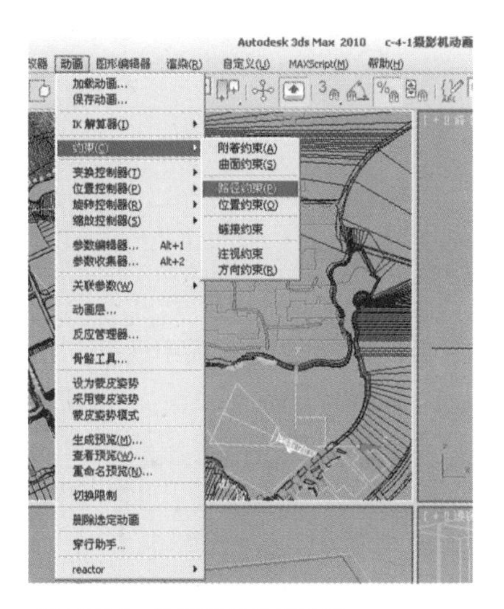

图 15.2.8 设置路径约束动画

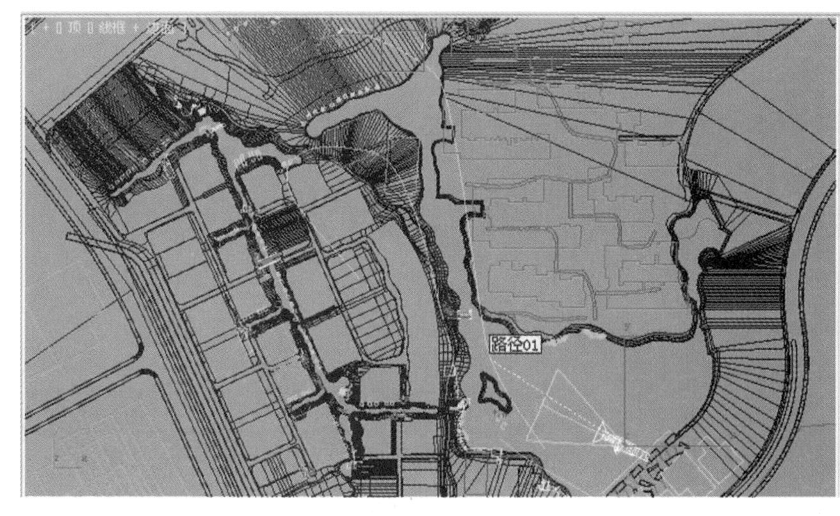

图 15.2.9 设置摄像机“c–5”的路径动画

（6）选择摄像机“c–5”的目标点，在菜单栏中选择：动画→约束→路径约束。在“路径 02”上单击左键设置链接对象，把目标点链接到“路径 02 上”，如图 15.2.10 所示。

图 15.2.10 设置摄像机“c–5”目标点的路径动画

其余的摄像机动画均可按上述两种方式进行设置。至此，本例的摄像机动画已经设置完毕。接下来，将设置动画的渲染输出。

【小结】本例通过摄像机动画的制作，主要学习了【设置关键点】及【路径约束】两种方式创建摄像机动画，在制摄像机动画的过程中主要应把握好摄像机的镜头感，在制作时应清晰理解项目组长及故事板所要求达到的目标。通过摄像机动画的制作，应达到基本掌握摄像机动画设置方法的目标。

15.3 渲染出图

实例

实例要点

☆ 时间输出设置

☆ 输出格式设置

（1）使用快捷键“F10”，打开渲染设置面板。在公用参数的时间输出选项中选择“活动范围”0–200帧，如图15.3.1所示。

图15.3.1 设置时间输出范围

（2）在“渲染输出”选项中勾选“保存文件”，并点击 文件... ；在弹出的“渲染输出文件”窗口中找到要保存的文件夹“c–4”并为输出的文件命名为“c–4”。选择文件保存类型为“*.tga”。如图15.3.2和图15.3.3所示。

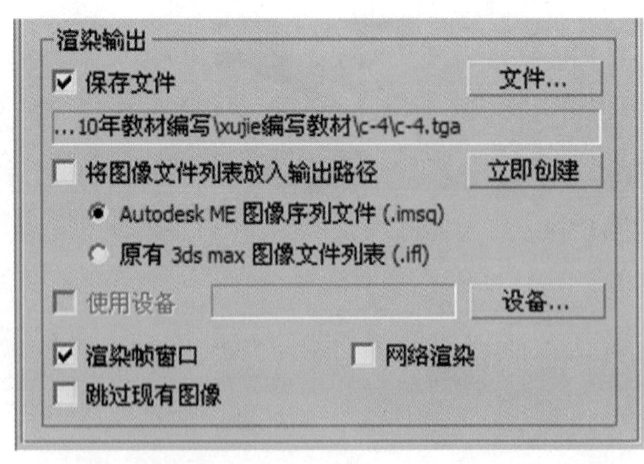

图15.3.2 设置渲染输出

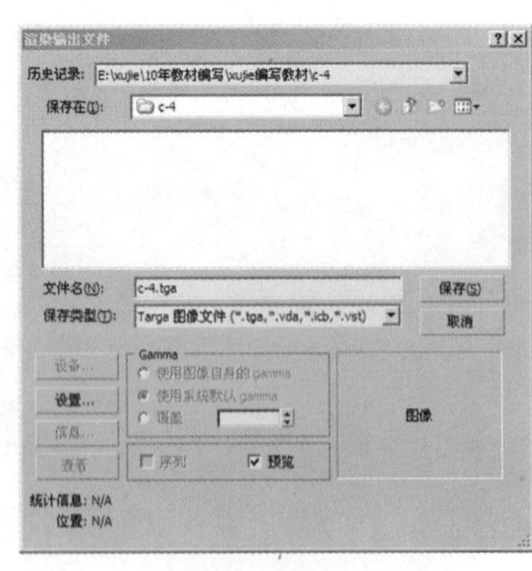

图15.3.3 设置输出格式

（3）点击保存后，在弹出的“Targa图像控制”窗口中选择每像素位数为“32”，点击确定。如图15.3.4所示。

（4）设置完毕后，再一次确认保存场景文件。由于本例使用单机渲染，需要花费较长的渲染时间，根据电脑的配置情况从4～12小时不等。点击“渲染”按钮开始渲染，可注意观察渲染窗口中的各项信息，如图15.3.5所示。

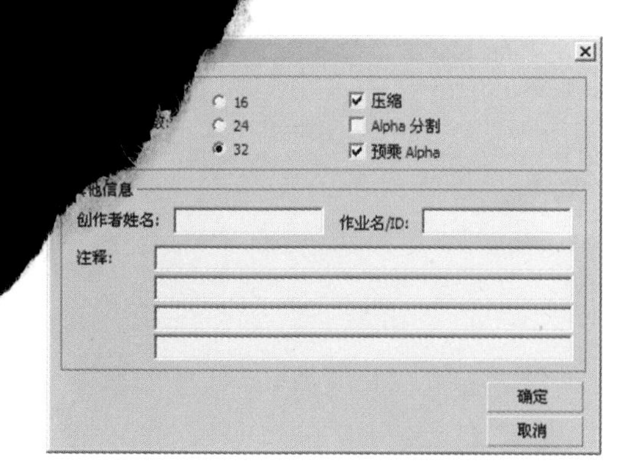

图 15.3.4　设置 Targa 图像控制

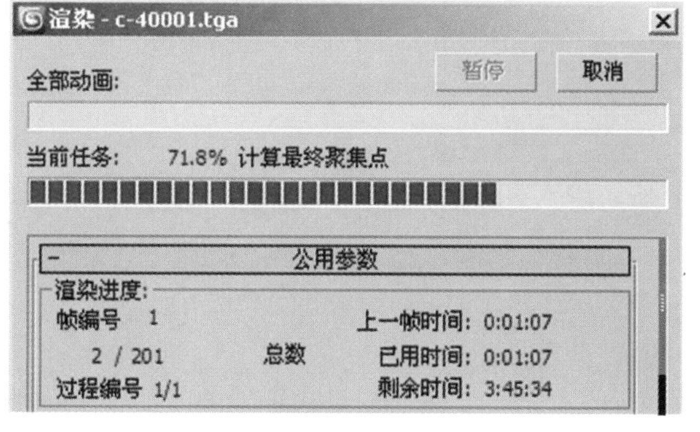

图 15.3.5　渲染过程

（5）渲染完成的序列帧图像就可以交给后期制作组进行后期处理了，后期处理的知识可以参考相关书籍，不在本例学习范围内。渲染完成的序列帧图像如图 15.3.6 所示。

c-40000.tga	c-40052.tga	c-40104.tga	c-40156.tga
c-40001.tga	c-40053.tga	c-40105.tga	c-40157.tga
c-40002.tga	c-40054.tga	c-40106.tga	c-40158.tga
c-40003.tga	c-40055.tga	c-40107.tga	c-40159.tga
c-40004.tga	c-40056.tga	c-40108.tga	c-40160.tga
c-40005.tga	c-40057.tga	c-40109.tga	c-40161.tga
c-40006.tga	c-40058.tga	c-40110.tga	c-40162.tga
c-40007.tga	c-40059.tga	c-40111.tga	c-40163.tga
c-40008.tga	c-40060.tga	c-40112.tga	c-40164.tga
c-40009.tga	c-40061.tga	c-40113.tga	c-40165.tga
c-40010.tga	c-40062.tga	c-40114.tga	c-40166.tga
c-40011.tga	c-40063.tga	c-40115.tga	c-40167.tga
c-40012.tga	c-40064.tga	c-40116.tga	c-40168.tga
c-40013.tga	c-40065.tga	c-40117.tga	c-40169.tga
c-40014.tga	c-40066.tga	c-40118.tga	c-40170.tga
c-40015.tga	c-40067.tga	c-40119.tga	c-40171.tga

图 15.3.6　完成渲染的序列帧文件

【小结】本例通过对动画渲染输出设置的实例操作，学习了渲染输出中的【时间输出】、【文件格式设置】等主要内容。对渲染输出需要设置的内容基本掌握。

【提示】由于建筑动画制作需要个人较强的专业基础，以及专业团队的分工协作才能完成，希望同学们打好坚实的基础、训练团队协作的精神。有希望在建筑动画领域继续发展的同学，可以继续参考相关书籍进行学习。